天地明察

冲方丁
Tow Ubukata

角川書店

天地明察

目次

装丁　高柳雅人

序章

幸福だった。

この世に生まれてからずっと、ただひたすら同じ勝負をし続けてきた気がする。

そのことが今、春海《はるみ》には、この上なく幸せなことに思えた。

気づけば四十五歳。いったいいつからこの勝負を始めていたのだろうか。

決着のときを待ちわびた気もするし、思ったよりずっと早く辿《たど》り着けた気もする。長い道のりだったことは確かだが、それがどういうものであるか振り返ることさえしてこなかった。そのせいか、勝負が始まったのは、つい昨日のことであるような思いさえする。

「は……春海様……。い、いよいよです。こ、この日本の改暦の儀が、いよいよ決します」

泰福《やすとみ》が言った。可哀想なほど不安と緊張で震えている。声に怯《おび》えがあらわれていた。

帝《みかど》から事業を拝命した陰陽師《おんみょうじ》統括たる土御門《つちみかど》家として、最も堂々と構えるべきであったが、

「は、春海様の暦こそ、日本の至宝です。そ、そのことを帝もきっとお分かりのはずです」

泰福はむしろ春海にそうだと言って欲しくてたまらないような調子で口にしている。

春海は一瞬、打てる手は全て打っていること、また今後、起こるであろうことを全て、この

若者に告げようかと思ったが、

「必至」

にこりと微笑み、ただそれだけを、こともなげに告げた。

二十九歳の泰福にはそれで充分だった。またそれ以上のことを伝えても余計に惑乱するだけだろう。果たして泰福はなんとか怯えを和らげ、顔を引き締めて真っ直ぐ前を向いた。

並んで座る春海と泰福を、同じく帝の勅を待つ公家《くげ》たちがちらちらと見ている。

特に賀茂《かも》家に連なる者たちの怒りと嘲《あざけ》りの顔。冷ややかな蔑視《べっし》。満悦の様子で坐《ざ》す者。

春海は、それらの面々を等しく盤上の碁石に見立て、この後の展開を正しく予期した。

そうしてさらに打つべき手を見定めながら、先ほどの幸福がどこから来るのかを考えていた。

改暦の儀。

貞享《じょうきょう》元年三月三日の今日。ついに帝は、かねてから誤謬《ごびゅう》明らかな現行の暦法を廃し、新たな暦法をもって新時代の暦となすことを発布された。

そのための新暦として候補とされたのは、三つの暦である。

大統暦《だいとうれき》。

授時暦《じゅじれき》。

大和暦《やまとれき》。

帝の勅令は果たしてどれを採用とするのか。今や誇張なく日本中がその裁定に注目していた。

江戸では将軍綱吉《つなよし》が、大老の堀田《ほった》正俊《まさとし》とともに改暦の勅の報を待っている。

公家層は躍起になって改暦の儀に介入した。諸藩の武家には春海を強力に支援する者がいた。世の算術家、神道家、仏教勢力、儒者、陰陽師たちが揃って〝三暦勝負〟を見守っている。

そして何より民衆が、この勝負に熱狂した。彼らが寄せる関心は、幕閣の予想を超える盛り上がりを見せた。頒暦（カレンダー）の販売数は如実に上昇し、暦法を題材にした美人画まで販売され、戯作者《げさく》たちが暦を題材に新作の準備をしているという。

春海は、今なら平明な眼差《まなざ》しで彼らの願いを見通すことが出来る気がした。

暦は約束だった。泰平の世における無言の誓いと言ってよかった。

〝明日も生きている〟

〝明日もこの世はある〟

天地において為政者が、人と人とが、暗黙のうちに交わすそうした約束が暦なのだ。

この国の人々が暦好きなのは、暦が好きでいられる自分に何より安心するからかもしれない。

戦国の世はどんな約束も踏みにじる。そんな世の中は、もう沢山だ。そういう思いが暦というものに爆発的な関心を向けさせたのだろうか。春海はそんな風に思った。

やがてそのときが来た。居並ぶ面々に伝奏《てんそう》が到来することが告げられ、泰福が生唾《なまつば》を呑《の》んだ。

ざわめきが起こり、それが徐々に鎮まってゆく中、ふいに春海は遠くから響く音を聞いた。

からん、ころん。

軽妙に鳴り響く、幻の音だ。

ああ、そうか。あのとき勝負が始まったのだ。この幸福の思いはあそこから来ているのだ。

いつかその音を聞いたときから今に至るまでの年月を、春海は、そっと胸中で数えてみた。

二十二年間。

裁定のときを前にして緊迫する面々をよそに、思わず笑みが浮かんだ。

二十二年もの間、ひたすらだ。

ひたすら、これをやっていた。その間ずっと、響き続けてくれていた音だ。

ほどなくして座に帝の決定が告げられる一方、春海は目を閉じて、人生の始まりを告げるその幻の音に耳を澄ませた。

からん、ころん。

第一章　一瞥《いちべつ》即解

一

その日、春海は登城の途中、寄り道した。

寄り道のために、けっこう頑張った。

まだ暗い卯《う》の刻の前に床を離れ、寒さに首をちぢこまらせながら、慣れぬ二刀を苦労しいしい腰に帯びた。刀の重さでふらつきながら、提灯《ちょうちん》を持って邸《やしき》を出た。

江戸城の多数の御門は、明け六つどきの鐘とともに開く。鐘は、日の高さを基準に鳴らす。当然、冬の鐘の間隔は、夏に比べてひどく短い。同じ六つから五つ、卯から辰《たつ》の刻の間でも、冬と夏では一・五倍もの時間の差が生じるのである。

江戸は、門限によって厳しく統制される都市だ。かの春日局《かすがのつぼね》ですら、門限を過ぎての通行は認められなかった。時間厳守は常識であり、遅刻は許されない。そもそも城に出仕する者の第一の勤めは、敵の襲来に備える、というのが建前である。いかに泰平の世を謳歌《おうか》しようと、いまだ戦時の慣習が色濃い城で、刻限に間に合わぬことほど不覚悟なことはなかった。

だから、急いだ。

刀の重みに振り回されながら、開門とほとんど同時に、馬場先《ばばさき》、鍛冶橋《かじばし》の門と、続けて過ぎた。城とは真反対の方へ、大名小路を足早に横切って行った。

畳屋の間を通って京橋を渡り、銀座の前で、やっと早朝の駕籠《かご》にありついた。

駕籠舁《か》きたちも欠伸《あくび》まじりに仕事の支度に取りかかったばかりである。

帯刀した若者が、息せき切ってやって来る様子に、すわ一大事かと緊張の面持ちになった。

「どちらへお出《い》でで？」

「渋谷《しぶや》」

息を整え、急いで春海は言った。提灯の火を消し、さっそく駕籠に乗り込もうとした。

がつん、と刀が駕籠の両脇につっかえ、跳ね返された。

「ああ、もう」

焦りながら、もたもた腰から二刀を外す。

駕籠舁きたちが不審顔になった。よく見れば春海は束髪をしていない。ということは武士ではない。だが刀を携えている。しかも、どこかの大名邸から出て来たに違いない、やけに品の良い身なりである。咄嗟《とっさ》に何者か分からない〝身分不詳〟の人物だった。

「渋谷のどちらへ？」

駕籠舁きの一人が、この妙な客を警戒して訊《き》いた。彼《か》の辺りは暗くなると追《お》い剝《は》ぎが出る。

そんな場所に早朝から何があるのか。

「宮益坂《みやますざか》にあるという、金王八幡《こんのうはちまん》の神社《やしろ》に行きたいんだ」

春海は、両手に抱えた二刀を、横にしたり斜めにしたり、どうしたら刀と自分が同時に駕籠に乗れるのか、懸命になって試しながら、

「急いで頼むよ。五つ半には戻りたいんだ」

それで、いっぺんに駕籠舁きたちから緊張が失《う》せた。なあんだ、と肩をすくめている。

春海の声からは京訛《なま》りが聞いて取れた。つまり京から江戸に下ったなにがしの青年が、江戸が珍しくて、こんな時間から名所見物に出かけようというのだ。先述したように城の出仕者は門限に縛られているので、遠出をしたければ、このような早朝から動かねばならない。そう、駕籠舁きたちは解釈した。それ以外に解釈のしようもなかった。

基本的に大名は家臣たちに江戸の物見遊山を禁じている。が、近頃は、留守居役たちからして政談と称し、料亭に集まり、名所に繰り出すのだから、なあなあのなしくずしになっていた。駕籠を運ぶ方もそれが分かっているので観光案内めいたことをやって銭をもらったりもする。

「宮益の八幡なんざ、こんな季節に行ったって面白くもなんともありゃしませんよ。桜なんか葉も枯れちまってまさあ」

駕籠舁きの一人が、親切半分、自分たちこそ江戸詳知の案内役、という自負半分で助言し、もう一方も、うんうんうなずいて、

「もっと近場に、御利益のある名所《ところ》は幾らでもありますがね」

「桜じゃないよ。絵馬に用があるんだ」

言いつつ、やっと刀と一緒に駕籠に潜り込めた春海が、ほっとなって微笑み、

「絵馬?」

駕籠舁きたちが、意表を突かれて二人同時に聞き返した。

「うん。それに御利益はもう十分だ。白粉《おしろい》も塩もやったし、番茶もやった。急いでくれ。時間がないんだ」

「絵馬、ねえ」

不思議そうに繰り返しつつ駕籠を担いだ。

春海が告げた白粉とは、近くの京橋八丁堀のお化粧地蔵のことだ。お地蔵さまに白粉を塗れば病気平癒の霊験があった。逆に塩は、江戸北辺の寺に頭から塩まみれのお地蔵さまがある。その塩を足に塗るとウオノメが取れるという。番茶は、向島《むこうじま》の弘福寺《こうふくじ》にいる〝咳除《せきよ》け爺婆《じじばば》〟の石像に供えると、風邪を引かなくなる御利益。

どうやら、そこそこ江戸は見て廻《まわ》っているらしい。それで今度は何やらが宮益にあると吹き込まれたのだろうか。観光目的の人間には現地の住民には理解できないような、つまらないものにも喜ぶところがある。何だか知らないが、どうせ見れば馬鹿馬鹿しくなるたぐいのものだろう、駕籠舁きたちはそんな風に納得しながら、この正体不明の若い男を運んで行った。

駕籠舁きが言ったように、金王八幡宮には桜があった。

源頼朝《よりとも》が植えたという名木〝金王桜〟である。金王の名の由来である武将、金王丸《こんのうまる》を偲《しの》んでのことだそうで、社には金王丸の木像も安置されている。

だが十月の桜は枝しかない。木像も特定の時期しか拝観できない。

駕籠舁きたちには〝面白くもなんともない〟場所である。

ただし春海は、まんざらこの神社に縁がないわけではない。実を言えば、その出自は、清和源氏ゆかりの畠山《はたけやま》氏の一族なのである。それにここには他の見所もある。三代将軍に家光が選ばれるよう春日局が参拝祈願し、その成就の折、御利益に感謝して造らせた社殿と門があった。

けれども、ということは将軍家ゆかりの神社であるからして、歌舞音曲や馬鹿騒ぎのたぐいは御法度である。これまた駕籠舁きたちにとっては、まったく面白味に欠けている。

何であれ、春海は、それらの名物《もの》には目も向けない。到着するなり刀を抱いて境内への階段を駆けた。駆けつつ、ふと道の真ん中は、神が通る道であることを思い出し、

「おっと、いけない、いけない」

脇へどいた拍子に、両手に抱えたままの刀を、鳥居にぶっつけた。

かーん、という良い音に、駕籠舁きたちが仰天し、

「なんてえ罰当たりな。神さまに鞘当《さやあ》てを食わせてらあ」

祟《たた》りのとばっちりを恐れて、手を合わせて拝んでいる。

春海も慌てて柱に向かって非礼を素早く三度詫《わ》び、それからまた急いで駆けた。

境内の真ん中でぴたっと立ち止まり、左右に顔を巡らせる。神社の一角に、奉納所があった。

すぐさまそちらへすっ飛んでゆき、

「おお……」

子供のように目を輝かせ、それを見た。

春海の膝元《ひざもと》から頭上まで、所狭しと絵馬が吊《つ》り下げられている。

その一群に、完全に目を奪われた。

円図、三角図、菱形《ひしがた》、数多《あまた》の多角形。それら図形の中に、幾つも描かれた内接円に接線。

辺の長さ、円の面積、升の体積。方陣に円陣。複雑な加減乗除、開平方。

難問難題、術式に解答といったものが、奉納した者の名や、祈願の内容とともに、どの絵馬にも、びっしりと書きこまれている。

個人ではなく、塾の名で奉納されているものもある。

問題だけで、術も答えも記されていないものもある。

術にいたる数理を、ことこまかに記したものもある。

春海が住む邸の者から、それらの存在を聞き、ひと目見てみたくてここまで来たが、

「これほどの数とは……」

圧倒されながら、感動の呟《つぶや》きが、溜《た》め息をつくように零《こぼ》れ出た。

そのとき春海の目には、一つ一つの絵馬が個別にあるのではなく、絵馬たちの群れ集いそのものが、それこそ満開の桜のごとき見事さで、日の中に輝いているように見えた。

ほとんど無意識のまま、抱えていた二刀を絵馬たちの下に置いて押しやった。

それから、手を伸ばして額面の一つを見た。その次を。さらに次を。しまいには清流に手を差し入れて、水の清らかさを楽しむように、ただ触れていった。

どの絵馬も、書いた者の心地好《よ》く美しい緊張をたたえている。春海が触れた絵馬同士がぶつかって、かいかい、ころん、と鳴る音にすら、人びとの神妙な思いが満ちている気がした。

「すごいな、江戸は」

呟きとともに、感動と歓《よろこ》びが、笑い声になって口から溢《あふ》れた。

研鑽《けんさん》を誓い、神の加護によって技芸が向上することを願うために。あるいは己が成長を果たせたことを神に感謝して。人びとが、それぞれの目的で、算術を記し、神に献《さき》げた絵馬の群れ。

世に言う、〝算額奉納〟であった。


始まりは定かではない。

当時、算術は、技芸や商売のすべてである一方、純粋な趣味や娯楽でもあった。機会があれば老若男女、身分を問わず学んだのである。そろばんと算術が全国に普及し、算術家と呼ばれる者たちが現れて各地で塾を開き、その門下の者たちがさらに算術を世に広めた。算術書も多く出版され、中には長年にわたって民衆に親しまれ、版を重ねるものもある。

そしていつしか、神社に奉納される絵馬に、算術に関するものが現れていた。

人びとが願いを絵馬や額に託し、神仏に奉納する習慣は、古くからある。おそらくは、純粋に、問題を解答するに至ったときの歓びや、算術が身についたことに、神や仏の加護を見出《みいだ》し、感謝を込めて奉納したのが始まりであろう。やがてそれが、おおやけの発表の場となったのも、寺社や神宮という、大勢の者が足を踏み入れる公的の場であることを考えれば、必然であったのかもしれない。何しろ研鑽の成果を出版するには資金が足らぬ者でも、絵馬ならば、きわめて安価に〝発表〟を行うことができたのである。

逆に、自身や塾の名を誇示し、宣伝するため、巨大な額を奉納する者もいた。そういう者たちは、長年の保存に耐えられる造りの額を献げた。金箔《きんぱく》や漆を塗って、見た目も美しくしたり、中には碑石に算術を彫ったものもある。そういうものは、鴨居の上に飾られたり、奉納品として保管されたり、社殿に安置されたりして、一般の絵馬よりもずっと畏《かしこ》まっている。

むしろ絵馬よりも、そうした特別な額こそ、〝算額〟と呼ぶべきものであろう。

だが今、春海は、密集する絵馬の群れにこそ、鮮烈な感動を感じていた。

どの絵馬も、神社が保存するたぐいのものではない。年の暮れにはまとめて浄《きよ》め焼かれ、灰と化す。にもかかわらず、献げられた絵馬たちだった。

あるいは、だからこそ、その年の成果を奉納し、本願を祈念する。そして翌年には、心機を新たにするための絵馬が献げられる。名のある算術家から一般庶民にいたるまで、そうして奉納する絵馬の群れにこそ、神道風に恰好《かっこう》をつけて言えば、〝息吹〟があった。

春海は、しばし陶然となって眺めていたが、はっと我に返り、

「こうしてはいられない」

いそいそと筆記具を取り出し、これはと思う絵馬の内容を書きとめていった。

むろん短時間では網羅することはできないし、さすがにその気はない。算術を覚えたての者の絵馬を見ても学ぶべきものはなかった。一見して既知のものと分かる術は省いたし、その応用と分かる問題も、さっと一読するだけで済ませた。

そうするうちに、妙な絵馬が、ちょうど春海の額の上ほどの高さの列に、ずらりと並んで存在していることに気づいた。

やや大きめの絵馬板に、まず問題と、出題者の名や、所属する塾の名が、記されていた。

それから、その隣に、違う筆跡で、術や解答が、別の者の名とともに記されている。

さらに、その答えに対し、

『明察』

の二字が、記されている。

ちょっとぽかんとなって同じ列の絵馬を眺めた。問題と出題者だけで、答えを記すべき空白が残されているものがあって、

「なるほど、遺題か」

ようやく合点がいった。とともに春海の顔に、満面の笑みが広がっている。

遺題とは、算術書を出版する際に、あえて答えを書かず、問題のみが、補稿として付け加えられたもののことを言った。

その書を読んだ人間に、独自に解いてみよと、算術の力量を試させるためのものだ。

難問が多く、何年にもわたっておおやけに解答されないものもあったが、大ていは、別の者

が解答を出版するとともに、さらに別の遺題を載せた。

そしてその遺題を解いた別の者が、解答と新たな遺題を出版し……と、次々に継承され、算術好きの読者を楽しませるとともに、術理の検討と発展に貢献すること大であった。

それと同じように、絵馬によって出題された問題に、別の者が答えを書いているのだ。しかも面白いことに、その後さらに出題者が見て、合否を記している。しかも答えが合っていることを『明察』と褒めつつ、どこか解かれたことを悔しがるような雰囲気がある。

中には、書き加えられた解答が誤っており、『惜シクモ』とか、『誤謬ニテ候』など、相手の努力を認めつつも、どこか鼻を高くした様子で、正答を書き加えていたりする。

果たして、これらの出題者と解答者たちは、互いに面識があるのであろうか。

おそらく大半は顔も知らないのではないか。なのに奉納品に他者の筆記を許し、あまつさえ誤りが書かれることすら許していた。これも神仏への感謝から発展した娯楽の態度であろう。

しかも、きわめて真剣な娯楽である。何しろ神への献げものだし、出題した方は神社に金を払って絵馬を奉じている。また、絵馬のような小さな板きれに、幾つも解答を記す余裕があるわけがない。解答する者は、はっきりと正答であることを信じて書かねば、神と出題者、あるいは絵馬という慣習そのものに対しても、無礼を働くことになる。

そうしたことを大前提にしながら、堂々と、算術勝負を行っているのだった。

神前の勝負であることが、かえって算術家たちの意気に火をつけるのか、そうした〝勝負絵馬〟が、奉納所の右端から左端まで、完全に一つの列を占拠している。神社の宮司も、このような勝負を好ましく思い、わざわざその一列を専用に空けてやっているのかもしれない。

なんとなく剣術の試合を彷彿《ほうふつ》とさせ、ぞくぞくした。

「面白いな、江戸は」

そんな呟きが腹の底から出てきた。勢い、書き写すのは〝勝負絵馬〟に絞られた。

紙は、懐中に束になって入っている。筆記用ではなく、刀のための懐紙だった。春海にとっては規則の上で、ただ持っている紙であり、何枚費やそうとも、いざというときに困る、といった考えなど、てんで浮かばない。

寒さも忘れ、ただ一心に写した。それが一段落して、ほっと息をつきながら、改めて絵馬の一つをしげしげと見た。書き写すことに専念したため、大半の内容にきちんと理解がついておらず、中でも特に気になるものが、それだった。

『今勾股弦釣九寸股壱弐寸在　内ニ如図等円双ツ入ル　円径ヲ問』

という問題と図、そして、『礒村吉徳門下　村瀬義益　寛文元年十月吉日』と、名と奉納日が、達者な字で記されている。

答えはまだない。

問題よりまず、名に驚いた。出題者の名までは写していなかった。

「あの礒村吉徳《いそむらよしのり》か……！」

江戸に私塾を開いている名高い算術家の一人である。

人づてに聞いた話では、肥前《ひぜん》の鍋島《なべしま》家に算術をもって仕え、今は、同じく算術の技能を求められ、二本松《にほんまつ》藩に招かれているという。

算術書も出版しており、二年前に出た『算法闕疑抄《けつぎしょう》』は、春海も愛読している。というか、猛烈に熱中した。崇《あが》め奉らんほどに貪《むさぼ》り読み、今のように夢中で書き写して学んだ。

もともとは弟子が礒村に断りなく算術書を出版し、しかも誤謬が多かったため、弟子の不始末を正すために書を出すことを決めたという。算術を学ぶ者からすればありがたい限りだった。しかも珠算術、すなわちそろばんを使った算術書の中ではきわめて優れ、また古今の算術を総合し、比較検討しながら、礒村流算術を世に知らしめた書であった。

それほどの成果を上げた礒村の、弟子である村瀬という者に、なんともいえぬ羨《うらや》ましさを感じながら、微動だにせず、繰り返し問題を読んだ。

『今、釣《つり》（高さ）が九寸、股《こ》（底辺）が十二寸の、勾股弦《こうこげん》（直角三角形）がある。その内部に、図のごとく、直径が等しい円を二つ入れる。円の直径を問う』

直角三角形は、最も短い辺を〝勾〟、その次に長い辺を〝股〟、最も長い斜辺を〝弦〟と呼び、算術では、ひんぱんに取り上げられる図形の一つである。

取り上げられる理由は、〝勾股弦の法〟が、様々な問題の答えを導く術となるからで、『勾の二乗に、股の二乗を足すと、弦の二乗に等しい』という法、すなわち〝三平方の定理〟を知っている春海には、何やら今にも問題が解けそうな気がした。

気がしつつも、いまいちその後の術式が明瞭《めいりょう》にならない。紙と筆記具をしまうと、そろばんを取り出した。だいたいの見当をつけて、ぱちぱち珠《たま》を弾《はじ》いてみた。

まず勾股弦の法により、勾が九寸、股が十二寸なら、弦は十五寸である。

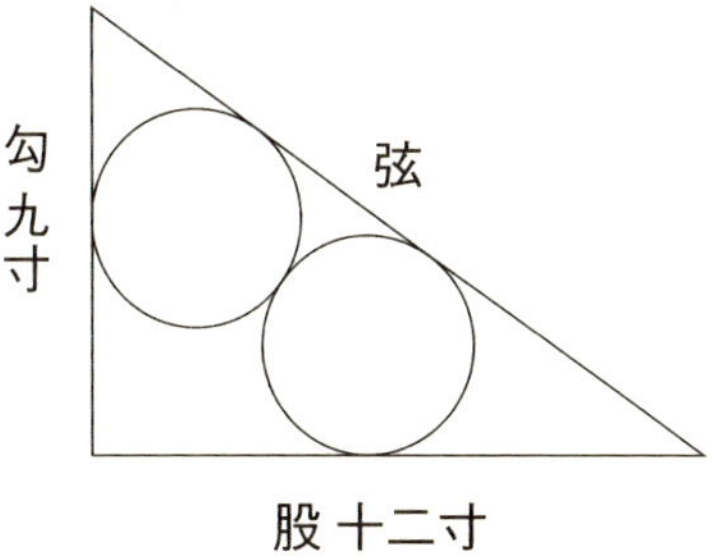

そこから、頭の中で、相似比を求めるための線を、図に書き加えたりして、計算した。

答えは、ちょうど十寸になった。

思わず脳裏に、

『誤謬』

の二字が、ひらひら蝶《ちょう》のように舞い、やたらと恥ずかしくなった。

三角形の二つの内接円の直径が、三角形の高さより長いわけがない。というよりそんな円は三角形からはみ出る。

気を取り直して、何度か術を工夫してそろばんを弾いてみた。上手《うま》くいかない。しかし、もう少しで解けそうな気がする。ううむ、と唸《うな》った。術式が完成しそうになるときが一番の苦しみであり楽しみである。あと一歩、あと一目、などと呟きながら、だんだん夢中になってきた。

やがて、ううん、と唸り首を傾げ、そろばんをしまった。

今度は、小さな包みを取り出し、敷石の上に広げ始めた。

包みからは、黒と赤に塗りわけられた、小さな棒の束が現れている。包みの布地には、桁数《けたすう》と升目が記されてあった。

そろばんとはまったく別個の、算術のための道具、算盤である。

算木と呼ばれる棒の組み合わせで、一から九の数字を示し、各桁に並べてゆく。

そうすることで、じっくりと複雑な計算を行うことができた。また、黒木は正の数、赤木は負の数を示し、加減乗除も開平法も平方根も、自在に求めてゆける。

その算盤を、石畳の上に広げた。

日頃の行儀の良さから、冷え切った石の上できちんと正座をし、黙々と算木を並べた。

並べながら、すぐに解けそうだと思った問題の奥の深さに、どっぷり浸《つ》かってしまった。

「けっこうな問題を出すじゃないか」

そろそろ城に戻らねばならないという思いがどんどん遠のいてゆく。

視界の隅を、ちらちら何かが横切るような気がしたが、頭は算術でいっぱいになって気にもしなかった。ひたすら解答を求め、さすが高名な礒村の弟子だと感心し、また対抗心を燃やし、我を忘れて術を工夫するというより、こねくりまわして計算するうちに、

「申し訳ありません」

頭上から、澄んだ声が降ってきて、思考が中断された。

かき消えそうになった術の流れを、咄嗟に、頭の中で書き記すように暗記した。それができるのが春海の技芸であり、幼い頃からの特技だった。

顔を上げると、箒《ほうき》を持った綺麗《きれい》な娘がいて、ちょっと見とれた。
十六、七くらいの歳で、可愛い眉根《まゆね》に、不機嫌そうに皺《しわ》を寄せている。
「私に何か?」

正座したままの春海が、真面目に訊いた。

「憚《はばか》りながら、立ち退き下さいますようお願いいたします」

娘が、勢いよく言い放った。

「そこを掃き清めねばなりませんので」

ざっ、と音を立てて箒で春海のすぐ前の石畳を掃き払ってみせる。

言うことを聞かねば、並べた算盤ごと、枯れ葉の山まで運ばれそうだった。

見れば、自分の周囲は残らず、しっかり掃除されている。あとは自分が座る場所だけだった。

どうも、先ほど視界の隅をちらちら横切っていたのは、この娘の箒だったらしい。

箒の音も耳に入らぬほど、術に没頭していた自分に、春海は感心した。

「これはすまなかった」

丁寧に詫び、算木が崩れぬよう、算盤の布地を引っ張って、ずるずる後ずさった。

呆気《あっけ》にとられる娘をよそに、二歩分ほど後退して、正座し直し、

「これで良いかな」

それまで自分がいた場所を指さし言った。

「良くありませんッ」

娘が、箒を振り上げんばかりにわめいた。ちょうど朝の仕事を終え、休憩がてら参拝に来た近隣の老百姓たちが、地べたにひざまずいて叱られる春海に目を丸くしている。

「神前ですよッ。こんなところに座らないで下さい」

「しかし――」

神前だからこそ、身も心も引き締まる思いで算術に没頭できるのだ、と主張したかったが、娘に鋭く遮られた。

「お武家様が朝から油を売って。今日はもうじき御登城ではないのですか」

どうやら近隣の大名邸の者だと思われているらしい。その割にずいぶんと遠慮のない娘の態度である。それだけ春海が、武士の威風からはほど遠い証拠でもあった。

「私は武士では――」

と誤解を解こうとして、

「御登城!?」

叫んだところへ、にわかに鐘の音が聞こえてきた。

芝切《しばきり》か西久保か目黒の鐘か。何でもいいが、ぞっとなった。もう鐘が鳴るなんて。慌てて算木と算盤を片づけにかかり、娘が、そら見ろという顔で、

「お膝に、枯れ葉がついていますよ」

なんなら箒で掃いてくれようかという態度で言う。

「ああ、これは失礼」

実際にそうされたところで、真面目に感謝しそうな春海である。

ささっと手で膝を払い、そのまま走り出しかけたが、踏みとどまり、

「大変良い勉強になりました」

律儀に、娘と絵馬の両方に頭を下げてから、

「御免」

返事も待たずに駆け足で門へ向かった。

ちょっとびっくりしていた娘が、

「地べたでお勉強なんて、よそでして下さい」

また怒ったように言うのも右から左へ通り抜け、春海は走った。

門を出るなり焦燥に襲われた。待たせているはずの駕籠がない。

「――どこだ？　どこに行った？」

と思ったら、道から外れたところで煙管《きせる》をふかす駕籠舁きたちがいた。道にいないのは、じき大名行列が現れる時刻なので、あらかじめ脇へどいているのである。その様子がさらに春海を焦らせた。ばたばたと駕籠に乗り込み、

「さあ行ってくれ。大急ぎで帰ってくれ」

「絵馬はお楽しみになれましたか」

駕籠舁きの一人がのんびり訊いた。

「良かった良かった。実に良かった。さ、急いでくれ」

駕籠舁きたちは、何が面白かったんだろうと、さほど興味もなさそうに肩をすくめ合って駕籠を担いだ。

えっさえっさ、と駕籠舁きたちが急坂地を軽快に進み、宮益を離れてちょっとした辺りで、

「――ああっ!?」

駕籠から、春海の絶叫が湧いた。

「と、止まってくれ！　頼む！　戻ってくれ！　大事なものを忘れた！」

駕籠舁きたちも、ああ、そう言えばと、神社から戻ってきた春海に欠けていたものに思い当たった。普通は無ければすぐに気づくのだが、春海に限っては、むしろ無い方が自然に見えた。駕籠舁きたちが、やれやれと方向転換し、宮益坂へ戻った。

「着きましたぜ」

駕籠を地面に下ろす前《さき》から、春海が転がるように飛び出した。一目散に神社に駆け戻る途中、またもや咄嗟に道の真ん中からどいた。そしてその拍子に、鳥居の柱に横っ面をぶっつけた。

「あ、痛っ、痛《い》ったあ」

くらくらしながら、それでも駆けた。

「神さまに面当てしてらあ」

今度も、駕籠舁きたちは手を合わせて拝んでいる。

奉納所へ辿《たど》り着くと、先ほどの娘が、本格的に怒った様子で睨《にら》んできた。

「お忘れ物ですッ」

きっとなって絵馬の下を指さす。その娘の仕草に、春海は心底、安堵《あんど》した。

「ああ、あった、あった。ああ、良かった」

そこに置きっぱなしになっていた二刀を、慌てて拾った。

江戸は繁栄と同時に貧困の町である。刀など落ちていようものなら、金が落ちているのに等しい。一両日のうちに売り飛ばされ、柄《つか》も鞘もバラバラにされ、装いを変えて誰のものともしれぬ刀となって、公然と売りに出される。いったんそうなれば発見することは不可能だった。

不覚悟も良いところで、下手をすれば失職ものである。

また、それだけでなく、

「絵馬の下に置くなんてッ、みんなのお願いを断つ気ですか！」

まがりなりにも奉納品の群れの、その真下に刃《やいば》を置けば、そう解釈されても仕方がない。

「いや、すまない。まこと申し訳ない。ついつい、この絵馬たちが面白くて……」

と、平身低頭で詫びつつ、絵馬の方へ目を向けた春海が、

「――えっ!?」

仰天して叫びを発し、そのあまりの勢いに、娘がのけぞった。

「な……なんです、大きな声など出してッ」

威嚇されたと思ったか、娘が、食ってかかるように言う。

春海は、目をまん丸にして絵馬を見つめ、

「……答えだ」

と、言った。

春海が、さんざん粘って解こうと努力した問題だった。その絵馬に、

『答　七分ノ三十寸　関』

なかったはずの答えが、さらりと書き足されてあった。

何者かが、春海と入れ違いにここを訪れたのである。

そして驚くほど短時間で、この難題に答えを書きつけ、去っていった。春海の背に震えが走

った。にわかには信じられなかった。驚愕《きょうがく》の面持ちのまま娘を振り返った。

「こ、この答えを書いた者を見たか？」

「はあ」

「この〝関《せき》〟というのが、その者の名か？」

「はあ……」

曖昧《あいまい》な声で返された。娘の表情には明白な警戒心があらわれている。だが春海は気づかず、さらに訊いた。

「何者なんだ？」

「若いお武家様です」

娘はそれだけ言った。献げられた絵馬を管理する神社の側としては、それ以上のことをいちいち教えられないという態度である。逆に訝《いぶか》るように訊き返してきた。

「なぜお知りになりたいのですか？」

「どうやって解いた？　術は？　やはり勾股の相乗から始めるのか？」

「そんなの……」

知るわけない、というように娘が困り顔になった。春海も、咄嗟に質問を変え、

「この場で解いたのか？　それとも、あらかじめ答えを知っていた風だった？」

口にしながら、おそらくその武士は、まさに今自分が立つこの場所で、初めて絵馬の問題を目にし、そして解いたのだろうと直感していた。そういう答えの書き方だった。あらかじめ問

題を解いた上で、ここを訪れたのだとすれば、もっと、苦労して解いたなりの記し方がある。『答え曰《いわ》く』とか、『これにて合問』といった言葉をさり気なく付け足したくなる。

それなのに、『答えは七分の三十寸』と、解答のみを伝えていた。苦労や力量の誇示といったものが、まったく見当たらない。

自身の名すら、〝関〟と、姓だけ添え物のように書いている。ただ算術数理の術こそ求められるべきものであり、個人の名など二の次と言わんばかりの態度だった。

だが、娘の答えは、春海の想像を遥《はる》かに超えた。

「先ほどいらして、どれも一瞥《いちべつ》して答えを書いてらしたのを見ておりました」

「どれも……？」

反射的に、また絵馬の方を見た。

「おっ――」

息を呑《の》んだ。声が出なかった。どれも。そんなまさか。どれも。一つ残らず。

その数、七つ。

春海が咄嗟には解けなかった問題を始め、他の、答えのなかった絵馬にも、同じ筆跡、同じようなわけもなさで、答えが、〝関〟の名が、さらさらと記されていた。

からん、ころん。

風に揺られて絵馬同士のぶつかる澄んだ音がした。

その音を、完全に心を奪われたまま聞いた。驚きを通り越して、周囲の時が止まり、自分の息づかいと絵馬の音だけが世界に響いているような思いだった。

あるいは止まったのは、春海の内部を流れる時の一部であったろうか。この瞬間に味わった途方もない驚異こそ、のちの春海の人生において、何よりも克明に記憶されることになるものだった。もし、人生の原動力といったものが、その人の中で生じる瞬間があるとすれば、春海にとって、まさに今このときこそ、それであった。

「一瞥即解──」

呟いた途端、背ばかりか総身に震えが走った。爪先《つまさき》から頭のてっぺんまで痺《しび》れた。

「そ……その方は、どちらへ向かわれた？」

神妙になって訊いた。呼び方が、〝その者〟から、〝その方〟に変わっていることにも、自分で気づいていない。

だが娘は今度こそ本当に警戒した顔で、

「存じません」

突っぱねるように告げた。

「そうだ、まだ近くにいるかもしれない」

ほとんど独り言のように春海が言った。先ほどよりも姿勢を正し、

「いろいろ訊いてすまなかった。ありがとう」

律儀に頭を下げ、くるりと娘に背を向けた。

「あっ……ちょっと、あの人を追いかける気ですか!?　あなたが書いた絵馬でもないのに、何

をそんな、むきになって――」

このときも娘の声は右から左へ通り過ぎた。お陰でこの後、〝関〟について、ずいぶんな遠回りをすることになるのだが、春海はただひたすら、くそ重たい刀を抱いて走った。

二

駕籠に乗って戻る途中、目を皿のように見開いて、〝一瞥即解〟の武士の影を追ったが、渋谷の田園風景のどこにも、それらしい人物はついに見つからなかった。

がっかりしながら、例の問題と、関という武士が出した解答に気を取られ、城までの道のりでただの一度も大名の行列に出くわさなかった幸運に気づかなかった。

駕籠舁きたちもそういう道を選んでいるわけだが、もし行列にぶつかっていたら、その場で駕籠を降りて行列が過ぎるのを待たねばならず、しかもすぐに次の行列が来て、時間だけがただ過ぎてゆく、ということになりかねなかった。

だがその幸運も、鍛冶橋を過ぎて終わった。馬場先門の付近は早くも人でごった返し、とても下馬所《げばしょ》である内桜田門《うちさくらだ》まで進めない。そのため和田倉門《わだくら》へ回ったが、そこも同じ状況で、仕方なく春海が指示して大手門の方へ向かったが、とんでもない人だかりに、

「旦那《だんな》、ここで降りていただけますか。こっから先は、歩きの方が早い」

なんと御門に辿り着けないまま、駕籠が止まってしまった。

「こんなに混むなんて……」

仕方なく駕籠から降りた春海は、なんとか刀を差しながら呆然《ぼうぜん》としている。

「そりゃあ、御登城日ですから」

駕籠舁きたちは、そんなことも知らないのかと、不審を通り越して不思議がった。

大名たちが登城する定例日は、多数の行列が一斉に城へ向かうため、どの道も渋滞になる。

そのために大名の中には同心組合に手当を出して行列の先導を頼む者もいる。

また、城内に入れるのは大名と限られた家臣たちだけなので、残りは下馬所にとどまり、主人たちが帰ってくるまでじっと待っていなければならない。そのせいで下馬所に残される者たちだけで、大変な混雑になる。さらにその上、

「今日は天気が良《い》いんで、ずいぶん見物人が多いようですねえ」

と、駕籠舁きが言うように、下馬所に残された槍《やり》持ちに箱持ち、若党に中間《ちゅうげん》たちが、ずらりと並ぶ〝雄壮〟な光景は、昨今ではすっかり観光名物となっていた。

わざわざ登城日の下馬所を見るためだけに来る者たちがおり、さらにはそうした観光客目当ての物売りが集まるのであるから、それはもう、とてつもない大喧噪《だいけんそう》の有り様である。

春海は、十二歳のとき、初めて御城に登った。当時、将軍となったばかりの、同年代である四代将軍・家綱の眼前で公務を勤めて以来、今年で十年目になる。

それでいながら、この大混雑をろくに知らなかった。

ここから人の群れの中を、重たい刀を抱えてだいぶ行かねばならず、

「まあ、仕方ない」

自分に言い聞かせながら、あらかじめ用意していた銭を、駕籠舁きに渡した。

銭通しの紐《ひも》に通したまんまの束を二つ。ひと束、九十六文だが、紐を通すと百文として扱われる。束が二つで二百文。しかし現実は、百と九十二文である。

ぴかぴかの、手垢《てあか》もついていない寛永通宝《かんえいつうほう》だった。最近ではほとんどその純国産の貨幣が、国外からの輸入貨幣に取って代わっている。だが銭はぴかぴかでも、けちも良いところである。

日本橋から新たにできた新吉原《しんよしわら》までの駕籠代だって二百文はする。それをあんな宮益の急な坂を行ったり来たりさせて、これっぽっちはないだろうと、駕籠舁きたちが不平を口にする前に、

「上り坂は一割増し、下り坂は一割二分増し。遠回りした分と急がせた分は一割五分増し。銀一匁と五分で、ちょうど百文。銀三分で二十文」

ひょいひょいと、駕籠舁き二人に、今度は銀で払った。あっという間に支払額が倍以上になる。しかも銀は、いまだに額面よりも重さで銭と両替することが多い。春海が支払った銀は見たところきわめて良質で、けっこうな両替額になりそうだった。

「こりゃぁ、いいんですかい？」

駕籠舁きがびっくりした顔になっている。

「計算が間違っていたか？」

春海が訊き返した。その反応自体が間違っているとは駕籠舁きたちも言えなかった。

「銀にしたのがいけなかったか？　銀六十匁が銭四千文だから——」

そろばんを取り出そうとする春海を、駕籠舁きたちが慌てて制止した。

「いや、何も間違ってやしませんよ、旦那。ええ、お見事なそろばん上手で」

「あんまりぴったりなんで、ぶったまげました訳で。こりゃまったくのご名答」

「うん、さようであるなら」

「御門まで駕籠を運べねえのが残念で」

「いや、朝早くから遠くまでありがとう」

「また使って下せえ旦那」

「うん」

春海は、ちょっと胸を張って応《こた》え、刀の重みで左へ傾ぎつつ、雑踏の中へ走っていった。


「やれやれ、高くついたな」

自分で律儀に計算しておきながら、ろくに値切ろうという発想もなく、春海は駆け足で道を大回りしながら呟いている。けれどもそれだけの価値はあったと嬉《うれ》しくなりながら、井上河内《かわちの》守《かみ》の邸の門前を通り過ぎ、北へ向かって松平越前守《まつだいらえちぜんのかみ》の邸の門前を行き、同じく大名行列を避けて回り道をしようと詰め寄せた人びとの間を、押し合いへし合い、揉《も》まれるようにして進み、やっと酒井邸の方、大下馬所のある大手門へ辿り着いていた。

見れば、確かに〝雄壮〟だった。

御門とお堀の前で、江戸城と青空を背に、御家人や藩士たちがござを敷いて勢揃い、というか、ほとんど蝟集《いしゅう》している。彼らは、雨が降ろうが雪が積もろうが、主人が戻るまでずっとそこにいなければならない。みな見せ物ではないと言わんばかりに無表情だが、見物されることが前提としか思えないほど衣裳《いしょう》やたたずまいに気を遣っていた。

大名たちの参勤は、前将軍の家光が武家諸法度を改定し、制度となった。だが本来は大名たちが自発的に江戸に参府し、徳川家に儀礼を尽くす〝御礼〟の行いである。

それが制度化されたのは、大名たちにとっても、その方がありがたかったからだ。いちいち参勤の時期を確かめ、自分たちは参勤しても良いのか願書を出し、その返事を延々と待つよりも、定期的な参勤が義務化された方が、余計な苦労も出費もなくなる。

徳川家も、参勤する大名は歓待し、市中に宅地を与え、ときに邸宅建設の資金を融通した。そのため昨今は城の周辺にびっしりと大名邸が並ぶのが当たり前になっている。

そうした大名の家人たちに、強制されてそこにいるという様子はない。むしろ堂々と存在を示し、藩によって趣の異なる衣服や武具道具を、競うように見せつけ合っているのだから、実際、下手な見せ物よりよっぽど見応えがあった。

その武士たちが、いそいそと門へ行く春海に気づき、

「なんだ、あのへたれ腰は?」

「どこの士だ?　いや……士か?」

じろじろ見つめ、口々にささやくのが聞こえ、春海はそれとなく襟を正しつつ、集中する視線に首をすくめて大手門を進んでいる。

先ほどの駕籠舁きたちが、そんな春海の住居を知ったらどう思うだろうか。

内桜田門の下馬所の前、邸を出ればあっという間に門へ進める場所、すなわち松平肥後守《ひごのかみ》邸こと会津《あいづ》藩藩邸であることを知ったら、なるほどと納得したか、あるいは余計に呆《あき》れ返ったか。

春海は、大手三の門、中の門、中雀《ちゅうじゃく》門と、大名や役人たちとともに同じ道を粛々と進んでいる。大手三の門は下乗《げじょう》門とも呼ばれ、一部の役人や大名はここまで駕籠で来ることができる。そこから中雀門までは御三家だけが駕籠で進める。ほとんどの者が徒歩になり、またここでも主人の帰りを待つ者たちがその場にとどまるため、またも出勤の混雑だった。

しかもただでさえ厳重に警備され、また侵入しにくく設計された城の虎口《ここう》である。混雑する時間帯は、なかなか人が進まない。春海も、ときに脇にどいて身と頭を伏せ、また進む、とずいぶん苦労している。だが、ひときわ高く澄んだ青空を見上げながら、春海は、ひどく気持ちが高揚するのを覚えていた。

書きしたためた、絵馬の算術問題が、束になって懐中にあった。

自分が咄嗟には解けなかった設問に、

『七分の三十寸』

一瞬にして答えを導いた、〝若い武士〟のまだ見ぬ姿が、ぼんやりとした影のように、脳裏に浮かんでいる。

わくわくした。

駕籠賃は高くついたし、走り回って汗みずくだった。刀の重さで足腰は痛むし、顔の横の、鳥居にぶつけたところもまだ少し痛む。

早起きをしたせいで頭はぼんやりするし、だいぶ腹も減った。

その上、これから仕事だ。

それでも、やっぱり、見に行って良かったと思った。


混雑する中之口御門から城内に入り、役人衆の下部屋の一つで着替えさせてもらった。同じ部屋で着替える武士たちから、刀の脱ぎ方が違う、差し順が逆だ、などと講釈され、そのつど従順に言うことを聞きながら、春海は詰所へ向かっている。

詰所と言っても正式なものではない。談議したり道具を置いたりする場所が必要なため、部屋を借りているだけである。春海やその同僚たちが江戸に来るのは、秋と冬の間だけであることから、その年によって使わせてもらえる部屋が違うこともあった。

春海は、どこかに、あるいは誰かに、刀の鞘をぶっつけてしまわぬよう、左側の壁をつたうような進み方で、やっと部屋に辿り着いていた。

部屋に来たのは春海が最後だったが、何とか同僚との顔合わせには間に合った。

特別な行事のとき以外は、さして話し合うべきこともなく、挨拶《あいさつ》が済むと、春海はひたすら茶坊主からお茶をもらってごくごく飲み干している。

そうする間にも、本日のおのおのの役目が簡単に確認され、みな行ってしまった。

部屋に一人残った春海は、ようやく茶碗《ちゃわん》を置いて、背後を振り返った。

ありがたいことに、今いる部屋から先は、逆に帯刀は許されない。

そのため入室した際、教えられた作法通りに刀を脱ぎ、自分の後ろに置いてあるのだが、いかにも気に障る。刀には独特な気配があって、そこにあるだけで、やけに存在を感じてしまうのである。絵馬の群れの下に刀があるのを見た娘が、怒るのも無理はなかった。

あまりに気になるので、振り返って、ずずっと手で押しやった。まだ気になる。膝立ちになって壁際まで押しやり、それから完全に刀に背を向けた。

このような振る舞いをする春海が、御家人であるはずもない。もちろん旗本ではない。しかし将軍様に御目見得することができる。といって学僧のように面と向かって会えるわけではなく、ろくに将軍様のお顔を見ずに公務を行う。

刀から離れてほっと息をつきながら、春海は、その〝公務〟の準備に取りかかった。

部屋の一隅に、わざわざ京の職人に作らせ、江戸まで運ばせたという碁盤が並んでいる。その一つを、自分の席の前まで運んだ。それから、白石、黒石の入った碁笥《ごけ》を、それぞれ傍らに置いた。そして作法通り一呼吸の間を置き、しっかり背筋を伸ばした。碁盤全体が等しく視野に固定されてから、碁笥を見ず、そっと黒石を一つ取った。

そしてその石を、ぴしりと、なかなか良い音を立てて打った。さらに白石を打ち、続けて黒石を打つ。暗譜した棋譜の中から、今日の指導碁に使うものを選び、石を並べてゆく。

別に遊んでいるわけではない。技芸であり仕事である。碁をもって徳川家に仕える〝四家〟の一員、すなわち御城の碁打ち衆というのが、春海の職分なのだった。

三

例年十一月、春海は、将軍様の前で〝御城碁《おしろご》〟を打つ。剣術で言えば御前試合にあたる。碁打ち衆として登城を許された四家、すなわち安井、本因坊《ほんいんぼう》、林、井上の名を持つ者たちにのみ許された勝負の場であり、各家に伝わる棋譜の上覧の場であった。

そのため秋には江戸に来て、冬の終わりまで滞在する。そしてその間、定期的に城内で大名相手に指導碁を行い、あるいは大名邸や寺社に招かれ、碁会を開いたりする。

先に述べたように春海は十二歳で、同年代の四代将軍家綱の御前で碁を打つ公務を務めた。翌年、十三歳のとき、父が死んだ。

そのとき父の名を丸ごと継いで安井算哲《さんてつ》と名乗った。それが本来の春海の名である。

安井家は清和源氏に発して、足利《あしかが》、畠山より分かれ、畠山家国の孫である光安が、河内国の渋川《しぶかわ》郡を領したことから、まず渋川家を名乗った。

さらにその孫である光重が、播磨《はりま》国の安井郷を領し、安井家を名乗った。

そしてその子孫である父の安井算哲が、十一歳のとき〝囲碁の達者な子〟として大権現様こと徳川家康に見出されたのである。以来、囲碁をもって駿府《すんぷ》に仕えた。そして江戸に幕府が開かれるとともに、生家のある京都と、御城のある江戸との間を往復する生活になった。

その父の跡を継いだのだが、春海には、二代目安井算哲を名乗って名乗らぬという、ちょっとした事情があった。

というのも春海は算哲晩年の子だった。

そのため春海が生まれる前に、父は他に養子をもらっていたのである。

名は安井算知《さんち》、三代将軍家光が見出した碁打ちの達者で、今年、四十五歳。

春海が生まれてからは、義兄として、また後見人として、春海を支える立場となったが、そのときにはもう既に、春海と同じ〝安井〟の名を継いでいた。

父兄を敬うのは徳川幕府の奨励するところである。美徳である以前に、法令として遵守されるべきものだった。家は長子が継承し、次男、三男は、他家に養子に出されるか、独立して召し抱えられるか、そうでなければ冷や飯食いとして冷遇される。春海も、長子であり二代目でありながら立場としては次男という、近頃たまに武家でも見かける中間的な立場となっていた。

しかも安井算知の働きには文句のつけどころがない。

かの三代将軍家光の異母弟にして、将軍や幕閣から絶大な信頼を得ている、会津肥後守こと保科正之《ほしなまさゆき》の、碁の相手としても召し抱えられているのである。

春海が江戸では会津藩邸に住んでいるのも、その安井算知の後援ゆえだ。それほどの技量と地位、また二十年もの経験の差を持った義兄である。その算知を立てるとき、春海は、安井ではなく、あえて一字変えて〝保井〟を名乗った。あるいは同じ安井家一党であることを強調すべきときは改めて〝安井〟を名乗った。その場そのときに応じた名乗り方をしたのである。

そしてそうするうちに、また別の名が現れるようになった。

〝渋川春海〟という名が、物心ついた頃、ふっと心の片隅に生まれた。

目的があって頑張って考案したのではない。自然と、それを自分の名と思いついた。

以来、公務以外で、なんとなく〝渋川春海〟を称した。それが受け入れられるようになると、だんだんにそちらの名を使う機会が増えていった。

署名も、保井と安井、どちらも使う必要がないときは、渋川を使った。

渋川郡を領した祖先を敬ってのことだ、と言うと恰好が良いが、要は、それだけ曖昧で、よりどころを失いそうな立場なのである。ころころ名を変えるなど、いかにも次男、三男のすることだった。自らの存在を成り立たせる手段を〝新しい名〟に求めているのは明らかである。

だが春海の場合、あんまり悲愴《ひそう》さはない。それどころか自身の曖昧な立場を素直に受け入れ、むしろ自由さとして味わっているところがあった。

そもそも今の立場が嫌なら、寺社奉行所に「我こそが安井算哲」と訴えれば良い。安井算哲の長子である春海にはその権利がある。あるいはそうまでせずとも、繰り返し安井算哲を名乗り、家業に邁進《まいしん》すれば、おのずから周囲も安井家の長子とみなすようになる。

特に今年、保科公の意向で、算知は会津にいた。御城碁に出仕できる安井家の者は、春海だけである。そういうときこそ、努めて安井を名乗るべきであろう。

だがそれをしない。

しないばかりか、〝渋川〟などという碁打ち四家いずれにも属さぬ名をわざわざ使う。

髪形や帯刀の問題も、実のところ、そうした春海自身の態度に原因があった。

先にも述べた通り、春海は武士ではないので束髪はしていない。剃髪《ていはつ》もしていない。では武芸者や学者のような総髪かというと、なんだか中途半端で、子供の髪形のようでもある。というより、髪も服も、そのつど指示に従っていた。

城内の服飾は、日々、将軍様や、奏者番、目付の意向などで、ころころと変わった。春海のような職の者は、昔から寺社奉行の〝呼び出し〟に従って出仕する。奉行所から、次の登城の際には、これこれこのように着衣を調えるように、と指示が下される。

城内では、身分によって着るべきものが事細かに決まっている。特に登城する大名たちには、咄嗟に武力行使ができぬよう、身動きが取りにくい礼装が定められたのだという。

ただし、かなり気分的な指示も多く、〝今回の儀式は派手めに着飾るよう〟とか、〝倹約令の発布のため簡素に〟など、言ってしまっては悪いが、朝令暮改だった。

大きな規則を運営する上で、しばしば発生する、雑音のごとき決まり事もある。いったん作られた決まり事が、無数の小さな決まり事を生み出してゆく。さらにそれらが、互いに矛盾する決まり事を生み、その矛盾を解消するため、また新たな決まり事が生まれる。中には咄嗟に意味が分からず、馬鹿馬鹿しいとしか思えぬものもあったが、細部にわたって守らねば城内にいる資格を失う。身分が高い者も低い者も必死である。

春海も、それで途方に暮れたことがあった。

とある行事の際、急に、髪と帽子のことを指示されたのだが、髪が足らないのである。そのため〝毛髪不足〟を真面目に訴え、書類まで作って、髪がこれこれの長さに伸びるまで指示に従わなくともよい、という許可を得ねばならなかった。

そしてその決まり事も、次の行事の時には、なくなっていた。なんとか伸びたと、ほっとした髪を、がっくりしながら切って、元の髪形に戻したものである。

刀もそうだ。春海はこの歳まで帯刀したことがない。まさかするとも思わなかった。

それが、「剃髪をせぬのに無腰でいるのは何やら見栄が悪い」との意見が、目付あたりから急に降って湧いたとのことで、ある日、いきなり寺社奉行所から刀が下賜された。

春海の職分での帯刀は珍しい。というより本来ならありえない。

同僚たちの間では、ただ一人の例外的な措置で、名誉でもあった。

だが春海はちっとも嬉しくない。何しろ下賜とは名ばかりの借り物である。官給品であり、二刀分の借り賃がしっかり俸禄《ほうろく》から天引きされる。うっかり失くせば厳罰が下る。実際、酔っ払った御家人が刀を置き忘れた上に盗まれ、厳しいお咎《とが》めを受けることがたまにあった。

重たい上に俸禄は減る。座るにも駕籠に乗るにも邪魔だが、どこにでも持って行く義務がある。しかも扱いが悪いと、こっぴどく怒られる。まかり間違って城内で鞘当てでもしたら進退問題になる。そのせいで道でも廊下でも、武士とすれ違うときは左端にべったり寄った歩き方になってしまう。剣術などろくに知らない春海からすれば、疫病神に憑《つ》かれた気分である。

しかも帯刀したらしたで、今度は、「束髪もせぬのにへっぴり腰で帯刀する者がいるのは見栄が悪い」というような声が、どこからともなく聞こえているらしい。

春海としては、いつでも喜んで二刀を返上する気でいるのだが、残念なことに、まだそういう指示が出される気配はない。

碁打ちの身なりは僧に倣うのが一般的である。立場が上になれば京都から薄墨《うすずみ》の綸旨《りんじ》をいただき、僧侶《そうりょ》として高い官位をもらう。だいたいが駕籠で登城するたぐいの、けっこう身分の高い幕臣なのである。またそうでなければ将軍様の御前に出ることなど許されるものではない。

こうした碁打ち衆のあり方は、かつて織田信長、豊臣秀吉、徳川家康の三人の覇者に碁をもって仕えた本因坊算砂《さんさ》に始まる。算砂は、織田信長より〝名人〟と称《たた》えられてその始めとなり、豊臣秀吉より碁所《ごどころ》および将棋所に任じられてその始めとなった。そして本因坊算砂の背景には日蓮宗《にちれん》の存在があったことから、徳川家康は城の碁打ちや将棋指しを寺社奉行の管轄とした。

つまり春海も、安井算哲の名を継ぐと同時に、さっさと頭を丸めればよかったのである。

それなら、ある日突然、己の体重の十三分の一にも等しい二刀（春海が実際に量ったところ、正確には十三分の一よりもっと重かった）などを抱えるようなことにはならなかった。

というより、そんな事態になる方がおかしい。同僚たちも、春海の帯刀の名誉を認めつつも誉めはしない。むしろ、なんでそんな状態になるのかと怪訝《けげん》な顔をする。

だがそれでも、春海には、あえて曖昧さの中に己をとどめようとする思いがあった。

このままただ安井家を継いでしまったら、どこかにあるはずの本当の自分が、この世に現れる機会が消えてしまうのではないか。そんな思いが、どうしても消えないのである。

他の次男、三男の者たちからすれば、家督は継げるがあえて継ぐことを悩むという、実に噴飯ものの贅沢《ぜいたく》と言えた。碁打ちという特殊な職分、義兄の高い地位が、偶発的に生んだ自由さであり曖昧さだった。だが春海の思いは、かなり真剣な気持ちに裏打ちされている。だから、碁以外に、これはと思ったものには、とことんまで打ちこんだ。

算術はその代表格で、そろばんも算盤も、六つのときに初めて習って以来、なんと面白いものがこの世にあるのだろうという思いで使い続けている。どちらも触れているだけで新しいものが生まれそうだった。それも、他ならぬ自分の手で生み出せるのではと思えてくる。

そんな昂揚《こうよう》をもたらすしろものを若者が手放せるはずがない。肌身離さず持ち歩いた。刀は忘れても算術の道具だけは決して忘れなかった。

幾らやっても算術だけは飽きない。それがこの城に勤める自分にとって、どれほどの救いとなっていることか、碁盤に並べた石を眺めながらつくづく自覚させられた。

脳裏にはあの『七分の三十寸』の絵馬がちらちらよぎり、どうにも仕事に身が入らない。

そこへふいにまた茶坊主がやって来て、

「もっと飲みますか?」

と言ってくれた。仕事が中断されたことを春海は喜んだ。

「うん、ありがとう」

「今日も、お相手は酒井様ですか?」

茶坊主が茶湯を出しつつ、さりげなく訊いた。酒井とは老中の一人、酒井〝雅楽頭《うたのかみ》〟忠清《ただきよ》のことである。茶坊主衆には、権力者たちの日々の様子を観察するような、城の勢力構図の変化をいちはやく見抜こうとするようなところがあって、こういう質問をしてくる者が多い。

だが、春海はそういうことに頓着《とんちゃく》せず、

「うん。なぜか私がお相手する」

「それはまた、ずいぶんと見込まれておられるのですねえ」

「うーん、どうだろう」

「お菓子などはいかがですか？」

「えっ？　良いのかい？」

「ええ、ええ。お持ちしましょう」

「それは助かる。ありがとう、ありがとう」

昼食まで空《す》きっ腹でいることを覚悟していたので心から感謝しながら、ほとんど手癖のように、そろばんを取り出している。

「さ、どうぞ」

茶坊主が差し入れたお菓子を見ながら、ぱちぱち珠を弾いて、

「こんなものかな。些少《さしょう》だが」

「はい。ちょうど良きかと存じます」

「さようであるなら」

と銭を茶坊主に渡している。

城内には、上級から下級まで大勢の茶坊主衆がいて、雑用や給湯茶事を行う。彼らは同時に城内の連絡役を勤め、ときに城の事情に疎い諸大名のため便宜をはかったりもする。

そのため諸大名が茶坊主衆に〝御用〟を頼んで手当を支払い、自邸に出入りさせて饗応《きょうおう》することが慣習となっていた。春海もそれに倣って小遣い銭を渡すのだが、大名たちの手当に比べれば些少に決まっている。ただ暗算できるような銭勘定に、わざわざそろばんを弾くところに愛嬌《あいきょう》があって茶坊主衆は春海を〝そろばんさん〟などと呼び、けっこう親しまれていた。

春海はそんなことは全然知らない。茶坊主たちは、みんな親切だな、と思っている。自分のことを茶坊主たちがそんな風に渾名《あだな》しているのを知ったら、かえって喜んだのではないか。中には、自分たちの立場を笠《かさ》に着て横柄な振る舞いをする茶坊主たちもいたが、そういう実態も、春海はよく分かっていない。

「いつもながら、本当にお好きなんですねえ、そろばん」

去り際に、茶坊主が感心した風に言うのへ、

「うん。まったく奥が深い。あなた方も持ち歩いたらどうだろう。きっと便利だよ」

にこにこ応じたりして、茶坊主が部屋に戻ったとき、笑い話の種にされるとは、てんで思っていない。ただ、

「いつも親切にありがとう」

春海の丁寧な振る舞いのせいで、笑い話が嘲笑《ちょうしょう》や揶揄《やゆ》にはならないところが、人徳と言うべきか、こういうところでは妙に得をする性格でもあった。

「いえいえ。いつでも御用の時はお声がけ下さいますよう」

と退去する茶坊主に、わざわざ賄賂《わいろ》を渡すほど、城内の働きに懸命な春海ではない。

ただ習慣に従っているだけで、もし銭を渡さねば茶坊主から冷ややかな扱いを受けるような、無為な身分でもなかった。座布団だって、頼めば銭なしでこっそり貸してくれる。

ありがたく茶菓子をむさぼった春海は、改めて今日の指導碁のため、盤上で布石の順序を工夫した。そうするうち、だんだんと石を運ぶ手が滞り、やがて完全に止まってしまった。

もう我慢できなかった。いそいそと石を片づけると、懐から算盤を取り出し、つい今まで業務を行っていた碁盤の上に広げ始めた。

あまつさえ算盤の布が動かぬよう、黒石で四方を押さえたりしている。そうしながら、

『七分の三十寸』

あの答えが、本当に合っているのかどうか、早く確かめたくて仕方なかった。

というより、合っている、という気がしてならない。瞬時にして書きつけられたという絵馬の答えの全てに、ことごとく『明察』の二字が付された光景が、やけに明瞭に想像できた。その想像通りであることを確認するまではおちおち仕事にも集中していられない。

どうすれば『七分の三十寸』に至ることができるか、解答から術式を逆算してゆくことが主眼となった。問題はすっかり暗記しているし、自分が解こうとして行き止まりにぶつかった幾つもの術式も一つ一つ思い出せる。

誤謬もまた答えの一部である。誤謬が増えていけばいくほど、辿り着くべき正答の輪郭が浮かび上がってくる。今はまだ算術の公理公式というものが総合され始めたばかりであり、どの術も、多分に、個々人の才能と閃《ひらめ》きによって導き出されることが多かった。

だからこそ面白い。未知こそ自由だった。誤りすら可能性を作り出し、同じ誤りの中で堂々巡りをせぬ限り、一つの思考が、必ず、次の思考の道しるべとなる。

そんな算術の醍醐味《だいごみ》を味わい、我知らず微笑んで算木を並べるうち、ふいに、これはという手応えを感じた。やはり勾股の相乗が起点であるのだ。勾股弦の法をもって等しい線の比を出すため、勾股弦の総和、勾股の和、弦による乗あるいは除と、順に組み立てれば、きっと……、と、そこまで辿り着いたとき、

「いったい何をしているのです」

おっそろしく不機嫌な声が飛んできた。

振り返る前に、春海には誰だか分かっている。相手が急に現れたことよりも、その怒りを秘めた声にびっくりした。

「ずいぶん早く戻ってきたね、道策《どうさく》。もう指導碁は終わったの？」

少年が部屋に入って来て、ぴしゃりと鋭い音を立てて戸を閉め、

「松平様より席を外すよう申しつけられましたゆえ。道悦《どうえつ》様だけ残り、わたくしは退席致しました」

むすっと告げ、碁盤を挟んで春海と向かい合った。

初々しい顔立ちに似つかわしくないほど、みなぎる才気の相である。正面に座られると、大人でさえ気圧《けお》されると評判の少年だった。

名を、本因坊道策。

今年で十七歳となる若手の碁打ちである。

つい最近まで三次郎と呼ばれてみなから可愛がられていたが、その才気煥発《かんぱつ》の著しさから、師の本因坊道悦に跡目とみなされ、既に、本因坊道策を名乗ることを許されていた。

春海と同じく、剃髪せず束髪せずの髪形だが、こちらは正式に本因坊家を継いで剃髪する日を待ち望んでいる。また、決まり事に従って帽子を乗せているが、公家《くげ》だか僧だかいまいち判然としない型の帽子で、これも朝令暮改の一つだった。来年辺りには型ごと消えてなくなっていそうな帽子だが、道策は毎日きちんと手入れをしている。

「松平様も、道悦殿が相手だと、きっと気を楽にご相談できるのだろうね」

春海が少年を宥《なだ》めるために言った。少年が、自分だけ退席させられたことに怒っているのだと勝手に解釈している。

松平様とは松平〝伊豆守《いずのかみ》〟信綱《のぶつな》、今の四老中の一人である。前将軍家光に老中に任ぜられ、家光が薨《こう》じたとき、家光自身と、その異母弟たる保科正之から、殉死追い腹をせず、四代将軍を補佐することを命じられていた。それほどの政治の才能を持ち、かの島原《しまばら》の乱でも総大将を勤め、その功績で加増を賜って武蔵川越《むさしかわごえ》藩に移封されると、今度は藩政でも数々の功績を残している。とても春海や道策が、碁を行いながら、世相、訓戒、学問について、様々にお話を交わす、といったお相手を勤められる人物ではない。

「違います」

だが道策に鞭《むち》でも振るうような鋭さで返され、春海は首だけ前に出し、

「違うって、何が……？」

「わたくしが今、このような態度を、あなたに対して取っている理由です」

みなまで説明させるなと言わんばかりの叱責《しっせき》口調を、正面から浴びせられた。

「違うのかい？」

「はいッ」

「じゃぁ、何をそんなに怒っているんだ？」

「これです、これッ」

道策がじれったそうに目の前のものを指さす。盤上に広げられた算盤と算木である。

「これがどうかした？」

「あなたは、神聖な碁盤の上で、いったい何を遊んでいるのですかッ」

道策が躍起になって身を乗り出し、その分だけ春海が引きながら、なおも宥めて、

「遊んでいるわけではないよ、道策。私は、ただ……」

「六番勝負ッ」

屹然《きつぜん》となって道策が遮った。知らぬ者にとっては何のことだか分からない。

道策には、その抜群の頭の回転の速さから、過程をすっ飛ばして結論だけ告げる癖があり、
春海も一瞬だけ混乱したが、

「ああ」

なんとなく分かった。

六番勝負とは、春海の義兄である安井算知と、道策の師のさらに師である本因坊算悦《さんえつ》が行った、真剣勝負の御城碁のことだ。

碁打ちの頭領たる前代の名人碁所が死去してのち、座は空白であったことから、安井算知と本因坊算悦が、その座を争い、互先《たがいせん》による六番碁を打つこととなったのである。

碁所を賭《か》けた勝負は初めてのことで、〝争碁《そうご》〟と呼ばれ、城中でもかなり話題になった。

将軍様御前にて鬼気迫る勝負が八年にわたって行われ、結果は、双方、三勝三敗。

碁所は空白のまま、算悦が死去し、道悦が本因坊を継いだ。

現在、安井算知が碁所に最も近い。だが実際にその座に就けば、道悦が〝争碁〟を申し出て、再び白熱の勝負が行われるであろうことは、衆目の認めるところであった。

しかし、春海は首を傾げて訊いた。

「私やお前が、勝負を行うわけではないだろう……？」

「道悦様、算知様ののちは、わたくしたちの勝負でありましょう、算哲様ッ」

だから、互いに師の戦いを見守り、今から腕を磨いて勝負に備えるべきだ。そういう、きわめて強い意志が、声に乗って高波のように迫ってくる。

その波を頭から浴びせられても、春海は、ぷかぷかと海面に浮かぶような平和な顔でいる。

それ以外、どういう顔をしたらいいか分からない。争碁という一大事と、自分自身との間に、やけに遠い隔たりを感じて仕方なかった。算哲と、父の名で呼ばれても、頭では自分のことだと分かってはいるが、どうしても心に届かない気持ちがした。

「どうかなあ。お前の相手なら、知哲《ちてつ》がふさわしいと思うよ」

呑気《のんき》そうに、しかし春海本人はけっこう真剣な気持ちのつもりで言った。

知哲は、安井算知の実の子で、春海の義理の甥《おい》、道策より一つ上、十八歳になる。

算知にとっては本来、自分に次いで安井の名を継いでくれる子で、今は春海の〝義弟〟の立場にある。実際、それだけの才覚を持っている。まだ御城碁を勤めたことはない。だが今年、算知や春海とともに後水尾《ごみずのお》法王の御前にて対局を上覧に供するという大仕事を立派に勤めていた。

さすが安井算知の子だ。春海は感心した。というか自分こそ安井なのだが、春海は素直にそう思った。また知哲の方も、ちゃんと春海を目上として立てるので、安井の名を巡って啀《いが》み合う、といった事態にはなりそうもなかった。むしろ春海は近頃、なんだか知哲が安井家を継いだ方が良いのではないかとすら思えてきていた。

だがたちまち道策のおもてが真っ赤になっていき、怒りの眼光鋭く、春海を見た。もとが清秀たる面立ちである分、怖い迫力がある。

「わたくしでは、あなたの相手にふさわしくないと、そうおっしゃるのですかッ」

春海はぽかんとなって、

「いや、違う。道策、それは違う」

「何が違うのですッ」

「きっと私の方がお前の相手にならないよ」

だが道策の耳には入らない。完全に怒り心頭に発した様子で、

「二代目安井算哲に挑むに値せざるや否や、ただ今この場で、ご覧に入れたい」

盤上の算盤に叩《たた》きつけるように掌を置くと、ざざっと、容赦なく真横へ払った。

当然、せっかく並べた算木が台無しになって算盤ごと床に落とされてしまった。

「ああっ!」

慌てて算木を拾い集める春海に、道策はますます屹然となり、

「何をしているのです。そんな木ぎれなどより石を持ちなさい石をッ」

「知らないのか。これは算木と言って――」

「知っています」

きっぱりと道策に遮られ、春海はなんだか泣きたくなった。

「我が師たる道悦様が、あなたのことを何と仰《おっしゃ》っているかわかりますか」

「さて……」

算木の数をちゃんと確かめながら肩をすくめた。道悦ともあろう者が、この自分をわざわざ話題にすること自体が不思議だった。

「そろばんだの星だのに費やす労を、碁に注げば良いものを。せっかくの得難い才を無駄にしているのだそうですよッ、あなたは。わかっているのですか」

まるで自身が窘《たしな》められたかのような道策の口ぶりである。春海は笑いそうになって何とか我慢した。碁の天才たる道策がうぬぼれないよう、安井家を引き合いに出してそんなことを道悦

が言ったのだとしか春海には思えない。

まさか碁打ち衆が、陰で、次の世代の〝争碁〟を、春海こと安井算哲と本因坊道策の一騎打ちとみなし、今からどちらの家に分があるか噂し合っているなどとは考えもしない。

道策の碁が、一手一手に才気を溢れさせ、刹那《せつな》の閃きを棋譜に刻みつける碁である一方、春海のそれは幾重にも理を積んで巧みに棋譜に織り込む碁であるとされた。矛盾した戦法をあっさり両立させたりすることから、〝二代目算哲に限っては水が油に混じる〟と称された。

しかも長時間の戦いにやたらと強い。碁会など数日がかりの勝負が行われることがしばしばあるが、初日と最後の日とで表情がほとんど変わらないのである。何日続こうと平然と打つ。そのため対戦相手の方が勝手に惑乱して、潰《つぶ》れてくれることが多かった。疲れ知らずというより最初から疲れることをしていない。記憶力が本当に優れている者は、忘れる能力にも長《た》けている。今日打った手のことなど晩に忘れ、翌朝に昨日の棋譜を眺めて新たに続きを考える。

義兄算知や義弟知哲のことはともかく、春海も春海で、ずいぶん〝才覚あり〟とされているのだが、本人はそうしたことに一向に頓着しようとしない。また、頓着しないことが、春海にとって己を守るすべでもあった。

算盤の布できちんと算木を包みながら、春海はちょっと言い方を変えた。

「いや、道策。実のところ、碁にも通じるのだよ、算術も星も」

星とは文字通り星や月や太陽のことで、その観測は、算術の次に春海を熱中させた。邸の庭に、わざわざ断って日時計を造り、影の長さを測って日の運行を記録した。そしてそれを古来の暦術に照らし合わせつつ、最新の観測技術や暦術も参照し、独自に暦の誤差修正を行うという、かなりのことまでやった。むろん本来の勤めからはかけ離れた行いで、無駄と言えば本格的に無駄である。だが春海は真面目な顔で主張した。

「月星日の動きにも定石がある。その定石を算術が明らかにするのだ。夏至も冬至もあらかじめ分かるし、時の鐘とて、暦の術をもとに鳴らす時をはかって――」

「星はあくまで天の理でしょう。碁は人の理です。星の定石が、碁の役に立ちますか。そんな定石があったとしても、このわたくしが破る。さあ、石を持ちなさい。持ちなさいったら」

道策はすっかり躍起である。碁笥から黒石をすくって春海の手に握らせようとまでする。

それほど感情をあらわにする者は、普通、勝負の場ではきわめて不利なのだが、道策にはその不利を補って余りある才能があった。

「わかった、わかったから睨まないでくれ」

やたらに澄んで鋭い道策の双眸《そうぼう》は、春海が背後に押しやった刀の刃を想わせた。なんだか命を取られそうな怖い気持ちになる。どうせお呼びがかかるまでのことと軽く考え、相手を宥めるため石を一つ手に取ってみせた。

道策が無言でうなずく。すぐに背を伸ばして白石を取り、春海が初手をどこに打つか、盤上と春海とを等分に視界に置いて、じっと待っている。その姿勢一つ見ても、道悦の教えの良さ、道策自身の溢れる才気が分かる。師も弟子も一つの道に邁進して己を疑わない。

（良いなあ）

春海は素直に羨んだ。嫉妬《しっと》ではない。何か美しいものを観たときのような感嘆の念で道策を見た。果たして自分は道策のように、一抹の疑いさえ抱かず、全霊の気迫をもって自己を費やすべく碁が打てるだろうか。そう思いながら、半ば無意識に、初手を右辺の星へ打った。

亡父が遺《のこ》した打ち筋の中でも、特に好きな、〝右辺星下〟の初手打ちだった。

安井家の秘蔵譜である。それだけのものを見せねば、なんとなく道策に失礼な気がした。

気がしたが、すぐ気が変わった。道策の目の輝きから、未知の打ち筋に、強烈な歓びを感じているのを覚った。つまりは学び取る気をみなぎらせているということである。

(ああ、まずい。奪《と》られる)

亡き父の、安井家の打ち筋を、紙が水を吸うように、この俊英に吸収されてしまう。これでは義兄たる算知に断りなく、安井家の棋譜を、本因坊家に譲り渡すことになる。

(これは困った)

そう思う一方で、早くも半ば諦《あきら》めていた。道策のきらきら光る瞳《ひとみ》がそうさせた。序盤の打ち筋くらいは譲り渡しても良いのではないか。技芸は、それにふさわしい者が発展させることで将来の新たな道が拓《ひら》ける。きっと道策ならば、自分よりも……、という思いに駆られたとき、

「失礼致します、春海様」

先ほどの茶坊主が部屋に来て、道策の顔が面白いほどに歪《ゆが》んだ。

「井上様がお呼びになっておられますので御案内したく存じます。用は直接会ってお話しすると井上様は仰っておられます」

春海は、渡りに船という気持ち半分、道策への申し訳なさ半分で、

「うん、そうか。では、道策。すまないね」

「続きを、是非ッ」

「うん、そのうちに」

「算哲様ッ」

「まあまあ。お互い、勤めがあることだし」

「お勤めの後でも良いではありませんかッ」

「御免よ、また今度な」

悔しさ余って石でも投げつけそうな道策から逃げるように、首をすくめて春海は部屋を出た。

四

「ずいぶん、いろいろな方に見込まれておられるのですねえ」

わざとらしく感心する茶坊主に、

「うーん、どうだろう」

曖昧に応えながら、大廊下、すなわち松の廊下を進んでいった。大広間と呼ばれる最も大きな殿舎と、白書院と呼ばれる行事のための殿舎をつなぐ、長いL字形の廊下である。

右には池と井戸がある大きな中庭、左には廊下の名の由来である浜辺の松、群れ飛ぶ千鳥が

描かれた醇美《じゅんび》たる襖《ふすま》が並び、御三家や前田家の部屋、諸役人の詰所となっている。

春海を呼んだのは、井上〝河内守〟正利、笠間《かさま》藩主であり五万石の譜代大名である。寺社奉行と、儀式を司る奏者番とを兼ね、春海に刀を与えるよう指示した男でもある。

松の廊下に、寺社奉行の詰所はない。寺社奉行は四人ほどの大名が月ごとに交代し、その月の当番である大名の邸が役所となる。

井上本人はもっと先、廊下をずっと進み、白書院の帝鑑《ていかん》の間からさらに奥、奉行や大目付などが詰める芙蓉《ふよう》の間の、すぐ外にある小さな中庭で待っていた。

茶坊主が退《さ》がり、春海が慇懃《いんぎん》に挨拶をすると、井上は一瞥して、

「刀には慣れたか」

と、大して期待していないような訊き方をした。

「いえ、大変に重うございます。とても武士のようにはまいりませぬ」

春海は心の中で、もしや二刀の返上を命じられるかもしれないと嬉しくなったが、

「いずれ身の一部のようになろう」

その井上のひと言で、引き続き、刀に苦労することが分かってがっくりきた。

「それにしても分からぬ。どういうことだ？」

いきなり井上が訊いた。春海の方こそ何が何だか分からないが、

「は――」

と相づちを打たねば失礼になるので、とりあえず頭を下げた。

「お主、酒井から何を命じられておる？」

「は……、いえ……？」

反射的にうなずき、それから混乱しつつかぶりを振った。確かに近頃、指導碁の相手として指名されることが多いが、それ以外、特に何かを任されたことなどなかった。

「何も……ご下命を賜っておりませぬが」

「何も？」

じいっと井上が見据えてきて、春海はますます混乱した。井上の顔が険しくなった。

「酒井の小せがれめが、何のつもりか」

春海は無言。事の次第が分からないのに下手に口を利けば面倒になる。それくらいのことは十年の御城勤めで学んでいる。

また、井上と酒井が、いわゆる犬猿の仲であることも知っていた。

とにかく馬が合わない。井上は、五十六歳。対して酒井は弱冠三十七歳の老中であった。仲違《なかたが》いのきっかけは、井上が何かについて助言をした折、酒井がやたらと達者な口を利いたため、などと言われている。以来、井上は酒井への批判をしばしば口にし、しかも、この自分がわざわざ小僧っ子を批判してやっているのだという口ぶりをする。

寺社奉行は、町奉行や勘定奉行と違い、老中の支配を受けない。だから井上は老中である酒井に対しても公然と意見を言うのだが、当の酒井は、「さようでありますか」と、反論も肯定もせず、聞かなかったかのような平淡さで返し、ほぼ黙殺する。

しかもその上、酒井は、ごく当然のように井上を自邸に招待したりする。井上が応じるわけがない。あえて、「畏《おそ》れ多くも」などと、くそ丁寧に断って返す。

完全に水と油である。そのくせ春海からすれば面白いことこの上ないのだが、井上と酒井は、江戸では隣人同士だった。振り袖《そで》火事によって江戸が炎に包まれるわずか十七日前に出版された、明暦《めいれき》三年の正月版・新添江戸之図でも、大手門至近に、酒井〝雅楽頭〟と、井上〝河内守〟の邸宅が、〝仲良く〟並んでいる。あるいは性格が異なる者同士が隣人となってしまったせいで、かえって仲が険悪になったのだろうか、とさえ思わされる。

そんなわけで井上には、陰で〝下手三味線〟という、あんまりありがたくない渾名がつけられていた。酒井の〝雅楽頭〟にかけて、歌はお気に召さない、というわけである。

「つまりはお主、老中酒井様のご愛敬《あいきょう》とでも申すのか？」

そんな風に刺《とげ》をふくんだ慇懃さで酒井のことを呼ぶ。春海からすれば、ますます訳が分からない。それなのに自分まで井上に嫌われるのは、実に困る。

「は……、私には、まるで見当がつかず、いったい何のことでございましょうか……？」

ついロに出して訊いた。井上が目を剝《む》いた。怒りの顔である。春海は、なんだか今日は色々な人間に怒られるな、と途方に暮れた。しかも今度の相手は大名である。反射的に井上の腰に目がいった。城内でも太刀は脱ぐが脇差しは差したままである。武装した上司に怒られるというのは本当に肝が冷えた。しかも井上は実際に刀を使えるし使ったことがある。〝戦時〟を知る人間であり、怒りの相が発する殺気の桁が違う。春海は城の屋根の端に立ってぐいぐい背中を押され、今にも踏み外しそうになっている自分を想像した。

「刀のことだ」

吐き捨てるように井上が言い、そして急に怪訝な様子を見せた。

混乱と恐怖で蒼白《そうはく》となる春海を、また違う目つきで注視し、かと思うと呆れ顔になって、

「本当に、酒井は何も言わんのか?」

「は……。何を……でございましょう……」

ただ同じ言葉を繰り返すだけの春海に、手を振ってみせ、

「もう良い。戻れ」

ここまで人を惑乱させておきながら無体も良いところだが、春海はひたすら安堵した。

「は……では、これにて失礼仕《つかまつ》ります……」

命を救われた気分で、蹌踉《そうろう》となって松の廊下へ戻った。するとまた別の茶坊主が、春海を待ち構えるようにしており、

「酒井様がお呼びでいらっしゃいます。早めに部屋に来るようにと」

春海はなんだかめまいがした。

五

「では、この手はどうだ」

ぱちんと石を置いて言う。肩肘《かたひじ》を張らず、といって気を抜いたわけでもなく、淡々と打ち、話し、人を見る。感情の起伏というものがほぼ表に出ない。というか感情があるのかと疑いたくなる。それが酒井〝雅楽頭〟忠清のいつもの態度である。

「申し分ありません」

春海が言いつつ石を置くと、

「であろうな」

そんなことは知っているという態度で新たに石をつまんでいる。この老中は、城で好まれる定石を延々と繰り返す。それも序盤の布石を特に学び、勝つための戦いは二の次としている節がある。たとえ負けても、五十手も百手も、先の先までお互い読み合えるような定石を、いかにして外れないかが大事、というようだった。

実に極端である。人を相手に打つ意味がない。碁の指導書を読みながら打てば足りる。

春海はなぜこの老中が、自分に指導碁を行わせるのか、さっぱり分からない。

それも近頃、急にそうするようになった。他の老中たちに遠慮して、まだ若い春海を指名しているのだろうか、と最初は思ったが、それにしてはこの老中、春海から何かを学ぼうという気配は、かけらも見せたことがない。

そもそも公務の合間に、わざわざ城で碁を打つ理由は限られている。

一つには、能と同じく、碁が武士の教養とされている側面がある。能は、将軍自ら披露し、また大名たちに披露させる。ゆえに各家にそれぞれ十八番があって練習に励み、自邸に能舞台がある大名邸には、他の大名が練習のため舞台を借りに訪れたりする。

碁も同じで、将軍の御相手を勤める機会はほぼないに等しいが、大名同士で打ったとき、互いの打ち筋について話題の一つや二つ持っていなければ、教養が低いとみなされる。

さらに碁は、政治的な根回しの場でもあった。碁の交友は、武家、神宮、寺社、公家と、きわめて広範囲に広げることができ、碁打ちの人脈は、なみの大名を遥かにしのぐ。特に宗教勢力との接点は非常に多い。春海個人ですら、江戸、京都、会津と、東西にわたって広い交友関係を持つ。つまり老中にとって、指導碁を受けるとは、碁打ちから、様々な情報を得ることであり、人脈作りの一環だったわけである。

だが酒井の目的は、碁でも人脈でもなく、全然違うところにある気がしてならない。

しかも、先ほど井上に尋ねられた言葉が、やっと冷静に考えられるようになっていた。

刀のことだ。

およそ考えにくいことだが、春海の中では、しきりに二つのことが結びつけられようとしていた。碁打ちである春海の帯刀と、酒井という若い老中の存在である。

いったいなぜ突然、春海に刀が与えられたか。それは実は、この老中酒井が、目付に根回しをし、寺社奉行に話を通させ、春海に刀を渡させたのではないか。

だがなんのために？　よっぽど直接尋ねてみようかとも思ったが、それでは自ら井上と酒井の間に飛び込むことになるのではないか。前門の虎、後門の狼である。恐ろしいことこの上ない。まかり間違って、井上と酒井の間のいさかいに、安井家が巻き込まれようものなら、亡父と義兄に申し訳が立たない。

結局、ただ定石通りの指導碁に終始するほかない春海に、ふと酒井の方から、

「お主、そろばんが達者であるそうだな」

などと言ってきた。本当はまったく興味を持っていないかのような淡々とした調子である。ただ暇潰しに口にされたようで、これは確かに井上ならずとも、かちんと来るかも知れない、と素直に思った。

「は……いまだ未熟でありますが」

「碁盤の上で算盤を広げるほど、算術に熱心だそうだな」

「は……、それは……」

これが御城の恐ろしいところだ。つい先ほどの詰所での会話など完全に筒抜けである。老中に知られずにいられるものなど城中では皆無なのかと思わされる。なんだか早朝に起きて渋谷まで駕籠を走らせたことまで知られているような気がしてきた。

それにしても、と早速、混乱に襲われた。いったいなぜ自分などの言動を酒井が知りたがるのか。むろん酒井には、その疑問に答えてやろうとする様子はまるでなく、

「塵劫《じんこう》は読むか？」

と重ねて訊かれた。

「……は、そのつど新たに出たものを嗜《たしな》んでおります」

塵劫とは算術書を指す。と同時に、もともとは一冊の書の名だった。

かなり前に、吉田光由《よしだみつよし》という算術家が、『塵劫記《じんこうき》』という書を著した。これが大変な人気を博し、塵劫と言えば、算術書全般を意味するようにすらなったのである。

吉田は、かの朱印船貿易で財を築いた豪商、角倉了以《すみのくらりようい》の親族である。『塵劫記』も、商売の上で、避けて通れぬ様々な計算を列挙していた。文も仮名交じりで、しかも解説のために分かりやすい絵をつけるなど、町人たちが欲するたぐいのものとなっている。

果たして酒井は、そのような〝町人向け〟の書を読んでいる春海を、好ましいと思ったのかどうか、まるで判別がつかぬまま、さらに質問が来た。

「竪亥《じゅがい》は？」

「は……難解でございますが、一応、読んでおります」

答えながら、酒井が何を言わんとしているか、うすうす察せられた。

また別の算術家、今村知商《ともあき》という者が著した書に、『竪亥録《じゅがいろく》』というのがある。全て漢文、高度な数理術式の書であった。今村は多くの弟子を持ち、そのほとんどが武士で、彼らが強く請うたため、今村は、己の術理を一冊の書にまとめたのだという。ほとんど中国の数学を独自に学んで発展させたもので、詳しい解説などなく、生活に関わるようなものとはほど遠い理論の羅列であるため、内容を理解するのにかなり骨を折らされる。

『竪亥録』を発展させ、また解説したのが、春海が今朝見た絵馬に書かれていた名、あの礒村塾の礒村吉徳が書いた『算法闕疑抄』だった。『竪亥録』でまったく説明されていなかった術理を、図解入りで解き明かしてくれていたのである。

つまり酒井が訊いているのは、町人の生活算術たる〝塵劫〟と、武士の理論算術である〝竪亥〟の両方を、春海が網羅しているかどうかということだった。

しかし、いったいなんのために、という疑問は解けない。

もしかすると酒井様は、実は大の算術好きなのかも知れない、などとも思ってみた。同じ趣味の人間を欲して、春海に算術書について訊いてきているのである。

が、そもそも、そのような感性の働く人であるかどうか疑わしい。何が楽しいとか、面白いとか、そうした話題を口にするところが、なんとも想像しにくい人物であった。

「よく学んでいるな」

どうでも良いことのように酒井は言う。だがなおも質問はやめない。

「お主、割算の起源は知っておるか?」

「は……毛利殿の学書に、その由縁が記されております」

と春海は即答した。

先の、吉田光由、今村知商、二人の算術家の師を、毛利〝勘兵衛〟重能《しげよし》と言った。

池田輝政《てるまさ》に仕え、浪人して京都二条京極で塾を開いた。その名も『天下一割算指南塾』。名に違わず、各地から大勢が学びに来て、世に算術そろばんを広く普及させた塾となった。

その毛利が、塾で教科書として用いた『算用記』に、自ら記した序文がある。

そしてその中で、割算の起源を、このように説明していた。

『〝寿天屋辺連《じゅてやべれん》〟という所に、知恵と徳とをもたらす木があって、その木には含霊なる果実がなっている。その果実の一つを、人類の始祖である夫婦が、二つに分けて食べたことが、割算というものの始まりとなった』

とのことである。〝寿天屋辺連〟とはユダヤのベツレヘムを意味する。明らかに旧約聖書のアダムとイヴの楽園追放のくだりと、新約聖書のベツレヘムのくだりを、ごっちゃにしている。

「お主、切支丹《きりしたん》の教えに詳しいか？」

「は……いえ……。恐れながら、不勉強にて、まったく分かりませぬ……」

春海は恐縮しているが、もし頑張って勉強していたら大変なことになる。昨今では、海外貿易の統制とともに禁教令が厳しく適用され、切支丹と疑われれば投獄は免れない。

先の毛利にも切支丹ではないかという疑いがあったことを春海は知らない。そもそも寿天屋辺連というのは、きっと天竺《てんじく》のどこかにある麗しい桃源郷に違いないと勝手に想像しているくらいである。また毛利自身もそんな風に思っていたらしい。

そんな春海に、酒井は、観察者のような視線を注いでいる。

さすがの春海だって、ここまで来れば、酒井がはっきりと何かの意図をふくんで質問をしていることくらい分かる。なんだか知らないが、春海の趣味嗜好《しこう》のみならず、その思想や信仰の詳細にいたるまで、事細かに把握しようとしているらしかった。

そんなことをする理由は、一つしかない。

酒井が、春海に〝何か〟の勤めをさせたがっているのだ。

そして酒井はその〝何か〟のために手を回して、碁打ちの春海に二刀を与えるなどという、不可解なことを行ったのだと、このときはっきり春海は確信した。

寺社奉行の井上すら理解がつかず、直接、春海に訊かざるを得なかった〝何か〟――

それが、刻々と近づいてきていることを感じた。酒井の立て続けの質問は、むしろ酒井の方から、春海に、これは何かあると察知させるためのものに違いなかった。

この江戸城で、かなりの権利を有する酒井が、それでも真意を隠さねば果たせず、しかも春海に薄々それを察知させ、行わせねばならないような〝何か〟がある。

いつの間にか、春海も酒井も、手を止めていた。盤上には互いに進んだ布石がある。

酒井は、つとその石の形に目を向けた。と思うと、そう言えば忘れていた、とでも言うようなぞんざいさで石を置いた。素振りはぞんざいでも、盤上の意味合いは違った。

序盤の布石が形をまっとうする前に、春海に対し、切り結んでいた。布石を延々と敷くばかりであった酒井が、いきなり戦いを仕掛けてきたのである。春海が絶句するほどの、立場、態度、構えの、急変であった。

「お主、お勤めで打つ御城碁は、好みか？」

酒井の口調は相変わらず淡泊である。だがいったい何がどうなっているのか、その言葉が鋭く春海の内部へ迫った。咄嗟に自分がどう答えようとするのか、まったく分からない。まるで、春海の性格志向をあらかた理解したので、今度はさらに深く、本性とでも言うべきものに迫ろうとしているようだった。いや、まさにそうなのだという漠然とした思いがあった。

盤面を見た。逃げても取られる。定石で来るとばかり思っていたこちらの隙を突いて切りに来た。取った石をアゲハマというが、それが最低三つ、酒井の碁笥の蓋《ふた》に置かれるさまが克明に想像できた。

「嫌いではありません」

春海は言った。直後にぴしりと石を置いている。たかが石三つ、くれてやる。だがそれで勝てるなどと思うな。日頃の春海からは、かなりかけ離れた、挑戦的な思考が湧いた。あるいは酒井の態度急変によって、いともたやすく湧かせられ、

「しかし、退屈です」

秘めていたはずの想いが、よりにもよって老中の前で口をついて出た。

若輩の春海に、将軍様の前で自由に打てる碁などない。

上覧碁と言って、過去の棋譜を暗記したものを対局者と合意の上で打ち進める。将軍様が感嘆し、疑問を口にすれば、的確に応答する。これこれこの手はこれゆえに優れ、ここにあの定石が生きている。そういう解説ができる碁を打たねばならない。

真剣勝負で、そんな真似がいちいちできるわけがない。上覧碁は、若手の修練であり、儀礼であり、職分である。御城碁などという非常な緊張に満ちたお勤めで、自由に打とうとすれば

誰でも惑乱して悪手の連発となる。それを防ぎ、経験を積むための碁だった。

将軍様だって実を言うと、その方が分かりやすいし楽しめる。

空白の碁所の座を巡る白熱の勝負などは、結果こそ見物だが、その過程たる複雑な応手は理解できない。そのような勝負が許されるのは算知や道悦といった立場の者だけである。その彼らですら滅多なことでは真剣勝負の御城碁など打たない。どれほど腕を磨こうと将軍様が理解できない勝負など家禄《かろく》の足しにならない。寺社などの碁会でも同じである。

だから結局、上覧碁こそ、城における碁打ちの安泰たる勤めであった。

だが、それが五年続いたらどうか。十年続いたら。あるいは一生、続いたら。

道策はあの歳で飢えた。本当の、真剣の勝負を欲してたまらなくなっている。自身の発揮の場、それがいつか与えられると信じることで、やっと己を支えている。

春海はどうか。

安井算哲としての自分は、もちろん〝真剣勝負〟を思うと胸が高鳴る。

亡父に恥じぬ戦いをまっとうした上で、父を超えて、その名を真に己のものとしたいという、若者であれば自然と抱くであろう感情を、きわめて強くかき立てられる。

では渋川春海としてはどうか。

まだ誰にも告げたことはないが、実は、その名の由来は、とある歌によった。

雁《かり》鳴きて　菊の花咲く　秋はあれど

という、『伊勢物語《いせ》』の歌から、春海という名が生まれた。他にも、助左衛門などとも称したことがあるが、春海の名は別格だった。真実、己が顕《あらわ》れていた。

雁が鳴き、菊の花が咲き誇る優雅な秋はあれども、自分だけの春の海辺に、〝住み吉〟たる浜が欲しい。それは単に居場所というだけではない。己にしかなせない行いがあって初めて成り立つ、人生の浜辺である。

父から受け継ぎ、義兄に援《たす》けてもらっている全ては、秋だった。豊穣《ほうじょう》たる秋である。全て生まれる前から決まっていた、安泰と、さらなる地位向上のための居場所であった。

そしてこの場合、〝秋〟は明らかに、もう一つの意味を示している。

「憚《はばか》りながら、退屈な勝負には、いささか飽き申しました」

その本音こそ、〝春海〟の名の本性だった。

勝負と口にしたが、実のところ、碁を打つ己への飽きだった。

碁をもって出仕となった安井家を継ぐ、己への飽きだった。

自己への幻滅だった。碁以外に発揮を求める、強烈な自己獲得への意志だった。

かろうじて碁そのものを否定しなかったのは、それに人生を賭ける義兄や道策のような者たちがいるからだった。だが上覧碁を否定したことはごまかせない。うっかり本音を喋《しゃべ》ったせいで激しい動揺を覚えた。いいや、喋らされた。いつの間にか酒井に誘導されたのだ。それくらいは分かる。こうなると、なぜそんなことを酒井がしたかよりも、どう判断されたかがよっぽど気になった。城にふさわしくない碁打ちと見なされれば、今の生活を失う。空恐ろしい思いに押し潰される前に、心がふわりと逃げた。どう判断されようと構うものか。もしかすると一生、口にすることがなかったかもしれない言葉を、老中様を相手に、こんなにも堂々と発せたことを喜ぶべきではないか。そんな、若者らしい、奇妙に虚脱した満足感があった。

酒井は、感銘を受けた様子も、不埒《ふらち》な言葉と受けとった様子も、まったく見せない。

「退屈ではない勝負が望みか」

と、最後まで、どうでもいいことのような口調で訊いてきた。

「はい」

淀《よど》みなく答えた。毒を食らわば皿までといった心境である。

老中酒井は、今度こそ本当に、なんにも言わなかった。

どこかその辺の宙を見ながら、無言で小さくうなずいた。

その沈黙に、まさしく〝渋川春海〟の全生涯を賭けた勝負が秘められていたとは、まだ到底このときの春海に、想い及ぶところではなかった。

第二章　算法勝負

一

七つどきのちょっと前に、春海は、どっと疲れて城を出た。

お勤めののち、碁打ち衆同士で、上覧碁について軽く打合せをしたのだが、その間ずっと、道策に睨《にら》まれ続けた。

それが終わるとまたもや茶坊主に呼ばれ、そして井上正利が待っていた。

恐ろしいことに退出時の出で立《い》ちだった。ということは太刀を身につけている。それだけで頭から真っ二つにされるような精神の衝撃を及ぼした。

老中酒井が何を春海に言ったか、何を考えていそうか、微に入り細を穿《うが》って井上から質問された。酒井から何か命じられるかもしれない、とは口が裂けても言えない。そんなことをすれば酒井の信用を失い、井上から目をつけられ、なんにも良いことはなかった。

というより酒井はそんなことはひと言も口にしていないのである。全て春海の想像に過ぎず、酒井の思惑など答えようがなかった。

だから、算術の話題がひんぱんに出た、ということしか答えられず、

「酒井様は、実は、算術にご興味がおありなのではないでしょうか」

などと、井上とその刀への恐怖もだんだん麻痺《まひ》してきて、さらっと告げたりした。

「そろばんか」

井上もちょっと納得したようだった。最近は、剣術や馬術といった武士らしい技芸より、算術に長《た》けた武士が、ときおり抜擢《ばってき》されることがあった。水道開発や、門や橋の建設を主導させるためで、中には金山銀山の測量法の開発といった極秘の任務もあるという。

「武士がそろばんなど、真面目に習うものではない」

露骨に馬鹿にするような言い方だった。

「酒井の小せがれは、そのうちお主に碁石ではなく、そろばん珠《だま》の打ち方を習う気か」

どうやら井上の中では、酒井が春海を何かで抜擢する、というのではなく、酒井自身が算術を学びたがっている、という方向へ解釈されたようだった。それも当然のことで、いったい碁打ちをどんな仕事に抜擢するというのか。春海の方が不思議になる。

「算術を学ぶのでしたら、私などより優れた方は大勢いらっしゃいますが……」

「おおかた、そろばんを話の種にして、お主の知遇の者を紹介せよと言い出すのであろう。お主以外になかろうよ。他の碁打ちに頼めば、古参の老中の面目に障るからな」

井上は、すっかり訳が分かったようにうなずいている。家光の代から仕えている碁打ちは、

既に他の三人の老中がその人脈を大いに利用していた。そこに若年の酒井が割って入ることはできないという、酒井の苦労を想像してか、井上は満足げだった。

「それにしても刀か。酒井の小せがれめは存外に性格が細やかだ」

帯刀せぬ者に、直接、自分が頼むことを酒井が嫌がっているというのである。だから春海に帯刀させ、体裁を繕ってから、自身の政治人脈に使おうとしている。それはどうやら井上の信念に珍しく合致したらしく、

「まあ誉めてやらんでもない。どんな相手を紹介して欲しがっているか知らんがな」

それほど大した人脈を持っているわけではない春海も一緒に馬鹿にする言い方だった。

「よもや保科公ではあるまい」

わざわざそんなことまで言う。保科正之に近しい碁打ちなら安井算知であり、算知の人脈は、老中の稲葉《いなば》正則《まさのり》が活用していた。春海もその人脈に与《あずか》ってはいるが、何かを頼むとしたら算知を通してで、稲葉の体面を考えてのこととなる。酒井が最も入っていけない人脈と言えた。

「まさか、そのような……」

井上は上機嫌に笑って手を振った。

「もう良い。せいぜい酒井に気に入られるよう勤めておれ」

すっかり春海を酒井の息のかかった者と看做《みな》した馬鹿の仕方である。そうまで酒井が嫌いなのかと呆気《あっけ》にとられつつも、腹は立たなかった。完全な誤解の中に井上がいるのを察したからである。もしかすると酒井は、そういう計算の上で、自分に刀を与えるなどという目立って井

上の勘繰りを促すようなことをしたのかもしれない。

しかし、そこまで入念に井上の目をそらさせるようなことを、なぜ酒井がするのか。それとも井上だけでなく、寺社奉行や奏者番の面々の目もそらすためかもしれない。井上が勘繰ってあちこちで話を出せば、自然と、酒井の本心は、誤解によって覆われ隠される。

だがそんな風に考えれば考えるほど、酒井の本心が分からない。

それより酒井にうっかり自分の本心を告げてしまったことの方を気に病みそうになった。やはり上覧碁を否定するべきではなかった気がする。もし義兄に迷惑をかけるようなことになったらどうしよう、などと不安に思いながら中雀門へ差し掛かったとき、

「算哲様ッ」

道策の声が背後から追っかけてきた。

「あの碁の続きを、是非ッ。右辺星下の初手を、算哲様ッ」

頭の中では酒井に告げた己の言葉がこだましている。足早に近づいてくる道策の姿に、なんだか申し訳ないような後ろめたいような気持ちになって、

「済まないね、道策。大事な用があるのだ。また今度な」

嘘をついて御門を進んだ。道策は、師のもとへ戻らねばならないと見えて追っては来ず、

「そろばんなどお捨てになってしまいなさい、あなたは石を持つべき人なのですッ。二代目安井算哲、それがあなたの名なのですよッ」

声だけが、春海を素通りし、安井算哲としての自分に向かって空しく響いた。

下城にしては遅い時刻であるため混雑はない。春海は、内桜田門へ進みながら、ふと立ち止まり、城を振り返った。

己の目が、無意識にあるものを探していることに、遅れて気づいた。

春海が生まれて初めて〝それ〟を見たのは十一歳のときである。

顔を上げれば、真っ白な雪に飾られ、透き通るような青空を背景に、巨山のごとくそびえ立つ天守閣があった。

その神気みなぎる威容に度肝を抜かれ、深く畏敬《いけい》の念に打たれたのを今も覚えている。

そしてそれが十八歳のとき忽然《こつぜん》と消えた。

あれほどの存在感を発していた天守閣が、跡形もなく失われ、それまで天を貫いていたところに、ただ青空だけが広がっていた。

明暦三年の大火、すなわち振り袖《そで》火事による焼亡であった。

その年、天守閣とともに江戸の六割が灰燼《かいじん》に帰した。その災禍から、半年余りしか経っていないそのとき、公務で江戸に来た春海は、また違った念に打たれた。

大名邸《やしき》も町も寺社も、凄《すさ》まじい火勢がなめつくし、以来、互いに豪勢さを競っていた大名邸のほとんどが、再建に際して、門構えをずいぶん簡略なものに変えていた。

そこかしこに火よけの堤防が造られ、空き地が設けられ、また延焼類焼を防ぐため、親藩大名の邸が移動された。火によって消えた町が、一挙に生まれ変わろうとしていた。

その〝復興〟の光景が、春海の中で何かを揺るがし、また芽生えさせた。

春海は合戦を知らない。

戦国の世はおろか、未曾有《みぞう》の籠城《ろうじょう》事件たる島原の乱すら、春海が生まれる前年に終結している。戦前も戦中も、さらには泰平の始まりという偉大な試行錯誤の時代も知らなかった。知っているのは完成された幕府であり、その統制である。江戸という日本史上最大の、また既に当時、世界最大となりつつあった城と町も春海が生まれたときからそのようにして在った。

そしてだからこそ、明暦の大火とその後の復興は、衝撃とともに、ある種の感動すら、年若い春海にもたらしたのである。

春海がそのとき打たれたのは、生まれて初めて、大きな〝変化〟と呼ぶべきものが、明確な形を伴って世に出現したのをはっきり見たことによる昂揚《こうよう》の念であった。

畏怖するような、胸が高鳴るような、なんとも言えない、ただ大声で、その変化に今まさしく自分が立ち会っているのだということを天地に叫びたくなる気分だ。

むろん都市火災は極大の災禍である。無惨に焼かれた人びとの死骸《しがい》を運ぶため、そこら中で長い行列ができたという。あまりの死者の多さに、将軍家綱は今後、火災の際に民衆が正しく退避できるよう、江戸の正確な地図の製作と普及を命じたという。それほどの屍《しかばね》の山だった。

そんな事態を、間違っても嬉《うれ》しく思うわけがない。

だがそれでも春海が、ひしひしと〝新しい何か〟の到来を予感したのも事実である。

その最大の理由が、天守閣消滅だった。

城や町が再建されればされるほど、かえって城の古参の者たちは、江戸のかつての姿が消え

去るのを嘆いた。春海は直接耳にしたことはないが、しばしば古参たちの間で、

「日本橋に立ったとき、富士と天守閣とを一望する〝光景〟こそ、人びとが江戸に尊崇の念を抱く核心であり、ゆえに天守閣は何にも先んじて再建されるべきであった」

という、悲嘆めいた意見が持ち上がっては、争論の種となるらしい。

それでも天守閣が再建されることはなかった。というのも幕府の枢要を担う者たちの間で、

「時代は変わった。今の御城に、軍事のための天守閣は必要ない。ただ展望の間となるだけである。その分の財力を、江戸再建と、泰平の世づくりのために費やすべきである」

との判断が共有されたからであると、春海は聞いている。つまり大火が焼き去ったのは、江戸の民と家ばかりではない。天守閣とは、徳川家による江戸開府が覇権の証《あか》しであった時代の最後の名残だった。〝戦時〟の最後の象徴であり、それもそうして、灰となった。

一方で、玉川の開削計画が始められたのは、承応《じょうおう》元年、振り袖火事のほぼ四年前である。玉川沿いにある羽村《はむら》から四谷まで、起伏の少ない関東平野で水路を開削するという、とてつもない難事業だった。さらには四谷から江戸城内のみならず、山の手や京橋にまでいたる給水網を、縦横に設置するという大工事が行われた。

それが、わずか一年余で通水成功となった。水不足に悩んでいた江戸の者たちは、武士も町人も感極まり、身分を問わず幾日にもわたって盛大な乱痴気騒ぎを繰り広げたという。

そして寛文《かんぶん》元年の今、その水路は赤坂や麻布《あざぶ》、さらには三田にまで広がろうとしていた。

春海が城内へ進もうとしている今このときにも、劫火《ごうか》の痕跡《こんせき》と、縦横に巡る水路の狭間《はざま》から、

まさに〝江戸八百八町〟の原形とも言うべきものが現れようとしていたのである。

ちなみにこのときフランスでは〝太陽王〟ルイ十四世が、ヴェルサイユ宮殿の建設を開始させ、清国《しん》では〝史上第一の名君〟たる康煕帝《こうき》が、紫禁城を豪壮華麗に増改築させている。

それらの王朝の権威が絶頂期を迎えんとしているとき、徳川家開府より四代目に至り、巨大な城砦都市《じようさい》たる江戸もまた、炎と水とによって精錬され、新たな時代の到来を告げていた。

もはやそこに天守閣があったという記憶すらおぼろになるような、高く澄み渡った冬空のどこからか、

〝退屈ではない勝負が望みか〟

老中酒井の、呟《つぶや》くような問いが聞こえた。

とても、碁打ち衆〝四家〟の一員たる己に、そんな我が儘《まま》が可能とは思えない。

だが安井家を継いだ己への〝飽き〟は日増しに強くなり、心は己個人の勝負を欲して焦がれるほどになっている。この新しい時代のどこかにそれがあると信じたかった。だがそれがなんであるかも分からぬまま、切ないような悄然《しようぜん》としたような、なんだか妙に重い足を引きずりながら、くそ重たい刀を抱えて、春海は帰路を辿《たど》った。

いろんな疲労感に打ちのめされて邸に帰った。こういうとき御門の前に住居があるのは実に贅沢《ぜいたく》なことで、しかも下乗所の一つがある内桜田門の門前なのだから恵まれている。

そしてその分、ますます謹直たるべし、という考え方が徹底しているのが会津藩邸だった。

門兵なども長時間であろうと平気で直立し、怠けることがない。縁側に枯れ葉が落ちていたら、まず端から掃除し、その過程で枯れ葉を取るという、びっくりするような清潔感が漂っている。藩邸というより、どこかの神宮に身を置いた気分にさせられる。と言って窮屈な感じがしないのがこの藩邸の面白いところだった。疲れた気分が、邸内の清浄さの中で洗われる気がした。清浄さが、閉塞《へいそく》ではなく開放に向かっているのである。

いつもの癖で、庭を回った。一隅に、春海が設《しつら》えた日時計があった。

暦術の道具の一つで、影を作り出すための三尺棒を中心に、影の長短を測るための小石が、ぐるりと円陣を描いて並んでいる。見ようによっては奇妙な偶像を奉っているようでもある。実際、暦術もこの頃では多くの者にとって趣味となる一方で、学問よりも宗教の領域に、より深く入り込む性質があった。日の吉兆がそうだ。太陽の周囲に見える暈《かさ》や白虹《はっこう》などは神意のあらわれであり、地上で起こることがらが、あらかじめ告げられているのだと信じられている。

春海もそうした信心を持つには持っているが、算術趣味の観点から、星の運行を測定する気持ちの方が強い。が、日時計を庭に置くことが許されたのは、ひとえに神意を畏《かしこ》まって伺うため、という目的によった。そのため、たまに算術や暦術などさっぱり分からない下級藩士たちが、ありがたがって春海の日時計に向かって拍手《かしわで》を打ち、礼拝する場面に出くわしたりした。

明らかに神への礼である。会津藩のもう一つの特色がそれで、藩主たる保科公がもっぱら仏を崇《あが》めず、神道を信仰していることから、藩士たちにも神霊を祀《まつ》る気風があった。

春海が行くと、まさに一人の藩士が日時計の前に立っていた。

ただし手は合わせていない。紙の束を持って、柱ではなく影の方を見ている。つまり信仰ではなく、記録のための道具として日時計を見ていた。

「安藤殿《あんどう》」

春海が呼んだ。がっしりとした体軀《たいく》の、年上の藩士である。くるりと振り向き、

「これは渋川殿」

安井ではない姓で呼んだ。と同時に、両手を下げ、目礼している。武士の三礼の一つ、同輩に対する草の礼である。上司に対しては手を膝《ひざ》につける行の礼、さらに上の相手に対しては、平伏する真の礼となる。さらに主君に対しては、畏怖の礼と言うしかないような、一度や二度、顔を上げろと言われても決して上げず、おいそれと近づかぬような礼となる。

会津藩士は、同朋《どうぼう》に対しても、とにかくこうした礼を、しつこいくらいしっかり行う。

春海も目礼し、にっこり笑って、

「私の代わりに、影を測っていて下さったのですか？」

近づこうとした春海を、安藤が、いきなり手を上げて制止した。

「そのまま」

思わず呪文《じゅもん》でも食らったようにぴたりと動きを止める春海に、安藤の方から歩み寄った。かと思うと、さっと手をのばし、てきぱきと春海の刀の差し違いを整え、帯を直し、ついでに着物のしわを伸ばしてやった。それからまた元の位置に戻り、春海に向きなおって、

「ん」

と、うなずいてみせた。

「あ……ありがとうございます、安藤殿」

再び動き始めた春海が、呆気にとられながら頭を下げた。その動作で、刀が軽くなったのが分かった。安藤に整えられ、しっかり固定されたせいである。刀を差すというより締めるという感じで、なるほどと思うような、まさに〝帯刀〟の感じがした。

「これは良いですね。大変参考になりました」

だが安藤の方は、

「自分は何の事やら分かりません」

無理に会津弁を江戸弁に直したような口調で、自分はなんにもしていない、という返事をする。これも会津藩士の律儀さだった。刀の差し方が乱れているというのは恥ずかしいことである。だがそれを帯刀の経験がない春海に言うのは可哀想だ。しかし見て見ぬふりはできない。誰かが教えてやらねばならない。だが春海の歳で、わざわざ教えられるのも恥となる。だから手助けしつつも、最初から何も見なかったことにする。

二重三重の律儀さである。見方によっては面倒くさいことこの上ないが、春海は素直に感謝した。相手に合わせて、

「日時計の影を測って下さっていたことです」

微笑んで言い換えた。

「御登城の日だけ記録に穴が空いては、せっかくの渋川殿の仕事が勿体《もったい》ないですからな」

安藤は真面目くさって、数値を記した紙を春海に渡した。ただの趣味ではなく、仕事と看做してくれていることが春海には嬉しく、そしてちょっとだけ後ろめたかった。

安藤は春海より十五も年上なのだが、藩邸の客分として、きちんと敬称をつけて呼んでくれる。しかも、春海が頼んでもいないのに〝渋川〟の姓で呼んでくれるのだ。

というのも、誰からか春海が〝渋川〟を名乗ることがあると聞いたそうで、ある日突然、

「男子が自ら用いるとは、けっこうな事由があっての名に違いない」

とのことで、

「これからは〝渋川殿〟と呼ばせていただきます」

などと真面目に告げられたのだった。

そういう律儀と筋とを、義理で固く締め、謹厳で覆ったような男だが、決して愚鈍ではない。名を、安藤有益《ゆうえき》。武芸鍛錬を怠らず、気配りと記憶力に長け、優れた算術の腕を持ち、三十七歳という若さで既に勘定方として経験豊富であった。藩の財政に関わり、江戸詰における出費把握を任されている。のみならず会津藩屈指の算術家として、その〝学習鍛錬〟のためなら自由に外出が許されるという特権を得ていたほどの士である。

そして春海に、あの、宮益坂の金王八幡の絵馬のことを教えてくれたのも、他ならぬこの安藤有益なのだった。

「ときに安藤殿。見ましたよ、絵馬」

「やはりそうでしたか」

安藤も、親しく算術について語れることを嬉しく感じているらしく微笑んでいる。

「今朝早くに渋川殿が邸を出たと聞き、もしかしてと思いましたが。見ましたか」

「はい。江戸はすごいですね」

「まったく。江戸もなかなかやりますな」

安藤はちょっと不敵な感じでうなずいている。会津周辺は知る人ぞ知る算術の盛んな地で、江戸に負けず劣らず、算額絵馬が多く奉納されていた。そんな自負を持つ安藤に、

「ところで安藤殿。私、それよりもすごいものを見ました」

と、春海は、今朝の驚嘆すべき経験を安藤に話した。

ほんの僅《わず》かな時間で、七つの設問にことごとく答えが書き記されており、しかもおそらく全て正解であろう、ということを、自分が書き写した問題を見せながら説明した。と言っても刀を置き忘れたくだりは、ちゃっかり省略して伝えている。

「これら全ての問いを、一瞥《いちべつ》のみで即解した士がいると……？」

さすがの安藤も信じがたい面持ちになり、

「この問いと解答、書き写させていただいてよろしいか？」

「ええ、どうぞどうぞ」

「もし全問正解ならば、まさに達人。私も是非、お目にかかってみたいが……」

いかに学習のための外出が許されていても、勘定方の安藤が勝手に他藩の士と交流すれば上司に咎《とが》められる。幕府は、無断での異なる藩同士の情報の交換を原則として禁じていた。藩同

士の交際には必ず、お目付役となる旗本が同席する決まりだった。その士がどのような職分の者か分からないまま、会いに行くことなど安藤には出来ない。

安藤の無言の願いを、春海は察して告げた。

「私がその士と親しくなり、碁会に招きましょう。私は誰とも交流を禁じられておりません。むろん安藤殿とも」

安藤も微笑んだ。誠実さを絵に描いたような骨のある笑みだった。

「かたじけない」

と年下の春海に向かって慇懃《いんぎん》に頭を下げた。そしてその場で問題を書き写しながら、

「それにしても、それほどの算術の達者にお目にかかるのであれば、全問に術を立ててから伺うのが筋でしょうな」

「教えを請うのではなく、ですか？」

「教えを請うためにです。自分なりに術を立てて持参すれば、教える側も、どこが間違っているか指摘しやすくなります。誤りを指摘されることを恐れて、何もかも拝聴するだけという態度は、かえって相手に労をかけます」

実に律儀に言った。

安藤の言葉で、なんだか疲れた気分だった春海の心に、急に火がついた。酒井と井上のことも忘れた。申し訳ないが道策の碁に対する想いも遠くへ行ってしまった。

その日、自室に戻ると、春海はまず、安藤が締め直してくれた刀と帯の締め方をしっかり練

習した。それが何より、親切な安藤に対する暗黙の礼となるからである。

それから後は、金王八幡の境内で書きとめた問題と解答にひたすら没頭した。

食事どきも問題のことばかり考えた。会津藩邸の藩士の部屋には竈《かまど》がなく、藩士たち全員が一緒に食事を摂《と》る。竈が増えればそれだけ火事の危険が増えるからである。春海は邸で食事をするのを遠慮し、よく藩士たちと一緒に食事をした。安藤もそうである。背筋を伸ばして飯をかっ食らう藩士たちの間で、魚の小骨を並べて勾股弦を作ったりした。見ると安藤も箸《はし》を三角や円の形に動かしたりしていて、ちょっと嬉しくなった。

風呂《ふろ》は邸のものを使わせてもらう。大名邸の中には、火事の危険と江戸の水不足から、邸内に風呂を置かないところもあった。だが会津藩邸では逆に、身を浄《きよ》める場として風呂はしっかり造ってあり、藩士たちのものもちゃんとある。春海がそちらを使わなかったのは、藩士たちから一人分の湯を奪ってしまうのを遠慮してのことだ。

そしてその夜、四つの鐘が鳴る頃、春海は解答に至った。神社で地べたに座り、解こうとして解けなかった問題のみならず、残り六つの問題全てに、術を立てることに成功したのである。その春海の算術の腕も相当のものだったし、春海が記した術式の数々を見れば、さすがの安藤も唸《うな》ったろう。だが春海の心は有頂天とはほど遠かった。ただ痺《しび》れるような賛嘆の念があった。

七問、全問正解。

一瞥即解の士が書き記した全ての答えが、そうだった。

春海の想像通り、どれも〝明察〟だったのである。

会いたい。

心の中で、その士の姿をいろいろと思い描いた。そうすればするほど曖昧《あいまい》にぼやけてゆく。だが存在感だけは、どんどん大きくなっていった。

明日にもまたあの神社に行き、江戸中の算術家を訪ね歩いてでも、この士の名を教えてもらい、何としてでも訪ねに行こう。

だがそう簡単にはいかなかった。

二

四日後。春海はへとへとになって麻布にいた。

せっかく頑張って術を組み立てたは良いが、馬鹿みたいに空振りの連続だった。

自由に時間が使えるのは未明に起きて邸を出てから、四つどき前に登城するまでである。

城を退出してから外出し、門限までに戻れないなどというのは、他藩ではともかく、会津藩邸では絶対に許されない。寒風凍《い》てつく路地でひと晩放置される。とても怖くて御門を出て遠くまで行くことはできない。

城へ登る必要がないときに限って碁会がある。上覧碁のための他家との打合せもある。安井家の者として大名邸や寺社に赴いて指導碁も打たねばならない。

そんなこんなで、限られた時間の中で、一瞥即解の士を求めて奔走した。

初日はまず金王八幡を再訪したが、あの箒《ほうき》を持った娘はおらず、宮司に聞くと知遇の武家の娘であるとのことであった。夏と秋に行儀見習いで三日に一度ほど神社に通っていたが、冬になって日が短くなったのでしばらくは来ないのだという。神社で行儀見習いというのは何とも珍しい。だが興味は士であって娘ではない。このとき娘のことを尋ねていれば翌日には再会できたのだが、何しろ〝関〟という士のことばかり頭にあって他のことは考えられなかった。

宮司は何も知らなかった。ただ、千駄《せんだ》ヶ谷《や》の八幡宮や、目黒不動にも、算術家たちが霊験を求めて祈願したり算額を奉納したりすることを教えてくれた。

翌朝、眠たい頭をふらふらさせて、まずは目黒に行った。とにかく田畑ばかりのど田舎である。こんな所で手掛かりが得られるのかと疑ったが、やはり得られなかった。

ただ、寺で礒村塾の者たちが献《ささ》げた算額を特別に見せてもらえたのが嬉しかった。

三日目、千駄ヶ谷の八幡宮に行った。

富士山に行けない者たちのために造られた、富士塚と呼ばれる小山が綺麗《きれい》だった。

だが算額絵馬はそれほどなく、何ら手掛かりも得られず、悄然となって戻った。

お陰で駕籠《かご》代はかかり、仕事も立て込んだ。毎夜遅くまで棋譜と格闘し、上覧碁の打合せを何とか間に合わせたは良いが、何度も道策にとっつかまった。山のように言い訳をして対局を逃げ続けたものの、代わりに京での碁会に出席することを約束させられてしまった。

本因坊家の碁会に、安井家の者が顔を出すことになればそれ相応の礼やら土産やらが必要になる。亡父の右辺星下の初手を見せてしまったことに続き、義兄の算知に申し開きをしなければばならないことがまた一つ増えてがっくりきた。

四日目は、夕方に碁会に出れば良いだけで久々に間が空いた。この機を逃す手はない。寝不足の体に鞭《むち》打って早朝から邸を出た。

そして駄目もとで麻布に向かった。

礒村が開いた塾の一つが、そこにあると金王八幡の宮司から聞いていたのである。

ただ礒村は江戸にはおらず、正確には、礒村の弟子の一人であり、例の算額の出題者である村瀬義益《よします》が任されている塾らしい。なんであれ目黒に比べればとにかく近くて助かった。善福《ぜんぷく》寺の辺りで駕籠を降りて、徒歩で塾を探した。だが四年前の大火ののち急激に復興した町並みは、住人ですらちゃんと把握し切れていなかった。あちこちで塾の正確な場所を聞いて回ったのだが、目印として教えてもらった大名邸がごっそり移転していたものだから、たちどころに迷った。

あっちの坂を下り、こっちの川堀を渡りと、刀の重さと寝不足でぐらぐらになりながら探し回った。そしてついに、のち間部橋と呼ばれるようになるがこのときはなんとも名のついていない橋で干魚の籠《かご》を担いだ女たちから、その所在地を教えてもらった。その代わりに、なんだかあんまり美味《おい》しくなさそうな干魚を八尾も買わされた。女たちは笑ってハゼだのなんだのと主張していたが、はっきり言って何の魚だか分からない。その包みを右手にぶら下げ、左手で腰の刀を支え、ふらつきながら歩くのだから、傍目《はため》には朝から酔っ払っているようにも見えた。

腹が減ったのでよっぽど屋台を探して蕎麦《そば》でも食いたかったが、とにかく時間が勿体ない。

真っ直ぐその塾に向かった。そして、やっと辿り着いたそこで、完全に空腹を忘れた。

六本木に近く、門構えからして質素な武家宅だが、どんなに貧乏な武家でもそうであるように敷地はかなり広い。主人は荒木孫十朗《まごじゅうろう》という者だそうで、どうも女たちから聞いた話では、老齢の小普請だという。つまりは御城の修繕事務という名の閑職である。それが若くしてか老いてのことかは知らない。ただ大の算術好きで、わざわざ自分から儀村に邸の一角を使わせ、私塾の一つとさせたとのことである。

門が開けっ放しなので入ってみた。かねてから、算術にしろ剣術にしろ、塾や道場といったところは自由に出入りでき、しかも断れば寝泊まりもできると聞いていたからだ。

庭に入ると長屋を改築したような道場風の建物があり、その入り口に、儀村門下塾徒以下立入うんぬんと看板がある。思った通り自由に入れるらしく、戸は開きっ放しだが、

「ごめんください。あのう、ごめんください」

一応、呼びかけてみた。誰も出てこない。一歩、中に入ってみた。右手の壁にびっしり何かが貼りつけられている。ひと目見て鼓動が高鳴った。

壁一面、難問の応酬だった。

紙に問題を書いて壁に貼り、それをあの算額絵馬の問題と同じく、別の誰かが解答を書きつける。さらに別の誰かが紙切れに答えを記して上から貼りつけたりと、絵馬とは違って行儀は悪かったが、熱気はこちらが上だった。『明察』『誤謬《ごびゅう》』『合問』『惜シクモ誤』などの文字がばんばん書きつけられており、中でも、村瀬義益の名で出された一問に、七つも八つも答えが貼

りつけられ、いずれも『誤』の連続というものがあった。

そしてその八つ目だか九つ目だか分からぬ答えに、それを見つけた。

『関』

の名と、他の誤答の群れに比して、あまりに軽々と書かれた端的な解答。そして、

『明察』

その二文字。

心臓が口から転がり出すかと思うほど動悸《どうき》がした。なんにも考えずに、魚と刀を玄関先に置き、その場に正座して問題と解答を書き写した。それから床に算盤を広げ、関という士がさらりと書きつけた答えが、いかにして導き出されたかを読み解き始めた。

腹がぐうぐう鳴るのも気にならない。目の端を影がよぎったようなのも気にならない。ぱたぱた足音がした気がしたがそんなに気にならず、

「もしもしッ」

いきなり聞きおぼえのある叱り声が降って湧き、これにはさすがにびっくりして顔を上げた。

娘がいた。とても綺麗な娘で、ちょっと見とれた。

見とれながら、なんとあの、金王八幡宮にいた娘であることが分かった。

ご丁寧に、前と同じく箒を持っている。ただし今回は掃いてはおらず、逆さにして両手で握っている。なんだかまるで泥棒でも追い払うような恰好《かっこう》だなと思いながら、

「なぜ、ここに？　私を追ってきたのか？」

驚いてそんなことを訊《き》いた。あの神社からわざわざ追って来たと言うのであれば、娘の方も、そう思ったらしい。というかこの場合、娘の方がそう思って然《しか》るべきである。

娘が意表を突かれたような顔をし、すぐに警戒と怒りをあらわにして言った。

「それは私の言葉ですッ。こんな所で何の真似ですか。ここまで関さんを追って来たんですか」

またもや地べたに座ったまま叱られたが、今度ばかりは咄嗟《とっさ》に片膝を立てた。

「関さん？」

娘の口調から、

「もしかして、その士を知っているのか？」

ということを、ようやく察した春海である。

「存じませんッ」

娘がきっとなって答えるのと、

「たまに来るだけだな。門下生じゃない」

新たに男の声が、箒の向こうで起こったのとが同時であった。

「村瀬さん！」

「まあまあ、えん。良《い》いじゃないか」

娘が振り上げた箒を、ひょいと手でよけ、やたら長身の男が顔を現した。もう一方の手は袖に通さず懐に入れ、だらりと袖が垂れている。城ではまず見ない、というかそんな姿を見つかればその場で処分の対象になる恰好である。髷《まげ》やら帯やら、金をかけているというのではないが、しっかり流行をつかんで工夫しているらしく、だらけた印象はない。むしろ工夫したものをあえていかにも着崩すことになお工夫を傾けるのが洒落《しゃれ》者だった。

「村瀬さん……もしや村瀬義益殿ですか？」

もっと学僧然とした風貌《ふうぼう》を想像していた春海は面食らった。

「いかにもそうだ。で、あんたが絵馬の前に坐《すわ》り込んで、えんに叱られたという士かね？」

「いや……」

士ではない、と言いたかったのだが、

「まさにそうでしょうッ」

娘に遮られた。

「私は……」

「この通り、行い不審の、怪しい人ですッ」

「まあまあ。で、ここでも地べたでお勉強というのは、何かの趣味かね？」

「立っていては算盤が広げられませんので」

春海は改めてきちんと正座し直し、畳んだ紙を取り出した。ここ数日、懐に入れっぱなしだったため、だいぶしわくちゃになっていたが、誠心誠意を込めて、相手に差し出した。

「なんだいこれは？」

村瀬がしゃがみ込み、目の高さを春海が差し出す紙に合わせて、ひょいと受け取った。

「……へえ」

紙を開いて面白そうに笑みを浮かべる村瀬に、春海がしっかり背筋を伸ばして告げた。

「術、曰《いわ》く。まず勾股《こうこ》を相乗し、これを二段（二倍）。さらに勾股弦の総和にて除（割る）。これに弦を乗（掛ける）し、また勾股の和にて除なり」

「……え？」

娘は呆気に取られている。村瀬が、にっこり笑って後を続けた。

「これにて合問……だな。答え曰く、七分の三十寸。明察ってやつだ」

しわくちゃの紙の束を元通りに畳み、

「俺が献じた絵馬だけじゃなく、他にもずいぶん解いたじゃないか。もらっていいか？」

「どうぞお受け取り下さい。全問解くのに、一朝夕かかり申しました」

「俺はあの一問を作るのに六日かけたよ。で……あんたの名は？」

「父から安井算哲の名を継ぎましたが、お勤め以外では、渋川春海と名乗っております」

正直に両方を告げた。すると村瀬は記憶を探るように首を傾げ、

「安井……うん。聞いたことがあるな」

「碁をもって御城に仕えております」

「碁？」

と目を丸くしたのは娘の方で、村瀬はしゃがんだまま、ぽんと膝を叩《たた》き、

「それだ。御城の六番勝負」

「いえ、それは義兄の算知の方で……」

「うん。その安井家だ。あんた若いね。碁打ちってのは算術もやるのかい、安井さん」

「いえ、主に私だけですが……。あの、どうぞ渋川とお呼び下さい」

「うん。じゃあ、渋川さん、あっちの刀の横にあるのはなんだい？」

と玄関先に春海が置いた、包みを指さす。

「あれは……干魚です。ここへ来る途中、買いました。ハゼだとか……」

「ふうん、ハゼ」

村瀬が、娘を見上げた。

「じゃあ、えん。飯にしよう」

三

「自前で術を立てて、土産まで持参するやつは滅多にいないよ。あんた偉いね、渋川さん」

えんにお代わりの飯を盛ってもらいながら村瀬が笑った。気持ちよく笑い、気持ちよく食う男だった。春海が一杯目を食い終わると、

「若い男がそれじゃぁ足らんだろう。そら、えん。どっさり盛ってやってくれ」

自分は三杯目に箸をつけながら言った。

「お碗《わん》を下さい」

釈然としない様子で、笑顔一つ見せぬままのえんが手を差し出し、

「どうも……恐れ入ります」

春海は恐縮しながらも素直に茶碗を渡している。塾の中での食事だった。米の他にも、味噌《みそ》汁《しる》と漬け物を振る舞われた。正直、倒れそうなほど空腹だったので心底ありがたくいただいた。

それに、女性が同席する食事というのは、御城でも藩邸でも、春海の立場では、まずあり得ない。櫃《ひつ》からしゃもじで米をすくう姿にも、馬鹿みたいに見とれた。

「はい、どうぞ」

「あ……いただきます」

お碗を女性から手渡されるなどというのは実に新鮮で、ちょっと緊張した。

えんは憮然《ぶぜん》としつつ、けっこうしっかり盛ってくれた。それだけで何となく嬉しくなる春海だった。綺麗に研いだ白米である。江戸は〝米ぶくれ〟の都市で、農民と武家が売る米が同時に集積し、町人と武家がそろって白米を食う。しかもこの頃は、日に三食摂る習慣が一般化しつつあった。そんな都市は、他に大坂ぐらいしかない。

「これは本当にハゼなのですか?」

えんが、炙《あぶ》った干魚を箸でつつく。

炙ったのは村瀬である。塾の縁側に魚を焼く七輪があって、嬉しそうにうちわで扇《あお》ぎながら、扇ぎ方の蘊蓄《うんちく》を傾けたりした。春海は真面目に聞いたが、えんはてんで相手にせず、そんなので魚が美味《うま》くなれば世話はないとかいうことを言っていた。

「まあ……多分」

自信がなさそうな春海をよそに、

「なかなか美味いぞ」

村瀬は、どんな魚だろうと同じように食いそうな様子でいる。

「ハゼというのは佃煮《つくだに》にするのではないのですか？　なぜ干すのです？」

「それは、私も……」

「最近では天ぷらにもするらしいからな」

あんまり答えになっていないような結論を村瀬が出した。えんがやっと口に運び、

「……ハゼではない気がします」

それでも続けて食べてくれるので、春海は妙にほっとした。

「なんにしても日が悪かったたな、渋川さん」

村瀬が言った。十は歳が離れているのに敬称付けで呼んでくれた。安藤のように礼節重視というより、本人の気さくさからだった。

「いや、俺にとっちゃ魚の分け前が増えて良かったが。今日はみんな手職の日だ。傘貼ったり、庭で畑作ったり、鈴虫飼って売るのまでいる。武家もこの頃は手に職がなきゃぁやってけない。かくいう俺も、これから近所の子に、そろばんを教えに行かなきゃならん」

だから塾には村瀬以外いなかったのだという。門下の者には、町人や農家の者もいたが、みなこの時間は仕事があり、顔を出すのは夕方か授業の日だけである。

荒木家の者はどうしたのかと問うと、主である孫十朗は御城にいるらしい。月に三度、上司に会いに行き仕事があるかどうか訊く。たいてい仕事はない。まさに閑職である。

「若い時分は槍《やり》が達者で、御上覧も勤めたそうだ。以前、塾のみんなで御自慢の槍を拝見させてもらったが、いやはや、あんな重くって長いものを、よくまあご老体が振り回せるもんだと、みんなたまげたよ」

だが泰平の世が盤石になればなるほど、そういう者に仕事はなくなる。今ではおよそ千人もの旗本や御家人が、小普請と呼ばれる有名無実の閑職にあった。それでも邸宅はでかい。この荒木邸も三百坪以上はある。維持費もかかるが実入りは少なくなる一方である。

といって幕府から与えられた邸や土地を、勝手に売り買いするのは御法度だった。しかし賃貸しすることはできる。塾として土地建物を貸し、賃料をもらう。そのせいか、それなりに余裕はあるらしい。主が城に登る間、奥方は使用人をつれて息抜きの芝居を見に行く習慣だそうで、これまた不在である。

ただ、荒木の算術道楽はすごいらしく、

「術理の稿本《こうほん》一冊で、ひと月分は賃料をまけてくれる」

まったく悪びれずに村瀬は言った。

「村瀬さんは、ここにお住まいなのですか？」

相手に合わせた呼び方で春海が訊いた。

「転がり込んで二年だ。もとは佐渡《さど》の出さ。百川治兵衛《ももかわじへえ》という師に算術を学んだ」

「佐渡の百川……？」

呆然となった。佐渡金山の開発のため、幕府がわざわざ呼び出し、派遣したという算術の達人である。百川に礒村と二人の高名な師に学べるというのは春海の羨望《せんぼう》をかきたてた。ともに、村瀬自身がどれほど算術の達者であるかが分かるというものだった。

「うん。で、百川さんに勧められて、礒村さんに会いに江戸に来たんだが、あの人ときたら塾を俺に任せて、さっさと二本松に行っちまった。年にふた月くらいしか教えてくれん」

「それは、村瀬さんが、あんまり上手に塾をまとめてしまうからです。かえって自分がいない方が弟子が増えると、礒村様が仰《おつしや》っておりましたもの」

えんがそう言いながら、くすくす笑った。

初めて春海の前で見せた笑顔である。自分に向かってではないが、春海はふいに胸を衝かれるような、奇妙に虚脱したような感じを受け、危うくお碗を落としかけた。

「だから父にも、荒木を継いでくれなどと言われるのです」

春海は一瞬、二人が夫婦《めおと》になることを想像したが、

「いつか、ぼろが出て言われなくなるさ。お前も、道楽者の兄など嫌だと言い始める」

村瀬は涼しげにかわしている。つまり荒木家の養子になれということである。

えんからすれば既に義兄のような存在らしく、笑い方に屈託がない。春海を振り返り、

「この人が嫌がっているのは、自由に女の人たちと遊べなくなることなんですよ、どうせ」

「はあ……」

野暮天の見本のような春海の返答である。

「そう言うこいつは、縁談を蹴《け》り飛ばしたせいで、神社などに行かせられている。三人の姉はみな良縁に恵まれたというのにな」

「村瀬さん！」

たちまちえんが沸騰した。

春海はぽかんとなって、

「神社……？」

あの金王八幡宮だと分かったが、行かせられているというのが分からなかった。

気に入らない縁談の相手を、えんが箒で追っ払うさまも想像できた。とはいえ武家の子に、縁談を断ったりできるわけがない。親と親が家格で判断するものであるのだが、

「私ではありません。先方の都合が悪く……」

「えんは、武家が大嫌いでな。すごいぞ。さんざんに罵《ののし》ったそうだ」

「違います！」

春海は意味が分からず、

「武家が嫌いなのですか？」

「嫌いというのではありません。ただ、多くの武家は、むやみとそろばんを馬鹿にし、不勉強で、だから貧乏で、とても将来がないと思うだけです」

とんでもない大批判である。現実を言い当てている分、容赦がない。これはとても、よそに

行儀見習いになど通わせられない。だから神社か。なんだか納得した。しかし神社で学べることなどたかが知れている。親でもないのに、この娘の将来は大丈夫だろうかと思った。

「じゃあ……どんな武家なら良いんだい？」

思わず訊いた。えんは淀《よど》みなく答えている。

「札差しを見習うべきです」

春海は唖然《あぜん》となった。札差しとは、いわば給与計算の代理人である。旗本や御家人たちは給料として米をもらい、さらに米を換金する。米は隅田川沿いの蔵前という、幕府の米蔵の集積地に赴いて受け取る。その際に支払手形を蔵役所に提出する。札差しは、支払手形を預かり、米の受け取りや売却、換金の雑務を全て引き受けることで手数料をもらう。

と同時に、将来の支払手形を担保に、金を貸す。武士には金勘定が嫌いな者が大勢いた。賤しい行いだと思っているのである。給与のときも偉そうに札差しに任せっぱなしで、お前たちに仕事をくれてやっているのだという横柄な態度を取る。そしてそういう者ほど、いつしか札差しからの前借りがかさみ、利子を返済するだけで精一杯、とんでもない借金まみれとなって身を持ち崩すのだった。

そのため、ますます札差しを賤《いや》しい者と看做す武士も出てくる。札差しのせいで武家が貶《おとし》められると嘆く者もいる。そんな札差しを評価する武家の娘というのは初めて聞いた。算術の塾が家の庭にあるという、特殊な環境のせいだろうかと思った。

「では……えんさんは、札差しに嫁入りしたいのですか？」

「いいえ。あの人たちは、逆に、お金の勘定以外に向学心がありませんから」

即座に断定した。けっこう注文が厳しいのだなと春海は変に感心した。

「まあ、関さんは札差しには向いてないな。あの人は、ちょっと特別だ」

食い終わった村瀬が、やたらと洒落た動作で楊枝《ようじ》をくわえながら言った。

「関さんは関係ありませんッ」

えんが赤くなったのと、いきなりその名が出たことの両方に、春海は驚いた。

「関さんが……札差し?」

「関係ないと言ってるでしょうッ」

「えんの趣味もちょっと変わってる」

村瀬が意味深長な笑みを向けて来る。だが春海はただ、やっと当初の目的に立ち戻れたとしか思わない。慌てて残りの飯をかき込んでから、改めて姿勢正しくお願いした。

「その、関殿について、お教えいただけないでしょうか」

「塾で学ぶ方ではありません。勝手に教えて、あの人のご迷惑となると困ります」

えんが素っ気なく拒む一方、

「もしそれで、関さんが塾に寄りつかなくなると、淋《さび》しいからな」

にやりと村瀬が笑った。

「そういうことではありませんッ」

春海はひたすら真面目に頭を下げている。

「決して、塾にもその方にもご迷惑はおかけしません。なにとぞ、なにとぞお願いします」

「まあ、俺もえんも、知っているというほど知ってはいないよ」

村瀬は出がらしに近い茶を三人のお碗に注ぐと、箸を自分のお碗につけ、筆代わりに、

『関孝和《たかかず》』

と、お膳《ぜん》に名を書いた。

「孝行の孝に、和合の和。それが名だ」

目を見開いた。ようやく知ることが出来た名だった。神妙になって頭の中でその名を繰り返した。想像した通りの聡明で誠実そうな名だ、などと本人の顔も知らないまま思った。

「ただ、塾じゃ、〝解答さん〟なんて呼ばれてる」

「〝解答さん〟……？」

「どんな難問も、たちどころに解いてしまわれるからです」

えんが怒ったように注釈した。春海はますます感銘を受けた。

「それほど頭脳明晰《めいせき》たるお方であると……」

「いやあ、そんなんじゃない」

村瀬が手を振る。そして、なんだか怖い笑みを浮かべて、こう言った。

「化け物だよ」


初めてその男が塾を訪れたのは去年のことだ。最初は壁に貼り出された問題を眺めたり、塾

の者たちの問答の応酬を横で聞いたりしているだけだったという。

門下に入りたいのかというと、そうではなく、ただ距離を置いたところから、塾の様子を眺めているという感じだった。だがそのうち、誰かが、あなたも解答に挑んでみたらどうかと勧めた。ここでは自由にそれが許されている。誤謬《ごびゅう》を恐れるなかれ、うんぬん。

その男は、それでは、と筆を持った。いきなり全ての問題に、ただ答えだけを書いた。その場に居合わせた者たちが一人残らず言葉を失うほどの速さだった。あらかじめ答えを知っていて書いているとしか思えない。だが塾の師である儀村が、手本として出題した、誰一人解けぬ難問にすら答えをつけた。

その日の内に、全て正解であることが分かった。塾生全員が言葉を失った。

儀村は不在だったが、代わりに村瀬が、その問題の答えに、

『明察』

の二字を記した。

塾に、どよめきが起こった。

それから十日ほどしてまた男が来た。

みんなが固唾《かたず》を呑《の》んだ。村瀬もそれを見た。えんも、男の姿を見ていた。男は、自分がまだ答えていない問題の全てに、さらさらと答えを記していった。設問を読んで、僅かに考え、書く。まるで宙に答えがあって、それを書き写しているかのようだった。

それが終わると、すぐに去った。答えが合っているかどうか確かめようともしない。という

より、答えが間違っているとは、まったく思っていない風だった、とえんは言った。

そして事実、全問正解であった。

三度目に男が訪れ、同じように答えを記そうとするのへ、塾の者の一人が、答えばかりではなく問題を出す気はないのかと、半ば挑むように訊いた。すると、男は、

「我、遺題を好まず。ただ術の研鑽《けんさん》を求む」

と断ったという。

これに塾の者たちが怒った。〝解答さん〟という渾名《あだな》には、〝解盗さん〟という別の意味があって、このときその渾名がつけられた。問題を解くのではなく、答えを盗んでいくといった否定的な見方である。問題を出さない者には、解答を許すべきではない、塾が培った算術をただ盗まれるのはけしからん、という意見が続発した。

おおやけに発表しているのに、解答されて怒るというのも妙だが、それだけ男の行為がみなの理解を超え、また衝撃的だった。村瀬からすれば、そんな諍《いさか》いを放置しては塾の運営がいびつになる。何より男の算術の才能は塾にとって惜しい。門下に入る気がなく、問題を出す気がないとしても、何か、代わりに出せるものはないか、と男に訊いてみた。

男は、稿本ならあると言った。

稿本とは、自己の研鑽の記録をまとめたものである。本の体裁をなしてはいるが、出版物ではない。備忘録の塊のようなものだ。

それで十分だろうと村瀬が言うと、数日後、男は己の稿本の写しを持ってやって来た。

村瀬はそれを一読して愕然《がくぜん》とした。すぐに塾の者に写させ、師の儀村のもとへ手紙をつけて送った。仕事で忙しいはずの儀村からも、すぐさま返事が来た。

『解答御免』

と師は言っていた。稿本の内容があまりに素晴らしかったため、その男に、塾の問題を自由に解かせろという師の指示だった。

以来、男は塾において〝解答し放題〟ということになった。時折、ふらりとやって来ては、歌でも詠むかのようにさらさらと答えを記し、すぐに立ち去る。

その姿に感嘆する者は〝解答さん〟、歯軋《はぎし》りして悔しがる者は〝解盗さん〟、それぞれの意味を込めて呼び、いずれも男を特別な存在と看做して遠巻きに眺めるばかりだった。

「で……ここにいる、えんが、ご親切なことに問題つきの絵馬があることを〝解答さん〟に教えてやったわけだ」

「べ……別に、良いではありませんか。あの方は、いつでも解くべき問題を求めている方なのですから」

途端に後ろめたそうな顔になるえんに、村瀬が笑って、

「俺たちの絵馬で男を釣ろうというのもな」

「村瀬さんッ」

「餌《えさ》だけあっという間に食われて、針しか残らんぞ」

「そういう言い方はやめて下さいッ」

「あの……その方は、どのようなご身分なのでしょうか？」

春海が遠慮がちに割り込んだ。

えんは教えるものかというような顔をしたが、村瀬があっさり口にした。

「関家に養子にもらわれたと言っていたな。甲府《こうふ》に出仕の口を頂いたらしい。どんなお役目を頂戴《ちょうだい》しているかまでは知らんが、何しろまだ若いからな」

甲斐《かい》国、甲府徳川家である。ついつい、高度な算術が必要とされる難事業を任せられているのかもしれないと想像した。

「それほどの算術を、どなたから学んだのでしょう？」

「いや、師はいないらしい。独りで学んだそうだ」

「は……？　独り……？」

「八算《はっさん》も知らんまま『塵劫記』を読んだとさ」

春海の目がまん丸に見開かれた。八算とは、九九のような基礎の割算のことである。意味が分からなかった。文字を学ばずに本を読んだと言っているのに近い。

「しかも、ただ読んだんじゃない。面白くて何度も読んだそうだ。で、すっかり算術が好きになったとさ」

「そんな……」

あまりに途方もなさ過ぎて言葉が出なかった。村瀬は、共感するように笑みを浮かべた。

「な、化け物だろ、おい。しかもまだ若い。先が恐ろしいよ」

「そ……その方の稿本を、お見せ下さい。是非にも。どうかお願い申し上げます」

声を絞り出すようにして頼んだ。頼みながら頭を下げようとしてお膳に顔をぶつけそうになり、慌てて後ろに下がって改めて頭を下げかけたところで、村瀬が立ち上がった。

「やれやれ、俺の稿本もあるんだがね」

「あの……」

「飯も食ったし、俺はそろそろ仕事だ。持って帰りな。写したら返してくれ」

春海が目を輝かせる横で、えんが激昂した。

「関さんの本をこの人に貸す気ですか⁉」

「お前にだって貸したろう。しかも写した方を、俺に返そうとしやがって」

「そ……それとこれとは違います！」

「わかったわかった。さて、どこへしまったかな」

手を振りながら村瀬は奥へ行ってしまい、残された春海に、えんが燃えるような怒りの目を向けてくる。どうにも沈黙に耐えられず、先ほど村瀬がお膳に書いた名の名残を見て、

「ときに……えんさんというのは、どういう字を書くんだい？」

などと余計なことを訊いた。

女性に漢字の名がつけられる方が少ない。日頃、男同士の会話しかほとんどしない春海の生活がもろに出た。

「どのような字だと思いますか？」

えんは果敢に訊き返してくる。さすがに、炎だとは言えなかった。

「ん、さて……円理の円だろうか」

「延べるの延の意だと父から教わりました。お家を延べるということで」

けっこう律儀に答えてくれたが、

「ですが私は、お塩の塩が良いと思っています。お金になりますから」

どうも、かなり武家の経済状況に悲観的らしいことを言った。

「塩……ですか」

あっという間に話題が尽きて、ただ言われたことを繰り返す春海に、逆にえんが訊いた。

「なぜ、あなたは、関さんにそうまで興味を持たれるのです？」

春海は、何を不思議なことを言っているのだろうという気持ちだった。

「あなたも興味を持ったのでは？」

これだけとてつもない話を聞けば、誰だってそうだろう、という意味だったが、

「私は、別に……」

なぜか、えんはそっぽを向いてしまった。しかもその顔が赤い。春海はますます不思議な気持ちになっている。そこへ村瀬が戻ってきて、

「これだ。読んで腰を抜かすなよ」

春海の脇に、紙の束を綴《と》じたものを置いた。

「これが、あの方の稿本……」

思わず声が震えた。

そっと紙の束を持ち上げたとき、

「あれだけの若さで、こんなものを書くんだからな。たまらんよ」

しみじみと村瀬が言う。ふと疑問が起こった。というより勝手に作り上げた想像のせいで、

「……それほど若いのですか?」

ということが改めて意外に思えた。どこかで壮年の士だと思い込んでいたのである。

「あんたと同じくらいじゃないかな」

村瀬が言った。一瞬、何を言われたのか分からなかった。

「今年で二十二だと言っていたよ、〝解答さん〟は」

その瞬間、春海の手の中で、稿本がとてつもない重みを生じた気がした。

「二十二……?」

同じくらいどころではなかった。まさしく同年齢だった。それこそ真に春海の想像を超えた。

まさか。信じがたかった。驚きというより混乱に襲われた。

ここへ辿り着くまでの苦労を、そのとき春海は完全に忘れた。

稿本を持って帰ることが、なぜか、急に恐ろしくなった。

四

だが結局、稿本は大事に持ち帰った。

夕方からの勤めが終わった後、自室の机に置き、薄暗い灯《あか》りの下で、じっと見つめた。

『規巨要明算法《きくようめいさんぽう》』

と題された稿本で、

『関孝和』

その名が、本人による筆で、書かれている。

かなり分厚い。幾つか異なる主題の稿本を、ひとまとめにしたのだろうと知れた。

最初の一枚をめくるのが怖いような、はやく読みたくてたまらないような、強い感情の矛盾が生じて、微動だにできなかった。

今年で二十二。

その言葉のせいであることは分かっている。春海にとって、かつてない感情だった。

本来のお勤めである碁においてすら抱いたことのない感情である。年下の道策の天才ぶりを目の当たりにしたときも、このような感情は起こらなかった。あるいはどんな感情にも逃げ場があった。ぼんやりとした空白の中に、感情を霧散させてしまえた。

だがこのときは、それが出来なかった。なぜ出来ないのか。考えるともなく考えた。あるいは考えるまでもなく分かっていた。

碁は、春海にとって己の生命ではなかった。過去の棋譜、名勝負をどれだけ見ても悔しさとはほど遠い思いしか抱けない。今の碁打ちたちの勝負にも熱狂が沸かない。

算術だけだった。これほどの感情をもたらすのはそれしかなかった。飽きないということは、そういうことなのだ。だから怖かった。あるのは歓《よろこ》びや感動だけではない。きっとその反対の感情にも襲われる。悲痛や憤怒《ふんぬ》さえ抱く。己の足りなさ至らなさを嘆き呪う。達したい境地に届かないことを激しく怨《うら》む。名人たちはそうした思いすら乗り越えて勝つ。それが勝利だった。

自分にそれが出来るだろうか。そう思うことほど怖いことはない。〝退屈な勝負〟に身を委《ゆだ》ねる方がよっぽど気楽でいられた。と言うより逃げ場はもはやそこにしかなかった。稿本を読まずに返せば良いとすら思った。そうすればこんな怖い思いとは一生、縁がなく生きていける。だがそうなればきっと、本当の歓びを知らずに死んでゆく。一生が終わる前に、今生きているこの心が死に絶える。そうも思った。

ぱーん、と鋭い音が鳴った。無意識に、稿本に向かって、拍手を打っていた。

何の必然もない、奇妙ともいえる行為だったが、それが幼時から春海の心身に染みついた信仰であり作法だった。心の異変において仏徒の一派が南無阿弥陀仏《あみだぶつ》を唱えるように、切支丹が思わず手で十字を切るように、この咄嗟のときに、それが出た。

神道はその作法の古伝が失われて久しい宗教である。何のための拍手か、何のための拝礼か、それらの行為によって何が得られるのか、そうした教義がない。だが昨今は、優れた神道家たちにより、神道独特の宇宙観から新たに意味が解釈され、急速に体系化されようとしていた。

左手は火足《ひたり》すなわち陽にして霊。

右手は水極《みぎ》すなわち陰にして身。

拍手とは、陰陽の調和、太陽と月の交錯、霊と肉体の一体化を意味し、火と水が交わり火水《かみ》となる。拍手は身たる右手を下げ、霊たる左手へと打つ。己の根本原理を霊主に定め、身従う。このとき火水は神に通じ、神性開顕《しんしょうかいけん》となって神意が降りる。

手を鋭く打ち鳴らす音は天地開闢《かいびゃく》の音霊《おとだま》、無に宇宙が生まれる音である。それは天照大御神《あまてらすおおみかみ》の再臨たる天磐戸《あまのいわと》開きの音に通じる。

拍手をもって祈念するとき、そこに天地が開く。そして磐戸が開き、光明が溢《あふ》れ出る。

光明とは、いわば種々に矛盾した心が、一つとなって発する輝きである。その輝きは身分の貴賤《きせん》を問わず、老若男女を問わない。

恐れや迷いを祓《はら》い、真に求めるものを己自身に知らしめ、精神潔白となる。春海は、二度、三度と拍手を打った。伊勢神宮では八度の拍手たる八開手《やひらで》、出雲《いずも》大社では四拍手の作法。だがこのときの春海には三度で足りた。

自分は今、神事の中にあるという昂揚が湧いた。それを勇気にして稿本を開いた。

読んだ。たちまち拍手の光明とは異なる輝きが来た。さながら草原に稲妻の群れを見るような、知性の閃《ひらめ》きの連続だった。強烈な驚きに打たれたが、怖さは感じなかった。薄明かりのせいで咄嗟に字の判別がつかないところがあって、それが怖さを麻痺させてくれた。

とても一夜で読み解けるものではない。それでも、とてつもない素晴らしさが秘められていることだけは分かった。難解な数理算術は多くの場合、特殊な才能を持った者が超人業で解答するものとされていた。大多数の者はそれを理解できない。できないから〝無用の無用〟などと称されたりもする。だがこの稿本は、違うと告げていた。理は啓蒙《けいもう》が可能なゆえに理である。その啓蒙の鍵《かぎ》こそ術式だった。術式が本当に完備され、精査されてゆくことで、より多くの者たちが数理を解するようになる。そういう、強い態度表明とも言える言葉が、稿本の一隅に、さらりと書きつけてあった。

『理を説くこと高尚なりといえども、術を解することとうかつなる者は、すなわち算学の異端なり』

算術を〝学〟と呼ぶ。それ自体が、この非凡の士の本質のような気がした。

たとえば朱子学において、学は、小学と大学に大きく分けられる。

大学は理念、小学は基礎教育。この稿本は、いわば大学と小学とを結ぶ、堅固たる階梯《かいてい》になろうとしていた。どんな者も小学から大学へと至れるのだと告げていた。特殊な存在でなければ、その道すら辿れないなどとは言っていなかった。

「……私でも、良いのですか」

稿本に向かって、ささやくように口にした。

問いながら同時に答えているような、おずおずとした表明の言葉だった。

「……私でも」

込み上げる思いで、かえって声が詰まった。代わりにぽたぽた涙が零《こぼ》れて膝に落ちた。

〝退屈ではない勝負が望みか〟

老中酒井の言葉がふいによみがえり、我知らず、強く拳《こぶし》を握りしめた。

今このときほど、それを望んだことはなかった。これほどまでに自分がそれを望んでいたことにやっと気づいた。

そしてそれが、〝算学〟という言葉によって、今、己の目の前にあることに気づいた。

洗われてゆくような心の中で、そのとき春海は、はっきりと決心した。

この稿本を読んでのち、問題を作ろう。

そして村瀬に断り、あの礒村塾の一隅に張り出すことを許してもらう。

ただ一人の士に献げ、また挑むためだけに。

渾身《こんしん》の思いをもって独自の術を立ち上げ、それによって、あの関孝和《たかかず》に出題するのだ。


だがそれもまた簡単にはいかなかった。

村瀬から稿本を貸してもらってから数日後、春海は御城にいた。

お勤めのため、碁を打っている。

相手は老中酒井、相変わらずの意図不明、淡々とした碁であり態度だった。前回、布石を投げ出して切り結んできたことなど忘れたように、ただ定石で盤上を埋め続けてゆく。

春海はこの老中の意図を知ることをとっくに諦《あきら》めている。酒井は定石と定石の間に、独自の発想を持つということを全然しない。より高度な定石を積み上げることに徹底して主眼を置く。つまり最適な状態に達し、時機が来るまで、何一つせず、何一つ明らかにしない。

一局がすいすいと異様な速さで進み、石が片づけられ、再び初手から始められたとき、

「お主、いろいろと芸を持っているな」

酒井はふいにそう言った。

「は……」

芸とは、この場合、城で勤務するための特殊技能を意味する。出仕する者ごとに書類化され、履歴書として管理される。〝芸者〟とは、上司の求めに応じて、その技能を発揮する者のことで、春海の場合、

一に碁。二に神道。三に朱子学。

四に算術。五に測地。六に暦術。

と書類にある。本来、安井家二代目としては碁だけでいい。これだけずらずら並べ立てるというのも、次男、三男のような態度である。次男や三男は、仕事が、名が、地位が欲しく、さもなくば一生の冷や飯食らいか浪人か、という切迫感に裏打ちされ、ひたすら取り立てられることへの欲求から芸を並べる。

だが春海の場合、ほとんど碁への〝飽き〟による悲鳴だった。それが芸種の多さとなってあらわれているのだが、今では、碁以外には算術だけで良いと思っていた。村瀬から渡された関孝和の稿本がそうさせた。だが、

「神道は誰から学んだ?」

酒井は、まずその点から訊いてきた。

「主に、山崎闇斎《あんさい》様でございます」

「風雲児だな」

「は……」

春海は曖昧に返した。

山崎闇斎というのは、かつて僧であり、朱子学を学ぶ儒者であり、そして神道家であるという、かなり変わった履歴の持ち主だった。

最初、比叡《ひえい》山に入って僧となったが、その性格を「激烈」と称されたという。一つ疑問を抱くとそれを十にも百にも増やして問いまくる。そしてこれはと思うと、猛烈な勢いで跳躍する。僧として修行中、朱子学に感動して還俗《げんぞく》したというのが跳躍の一つだった。

また儒者としても、他の儒者たちが、基礎教育である小学をないがしろにする傾向があることについて、「くそマヌケのド阿呆《あほう》の半端学者ども」という感じで批判していた。

風雲児というと聞こえは良いが、どこでも波風を立て、さらに火を放って立ち去るような人物である。その闇斎が神道に傾倒し、京で秘伝の修得に努めている頃、春海は、父の勧めでその教えを受けた。

とにかく剛毅《ごうき》な人で、父が死んだときも、「お前の父は神になった。会いたければいつでも会える」などと言って、異様な形をした墓標を勝手に作り、春海に拝ませたりした。

むろん父は別の墓に葬られているとこらしい。闇斎なりに、幼い春海の悲しみを気遣ってのことらしい。

春海もそれを迷惑と感じたことはなく、気の良い祖父のような相手だと思っていた。

「激しい性分のお方ですが、常に勤勉で、理路整然とした方でもあります」

何しろ疑問が解消されるまでひたすら猛勉強を繰り返すのである。闇斎の一生は、三人分とさえ言われた。仏教、朱子学、神道、三人分である。

「でなくては、会津公のお相手はできんな」

独り言のような酒井の言葉だった。

「会津肥後守様の……ですか？」

「招くらしいな」

春海も知らないことであったので素直に驚いた。しかし保科正之は、会津藩邸を見れば分かる通り、熱心な神道の信仰者である。と同時に朱子学を偉大な学問とし、その普及に努めていた。まさに闇斎は、保科正之が学者として召し抱えるのにうってつけの人物だった。

「それは、存じませんでした」

だが酒井はその話題はもう忘れたように、

「測地も得意か」

と訊いてきた。測量実地のことである。

特に田畑の面積算出は、年貢の根拠ともなり、これを徹底して行うことが、領地を与えられた者の役目でもある。

「はい」

安井家も、一応は、領地として郡や郷を与えられていた家である。また測地は、最も高度な算術が要求されるものの一つだ、というようなことを答えようとしたが、

「暦術も得意か」

さらに次の話題に移られた。

「はい」

「藩邸の庭に日時計を造ったとか」

そんなことまで知っているのかと今さらながら驚き、また呆《あき》れた。いったいこの自分の何が、この老中の興味を惹《ひ》いているのか。考えたところで、さっぱり分からない。

「そろばんで蝕《しょく》がいつ起こるか分かるか？」

「は……」

日蝕あるいは月蝕の正確な算出は、どんな算術家も一度は試みることでもある。だがそれは測地よりもさらに高度な算術が要求され、そうそう的中させられる者はいない。

「地を測るよりも、天を測ることの方がより困難ですが、おおよそは」

「今、我らが知るものより、もっと正確には測れぬのか？」

「は……。古今東西の暦術を検討し、今の算術によって照らせば、より正確に測れます」

だがそれは大事業だった。一年や二年ではとても済まない。それが酒井にも分かったらしい。あるいは分かっていて質問したのかも知れない。だが、

「そもそも……なぜ日や月が欠ける?」

酒井が、ふと本心から不思議がっているような訊き方をした。演技ではなさそうだった。だいたいが演技をする人物ではない。演技は感情の吐露である。ぽっかり感情が欠けたような態度の酒井に、そういうものはない。

「日の運行と、月の運行が、天の一点において重なるゆえでございます」

と春海は答えた。その現象は多くの暦術家、算術家などが解明に努めている。また同じこのとき、ヨーロッパではコペルニクスが没して百年余が経ち、ガリレオが地動説を唱え、教会から禁じられながらもその正しさが認識されていた。さらにはニュートンらによって万有引力の法則が解明されんとしており、新たな宇宙観の萌芽《ほうが》となっている。中国(清国)でも地動説に疑問の余地はなく、当然、日本でも天文観測に特に長《た》けた一部の者たちにとっては常識だった。この地球が宇宙に浮かぶ一個の球体であり、それより遥《はる》かに巨大な太陽の周囲を、他の惑星とともに公転運動している。同じように、月などの衛星も地球の周囲を公転しており、様々な天文現象をもたらす。

春海も、だいぶ後になってのことだが、日蝕について、

『日蝕なるものは月、日光を掩《おお》うなり。朔日《さくじつ》に、日と月、遭遇し、南北経を同じくし、東西経を同じくすれば、月、黄道に至るとき、日の下にありて日光を遮掩《しゃえん》し、人、日輪を見る能《あた》わず。日蝕と謂《い》うなり』

と記しているが、このときも似たような説明を、酒井に対してしている。

酒井は、ますます不思議そうだった。天文のはたらきについては、昨今の一般常識に加えて、暦術を学んだ仏僧などから聞いて知っているのだろう。だが地上に生きる者の感覚としては、

「日の甚大な灼熱《しゃくねつ》で、なぜ月が燃えない？　日と月はそれほど離れているのか？」

そうした天体の規模が、なかなか想像できないのだ。

地、日、月の距離算出は、暦術家より算術家たちが繰り返し挑む問題だった。明快な答えはまだなく、人や書によって食い違うが、

「は……おおよそ、日と地の距離、三十万里。月と地の距離、七万里。その差、二十三万里ほどとなり、ゆえに、日の炎熱は、月には届かぬかと存じます」

春海は、幾つかの書から学び、日頃、自分なりにこうではないかと想像する、だいたいの距離を告げた。

僅かに酒井の目が見開かれた。この人でも驚くことがあるのか、と春海の方が驚いた。

「遠い……。人が触れようとするだけで、生涯かかるか。人が宙《そら》を進めるならばだが……」

だが酒井なりに脳裏で計算したらしく、すぐにかぶりを振って、

「いや……生涯ですら、足りそうもない」

そう呟いて、宙を見つめて沈黙した。

「は……」

春海も相づちを打ったまま黙った。碁はほったらかしである。だが春海は落ち着いている。酒井が何の目的で質問してきたのかはどうでも良くなっていた。ただ、

〝生涯かかるか〟

という言葉が、奇妙に快く胸に響いた。関孝和に出題すべき問題の漠然とした思案が湧いた。ふと天文暦術をもとに問題を作るのも良いかもしれないと思った。

「お主、北極出地は知っているな」

ふいに酒井が言った。質問というより断定に近い。これまでの態度とは明らかに違った。少しずつ進んできた何かが、ようやくどこかに到達したような響きがあった。

「測地の術の一つと存じます。南北の経糸《たていと》、東西の緯糸《よこいと》をもって地理を定めるとき、おのおのの土地の緯度は、その土地にて見える北極星の高さに等しいのです。ゆえに緯度とその計測を北極出地と称します。距離算出、方角確定の術となります」

ただ知っている、というのではなく、あえて細説してみせた。

「星は好みか？」

「日、月と同じく好んでおります」

「北極星を見て参れ」

にわかに来た。まさに下命だった。緯度を計測し、地図の根拠となる数値を出してこいというのである。

春海は碁盤から退き、謹んで伏して訊いた。

「は……どちらの北極星でございましょう？」

「山陰、山陽、北、南、東、西、いずれの土地も通行に支障なく致す」

何でもないことのように酒井は言う。だが春海は伏したまま愕然とした。下手をすれば日本中である。明らかに一人の仕事ではない。おそらく既に北極出地のための人選は完了し、そこに春海が組み込まれたのである。

いったいどれだけの長旅になるのか。

いや、その前に、いつから始まるのか。

「御城碁を終えたら行け。南と西から始めよ。雪が消え次第、北へ行け」

もう少しで呻《うめ》きそうになった。必死に堪《こら》えた。畳につけた手のひらが僅かに震えた。

「で……では、半月余ののちには発《た》てと仰せでございましょうか……」

「何か差し障りがあるのか？」

「いえ……」

その一瞬で強烈な決心が湧いた。手の震えがぴたりと収まった。脳裏に、稿本を前にして自ら打った拍手の音が高らかに響いた。

「不肖ながら鋭意尽力し、お役目を全うする所存にございます」

言いながら、その心はもはや完全に、酒井にもその命令にも向けられていない。

あと十日。いや、解答をこの目で見てから発ちたい。ならば七日。それだけで構築する。

あの関孝和に対する設問を。己の力量の限りを尽くして挑んでみせるのだ。

誰に約束したのでもない。誰から誉め称《たた》えられるというわけでもない。

だが、退屈とはほど遠い。

〝渋川春海〟が見出《みいだ》した、己だけの、そして全身全霊をかけての勝負が、この瞬間に始まっていた。

五

下城して会津藩藩邸に戻り、春海はただちに準備にかかった。

設問の準備ではなく、まずそのための時間を捻出《ねんしゅつ》せねばならない。碁打ちとしての公務と、酒井から任ぜられたものと、いきなり仕事が二つに増え、しかも両方とも期限が差し迫っている。そこで最もたやすく一方の仕事を片づける方法を選んだ。

自室に入るなり着替えもせず、大急ぎで、会津にいる義兄の算知に宛てて手紙を書いた。

内容は、老中より公務を与えられたこと、そのため安井家の棋譜を上覧碁で用いることを許して欲しいというものである。その棋譜が亡き父の算哲が遺《のこ》した、初手〝右辺星下〟の棋譜であること、相手は本因坊家であることなどを、ほぼ事後承諾であることを詫《わ》びつつ書き綴《つづ》った。

算哲の遺した棋譜であれば本因坊家も文句は言わない。道策への詫びにもなる。約束してしまった碁会への出席が、酒井に与えられた公務のため叶《かな》わなくなったとしても、右辺星下の棋譜の提出が帳消しにしてくれる。何より、上覧碁の打合せで奪われる時間が大幅になくなる。

旅立ちの準備自体は、大した仕事ではない。毎年、京と江戸を往復している春海にとって旅支度は慣れたものである。それ以上に時間を取られるのは、既に編制されている北極出地の観測隊の面々に、挨拶《あいさつ》をして回らねばならないことだった。これもまずは手紙を書くことから始めた。観測隊の中心人物たちの名は酒井から聞いていたし、彼らの住居も知っていた。七通ほど書き、そのうち最も重要な二人にだけ会って挨拶をすることにした。それ以外は、参加が急であるため十分に挨拶ができないことを文中で丁寧に詫びた。

書き終わるとすぐ藩邸の者に頼み、連絡役に全ての手紙を託した。

それから安藤への取り次ぎを願った。藩邸の勘定方として忙しく働く安藤である。待たされることを覚悟し、じっと控えの部屋の壁を見据え、組み立てるべき算術に没頭した。安藤は、春海が予想したよりもずっと早く来てくれて、

「どうかしましたか、渋川殿」

真剣な顔で壁とにらめっこをする春海の様子に、同じように真剣な顔つきになった。

「実は……」

と事の次第を話すと、安藤は目をみはった。

「……老中様から直々のご下命ですか」

そう呟いて安藤は考え込むように腕組みし、

「おそらく……星を見る以上の、もっと大きな務めがあるのでしょう」

「はい」

春海も、口もとを引き締めうなずいている。

北極出地も大がかりな公務ではあるが、それ自体が重要な意味を持つとは思えない。幕府に

とって日本全土の地図の作製は、まだまだ軍事や年貢の取り立てのためである。ということは諸藩の裁可に任せるべきものだった。幕府が自ら行うものではないのである。

おそらくより大きな〝何か〟のため、各地の緯度の測定が必要となったのだろう、とは春海も予想していたことである。北極出地による測定をもとに、酒井は、あるいは幕閣は〝何か〟をしようとしている。数年がかりで、その〝何か〟にふさわしい人材を選出しようとしているのではないか。となると北極出地は公務であると同時に、人材の吟味の場ともなる。

吟味を行おうとしている上司に、何のための吟味か尋ねたところで教えてくれるわけがない。特にあの酒井が内心を少しでも明らかにしてくれるとは思えなかった。唯々諾々、粛々と公務を全うすることだけが、その回答への道だった。

「大役おめでとうございます。無事、完遂されることを祈願したいと思います」

安藤は力強い笑みで律儀に祝い、また激励してくれた。

「はい」

春海は頭を下げ、

「実は、安藤殿には申し訳ないのですが、お役目の前に、ぜひにも果たしたいことがあります」

詫びの気持ちを込めて言った。

「果たしたいこと……？　私に申し訳ないとは？」

首を傾げる安藤に、春海は、思いのたけをぶちまけるようにして関孝和への出題の意志を告げた。春海にしてみれば老中からの命令よりもそちらの方がよっぽど重大だった。また北極出地の観測隊の面々に挨拶に回ることよりも、約束が守れなくなったことを安藤に詫びる方が大切だった。関孝和を碁会に招き、安藤とも交流を持ってもらうという約束のことである。

ひとしきり春海の算術への思い、関孝和の稿本を読んだときの感動を聞いていた安藤は、大きくうなずいた。

「なるほど、そういうことですか」

「はい。出発まで日がなく……」

半ば言い訳であるという後ろめたさが声ににじんだ。これから全力で挑もうとする相手を、今このとき、碁という己にとっての〝飽き〟の場に招くことはしたくないのが本音だった。

「気にしてはいけません」

果たして安藤は、春海の内心をきちんと察したように、

「男子が全霊をもって挑むのですから。下手に相手と親しくなってしまっては、勝負の緊迫が薄れるでしょう。私のことは考えないようにして下さい」

相変わらず会津訛《なま》りを無理やり江戸口調に直したような調子で、誠意の塊のようなことを言ってくれた。

何より、安藤が〝勝負〟として認めてくれたことが嬉しかった。

「かたじけなく思います、安藤殿」

しっかりと礼をし、またせめてもの詫びに、関孝和の稿本の写本を一揃い作って渡すことを

約束し、退室した。

自室に戻る途中、庭に出て、日時計に向かった。既に日が暮れて影を測ることは不可能だったが構わなかった。その柱を立てて以来、初めて、春海は神の加護を願い、拍手を打って礼拝した。脳裏をぐるぐる巡る算術の思案のうち、どれかに己だけの設問を立てる契機が秘められているのだと固く信じて疑わなかった。


翌日、碁会に出席するため、春海は日吉山王《ひえさんのう》大権現社を訪れている。

日吉山王は、桜田御門を出て大名邸が密集する地域を通り、虎之御門と赤坂御門の間の溜池《ためいけ》沿いにある。周囲には常明院や宝蔵院など十を超す院が並んでいる。江戸城鎮護のため勧進された神社であり、将軍家の産土《うぶすな》神である。毎年六月の祭礼行列は壮麗をきわめ、神田明神の祭礼と隔年で、御城に入り将軍様へ上覧に供することが許されていたほどだった。

その大社で行われた碁会のための控え部屋で、

「つい先日、各地の星を見よ、とのお役目を老中様より頂戴いたしました」

春海は、そう報告をした。

当然ながら碁打ち衆の誰も意味がわからない。道策など、ぽかんと口を開けたまま固まるという、滅多に見せぬ顔になっている。

「各地というのは……土地によって異なる星が見えるということですか?」

と不審そうに訊いたのは、道策の師である本因坊道悦だった。小柄な体軀に僧形という、近所の寺院の主《あるじ》のような姿で、その衣の一部に星図が刺繍《ししゅう》されている。衣服に星辰《せいしん》の紋様をまとっていても、星の知識はないというのが春海には妙におかしかった。

「いえ……天に不動たる北極星を、各地で観測し、その土地の緯度を判明させます」

そう説明しても道悦を始め、林家、井上家の碁打ち衆もみな不思議そうな表情のままだ。

「天の星をもって、地を測るとおっしゃる……」

道悦が感心したように呟くが、具体的に何がどうなってそのようなことが可能であるのか、皆目わからないという調子である。

地動説をはじめとする天体運動については一般的な常識になりつつあっても、ではその知識が、地上の生活においてどんな役に立つのか、という点では、多くの者がまるで不明だった。

農民であれば播種《はしゅ》収穫の時期、漁師であれば海上での船の位置、猟師であれば天候を星の見え方から読む。だがそれらはいずれも学問として成り立っておらず、もっぱら宗教の領分でしか体系化されていない。人に世の広大さや無常さを実感させるための説法である。さもなくば神道家や陰陽師《おんみょうじ》が行う占いの吉凶の根拠であり、多くは門外不出の秘事とされた。

よって、暦術家や算術家はいても、天文家はまだいない。職業以前に、究めるべき術自体が、まだまだ曖昧模糊《もこ》として、世に普及されていないのである。そのため天地の測定の方法などをこの場で説明しても意味がなく、春海はさっさと要点を切り出した。

「はい。それゆえ来年の御城碁への出席が叶わなくなるでしょう」

「来年？」

道悦がびっくりした。みなぎょっとなっている。まさかそれほどの長旅とは誰も思わなかったのである。なんだかわからないが大変な勤めらしい。だが、いったいなぜ碁打ちがそんな仕事を任されるのか。急に帯刀を命じられたことといい、安井家の二代目にはおかしなことばかり起こる。みな口には出さないが、顔がそう言っていた。

「さ……算哲様ッ」

ようやく事態を理解した道策が、きっとなって喚《わめ》いた。京の碁会に出席するという約束はどうなるのか。碁打ちが星とはどういうことか。色んな怒りが声にこもっていたが、

「道策、静かに」

道悦に窘《たしな》められ、道策は顔をしかめて黙りつつ、きつく春海を睨んでいる。

春海はちょっと首をすくめ、

「御城碁ののち出立いたしますゆえ、上覧碁の準備に時間がなく、代わりに安井家の棋譜を持参いたしました。なにとぞご容赦いただきたく……」

棋譜を記した紙を道悦へ差し出した。

その一手目を見た道悦、道策が、同じく目をみはった。

「この棋譜を上覧碁に用いるのですか？」

道悦が測るように訊いた。道悦も亡き師である算悦を通して、初手〝右辺星下〟について聞いていたらしい。棋譜は、勝負を行った者のどちらかが秘蔵とする権利を持つ。その秘蔵たる安井家の棋譜を、平然と公衆の前に晒《さら》す春海に対し、道悦は感心するというよりも呆れたよう

な様子でいる。

だが春海はきっぱりとうなずき、

「はい。大切なお勤めに欠席せざるを得ず、代わりに私が出せるものの中で最良と思われるものを選ばせていただきました」

春海の目は道悦へ向けられているが、言葉の大半は、そばにいる道策へ向けられていた。それが道策にもわかったらしく、急に脱力したように下を向いてしまった。

「わかりました。謹んでお受けしましょう」

道悦が言った。春海は大いに安堵《あんど》した。明らかに碁打ち衆の職分を逸脱する春海の務めについて、他の碁打ちたちから疑問や反対意見が出る前に、本因坊家が率先して了承してくれたのである。またそうさせるため、秘蔵の棋譜まで持ち出したのだ。これで、北極出地に関しての、碁打ち衆への報告はほぼ終わった。

間近に迫った御城碁についての簡単な話し合いが行われた後、

「ところで、若い打ち手の中には、御城碁における真剣勝負を欲する者もおりますが」

ふいに道悦がそんなことを言った。一瞬、春海は自分が酒井に告げた、

〝退屈です〟

という言葉が、道悦に伝わったのかと内心ひやりとした。

「しかし上覧碁こそ御城碁の本随と心得ます。将軍様御前で勝負を行うことの是非については、我々碁打ち衆の間でも、たびたび話し合われたこと。将軍様が今より碁に精《くわ》しくおなりになり、

直接の勝負がご覧になりたいと仰せになるのでない限り、我々から御前で勝負を行いたいと申し上げるのは、特別な理由がない限りは慎むべきことでしょう」

うんぬん、と道悦が言葉を続けるほどに、そばの道策がうつむけた顔を悔しげに右へ左へ振る様子に、

(道策か)

どうやら師に、〝真剣勝負〟を訴えたのだということが知れた。

なんだか急に道策が哀れに思えた。なのにその上、道悦は、

「その点、安井家は、自ら秘蔵の棋譜を上覧碁に献ずるなど、御城碁の何たるかを、よくご理解されておられる」

わざわざ春海を誉めたりする。それでむしろ、道策が、春海を名指しで挑戦しようとしたのを道悦が厳しく戒めたらしい、という道悦の言葉の裏側まで察することができた。

御城碁の何たるかを良く理解しているからこそ〝飽き〟が骨髄にまで染みた春海としては、いやに後ろめたさを刺激された。道策の気持ちがよくわかる分、やるせない思いが、ひしひしと胃の腑《ふ》に降り積もるようだった。

道悦の、〝上覧碁こそ碁打ちの栄えの礎〟という、要するに現状を維持し続けるべし、という訓戒めいた言葉ののち、おのおの勤めのため席を離れた。道悦は日吉山王の宮司らとの碁会へ向かい、春海は道策とともに上覧碁の打合せのため別室へ移った。

道策自身が上覧碁を打つのではなく、師の道悦の代わりに、手順を確認するためである。そ

れはそれで重要な仕事であり、いかに道悦が道策を信頼しているかがわかるというものだ。しかし道策本人には、いまだ上覧碁すら打つ資格がなかった。活躍の場は皆無だった。

道策はひと言も口を利かず、部屋に移っても、春海とともに、神社の者が用意してくれた火鉢で黙って手を温《ぬく》めていたが、ふいに、

「安井家秘蔵の棋譜とはつゆ知らず、算哲様には、大変失礼を申し上げました」

むっつりと低い声で道策が言った。日頃、灼然と輝くばかりの才気の持ち主であるだけに、その様子がいっそう哀れを誘った。

「いいんだよ。義兄も、相手がお前なら許すに決まってる」

うっかり励ますことも慰めることもできず、春海は、

「お前は、碁の申し子だ」

ただ優しくそう言った。

道策は、それには応《こた》えず、哀しそうに眼を細めて火鉢の炭を見つめている。と思うと、

「……北極星というのは、それほど重要な星なのですか」

硬い声で訊いてきた。

「うん」

春海は部屋の碁盤に手を伸ばし、碁盤における九つの星のうち、中央の〝天元《てんげん》〟を指さして言った。

「北極星は、いわば天元だ。天でただ一つの不動の星で、人が星を読む上で、最も大きな手掛

かりになる。別名を北辰大帝《ほくしんたいてい》。天帝化現たる星で、〝天皇陛下〟とは、本来、この星に仕え、天意を賜り、地の民に告げることを意味する言葉だ」

「不動の、天元の星……」

道策がぼんやりと繰り返す。春海は、後ろめたさが自分を饒舌《じょうぜつ》にしていることを自覚したが、続けて言った。

「算盤による数理の中でも、未知の値を求める最も重要な術を、天元術というんだ。元《げん》の世の算術らしい。つい何年か前に知られるようになったばかりでね。もしかすると碁の天元と何か関わりがあるかもしれないね。天の〝元《はじめ》〟を知って解明しようというのは、なかなか含蓄のある言葉だと思わないか……」

「数理は数理。碁の打ち筋とは無縁でございましょう」

怒ったように道策が遮り、

「つまり、この星のせいで、算哲様はますます碁から離れるということですか」

「うん、まあ……」

あまりにその通りなので、なんとも返しようがない。

道策は、やたらと本気の顔で、

「この星が、憎うございます」

じっと〝天元〟に目を据えたまま、そんなことまで言った。刀の切っ先のような怖い思いをさせられる目だ。碁の勤めから逃げ出す春海を怨む言葉にも聞こえ、春海はちょっと途方に暮れた。目の前に、溢れる才気を持ちながら自由に羽ばたくことを禁じられた十七歳の若者がいて、苦しみにもがいている。哀れで仕方なかったが、春海にはどうすることもできない。

「道策は、上覧碁が嫌いかい？」

せめて苦しみを和らげてやりたくて、そう訊いた。果たして道策は両肩を震わせて、

「大嫌いです」

今にも泣きだしそうな声で言い放った。

「研鑽をひたすらに積んで、将来なすべきことがあれかと思うと、情けのうございます」

師に聞かれれば烈火の如く叱責《しっせき》される物言いである。だが、自分もそうだ、と春海が共感してやろうとする前に、

「算哲様は、碁がお嫌いですか？」

いきなり真っ直ぐな目を向けられた。

「好きさ」

思わず微笑んだ。我ながら、けろっとした態度だった。実際、碁自体を嫌う気持ちは抱いたことがない。数理算術が碁にも通じているのだという思いも嘘ではなかった。碁の世界は広い。ただ城の中は、それよりも遥かに狭かった。

「でしたら、なぜ……」

星などにうつつを抜かすのか、と言いたかったのだろうが、言いかけて道策はまたうつむいた。他ならぬ四老中の一人からの直々の下命などが降って湧いたからには、おいそれと否定も

できない。かえって余計に道策を苦しめてしまったような気持ちになった。

「勝負がしとうございます」

振り絞るような声が、ぐすっと洟《はな》をすする音とともに部屋に響いた。

「できるさ」

間髪を容《い》れずにそう言ってやった。

「道悦様、私の義兄の算知の次は、お前と私だ。六番勝負だろうと六十番勝負だろうと、存分に将軍様にご覧になっていただこう」

「六十……？」

あまりに途方もない数に、道策が顔を上げ、にわかに噴き出した。

「何がおかしい？」

春海はあえて真面目くさった調子でいる。道策の笑いがどんどん大きくなっていった。泣いたカラスがもう笑う、と頭のどこかで思いながら、春海はほっとなった。ほっとなりながら、こんな単純な言葉ですら、たちまち感情が噴き出す道策の日頃の苦しみを察して、ますます可哀想になった。

「六番勝負でさえ、八年かかったのですよ、いったい何年かかれば六十番など……」

腹を抱えながら道策が言う。

「お互い、何十番目の勝負か忘れぬようにしないとな」

「将軍様も、いちいち覚えておいでにならないでしょう」

それでまた道策が大笑いした。将軍家ゆかりの大社で哄笑《こうしょう》など御法度も良いところで、いつ誰が叱りに来るかわからなかったが、いつしか春海も一緒になって笑ってしまった。

ひとしきり笑いの発作が収まったところで、

「では、その日のために研鑽を積もう」

改めて棋譜と石を手に取った。道策もくすくす笑いながら倣った。

「安井家の棋譜に対し、憚《はばか》りながら申し上げますが……」

と道策は、棋譜にはない打ち筋を加えてはどうか、その方が将軍様にもわかりやすいのではないか、と積極的に石を打ちながら主張し、元気を取り戻した。春海は一つ一つの応手を確認しながら、おおむね道策の意見を採り入れて上覧碁の棋譜を完成させた。

棋譜自体はどうでも良かった。これでまた一つ仕事が済んだことが大事だった。春海の脳裏にはさっそく算術のあれこれが勝手に浮かび上がるのも知らず、

「星を見るお役目から、一日も早く戻られますよう、お待ち申し上げます」

道策は、幻の〝六十番勝負〟を、現実に待ち望むような笑顔でそう言った。

「うん」

うなずきながら、今や星にも碁にも心を傾注していないとは、さすがに口にできなかった。

ただ、石を片づけた後の碁盤の〝天元〟を見ながら、やはり設問は、暦術や星辰にかけたものにしようと心に決めた。

碁と出立、二つの公務の準備を整えながら、時間を作るための工夫に必死になった。

一日も早く設問に取りかかりたいのを強いて我慢しながら、あちこち挨拶回りを済ませ、諸事の段取りを済ませた。二日、三日、と日が過ぎていった。村瀬から借りた稿本を、安藤の分も書き写すという作業もあった。これほど忙しい目に遭うのは初めてだったが、ちょっとした雑務にも快い緊張を感じた。自分の人生が輝いているようにすら思えた。

まさにこれこそ己が欲した〝春の海辺〟であるのだ。そういう実感が日ごとに湧いた。設問を心に誓ってから七日目の晩、春海は自ら定めた期限通り、その問題を作り上げた。まさに全身全霊を尽くした問題だと、春海自身、信じ切っていた。

だがそうではなかった。

六

「怪問だな」

村瀬がまじろぎもせず言った。唸るようだった。塾の大部屋の長机を挟んで春海と向かい合って座っている。早朝のため塾生たちは誰も来ていない。長机には春海が作った問題が記された紙片が置かれており、傍らには謹んで返却された関孝和の稿本があった。

その他に、えんが淹《い》れてくれたお茶と、春海が持参した干し柿が並んでいる。

干し柿は、早朝から儀村塾へ行くと告げた春海に、土産として安藤がわざわざ持たせてくれたもので、会津藩邸の名物だった。作るのは主に中間《ちゅうげん》たちだが、藩士なら誰でも干し柿の作り方については一家言あり、長々と講釈をぶってみせる。

その干し柿に、まだ村瀬も春海も手を付けておらず、えんだけが、やけに神妙な顔で、

「美味しいですね、これ」

さっそく二つほど食べてしまった。

藩士なら、ぷっと勢いよく柿の種を掌に吐きだしてみせるところだが、えんは、そっと口もとを手で覆いながら種を出し、行儀良く皿に置く。その仕草に春海は見とれた。

「俺の分も残しておけよ、えん」

言いつつ、村瀬は、じっと問題を見つめたままでいる。

「なら召し上がったらどうです」

呆れたような様子で三つ目を手に取りながら、えんも、春海の問題を覗《のぞ》き込んだ。

『今有図如　大小方及日月円蝕交　大小方界相除シテ七分ノ三十寸　問日月蝕ノ分』

『今、図の如く、大小の正方形と、日月の円が、互いに蝕交している。大の正方形の対角線を、小の正方形の対角線で割ると七分の三十寸になる。日月の蝕交している幅の長さを問う』

正方形の辺の比から対角線を求めさせ、さらにその線分から日月の直径を求めさせる。

そして、〝円弦の術〟と呼ばれる、円内に記された線や弧の長さを求める手法のうち、主に〝径矢弦の法〟と呼ばれるものを用いて、日月が交わっている箇所の〝分〟を求めさせるというものだった。ここでいう〝分〟は、日蝕や月蝕の程度を表す言葉で、日月の円の中心点を結んだ線のうち、日月が交わっている部分の幅の長さを示している。

とにかく春海の知る算術を片っ端から盛り込んだ、複雑一辺倒の、まさに〝怪問〟だった。その分、全てを出し切ったと春海自身が己に対し断言できた。何より、〝七分の三十寸〟という数字に、あの金王八幡での感動が強く込められている。

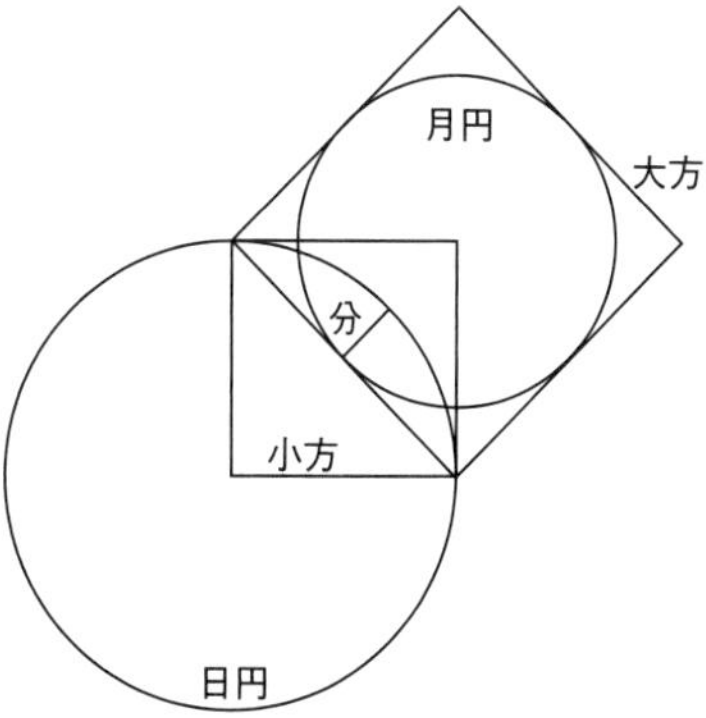

さらには〝蝕〟という、天文において、最も衆目を集める現象を主題としていた。

「良いだろう」

やがて村瀬が顔を上げ、

「こいつをこの塾で貼り出すことを許可しよう。ただし、他の者も解答に挑む。構わないかい、渋川さん？」

村瀬自身も解答に挑まんとする気を大いに込めて訊いてきた。

「はい。かたじけのうございます」

真剣な目つきでそう返し、深々と頭を下げた。

本音を言えば関孝和のみに対する設問だったが、こうして塾の一隅を借りる以上、仕方なかった。何より、そう簡単に解ける問題ではないという自信がある。もし関孝和以前に、村瀬や他の者に解かれてしまうようなら、そのときはそれまでである。というより、そんなことはもはや考えに入っていない。もしもの場合を想定していられるようなゆとりはなかった。であれば関孝和の住居を訪ねて出題すればいい、という考えはない。あくまで互いに面識のない状態に意味があった。勝負の後でなら幾らでも親しくなって構わない。いや、むしろ相手が許すのなら、すぐにも親交を持ちたい。だが今はまだそうすべきではなかった。

「名を記しても構いませんか？」

春海は律儀に訊いた。

「勿論《もちろん》だ」

村瀬から筆記具を渡され、春海は、まず設問の前に、『関孝和殿』と黒々と書いた。

「そっちの名か」

村瀬が苦笑した。えんも目を丸くしている。二人とも春海が自分の名を記すと思っていたらしい。

「名指しですか」

えんが心配顔になる。村瀬は肩をすくめ、

「まあ関さんも嫌がりはせんだろうよ。問題がそこにあればいいという人だからな。で……自分の名は？」

「では、お言葉に甘えて」

などと言いながら『渋川春海』の名を末尾にしっかりと記した。

「さて、こいつは玄関に貼っておくが、関さん以外の者にも解答を許すということは俺が書かせてもらう。出題はこいつだけかい？」

「同じ問題を、金王八幡に奉納させて頂くつもりです」

そう言って、既に問題を記した絵馬を出してみせた。碁会の帰りに日吉山王で買っておいた絵馬板である。江戸の神社であれば、奉納料さえ払えば絵馬板自体はどこで買っても、そうそう文句は言われない。

「絵馬まで用意したのですか」

えんが感心するというより、呆れるような、叱るような調子で言う。

「よっぽど本気なんだなあ、渋川さん」

村瀬が面白がるように微笑み、

「金王へは、えんと一緒に行くといい」

春海とえんが、同時にびっくりして顔を見合わせた。

「えんさんと？」

「なぜ私が？」

「一緒に行けば奉納料をまけてくれる。ところで渋川さん、あんた独り身だったね？」

恬然《てんぜん》とそんなことを言う村瀬に、春海はただきょとんとなった。

「はい……まあ」

「村瀬さん？」

えんも不審そうに眉《まゆ》をひそめている。だが村瀬は勝手に話を進めて、

「えんも金王の宮司にはだいぶお世話になっているんだ、何か包んで行くといい」

立ち上がり、荒木家の本邸へ行ってしまった。

「なぜ私が？」

えんが同じ質問を繰り返して春海を睨んだ。

「私が頼んだわけでは……」

春海はなぜか小さくなりながら抗弁している。

「塾生でもないのに、そこまで親切にしなくても良いでしょうに」

ずけずけとえんが言う。まったくもってその通りで、春海は何も言えずにいる。

「だいたい、なぜなのです？」

「……なぜ？」

「なぜ、あなたはここまでするのですか？」

そのとき春海の目に、一瞬、えんの顔に道策の顔が重なって見えた。道策だけではない。碁打ち衆たちの誰もが首を傾げて春海を見ていた。義兄の算知も、城の茶坊主衆たちも、老中酒井も、誰も彼も春海の行動を疑問視している気がした。

「私は、算術に救われたんだ」

素直に言った。それ以外の答えが見つからなかった。

「だから、恩返しがしたい。算術と、素晴らしいものを見せて下さった方の、両方に」

そうしようと思えばいつでも、金王八幡で見た絵馬が、『七分ノ三十寸』という答えが、脳裏に鮮やかによみがえった。その記憶が、いつか色あせるなどとはとても信じられない。

「出題が、恩返し……ですか」

どうもしっくりこない、というように、えんが宙を見て呟く。

すぐに村瀬が、本邸から菓子の包みを持って来て、えんに渡した。

えんは、ぶつぶつ文句を言いながらも、春海の奉納に付き合ってくれた。

神社まで徒歩で行った。春海は駕籠で行こうとしたが、

「贅沢です」

えんに断固却下された。刀の重さでふらふらしながら辿り着くと、神社の主に、

「こんな季節に絵馬ですか？」

ひと月後には灰になるのに、と不思議そうな顔をされた。しかも二刀を腰に帯びた者が、女連れで神社に来るということ自体が珍奇だった。絵馬を奉納するとき、えんが並んで拝んでくれた。お陰で、境内に居合わせた近所の者たちから、侍が女連れで神さまに祈っている、と珍妙なものを見るような目を向けられた。だが春海は素直に嬉しかった。

自分の絵馬が、他の算額絵馬とともに並ぶのを見て、かつてないほど心晴れやかな思いを味わった。やるだけのことをやった後の日本晴れたる心持ちである。

だが、それも長くはもたなかった。やがて暗雲がたれ込め、ついには霹靂《へきれき》となって春海を打ちのめすことになった。


塾に設問を託してのちは、打って変わって日が経つことが待ち望まれた。いや、待ち焦がれたと言っていい。村瀬からは、関は大抵月の半ばと末に、塾を訪れると聞いていた。四日か五日は待った方が良かった。あるいは誰かが、麻布の塾に、名指しの設問があると噂すれば、関も興味を持って足を運んでくれるのではないか。そんなことを、やきもき考えるのが一日ごとに辛《つら》くなってきて、多忙さで気を紛らわすことを求めた。

碁会に出席し、道悦と上覧碁の最後の打合せを念入りに行った。

ところで本因坊道悦は大の甘党で、打合せのときは必ず菓子がそばにある。

一時期、金平糖ばかり食べるので、金平の読みを変えて〝きんぴら師匠〟などと渾名されたこともあった。打合せに干し柿を持参したところ、大いに喜ばれた。

出立の日が決まった。

御城碁の勤めを終えて二日後の十二月朔日《ついたち》である。積雪が心配される十二月中旬より前に江戸を出るとのことだった。観測隊の中心人物たちへの挨拶回りもつつがなく終わった。

出題してから四日後の昼、春海は麻布の塾へ向かった。御城碁は翌日から始まる。その日、解答がなければ、設問は春海が帰還するまで最低丸一年、貼り出されっ放しになる。

荒木邸の手前で駕籠を降り、念入りに二刀を差し直した。いざ向かおうとして足がすくみそうになる自分をごまかすための身繕いだった。しっかり帯を締め直し、相変わらず刀の重さでやや左へ傾きながらも、意気軒昂を装って大股《おおまた》で進んだ。

荒木邸に入ると、塾へ出入りする門下の者たちから挨拶された。春海も、

「ごきげんよう」

鼻息荒く返し、ずんずんと塾へ向かっている。自分の足音が異様に大きく耳に響いた。心臓が早鐘を打って今にも肺腑を押し分け喉《のど》から体外へ転がり出そうな気分だった。開きっ放しの玄関戸をくぐると、大勢の者の履き物が並んでいる。塾内は静かで、どうやら村瀬による講義が行われているらしい。門下の者たちがいそいそと玄関を上がって奥へ向かうのをよそに、春海はじっとその場に仁王立ちになったまま動かない。というか動けない。すぐ右手の壁に、自分の設問が貼り出されている。それが分かっている。果たして解答はあるのか。さっさと確か

めればいいのに、振り向くのが怖くて振り向けない。

「もしもしッ」

いきなり背後から声をかけられ、びくっとなった。反射的に振り返りかけ、咄嗟に視界にそれが入った。互いに重なり合った、二つの正方形、二つの円。己が献げた〝怪問〟と、その余白が、はっきり目に映った。設問の隣には、『門下一同解答ス可シ』うんぬんの文字が村瀬の名とともに付箋《ふせん》に書かれて貼られている。関孝和より前に、誰か答えてしまえ、と言わんばかりである。

だが、解答は無かった。

余白に誰も何も書き残していない。一つの答えとてなかった。たちまち息もつけないほどの苦しみに襲われ、顔中が歪《ゆが》んだ。脱力してその場にひざまずいてしまいそうだった。やはり期限が切迫しすぎていたのだろうか。関孝和は来なかったのだ。そう信じた。御城碁の翌日にもまた来られるが、それで解答がなければ、次は丸一年後のことになる。

哀しい気持ちを通り越して、恨みがましい思いでいっぱいになって余白を見つめた。

よくよく見ると、余白の一隅に、〝，〟と〝一〟という墨の跡があった。

誰かが答えを記そうとして躊躇《ためら》った跡だろう。塾生の誰かが中途半端に挑もうとしたに違いない。そう思うと、なんだか怒りが込み上げてきたが、かえってその自分勝手な怒りを自覚したせいで余計に落ちこんだ。

がっくり肩を落としながら、先ほど声をかけてきた相手を振り返った。

えんが箒を持って立っていた。今度は逆さまにではなく、ちゃんと普通に持っている。どこか申し訳なさそうな、なんと言葉を継げばいいか惑う顔で、こう言った。

「あの……関さん、来ました」

春海は力なく笑って、

「……うん、そうか」

うなだれかけ、遅れて何を言われたのかに気付いた。はたと真顔になり、

「来た!?」

「はい」

「来た……？　では、なぜ解答が……」

「書こうとされていました」

えんは困ったような顔で、右手を箒から離すと、そっと春海の設問を指さした。

「そこに、何かを……。ですが、すぐに書くのをやめてしまわれました」

春海は再び設問の余白へ目を向けた。先ほどの半端な墨の跡を食い入るように見つめた。ここに何かを書こうとした。この変な記号だかなんだかわからない何かを。あの関孝和が。だがしかし途中で書くのをやめた。

「な、なぜ？」

すがるように訊いた。

「さあ……」

えんはますます困り顔になっている。

「そ……そんな馬鹿な。途中で解答をやめるなんて。いったい何があったんだ？」

「あの……これは村瀬さんがおっしゃっていたのですが……」

「な、なんだ。なんと言っていた？」

「解けなかったのではないでしょうか」

ぽかんとなった。解けなかった？　関孝和が？　あの稿本を記した〝解答さん〟が？　一瞥即解の士が？　脳裏でぐるぐる言葉が巡るが口から出てこない。

関孝和が解けない。そんなことは考えてもみなかった。そのことに快哉《かいさい》の声を上げるべきか、愕然となるべきかまったく判断がつかずにいた。本来なら出題した自分としては、何者も解けずにいることを勝ち誇るべきであろう。事実、遺題の中には何年も解答されないものだってあるではないか。そう思おうともしたが、しかし、どうしても納得がいかない。ならばなぜ、中途半端に何かを記そうとしたのか。途中で答えが間違っていることに気づいたからか。一瞥で難問を解く男に、そんなことがあり得るのか。

「あえて解かなかったのか……？　私が門下の者ではないから……」

「そのようなことは、ないと思います」

妙にきっぱりとえんが言った。だが春海には他に理由が思いつかない。

「関さんは……」

さらに何かを言おうとするえんを、首を振って遮った。

「いや、いい。いいんだ。きっと私には資格がなかった。そういうことだろう」

それ以上、他の可能性を考えるのが辛くて咄嗟に言った。危うく涙声になりかけた。

「お願いがある。私が江戸に帰ってくるまで、これをこのままにしておいてもらえないだろうか？　誰かが解いてくれるかもしれないから……」

あるいは関の気が変わって解答してくれるかもしれない。そういう思いが声ににじみ出ているのが自分でも分かった。なんだか未練がましいし、みっともなかったが、そう頼みでもしないとやりきれなかった。

「帰ってくるまでというのは……」

「来年か……その次の年まで」

えんが目を丸くした。

「どこか遠くへ行かれるのですか？」

そう言えば出立については何も教えていなかった。というか、そもそも老中から仰せつけられた公務をそうそう誰かに話すわけにもいかず、

「そうなんだ。頼むよ。頼む」

ただ伏し拝まんばかりに頼み込んだ。

「……村瀬さんにそうお伝えしておきます。お約束はしかねます。それで良いですか」

というのが、えんなりの返答だった。こうして突っぱねられた方が気が軽くなることもあるのだな、と春海は他人事のように思った。

「うん、ありがとう。よろしく頼みます」

頭を下げると、逃げるように塾を去った。虚脱した気分なのに足が勝手に速くなってゆくのを止められなかった。

七

茫然《ぼうぜん》となりながらも公務を無事に勤められたのは、一つに義兄の算知からの手紙に助けられてのことだった。安井家の棋譜を上覧碁に用いることについて、算知は、二代目安井算哲の意志を尊重してくれた。また、春海が、算術や暦術に没頭しながらも、碁の勤めをおろそかにしていないことを、〃まさに勤勉〃という感じで誉めていた。老中から命じられた新たな勤めについても喜んでいた。その全てが身に染みた。

情けない思いでいっぱいになりながらも、自分に鞭打つようにお勤めを全うした。

家綱様も珍しく、老中たちに、あの手がどう、この打ち筋がどうと精しく評されたりしていた。古参の家臣たちは揃って若い将軍様が自ら意見を述べられるのを嬉しく思っているようだった。そんな風に、始終、和やかな調子でお勤めが済んだ。

その後で、碁打ち衆たちがささやかながら春海の公務出立を激励する場を設けてくれた。まさか市井の私塾に心残りがあるなどとは言えず、春海はただにこにこと笑顔を作ってみなに感謝した。頑張って微笑みすぎたため目尻《めじり》が引きつって痛かった。

消耗し尽くして会津藩藩邸に戻り、日が落ちた暗い庭で、日時計の柱を見つめながら、なぜなんだろうと、ぼんやり考えた。なぜ関孝和は最後まで答えを書いてくれなかったのだろう。いっそ関孝和を訪ねて真意を質《ただ》したかった。だがそれをしては何かが失われてしまう気がした。怖くてとてもそんなことはできなかった。疲れ切っていたせいもあって頭がしっかりと働かず、ただ無性にやるせなさで心が沈んでいると、

「ここにいましたか、渋川殿」

安藤がやって来て、いかにも結果を知りたくて待ち構えていたというように、

「いかがでしたか、例の問題の方は」

と訊いてきた。

途端に春海の中で、どっと音を立てて何かが崩れた。息を継ぐのももどかしいくらい早口で結果を述べ、自分の思いを述べ、こんな気持ちのまま旅に出るのかと思うと情けなくて仕方がないことを切々と述べた。涙こそ見せなかったが、ほとんど泣きつくように喋《しゃべ》った。

安藤はくそ寒い夜の庭先で、じっと腕組みして立ったまま、事の次第を律儀に聞いている。そうしながら、目だけが何やら思慮深げに宙を見つめ、日時計を見つめ、そして春海を見つめた。かと思うと、

「私も、渋川殿の考案された問題を解こうとしてみました」

何かの前置きのように、ゆっくりと重々しく告げた。

「は、はい……いかがでしたか」

「解けません」

まるで断定だった。

「そうですか……」

春海はただうなだれている。安藤はさらに、

「一つお訊きしても良いでしょうか、渋川殿」

「はあ……なんなりと」

「あの設問、術から組み立てましたか？　それとも答えからですか？」

「両方からですが……」

日月の蝕交の分は、実は七と二十三の平方根を足して、四で割ったものになる、ということまで春海は安藤に話した。七と二十三は足して三十。〝七分の三十寸〟にあくまでこだわった答えだった。だが、ただ七と二十三を足すのではなく、それぞれ開平させてから足させるところに自分なりの工夫と主張があった。

ふーむ、と安藤は唸った。どうも、ただ難問ゆえに解けない、という態度ではない。

ふいに春海は不安が棘《とげ》となって内側から刺すような感覚に襲われた。

最初は小さな棘だったが、むつかしげに唸る安藤を見るうちに、絶え間ない棘波《きょくは》とでもいうべきものになっていった。急に周囲の寒さが迫って体が震えた。いや、愕然となるあまり、心が恐怖で凍りつきそうになった。

「ま……まさか……安藤殿……。わ、私の設問は……」

安藤はうなずいた。春海を慌てさせるのではなく、落ち着かせるための仕草だった。

「しかと断ずることはできませんが、もしかすると……」

最後まで聞くことができず、春海の足から力が抜けてその場にひざまずいてしまった。

「まずはひと晩の熟考が肝要かと思います。それから明日、もう一度、塾をお訪ねになるのがよろしいでしょう。出立前に多忙とはいえ、心残りは取り除くべきかと思われます」

安藤はそう繰り返して、夜の闇の中、麻布へ走り出してしまいかねない春海を宥《なだ》めた。

春海は悪寒でもするように、わなわな震えながら自室に戻っている。そろばんと算盤をそれぞれ並べ、自分が組み立てた設問の写しを広げたが、薄暗い灯りの下で見ようとして、猛烈な吐き気に襲われて呻いた。もう少しで本当に吐いてしまいそうだった。

とても直視できず、耐えかねて眠ることにした。本当にそうすることしかできなかった。

翌朝、春海は跳ね起きた。明け六つの鐘の音がどこからか聞こえてくる。慌てて身支度を整えながら、これから断罪を迎えるような思いが込み上げてきた。観念する気持ちが七とすると、自分の今の考えが正しいのであれば、是が非でもあの設問を塾の玄関から引き剝《は》がしてしまわねばならない、という思いが三十。そんな考えがよぎり、めまいと吐き気に襲われた。

提灯《ちょうちん》を持って庭に出て、ぎょっとなった。晴れ渡った空とは裏腹に、地上は一面、雪景色だった。いつの間に降ったのか。何もこんな日に降らなくても。邸を出ながら、くるぶしまで積もった雪上を、刀を抱えて歩くという困難に、泣きそうになった。今ほど、馬鹿みたいに重たいだけの刀を怨んだことはなかった。駕籠を求めて急ぎながら、二刀とも堀に放り込んでしまおうか、という考えがしきりに起こる。うっかりそうしてしまいかねない自分に、我ながら怖くなったところで駕籠にありついた。

とにかく気が気ではなかった。麻布に着くなり駕籠を待たせず荒木邸へ走った。駕籠を待たせなかったのは、戻ってきたとき自分がどんな顔をしているか分からなかったからだ。

辺りは明るく、荒木邸の門は既に開いていた。刀を引きずるようにして門をくぐり、塾へ向かった。塾の戸は閉まっていたが、手をかけたらすんなり開いた。

朝の明かりが玄関の壁を照らし、その一角に貼られた己の設問が目に飛び込んできた。

よろよろ歩み寄った。設問の余白に、ぽつんと記された意味不明の記号があった。

いや、今やその意味は明白となって春海の意気をさんざんに打ち据え、挫《くじ》いていた。

無だ。〃,〃と〃一〃は、〃無〃という字を書こうとして止めた跡なのだ。

『無術』

関孝和はそう書こうとしたのだ。

術が存在しない。すなわち〃解答不能〃の意だった。

よくよく見ると、設問の、『七分ノ三十寸』の箇所に、薄く傍線が引かれている。さらによく見ると『大小方界』にも傍線があった。春海は目玉を眼窩《がんか》から押し出さんばかりに瞠目《どうもく》した。

まず何より自分が拘《こだわ》った数字こそ、設問の病根だった。数字にばかり拘った挙げ句、現実に存在しない図形を作りだしてしまったのだ。そもそも図形とは理念の中にのみ存在するものである。完全に誤差のない図形などこの世に存在しない。誤差を完全に消すには、線から限りなく幅を奪い、点から限りなく面積を奪わねばならない。そんなことは不可能である。

だが線を幅のないもの、点を面積を持たないものとして想定することで、初めて複雑な算術が構築できる。いわば算術はこの世を映す鏡像だった。現実には存在しない鏡像を通して、数理という不可視のものを見て取ることができた。

けれども、これはそういう考えからも完全に外れている。

第一に、術を求めてゆくと、正の数と負の数の、複数の解答があり得た。昨今では、ときに算術において、複数の答えが導き出される場合があることは広く知られるようになっている。だがそれらは〃病題〃と呼ばれ、あくまで〃一問一答〃こそが算術の王道とされた。

第二に、これは術そのものに矛盾を抱えていた。大小の方の辺の比は、春海が用意した答えでは単純に偶数と奇数になる。そうでなければならない。だが小方と大方の辺の比を求めてゆくと、にわかに矛盾が発生する。

大方の一辺は、すなわち小方の対角線であり、偶数である。そして小方の対角線は、奇数である。これらが同時に成り立ってしまう。奇数であると同時に偶数である。術を工夫すればするほどそうなる。完全な矛盾だった。なぜそんなことが起こったのか。

〃術から組み立てましたか？　それとも答えからですか？〃

安藤の言葉が雷鳴のように脳裏に響いた。設問の半ばを、あらかじめこうと決めていた答えに依存したせいだった。それがはっきり分かった。関にもそれが分かったのだ。春海と違って、一瞥して見抜いた。それで『無術』と記そうとしたが、そこで出題者である春海のことを慮《おもんぱか》った。算術遺題の中には、あえて解けない問題を出し、術が無いことを見抜かせるものもある。もし春海の設問がそのたぐいのものであるなら『無術』こそ『明察』となる。だがもし、春海が設問を間違えて、答えがあると信じて出題していたとしたら、塾の真《ま》っ只中《ただなか》で春海を嘲笑《ちょうしょう》することになる。だからあえて、〝無〟の最初の二画だけで書くのをやめた。それなら春海が意図して設問をしていた場合でも、誤っていた場合でも、春海に〝無術〟であることを、それとなく伝えられる。憎らしい心遣いだった。いっそ余白全部を使って、誤問であることを罵って欲しいくらいだった。とともに、

〝術を解することうかつなる者は、すなわち算学の異端なり〟

あの稿本に記された関の言葉が、何もない余白に浮かび上がるように感じ取れた。術を解することなく設問してしまった。出題してしまった。衆目に晒し、あまつさえ神に献げた。自分は算術を汚し、泥を塗った。〝七分の三十寸〟のもともとの設問を作った村瀬にも。見事に解答してみせた関にも。横から割り込んだ愚か者が泥を塗って何もかも台無しにしてしまった。何が勝負か。何が術理か。うかつなる者。まさに異端だった。望まれもせずにしゃしゃり出た愚者だった。

「ううおお、あああ……」

背骨がひしゃげるような呻き声が湧いた。

設問を記した紙を引っぺがし、くしゃくしゃに丸めて己の胸に両手で押しつけた。そうしな

がらも、次にどうすればいいか分からない。一刻も早くこの場を立ち去り、こんな愚かな設問など存在しなかったことにしたかった。なのに氷のように冷たい玄関先に膝をつき、剝がした分だけ空白となった壁の一点を見つめたまま、動けなくなってしまった。

腹を切ろう。いきなりそう思った。今ならやれる。〝一文字〟だろうが〝十文字〟だろうが〝米の字〟だろうが、ばっさばさに己が腹を切りまくって死ねる。

丸めた紙を左手に握りながら、右手だけで脇差しを鞘《さや》から引っこ抜こうとした。

むろん普通は鯉口を切ってから抜く。鞘を引っ張っただけで刀が抜けたら危なくて仕方ない。だが咄嗟に思いつかなかった。刀まで自分を嘲笑《あざわら》っていると思った。格闘の末に、やっともぎ取るようにして刀を抜き、勢い余って横倒しになった。片方の耳に、冷たい地べたに横っ面を打ちつける音が、もう片方の耳に、押し殺したような声が響いた。

「な……何をしているのですか、あなたは」

えんがいた。最後に見た箒が、またもや逆さに握られている。ちょっと怯《おび》えたような顔で、刀を抜いたまま地べたを這《は》う春海を見下ろしている。

「は……腹を切りたくて……」

とことん素直に春海は言った。たちまち、えんが血相を変え、

「誰が掃除をすると思っているのですッ」

無体に叱られて、ただでさえ泣き顔の春海の顔がさらに歪んだ。

「ほ、他に思いつかないんだ……」

握った刀の先をふらふらさせながらその場に正座し、啜《すす》り泣くような声で訴えた。

「やめて下さい。あなたの手では、きっと無理です。刺したまま動けなくなります」

いかにも武家の娘らしい言い分だった。実際、春海の腕力では、刃《やいば》を己の腹に突き入れることはできたとしても、肉を裂けるかどうかは非常に怪しい。

「今どき武士でも見事に切腹できる者は少ないと、父が言っておりました。ほら、早くしまって下さい。こんな所を父に見つかったら喜んで介錯《かいしゃく》すると言い出しかねませんから。腹を切る前に、首を落とされますよっ」

いつの間にか箒を本来の持ち方に戻しながら、えんが言う。すっかり脅されて悄然となった春海は、唇を嚙《か》みながら、刃を見つめた。確かに無理だと思った。もたもた鞘に納めようとしたが切っ先がずれて、鞘を握る左手の親指と人差し指の間を突き刺した。

「あ、痛ったあ」

刺したと言っても血も出ていない。なのに腹を切りたがった者とは思えぬ狼狽《うろた》え方で左手を振り、握りしめていた紙を放り出してしまった。

「なんです、これは?」

「い、いや、それは……」

「危ないッ。早く刀を納めてッ」

「う、うん……」

刀をやっと納める間に、落ちた紙を拾われ、目の前で広げられてしまった。

「あなたが作った設問ではありませんか。ご自身で剝がしたのですか?」

「うん……」

「いったいどうしたのです」

「間違いだった」

「え?」

「何もかも間違いだった。設問しようなどと考えたことが間違いだった」

地べたに座ったまま、なぜ関が解答しなかったのか一気に説明した。えんも〝病題〟という言葉は知っていたようだが、具体的に術の何が矛盾しているのかは理解できないようだった。

「間違っていたのでしたら、修業し直し、その上でまた設問されたら良いではないですか」

けろりと返された。全身全霊をかけての勝負だったのだと主張したところで同じことを言われそうだった。

「わ……私にその資格があるだろうか」

「もとからありません。門下にも入っていないのですから」

ずけずけと容赦のないことを言われた。

「なのに村瀬さんが出題を許したのは、あなたに見込みがあると思ってのことでしょう。お陰で私まで付き合わされたのですよ」

「そ……そうだ。あの絵馬も処分しなければ……」

「いったん献げた品を、処分とはなんですか。焼き浄められるまで衆目に晒し、臥薪嘗胆《がしんしょうたん》してはどうなのですッ」

「う……、しかし……」

すっかり悄《しょ》げる一方の春海に、ふと、えんが調子を落とし、なぜか溜め息をついて、

「特別に打ち明けます。私も、いつか、設問できたら、などと思っていました」

春海はぽかんとなった。

「設問？　それは……関殿に？」

「はい」

何が悪いというように睨まれた。

「ですが、あなたの問題を前にしたときの関さんのお顔を見て、その気がなくなりました」

「顔……？」

「関さん、笑っていました。あなたのこの設題を見て、嬉しそうでした」

そう言って、なんとえんが微笑んだ。あの金王八幡で出くわして以来、春海に向かってえんが浮かべた初めての微笑みだった。その微笑みと言葉の両方に、春海は呆然となった。

「笑っていた……？」

咄嗟に、関が誤問を嘲笑したのかと思われた。だが嬉しそうとはどういうことか。

「私、尋ねました。何を笑っているのですか、と」

えんがしゃがみ込み、目線を春海に合わせ、なんだかちょっと淋しそうな笑い方で、

「そうしたら関さん、今まで見た問題の中で、一番、好きだな、とおっしゃいました」

そう告げた。春海は馬鹿みたいに口を開いたままでいたが、

「好き……？　なぜ？　どこが？」

「御本人にお訊き下さい」

急にむっとなって返された。

「合わせる顔が……」

そう言いかけ、えんに睨まれて黙った。足が凍りつきそうなほど冷たかった。自分が小さく無意味な存在になってゆくような気がした。これ以上何も聞かず、ただ消えていなくなってしまいたかった。ところがその思いに決然と反抗する感情がにわかに込み上げ、我ながらびっくりした。そもそも無為無用の存在としてこの塾を訪れたのである。今さら気に病んで何になるのか。何よりたった今えんから聞かされた言葉の全てが気になって仕方ない。自分が出した誤問の何が関を笑わせたのか。知る方法は一つしかない。そのための旅の一年だと思おう。えんが言うように修業し直すのだ。初心に戻り、術を解することとうかつなる己を見つめ直そう。

心のどこかで、今泣いたカラスがもう笑う、という言葉がよぎるのを覚えながら、

「い……一年だ」

一転して奮然と言った。

「頼む。一年、待ってくれ」

「私がですか？」

「うん。必ずもう一度、設問する。必ずだ。この塾に……あそこの壁に貼らせてもらう」

「別に、私が待つ必要は、ないではないですか」

えんに真顔で否定されたが、春海は構わず、

「頼む、証人になってくれ。お願いだ。頼むよ」

かき口説くように言った。えんは困ったように春海を見ていたが、やがて、

「一年ですよ」

渋々といった様子で、

「ただし、そのときまで、これはお預かりしておきます」

意地悪そうに、春海が引っぺがして丸めた設問の紙を掲げてみせた。

「う……」

呻いたが、こちらも渋々と、

「よろしくお願いします」

頭を下げて礼を述べ、勢いよく立ち上がった。すっかり悴《かじか》んでいた膝が変な音を立てた。よろめきながらも真っ直ぐ外へ向かい、ふと振り返って、

「ところで……なぜ君は、設問する気がなくなったんだ?」

「存じません」

きっとなって返された。

「地べたで腹を切るなんて、今度からよそでして下さい」

「うん。すまなかった」

真面目にうなずき、

「色々ありがとう。では御免」

もう一度だけ頭を下げ、早足で門を出て行った。

「一年ですからね。それ以上は待ちませんから」

なおも念を押すえんの背後から、

「楽しみな人だ、渋川さんは」

ぬっと村瀬が現れ、えんを跳び上がらせた。

「起きていたのですか?」

「あれだけ騒がれたら、そりゃ起きもする。きっと邸のみんなに聞こえたな」

そう言って、村瀬はしげしげとえんを見つめ、それから春海が残した足跡を見やった。

「お前、あの人のところへ嫁に行くか?」

えんはびっくりした顔で目をしばたたかせた。それから、思いきり噴き出して笑った。

「変な冗談ばかりお上手なんですから、村瀬さんは」

村瀬は何も言わず肩をすくめている。


真っ白な雪の上を、春海は身の置き場がないような、力ない様子で進んでいる。

見上げた青空がひどく遠く、そればかりか、ぼんやりにじんで見えた。

〝勝負がしとうございます〟

道策の身を切るような声がよみがえった。

「私もだ、道策」

白い息を吐き、ぐすっと洟をすすって、

「私も、そうなんだ」

泣きながら、冷え切って感覚の薄れた足を、意地のように、前へ前へと運んだ。

その先に、遥かに巨大な勝負が待ち受けているとも知らず、二十二歳の春海は、ただ己自身をもてあましながら、澄み渡った穹天《きゅうてん》の下を、悄然とさまようように歩いていった。

第三章　北極出地

一

旅の全てが幸福だった。とにかく楽しくて楽しくて仕方なかった。

寛文元年の十二月朔日《ついたち》。

礒村塾で己のしくじりに打ちのめされた春海は、明け六つの前に旅装をまとい、死出の旅路にでも赴かされるかのような陰気で力のない足取りで会津藩邸を出発している。

実際、このときはまだ亡霊と化してこの世をさまよっているような気分だった。

心にまったく支えがなく、張り切るすべとてない。恥と自責の念に苛《さいな》まれ、目の下に黒々とくまを作り、顔は憔悴《しょうすい》で青ざめている。そのせいで邸《やしき》の門番たちから変に心配された。ときたま身を持ち崩した藩士が、このときの春海のような様子で邸を出て行き、そのまま脱藩して行方が知れなくなることがあるからだ。春海は、自分の口がなんと門番に返事をしているのかもろくに意識がないまま邸を後にし、提灯《ちょうちん》をぶらんぶらん揺らしながら歩いていった。

目的地は永代島《えいたい》にある〝深川の八幡様〟こと富岡《とみおか》八幡宮である。徳川将軍家は源氏の氏神たる八幡大神を崇拝しており、中でも相模《さがみ》発祥のこの神宮は江戸最大の規模を誇る。公務によって長旅に赴く者たちは大抵ここで加護を祈念した。

春海がふらふら境内にやってきたとき、北極出地のために編制された観測隊の大半が既に到着していた。中でも二人の老人たちが、隊の規範たらんとするように神宮の前で微動だにせず直立し、じっと隊員の集合を見守っている。

一方は名を建部《たけべ》昌明《まさあき》といった。この観測隊の隊長を任じられた老人で、齢《よわい》なんと六十二。徳川将軍家に筆書をもって仕える右筆《ゆうひつ》の家系にあり、れっきとした旗本である。御書道伝内《でんない》流の祖たる建部伝内を祖父に持ち、その筆蹟《ひっせき》を受け継ぐ一方で、算術および天文暦学に長じているとの評判であった。この観測の全計画を緻密《ちみつ》に組み立て、事業の成否の全責任を負っていた。やや細面の顔は、いかにもしかつめらしく、遅参する者がいれば当たり前のように置き去りにして出発しそうな厳格さを滲《にじ》ませている。

他方は、名を伊藤重孝《しげたか》という。隊の副長に任じられ、齢は五十七。綺麗《きれい》に剃髪《ていはつ》し、なかなか瀟洒《しょうしゃ》な僧形をしている。だが実際のところ僧ではなく御典医だった。毎朝、将軍様が御髪番に髪を結わせている間、袖《そで》の中で脈を取って診察をする医師たちの一人である。中でも伊藤は、将軍様が起床してのち歯を磨くための房楊枝《ふさようじ》と歯磨き粉を用意するというお役目の責任者であるという。将軍様が、毎朝、最初に口に入れるものを用意するのだから、どれほど伊藤が城中で信頼されているかがわかる。医術の他に、算術と占術に優れ、この観測隊に自ら志願したらしい。ふくふくとした血色の良い顔に、この旅を心から楽しみにしているのだという微笑をたたえていた。

二人ともとっくに隠居をしていてもおかしくない年齢である。その二人が、長期にわたり日本の五畿《ごき》七道を巡り歩く観測隊の隊長格として働こうというのだから驚きだった。春海はこの二人の補佐として任命されており、二人が命じる物事はなんであれ記録する役目にあった。

それにしてもおかしな取り合わせだなと、春海は二人に挨拶《あいさつ》を述べながら思う。城に出仕する者の多くが、複数の職務を同時に担当する〝兼任〟が普通である。とはいえ北極星の観測のために、書道家と医師、それに碁打ちである自分がともに赴くのだから、実にちぐはぐだった。つまりそれほど、江戸に限らず日本全国で、天文の術というものが一つの職分として全く成り立っていない証拠でもあった。

ほどなくして全隊員が揃った。

春海たちの他に、下役たち、棹取《さおとり》と呼ばれる中間《ちゅうげん》たちに、様々な観測道具を運ぶ従者たちがおり、実に総勢十四名の一隊が、ぞろぞろと社殿に移動し、出発の儀式に参加した。

筆頭である建部が、今回のお役目の成就祈願の書、そして金子《きんす》を恭しく奉納した。宮司が隊に加護あることを祈り、また隊員一人一人が、道中の安全と事業成就を祈念して、御神酒《おみき》を頂戴《ちょうだい》している。春海は、今の亡霊気分の自分が御神酒などを飲んだら祓《はら》われて消えてなくなってしまうのではないかとけっこう本気で思った。いや、いっそのこと消えてなくなって欲しかった。だが実際に飲み干しても、酒で胃の腑《ふ》がほんのり温まっただけだった。

建部が一同に出発を宣言し、十四名が神宮を出て、雪でぬかるむ道を歩き始めた。

まず東海道を進み、小田原《おだわら》を目指す。幕府の御用飛脚は、三日で江戸から京都までを走り継ぐが、むろん観測隊一行がそんな速度で進みはしない。だがそれでも消耗した春海にはけっこうな速度に感じられた。正直、こんな速さで進むのかと面食らった。

原因は、建部と伊藤の健脚にあった。二人とも普段の移動は駕籠《かご》が基本のはずであるのに、すたすたと年齢をまったく感じさせない足取りで進んでゆく。

駕籠も後ろからついてくるが中は空だった。これは病人怪我人が出た場合、最寄りの宿へ運ぶための用意である。駕籠の後ろには途中途中の道に交代して随伴する医師がいた。

一行は規則正しい歩調で進んだ。日に五里から七里を歩き通すことが前提の旅である。

春海もそれはわかっていたし、自分自身も毎年、京都と江戸を往復する身である。それでも心身に気魄《きはく》の欠けた春海には苦役そのものの行進だった。

腰の二刀のうち、太刀は中間の一人に預け、脇差しだけでいられたのがせめてもの救いである。いつしか日が昇り、雪を溶かしていっそう道がぬかるんだ。何度も後ろの駕籠に乗せてくれと懇願したくなったが、そう口にした時点でこのお役目を失ってしまう。何しろ進むためではなく、病人怪我人を戻らせるための駕籠なのだ。しかしだからこそ口にしたい誘惑もあった。

こんなに力の入らない心の状態で、こんなにもしんどいお役目に就かされるとはなんと運がないのか。自暴自棄になって思いきり駄々をこねたい気分で歩き続けた。それでも集団で一糸乱れず進むというのはある種の強制力とともに昂揚《こうよう》をもたらすものである。春海はだんだん何も考えられなくなり、いつしか忘我の心持ちで行進していた。誤問を衆目に晒《さら》し、なおかつ神に献《ささ》げたという痛恨の思いがときおり飛来してはさんざんに胸を突き抉《えぐ》ったが、歩き続けるうちにそれも麻痺《まひ》してくるようだった。昼過ぎに軽食を摂《と》るため、建部からいったんの停止が命じられたときは、このまま延々とどこまでも歩いていたい気分になっていた。

建部と伊藤は口数少なで、食事のときもひと言ふた言かわし、あとは下役に指示を出すだけで、会話らしい会話がない。それが春海には救いだった。頭脳の大半が停止しており、目は茫《ぼう》洋《よう》と泳ぎ、観測隊の面々とそこらの木々すら区別をしていないような状態では、ろくな会話ができるわけがない。建部と伊藤が互いに紙に何かの数値をしたためているのを見たが、なんの意味があるのだろうとは一切疑問に思わなかった。

一行はすぐに出発し、夕暮れどきまで黙々と進み続けた。

暗くなる前に、先行していた下役の者が戻ってきて、宿営地の場所を建部に告げた。それからしばらくして村役人がやって来て、建部と宿営の用意について話し合った。

観測隊が訪れる土地には先触れが出され、幕府の今回の事業を援《たす》けるため、各藩と村々が、昼夜を問わず伝書を書き写して道中の各宿営地へと派遣される。

まがりなりにも幕命を受けての行動であるので、村役人の他、町奉行の者や、藩が派遣した附き廻《まわ》り役もやって来て、ともに宿営地へ随伴した。

そこに到着した春海は、これから戦でも起こるのかと呆気《あっけ》にとられた。宿営地としてふさわしいとみなされるための第一条件は、すぐそばに、天体観測のため見晴らしの良い土地があることである。そして春海が到着したときには既に、その土地の周囲を、藩の幔幕《まんまく》が張り巡らされ、かがり火が焚《た》かれ、藩士が見廻りを行っていた。

これは各藩に公務であることを知らしめるためであり、また基本的に公務は秘するという趣旨によった。その第一の目的は、隊員の安全確保である。夜中の観測が基本であることから、備えを万全にする。確かにこれでは間違っても山賊のたぐいは寄ってこない。

なんだか春海は自分と最も縁遠いはずの軍事の真っ只中《まただなか》に放り込まれたような心細さに襲われながら、観測の準備を手伝った。

中間たちが距離を測るための間縄《けんなわ》を張り巡らせ、一尺鎖をじゃらじゃら鳴らしながら観測器具の設置場所に見当をつける。また従者たちがそれぞれ特異な道具を携え、準備にあたる。

後世、彎窠羅針《わんか》と呼ばれることになる、羅針盤を杖《つえ》の先につけ、あらゆる傾斜面でも正確に方角を測れるよう工夫した道具を複数用いて、方角誤差を修正する。十間ごとに梵天《ぼんてん》と呼ばれる紙切れを何枚もつけた竹竿《たけざお》を目印に立てる。小象限儀という、円を四分の一にした、四半円形の測定具で値を出し、割円対数表という勾配《こうばい》を平面に置き換えるための算術表に照らし合わせ、勾配による誤差を修正する。どれもが、呆然《ぼうぜん》と眠っていたような春海の心をうっすらと刺激した。黙々と集団で行進していたときとはまた違う昂揚をかすかに感じた。

その昂揚が急激に盛り上がったのは、二つのきわめて大がかりな木製器具が組み上げられたときだった。村役人たちの手を借りて、まず南北を結ぶ子午線を正確に割り出すための、子午線儀が設置された。二本の木の柱が立てられ、間に正確な角度を保つよう工夫された紐《ひも》が張り渡される。星が南北線にさしかかるときの正中を観測するためだけに、家でも建てるかのような巨大な木材がそびえ立つのである。天測のことなど何も知らず、公務なので手伝っているだけの村役人や藩士たちですら、組み上がったときには、その異様な道具に驚きの声を上げた。

そしてその様子に、春海の中で昂揚が湧いた。出発のときに呑《の》んだ御神酒の何倍も胃の腑が温まり、また熱くなるような感覚だった。

さらに子午線儀によって割り出された線上に、春海の背丈の三倍はあろうかという柱が立った。その柱に、これまた春海が左右に両腕を伸ばしても、とても届かないような、巨大な四半円形をした、大象限儀が設置された。

まさに人が天を測り、星に手を伸ばそうとするための道具としてふさわしい威容だった。

春海が学んできたものよりも遥《はる》かに豊かな算術の結晶である。これに比べれば、春海が会津藩邸でこしらえた日時計など児戯に等しい。星を見ると同時に目盛りを読むため、最小限の灯りを設置する工夫など、夜中観測のためのあらゆる創意が施されていて、春海の目も心も完全に奪った。傍目《はため》には、巨大で無骨で出来損ないの歯車のようにしか見えないその道具が、いかに美しい算術の積み重ねの上に成り立っているかが分かった。思わず設置を手伝うふりをしながら、あちこち撫《な》でたり覗《のぞ》き込んだりするうち、

「安井さん、安井算哲さん」

ふいに背後から呼ばれて振り返った。伊藤が子午線儀の下で、建部とともに座って、春海に手招きをしていた。地面には緋《ひ》色の毛氈《もうせん》が敷かれ、火鉢が置かれ、また二人とも手灯《てあか》りを持っ

ている。幔幕にかがり火、異様な道具に緋毛氈、その真っ只中に鎮座する二人の老人の姿に、なんだか異世界の、わくわくするような楽しい場所に住まう仙人を見た気分がした。

「は……いかがしましたか」

記録をつけるための符帳を持って早足で近寄ると、厳《いか》めしい顔の建部に紙片を渡された。

「我らの後ろに控えておれ。またこれらの値を、天測値と対照し、記帳せよ」

「は……」

何だろうと思って紙片を見た。

『三十二度十二分二十秒　建部』とあり、また『三十五度十分三十一秒　伊藤』とあった。

北極出地の値であろうとすぐに見当がついたが、いったいいつの間に観測したのか。二人の頭上にある子午線儀に、小型の象限儀でもついているのかと考えたが、そんなものはどこにもない。代わりに二人の傍らに、それぞれ、使い込んだそろばんが置いてあることに気づいた。これから星を観測するというのに、なぜそろばんなのか疑問に思ったが、

「早く早く。じきに日が落ちます」

伊藤が、にこにこして急《せ》かすので、二人の後ろに回り、緋毛氈の上に行儀良く正座した。それから今しがた渡された値を記した。

建部と伊藤はあぐらをかいて手灯りを持ち、じっと空を見つめている。

「いよいよですな」

「いよいよですぞ」

建部がしかつめらしい声で、伊藤が実に嬉《うれ》しげに言った。

「まことに長かった」

「長かったですなあ」

どうやらこの二人、この事業を成り立たせるためによほどの努力をしたらしい。それが声の調子から伝わってきた。かと思うと、

「星だ！」

「星だ！」

いきなり二人揃って大声を出し、春海をぎょっとさせた。

確かにうっすら星がまたたいている。そして中天に北極星が見えた。

「天測の開始である！　象限儀を整えて読め！」

建部が、びっくりするような大声で告げた。

中間たちが三人、巨大な四半円形の測定器具を念入りに調整し、代わる代わる星を覗いた。三人がそれぞれ値を見出《みいだ》し、それらが一致せねば測り直しとなる。決して平らではない地面で、巨大な道具を操作し、精密な測定を行おうとするのだから何かと大変な作業だった。

しかしさすがは観測隊隊長たる建部によって選ばれた者たちである。中でも、平助《へいすけ》という名の、〝無愛想〟を絵に描いたような中間がいて、彼がほとんど中心となって作業を進めた。

この平助、言葉が喋《しゃべ》れないのではないかと春海が勘違いしたほど、何を言っても、

「ん」

としか返事をしない。無礼も良いところだが、その分、与えられた役目は人一倍の根気を発揮して黙々とやり通すので、長いこと建部家で重宝がられているのだそうだ。

このときも平助が無言のままてきぱきと手振り身振りで指示し、実に巧みに天測を行った。ろくに喋らない平助に従って作業を進める他の者たちの手腕もなかなかのもので、彼らの技量のお陰で、たいていは一回で値が一致し、このときもすぐに値が出た。

一人が紙片に値を記し、それを渡された平助が、足早にやって来て、

「ん」

と建部に渡し、

「むぐ……」

建部が変な唸《うな》り声を発した。

「ほっほほ」

伊藤がほくほく笑った。

春海は二人の後ろから紙片を覗き見た。

『三十五度十八分四十四秒』

と、あった。

「ほらほら安井さん、記して記して。私の値を見て下さい。度はぴったりですよ、ほら」

伊藤がはしゃぎにはしゃいだ様子で言ってくるのへ、春海はただ目を白黒させている。

「ええい！　悔しい悔しい！」

にわかに建部が喚《わめ》いた。なんと手灯りを持たぬ空いた方の手で拳《こぶし》を握り、宙でぐるぐる振り回した。これが出発のときは謹厳そのものの顔でいた男かと、春海は我が目を疑った。

「値を三度もの幅で誤るとは。いっそ己《おの》が身を海に投げ込みたい思いじゃ」

天測における一分の違いは、地上においては半里もの差となる。三度の違いとなればここから遥か南の海の真っ只中に等しいゆえの建部の言葉だった。それが春海にもわかった。だが次の言葉は、春海の思案の枠すら遥かに超えた。

「なんとしたものか……どこかで歩測を大幅に誤ったに違いない」

「歩測？」

思わず春海は口にした。すなわち歩数を数えることである。いったいどこからか。咄嗟《とっさ》に混乱したが、答えは一つしかない。

「まさか……江戸からでございますか？」

「うむ」

「はい」

当然だろうと言うように建部と伊藤にうなずかれ、春海は愕然《がくぜん》となった。建部だけでなく伊藤までもが、江戸からここまで己の歩数を延々と数え歩いてきたというのである。

いったいなんのためか。二人の傍らに置かれたそろばんの意味がやっと分かった。

「お……お二人様は、歩測と算術で、北極出地を予測されておられたのですか？」

「うん」

「うん」

当然というより無邪気きわまりない返答が来た。

しわくちゃの顔をしただけで実はまったく歳を取っていない二人の少年が目の前にいるかのように錯覚され、春海は、なぜかぶるっと身が震えた。体内の嫌な陰の気がどっと体外に放出されて、新たな気が入ってくるようだった。まさに息吹だった。心から祓われ浄《きよ》められるということを生まれて初めて実感した。この二人にわけも分からぬままそうさせられた。

「さて、出来る限り星を測らねば」

悔しさを紛らすように膝《ひざ》を叩《たた》きつつ、建部は、中間たちに恒星の天測を命じた。

不動の北極星を測るだけでなく、種々の惑星や星座を測ることで、天測の値をより正確にする。なんとも入念な測定だった。

「星座ですが、二十七宿、二十八宿、いずれを用いますか……」

伊藤が思案げに呟《つぶや》き、春海を見て、

「どう思われますか、安井さん」

「は……二十八宿の方が、暦日算出において誤謬《ごびゅう》が少ないように思われます」

すると建部もうなずき、

「二十七は三と九でしか割れぬが、二十八は二でも四でも七でも割れるゆえ天測に良い」

と言うので、春海はそのように記帳した。そこへ伊藤が平然と驚くべきことを言った。

「そうそう、次は安井さんもおやりなさいな」

「は……？　やるとは……」

「算術で、次なる北極出地を予測せよ」

建部が無造作に命じた。春海は文字通り仰天しかけた。

「し……しかし……私の術はきわめて未熟で……」

今の今まで薄らいでいた恥の苦痛がよみがえった。あの愚かな誤問を衆目に晒した自分が
……という否定的な思いで胸がいっぱいになり泣きたくなったが、

「何を申すか。こんなもの、まぐれがなくては、そうそう当たるものか」

建部があっさり言った。

「そうそう。途方もなく難しゅうございますからな。とても的中させる自信は私にもありません。度数をぴったり当てられたのは実に嬉しいことで」

伊藤が、ほほほ、と笑って建部を見やる。建部は、ふん、と勢いよく鼻を鳴らし、

「この地、かの一点の緯度は明白。明日からは道中の測量も行うゆえ精度も増そう。遠慮は無用だ安井算哲。お主の術式で、この医師殿を打ち負かして良いぞ」

「さてさて簡単にゆきますかな。私はこの右筆様より三度も精確でございましたゆえ」

「むむ……次を見ておれよ伊藤殿。度数は自明。分の的中こそ勝負の要であろう」

「ええ、ええ、楽しみですとも。ねえ、安井さん？」

春海は慌ててかぶりを振った。

「し、しかし、私では、術式でも答えでも誤りを犯すだけで……」

「それは良い。全霊を尽くして誤答を出すがいい」

「そうですそうです。遠慮なく外して下さい」

建部と伊藤が次々に言った。どちらも稚気と言っていいような陽気さを発散しており、春海はそれにあっさり呑み込まれた。寒い冬の日に火鉢を抱いたような温かさを感じた。

と同時に困り果てた。いったいいつ術式を組み立てればいいのか。歩きながら考案しろというのか。そう思いながらも、次々に報告される天測の結果を記帳するうち、頭の一部は、こうすれば良いとか、あの術式を応用してはどうかとか、しきりにささやき始めていた。

次々に移動する星を精確に測るという難儀な仕事を、建部も伊藤も根気よく、またいかにも活気づかせるようにみなに命じていたが、

「やれやれ……明日またできると思えなくなるのが老いというものか」

そう呟き、建部は、最初の天測の終了を告げた。寝食を惜しんで仕事をするというより、子供が遊び足らずに夜更かしをしている自分を反省するような言い方だった。

春海は用意された宿へ行き、夢も見ずにばったり眠った。とにかく疲れ切っていた。

はっと気づけば翌日の五つどきだった。

起きてすぐに旅装をまとい、荷を整え、みなと食事を摂り、次の目的地まで延々と歩く。

これがあと何百日も続くのだ。そう思っても、それを苦痛と感じない自分がいた。ただ単に歩き続けることで恥の苦悩を忘れられるという以上の、何かがあった。

建部が言った通り、中間たちが率いる別の隊によって道中の距離が測定されながら移動が行

われた。それでも建部も伊藤も、ほとんど喋らず、黙々と歩いている。地道に歩数を数えているのは明らかだった。その歩みを二人の背後で見つめながら、突然、昨夜のようにぶるっと身が震えた。震えが膚《はだ》にいつまでも残るようだった。しばらく歩き続けてやっと、それが単純でいて底深い感動のさざなみであることを悟った。

その翌日、二度目の天測が行われた。

前回と同じように藩の幔幕が張り巡らされ、土地の役人の手助けを得つつ観測器具の組み立てが行われた。そして建部と伊藤が緋毛氈の上に火鉢を抱いて座り、

「これ、安井算哲」

「こちらへいらっしゃいな安井さん」

二人して手招くのだから逃げようがない。しかも自分たちが数値を記した紙は見せず、まず春海のものから見ようとしている。春海はなぜその手の中に己が出した解答があるのか不思議でならなかった。頭が勝手に術式を組み立てたとしか思えない。だが紛れもなく己の考察による解答であった。観測の準備中、どうせ建部に命じられるのが分かっているので、恥の苦しみを我慢してそろばんを弾《はじ》き、数値を紙片に記していた。それでも完全な自信喪失の中にある春海にとって解答を他者に見せることは苦痛以外の何ものでもない。

建部も伊藤もそんな春海の思いは知らぬ顔で、

『三十五度八分四十五秒』

という、春海が差し出した紙片と自分の答えを見比べ、うむ、ふむ、とうなずき、

『三十五度四分七秒』

という建部の答えと、

『三十五度十分十二秒』

という伊藤の答えを、春海の答えと一緒に緋毛氈の上に並べ、後は子供が菓子をねだるような目で空を見上げ、星が現れるのをひたすら待っている。春海はその二人の後ろに座って、火鉢の中でぱちぱち小さな音を立てている熾火《おきび》を暗い顔で見ていた。

「星だ!」

「星だ!」

二人がほとんど同時に叫び、春海はびくっとなった。

「天測を開始せよ!」

建部が意気軒昂そのものの様子で命じた。いったいどうしてこんなに元気なんだろう。春海はちょっと疎ましく思った。手順通り、平助を筆頭に三人の中間たちが数値を確かめ合った。地面が傾斜しているせいで何度か入念な修正と確認が必要だった。それから数値が記された紙片が建部の手に渡された。はっと建部が息をのむ気配が伝わってきた。伊藤が横から建部の手元を覗き込み、すーっと大きく息を吸い込んだ。妙な間があってから、今まで水面下に沈んでいたとでもいうかのように、ぶはーっと勢いよく変な音を立てて息を吐いた。

そうしていきなり建部と伊藤が、春海を振り返った。双方の目は怖いくらいに見開かれ、驚異的なほどの輝きを発して春海を見つめた。春海はその激しい眼差《まなざ》しに射竦《いすく》められて言葉もない。この二人が犬か何かのように噛《か》みついてくるのではないかと本気で心配した。

「い……いかがなさいましたか」

気圧《けお》されながら訊《き》いた。建部と伊藤は無言。かと思うと建部が手にしたものをすっと掲げ、伊藤がご丁寧に手灯りでそれを照らした。

『三十五度八分四十五秒』

今しがた中間が報告した天測の結果である。これがどうかしたのかと疑問に思いながら見た。

完全に一拍遅れて、

「――へっ?」

春海の口から素《す》っ頓狂《とんきょう》な驚嘆の声が湧いた。

「なんたる〝明察〟!!」

建部が、値を記された紙片をぴしゃりと毛氈に叩きつけて喚いた。

「的中でございますぞ! 的中でございますぞ!」

伊藤が興奮もあらわに叫んだ。

「あの……」

春海が何か言い返す間もなく、建部と伊藤が立ち上がり、やんややんやの大喝采《かっさい》を上げていた。みなびっくりして二人の様子を遠巻きに眺めている。声を聞きつけた見廻りの藩士たちがすっ飛んできたが、小躍りしている建部と伊藤の姿に呆《あき》れ顔になった。

春海はただ呆然とその場に座り込んでいる。とても二人のように立ち上がって喜ぼうという気力が湧かない。それどころか体の力が抜けてそのまま横倒しになりそうだった。

目の前に、完全に一致した数字が二つ並んでいる。

『三十五度八分四十五秒』――己の解答と、天の解答と。その二つが。信じられなかった。いったい何が起こったのか。いや、なぜ起こったのかと問いたかった。突き詰めれば、これはただの偶然に過ぎない。距離の測定と、春海の術式と計算が、そこまで完璧《かんぺき》であるはずはない。必ず多少の誤差は出るし、だからこそ誤差修正の法が何重にも用意されている。だいたい後で観測するものを事前に算出したからといって何が得られるわけでもない。だが、ただの偶然という以上の意味があるのだと思えてならなかった。今何かとてつもなく素晴らしいものを天から受け取ったのだという巨大な思いが、己の身の外から、頭上から降ってくるようだった。

それは建部も伊藤も同じらしく、むしろ春海よりもこの〝明察〟に喜びを見出した様子で、建部など手灯りを握ったまま、北極星に向かって万歳を繰り返し唱えている。

かと思うと、二人しておそろしく歓喜に満ちた興奮の声を春海に降り注がせた。

「そなた、星の申し子か!?」

「いかなる神のご加護でございますか!?」

「いえ……私は……」

「そなたこそこの事業の守護者ぞ！」

「あの、まさか私が……」

「よくぞよくぞこの旅にご同行下さった！」

「な、なぜ、私などの答えが……」

「なんとも嬉しいな、安井算哲！」

「あの……」

「なんて嬉しいんでしょう安井さん！」

「は……」

息が詰まった。鼻の奥でかっと熱が生じた。御神酒よりも天測器具を見たときよりも遥かに激しいその熱が身中に伝わり、たちまち目頭が熱くなって視界が曇った。

「はい……」

弱々しい声で言った。そのくせ己が喜色満面たる笑顔を浮かべているのがわかった。

「途方もなく嬉しゅうございます……」

建部と伊藤が、やたらと甲高い、喝采なのだか呵々《かか》大笑なのだかわからぬ、とにかく大きな声を天に向かって放った。

天に響動《とよ》もすその声を心地好《よ》く聞きながら春海はごしごし涙を拭《ぬぐ》って星空を見た。

前回の天測でも見たはずのもの、この世に生まれてから何度見たかしれないものだ。なのにそのときの夜空の広大さ、星々の美しさに思わず息をのんでいた。これほどのものを、毎夜、目にすることが出来ながら、なぜ苦悩というものがこの世にあるのだろう。そう思ってとことん不思議な気持ちになると同時に、脳裏に、かい、ころんと小さな板きれ同士がぶつかって立てる音が響いた。板きれは絵馬だった。金王八幡で触れた算額絵馬の群れだ。初めて〝関〟

の名を知ったときの感動が、これまでになく鮮やかによみがえった。

〝私でも、良いのですか〟

関への設問を誓ったあの晩、稿本に向かって問うた思いが、再び熱く胸に湧いた。

一心に北極星を見つめた。まさに天元たるその星の加護があるのだと信じたかった。いつでもあるのだと。誰にでも。ただ空に目を向けさえすれば。

「この私でも……」

そろそろと息を吐きながら小声でささやいた。

星は答えない。決して拒みもしない。それは天地の始まりから宙《そら》にあって、ただ何者かによって解かれるのを待ち続ける、天意という名の設問であった。

二

完全な北極出地の的中は二度と起こらなかった。

ただその日から江戸に戻るまでの数百日間、春海は真実、旅によって生かされた。行く先々で息吹を得たし、細々とした出来事や何でもない風景にも人を生かす神気を感じることができた。連日連夜の天測と測量という、ひたすら歩き続け、ひたすら頭から足の爪先《つまさき》まで算術漬けとなり、ひたすら根気と労力を要求されるお役目それ自体は、確かに苦しかったが、それを放棄しようとは二度と思わなかった。というより放棄したいと思った記憶など気づけば綺麗に消し飛んでいた。

春海たちは東海道を進み、浜松でいったん二隊にわかれて地理を測り誤差を出来る限り少なくする努力が行われた。建部と伊藤および春海が属する本隊はそのまま東海道を行き、一方の分隊は姫街道へ向かっている。普通〝姫街道〟といえば難所の少ない中山道《なかせん》のことだが、この場合は気賀《けが》街道のことで、御油《ごゆ》に出る道のりをいう。

浜名湖のほとりで天測を行い、それから途上で分隊と合流し、そして一同、正月明けに熱田《あつた》に至った。そこで改めて正月祝いをし、また草薙《くさなぎ》の剣を御神体としていることで有名な熱田神宮本宮に参拝している。神器の加護によって道中の藪《やぶ》が払われ、事業成就となることを祈念してのことだが、また別の意味合いもあった。というのも建部の家には先祖代々、日本武尊《やまとたけるのみこと》を始祖とする系譜が受け継がれているのだそうで、建部にとってはまさしく祖先崇拝の地だったのである。観測隊はこの神宮に、建部自ら書き下ろしたこのたびの幕命と、幕府より支給された金子および観測の道具の一部を奉納している。

この熱田神宮の境内にいるとき、春海は自分が無意識に何かを探して目をさまよわせていることにはたと気づいた。目的がなんなのかはすぐにわかった。算額絵馬が奉納されていないかと目が勝手に辺りを探っていたのである。と同時に、えんのことが思い出された。それも箒《ほうき》を振り下ろそうとする姿ではなく、初めて正面から見せたあの微笑だった。

残念ながらすぐさま天測の準備にかからねばならず、算額絵馬はないかと尋ねる余裕もなかったが、えんの微笑だけはいつまでも春海の脳裏に残った。しかしどうせ思い出すなら関孝和の名や、金王八幡で見た絵馬の群れであるべきなのではないかと、やや己の心に疑問を抱いたが、違和感はなかった。逆に心の中にえんの微笑みが鮮やかに浮かんだせいで、出発して以来ひと月余りもずるずる引き延ばしていたことにやっと踏ん切りがついた。

その晩、天測が曇天のせいで早めに終了してのち、春海はそれを開いた。

亡霊のような気分で出発したにもかかわらず旅支度の中にちゃんと入れておいた一冊の稿本。あの関孝和が記したものを己の手で書き写した、偉大な考察の塊に、再び真っ向から挑む気で読んだ。稿本を開いたときはそれこそ乗り越えたと思っても乗り越えられぬ〝誤問の恥〟に襲われ苦悶《くもん》の呻《うめ》きを漏らしたが、読むうちにその思いがどんどん彼方《かなた》へ消えていった。

熱田では曇天によって天測が大いに阻まれたものの、建部が根気よく観測を続けさせ、五日を費やして入念な観測結果を得ている。そして出発する頃には、天測後から眠るまでの時間に稿本の写しを熟読することが春海の日課となっていた。

一行は天測を行いながら伊勢湾沿いに進み、やがて山田に、すなわち伊勢に辿《たど》り着いている。当地で天測の準備を整え、一同揃って伊勢神宮を参拝した。

日本の神社の本宗であり、神階もない別格たる神宮で、その権威は誰しも大いに称《たた》えるところである。そのため加護を祈念するだけでなく、みな興味津々となって公然と観光が行われた。内宮《ないくう》と呼ばれる皇大神宮《こうたいじんぐう》では天照大御神が、外宮《げくう》と呼ばれる豊受大神宮《とようけだいじんぐう》では豊受大神が祀《まつ》られている。それぞれ一日ずつ参宮し、諸々の奉納が行われた。

その儀式においても参拝においても春海は心底からこの神宮の神気に心打たれた。八百万《やおよろず》とはよくぞ言ったものだった。天地に神々はあまねく存在し、その気は陰陽の変転とともに千変万化しながらも常にこの世に漲《みなぎ》っている。捨てる神あれば拾う神あり、というが、その正しい意義は星の巡りであり神気の変転である。神気が衰えることは古い殻を脱ぐ用意を整えるということであり、蛇が己の皮を脱いで新たに生まれ変わるのとまったく同じなのだ。それがこの旅において伊勢を訪れた春海の深い実感であった。

　神道は、ゆるやかに、かつ絶対的に人生を肯定している。死すらも〝神になる〟などと言って否定しない。〝禊《みそ》ぎ〟の本意たる〝身を殺《そ》ぐ〟という言葉にすら、穢《けが》れを削《そ》ぎ落として浄《きよ》めるという意味はあれど、穢れを消滅させる、穢れたとみなされた者を社会の清浄を保つために滅ぼすといった意味合いはないと言っていい。否定すべきものを祓い、流し去る一方で、その権威を守るために何かを根絶やしにしようとはしない。

　仏教が伝来したときでさえ、宗教的権威を巡って果てしなく激突し続ける、ということもなく、まるで底のない沼地のように相手を呑み込んでしまった。むろんそれでも権威を巡る争いは起こる。だがその争いもまた神道においてはゆるやかに肯定され、より大きな、〝巡り合わせ〟とでも言うような曖昧《あいまい》な偶然性のうちに包み込まれてしまう。

　巨大な大衆社会を包含するに至り、その巨大さの分だけ強力な権威を保たねばならない状態に至った宗教の一つにしてはきわめて希有《けう》な信仰のあり方と言えよう。いったいどうしてそのような信仰が生まれるに至ったのか、春海はなんだか不思議な気持ちになった。

　江戸の幕閣たち、京の公家《くげ》たち、寺院の僧たち、春海が知る権威者たちはみな、己自身の権威に命じられるかのようにして、その権威を保ち、拡張することに必死になっている。あるいは神道家たちもそういう面では同じかもしれない。だがしかし神道というもの自体を思うと、布教に血道を上げるというよりも、欲する者には自由にその権威を与えて使わせてやる宗教であるような気がした。あたかも天地の恵みそのままに。

などと考えながらも春海はそこでちょっとした競争に巻き込まれている。というのも、建部や伊藤はもとより観測隊の面々が、参宮を終えるなりみな先を争って伊勢神宮の大麻《たいま》を手に入れ、さらには奪い合うようにして今年の頒暦、つまり〝伊勢暦〟を購入したからだ。

春海も頒布所で頑張って手を伸ばし声を張り上げ、自分の分を買っている。

伊勢暦はもっぱら伊勢神宮の御師《おし》たちが頒布し、その権威、また日本全土に普及する知名度の高さから、伊勢特産の箸《はし》や櫛《くし》、金物や織物などにも増して重宝がられる一品だ。

その夕べは天測が予定されておらず、春海は割り当てられた宿部屋で、久々にごろごろしながら伊勢暦を娯楽に安穏としたひとときを過ごした。この頃の暦には難解な暦注は印刷されておらず、一日ごとに、細長い仮名文字でその日の吉凶などが大まかに記されている。

それにしても暦というものも実に不思議なしろものだ。日本全国、ほぼ同じものが出回っているにもかかわらず、自分が手にした瞬間、それは自分だけの時を刻み始めるのである。暦に記された諸事の注釈も、こうして眺めている自分にとってのみ意味があるものに思えてくる。

ふと表紙を見直し、手にしたものが寛文二年壬寅《みずのえとら》のものであることを確かめた。星巡りは五黄土星。自分が生まれた年は己卯《つちのとう》で、一白水星。今年が自分にとってどんな年であるかが、十干十二支と星という、ただそれだけで、なんとなく漠然と理解できる気がしてくる。あるいは託宣にも似た、日々の生き様の指標となる何かが降って湧くような思いがする。今自分が手にしているのが伊勢暦であることが余計にその実感を裏打ちした。

というより伊勢暦自体は江戸でも手に入るのだが、伊勢に参宮した上でいただくところに有り難さがあった。ちなみに江戸では幕府公認の〝三島暦〟が一般的で、これは伊豆国にある三島大社の河合《かわい》家が編暦しており、その起源は源頼朝にまで溯《さかのぼ》るという。かなり昔から版木を用いて刷られているため、版木による暦全般を指して三島暦と呼ぶ者もいるほどで、その権威は伊勢暦に勝るとも劣らない。

他方で、本来、頒暦は京都で発行されて各地に下されるものという考え方も根強く、その点では〝京暦〟がいまだ権威の筆頭であると言えた。幕閣でもときとして京暦と三島暦の僅《わず》かな相違がもとで、いずれを公式の暦日として扱うべきかで議論が起こるらしい。

特に〝大小月〟が、それぞれの暦でずれると大変だった。大の月とは三十日間の月のこと、小の月とは二十九日間の月のことで、十二ヶ月いずれの月が大か小かを割り当てるのである。

これがずれると、あちらの暦では朔日なのに、こちらの暦では晦日《みそか》であるといったことになり、公式の祭礼から年貢の取り立て、商人たちの月々の支払いやら貸付利息やらが、ずいぶんと混乱する。そうならないためにも幕府は強いて三島暦を公認とし、他の暦を用いない場合が多いのだという。

そうかと思うと、そうした高い知名度を誇る暦の他にも、各地でそれぞれ幕府の許しを得て頒暦を作り、売買する神社や商家もある。いずれも創意工夫に富んだものが多く、またのちには暦から略暦を作成し、その裏表に、薬屋だの花屋だのの宣伝を盛り込む代わり、各店舗から一定額の金を集める、ということまで行われる有り様だった。

暦日や祭日、大小月の統一という点からすれば、取り締まられてもおかしくないことだが、人々がその土地土地で編まれる暦を求める限り、消えてなくなることはなかった。

つまるところ暦とは、絶対的な必需品であると同時に、それ以上のものとして、毎年決まった季節に、人々の間に広まる〝何か〟なのであろう。

それはまず単純に言って、娯楽だった。文字が読めない者も、絵暦を通して楽しむことが出来る。それどころか、今年の大小月の並びが絵の中に隠されており、謎解きのようにして読まねばならない頒暦もあった。そういう遊びが成り立つほどの万人共通の品なのである。

さらにそれは教養でもあった。信仰の結晶でもあった。吉凶の列挙であり、様々な日取りの選択基準だった。それは万人の生活を映す鏡であり、尺度であり、天体の運行という巨大な事象がもたらしてくれる、〝昨日が今日へ、今日が明日へ、ずっと続いてゆく〟という、人間にとってなくてはならない確信の賜物《たまもの》だった。

そしてそれゆえに、頒暦は発行する者にとっての権威だった。

最後の一つを思いついた途端、春海は普段の行儀の良さはどこへやら、灯りの周辺でごろごろ寝返りをうつとともに、ふいに不遜《ふそん》とも言える方向へ思考が転がっていくのを覚えた。

もしかすると暦とは、一つに、人々が世の権威の所在を知るすべなのかもしれない。

江戸や京や伊勢といった世の権威を、公然と、またひそかに比較しうる道具なのである。どの権威がより権威的であるかを、あたかも人々が自由に議論することで、決定しうるというように。いや、実際のところ暦を発行し、人々がそれを正しいものとして受け止めることによって、様々な権威の大部分が成り立っているのではないか。

なんだか急に不安になって春海は身を起こした。畳の上に暦を置き、やや後ずさってから、腕組みして眺めた。今の自分の思考には、妙に剣呑《けんのん》なものがふくまれているような気がする。いや、実際それはとてつもなく剣呑であるように思えてならない。おいそれと口にしてはいけないものだという確信があった。いったい何がそこまで剣呑だというのか。思わず首を傾げると同時に、突然ひやっと背筋が寒くなった。

権威の所在——つまり人々は、徳川幕府というものを絶対的なものとして崇めているわけではないのではないか。帝《みかど》のおわす京、神々の坐《いま》す神宮、仏を尊崇する寺院、五畿七道に配置された藩体制。人々が自由に権威を選ぶ余地はいたるところに残されており、しかもそうした余地は、決して誰にも埋めることのできないものなのではないだろうか。

徳川家に碁打ちとして仕え、優れた幕閣の面々を知り、十重二十重に巡らされる江戸安泰の治世を見聞きし、泰山のごとき江戸城の威容を日々感ずる春海にとっては驚くべき思考だった。と同時に、毎年、単に京と江戸を往復するのみならず、神宮や公家たち、寺院の僧たちと広い交流を持つ春海だからこそ、自然と考えつくことでもあった。

しばらく春海は凝然と暦を見つめ、

「やれやれ……」

やおら脱力し、肺の中の空気がすっかり入れ替わるくらい深々と溜《た》め息をついた。めでたい正月明けの参宮の後で、何を馬鹿馬鹿しいことを自分は考えているのか。急に自分が途方もない怠け者に思えてきた。要するに、江戸を出発して以来、久々にゆっくりすることができたものだから、こんな益体もない思案がずるずる心身から湧いてくるのであろう。

そう気を取り直して、暦ではなく例の稿本を取り出した。算盤を広げ、算木を傍らに置き、関孝和の超人的とも称すべき算術の数々に没頭することにした。そうしながら、えんの微笑みが自然と思い出された。誤問を臥薪嘗胆して修業し直せという彼女のもっともな意見に、ようやく己の心が応じようとしているのがわかった。この旅のどこかで、必ず自分は再度の設問に挑戦するという、決意とも予感ともつかぬ思いが湧いたとき、

「急げ急げ！」

部屋の外から建部の声が聞こえ、

「灯りがありませぬ、建部様。灯りがなくては、この老いぼれの目では記せませぬ」

伊藤の声が続き、

「おのれしまった」

ばたばたという足音がいったん遠ざかったかと思うと、さらに勢いを増して戻ってきた。

春海は稿本を手に立ち上がって戸を開け、

「いかがなさいましたか――」

部屋の前を猛然と走り行く建部と伊藤の、

「月じゃ！　安井算哲！　月じゃ！」

「欠けております！　欠けております！」

という喚き声に、春海はぽかんとなり、ついで慌てて部屋に戻って手灯りを握った。

それから一方の手に稿本を持ったまま、既に庭へ走っている二人の後を、火が消えないよう気をつけながら大急ぎで追った。中間たちが何事かと顔を出したとき、春海は二人の後ろに立ってしっかりそれを見ていた。

星ではない。月だった。それもただの月ではなく、

「四分半！」

と建部が大声で告げ、伊藤が記そうとするのを、咄嗟に手の稿本と灯りを手渡し、春海が代わってその数値と形状を書きとめながらも、ありありと眺めることができたほどの、見事な月蝕《げっしょく》であった。

三人ともしばらくじっと月蝕を観察し続けた。雲が流れて来て月を隠しかけたときは三人同時に言葉にならぬ呻き声をこぼした。雲がゆるゆると月から離れて流されてゆく間にも、月影から欠けた部分が逸《そ》れてゆき、やがて元に戻って皓々《こうこう》とした姿を取り戻した。

はあーっと三人揃って詰めていた息を吐いた。

「そなたら戻って良いぞ」

建部が、平助ら中間たちを追い返しつつ、両脇に抱えていた書物をひと束にして、片っ端か

らめくってゆき、

「二分以上の蝕を予期したものは皆無」

「なんとまあ」

伊藤が低い声で呟きつつこちらを見てうなずいたので、春海はその建部の言葉も記した。

それから遅れて、建部が手にした書物が各地の頒暦であることを理解した。

手に入れたばかりの伊勢暦はもとより、三島暦に京暦、薩摩《さつま》暦に会津暦、旅の途上で買い求めたとおぼしき、春海の見知らぬけばけばしい装丁の頒暦もあった。

かと思うと最後の一冊は建部自身の稿本で、それを開きながら神妙な顔つきになり、

「……やはり、日がずれつつある。いや、既に遅れておると見て間違いなかろう」

伊藤もますます声を低め、

「遅れること一日を超えましょうか」

「いや、二日に及ぶやもしれん」

「なんと……」

伊藤が息をのみ、建部は今にも恐るべき天変地異が襲ってくるかのような眼差しで天を仰いでいる。春海は意味がわからず、どこまで記したらよいやら帳簿と筆を持ったままぽつねんと立っていたが、

「暦がずれている？」

いきなり何かの天啓が閃《ひらめ》いたかのように勝手に口がその言葉を発していた。しかもそれは決

して素晴らしいものではなかった。春海はふいに先ほど馬鹿馬鹿しいと自分で一笑に付した、あの怖い考えが、断片的に、また脈絡もなく湧き起こるのを感じた。

果たして春海と同じような怖さを抱いているのかどうか、建部と伊藤がぱっと振り向き、

「しぃーっ」

と二人息を揃えて、声の大きさを咎《とが》められてしまった。

「は……も、申し訳ありません」

春海も咄嗟に声を低め、

「ずれているとは……」

改めて訊くと、建部も伊藤も、無言のうちに互いに目を見交わし、ここではっきり口にして良いかどうか、推し量るようだったが、

「安井算哲……お主、本日が実は明後日である、と聞いて、どう思う?」

逆に建部はそんなことを訊いてきた。

その質問は春海の想像を超えた。質問自体が途方もなさ過ぎて、両手に筆記用具を持ったま
ま、あんぐり口を開けて間抜け面をさらし、しばらく言葉が出ずにいた。

「な……なぜ……そのようなことに?」

訊かれたことに答える前に、さらに質問が出た。驚きすぎて声が震えていた。

伊藤は手灯りを持ったまま静かに会話を見守っている。答えはとっくに知っているが、自分が口にすべきではないという顔だった。その伊藤と、建部はもう一度だけ視線を交わした。そ

れから春海ではなく、天に浮かぶ月へ目を向けた。そしてあたかも誰の手も届かぬ月を責めるか、届かぬ自分たちを責めるかするような言いざまで、

「宣明暦《せんみょうれき》」

短く断定的に告げた。

それこそが、やがて究極の難問となって立ちはだかり、生涯をかけた勝負を生み出すなどとは露ほども思わず、春海はただ言葉を失い、建部の視線を追って月に目を向けた。

見慣れたはずのその白々とした輝きが、なぜかひどく異様なものであるように見えていた。

三

月蝕の観測ののち、寒風を避けて春海の部屋へ移動していた。

「現今、世にある暦法は全て、宣明暦に端を発しておる」

建部は、いつものしかつめらしい顔をさらに厳しく引き締めつつ、膝元に積んだ各地の頒暦を掌で叩いた。まるきり世の罪悪の根源を説法する僧の態度である。常時にこにこ笑みを絶やさぬ伊藤までもが、神妙な様子で腕組みし、宙へ目を向けている。

春海は二人のいやに緊迫した態度に恐縮して首をすくめ、

「唐国《からくに》の由緒正しき暦法と聞いておりますが……」

他人事のように言った。というより何百年もの伝統を誇る国の暦法を、我が事のように話せ

まいち判然とせず、困惑が募るせいでますます一歩引いたような心持ちにならざるを得ない。
という方が難しい。また胸中では妙な怖さが消えてくれず、その怖さがどこから来るのかもい

「八百年だ」

建部が鋭く言った。伊藤も、

「まこと長《なご》うございます」

その歳月そのものが世に悪事をなしたとでも言うような慨嘆の調子を声ににじませている。

あるいは事実、その通りだとも言えた。そのことは春海にも漠然と理解できた。

宣明暦とは、建部の言うとおり、日本全土の暦を司《つかさど》る暦法である。伊勢暦も三島暦も京暦も地方によって日の吉凶や大小月の扱いの差はしばしば生ずることはあれど、基本となる暦術は全て同じ術理に依存していた。

その宣明暦がこの国に将来されたのは天安《てんあん》元年、春海の生きる今から、正確には八百五年の昔である。ときの暦博士たる大春日朝臣真野麻呂《おおかすがのあそんまのまろ》に、渤海《ぼっかい》国大使の烏孝慎が、唐朝の〝長慶《ちょうけい》宣明暦経〟を教えた。真野麻呂はその暦の優秀さを知り、ときの清和天皇に採用を上奏した。

清和天皇とその側近たちはただちに改暦を準備させ、天安から貞観《じょうがん》へと年号を改元してのち、宣明暦を施行させている。というのも清和天皇は文徳《もんとく》天皇の崩御を受けて即位したばかりで、〝治世の刷新を民に明らかにするすべ〟を欲されたのだという。それには改元のみならず改暦こそがふさわしかった。民衆に〝世が変わった〟ことを告げ、また新たな天皇が世に善なるものをもたらす意志を天下に〝宣明する〟最大のすべが、改暦だったのである。

それ以来、宣明暦は連綿と国の暦として採用され続けた。その理由は、一つに宣明暦が確かに優れた暦法であったことが挙げられるが、

「一つの暦法の寿命は、どれほど優れていようと、もって百年。八百年も続けて用いること自体がたわけておるわ」

というのが建部の歯に衣着《きぬ》せぬ言いざまだった。これは暦術を学ぶ者にとっての常識である。なぜなら天体の運動のような規模甚大のものを読み解き、法則を見出すには、長い年月をかけて観測し、また正確な数理に裏打ちされた暦術を精巧に積み重ねていかねばならない。

そして日も月も、この現在においてすら、まだまだ全てが読み解かれたわけではなかった。だからどこかで誤差が出る。誤差が出たら、それがその暦法の寿命である。暦術の研鑽《けんさん》とは、誤差が出るまでの期間をより長くするために正しい観測と数理を追究することにあった。

永遠に誤差を出さないような暦法の完成は、究極的な夢だ。しかし実現するには、まだ到底、人智の及ばぬ範囲が広すぎた。今のような北極出地を幾世代にもわたって行ってゆく必要があるし、見たこともないような新たな数理算術が必要だった。

そんなわけで宣明暦が施行されてのち、何度か改暦の試みがなされたらしいことは春海も知っていた。暦術については算術と同じく、春海がまだ御城でお勤めをするようになる以前、京で何人かの師から教えを受けている。とはいえそれは〝経典の冒頭を読んだことがある〟といった程度であり、とても建部や伊藤についていける域にはなく、

「なぜ、そのようなことになったのでしょう……」

ぼんやり尋ねることしかできずにいる。

「朝廷が拒み続けてきたのでしょうねえ」

伊藤が声を低めてささやくが、まるで意味がわからなかった。伊藤は一貫してこの話題自体がとてつもなく不遜で、いつ誰の耳に入って大事となるか知れないというような態度でいる。あるいはそれもまた事実その通りだと言ってよかった。

「……なぜ拒むのでしょう」

思わず伊藤に合わせてささやき声になる春海に、建部がずけずけと言った。

「由緒悪しき法……つまり新たな暦法の多くが、名もなき民が作りしものとされたからよ」

たとえば貞観元年よりおよそ百年後の天暦《てんりやく》年間において、ときの陰陽頭《おんみようのかみ》たる賀茂保憲《かものやすのり》は、厳密に八十五年間で暦に誤差が生じることを見抜いて対処を急いでいる。

そして天台宗の僧である日延《にちえん》が中国に渡る際、新たな暦法の修得を公務として任じた。日延は呉越《ごえつ》国の杭州《こうしゆう》に渡り、そこで公暦として用いられていた〝符天《ふてん》暦〟を学んで帰国し、ついに賀茂保憲に改暦のすべをもたらしたのだが、

「そのせっかくの暦法を、むざむざ捨てておったのだ」

建部がまた、ぱしんと音を立てて頒暦の束を叩いた。

一番上に置かれているのは手に入れたばかりの折れ紙の頒暦、つまりは伊勢暦である。いかにも罰が当たりそうなその所作に春海はちょっとひやっとした。

「官吏の手になる暦法ではなかったというだけでですか……？」

「下らぬ言い訳じゃ。当の唐国は四分五裂の乱世。そもそも日延が海を渡らねばならなんだ理由は、当地の教典が戦火で焼亡し尽くしたゆえ、中国本山が我が国にある教典を求めたからよ。そんな時世に由緒正しきものを求められるわけがなかろう」

「まあ実際の理由はですね……」

と伊藤が口もとに手を当て、いかにも内緒話をするように、

「朝廷のほとんどの人が、理解できなかったんですよ。せっかくの新しい暦法が……いえ、そもそも暦がずれるということが、ね」

ひときわ不遜な言葉を発して、春海を呆然とさせた。だがそれこそいまだ宣明暦が用いられ続けているゆえんだった。実に過去千年近くもの間、暦博士のみならず朝廷の要職は世襲化する一方で、新たに有能な人材に後を継がせるといったことがあまり行われなかったのである。

当然のごとく学術の水準は低下し、かえって〝旧慣墨守〟の態度が徹底されていった。旧《ふる》い伝統を誇って神秘化し、新たに改めるすべそのものを消し去ってゆく。

特に暦や天文を司るはずの安倍家や賀茂家といった陰陽師たちが、算術的な術理ではなく、鬼神呪術《じゅじゅつ》のたぐいを扱う存在とみなされたこともそれに拍車をかけた。子孫たちの多くが受け継ぐべき技術を理解できず、学習する意欲も能力も欠けた有り様となり、ついには、

「今の暦博士たる京の賀茂家の者と話をしてみよ。何が博士か。漏刻の術、暦法、天測の法、みな秘伝の術であるとして一切おおやけにせぬが、何のことはない。全て失われたのだ」

とのことであった。ちなみに漏刻とは時刻を計る術理のことである。それすら失われるとい

うことが、どれほどの学術的な水準低下であるかは言うまでもない。

しかも建部も伊藤も八百年前のことだけを言っているのではなかった。今現在のこの国のことを言っていた。八百年間もかけての技術喪失、学術低迷である。

そのことが、もとから寒い室内で火鉢を抱く面々に、また違う寒々とした気持ちをもたらすのを春海は感じた。月蝕が起こることを告げられる前に、ごろごろ寝転がってふけっていた、あの怖い思案のことがまたぞろ脈絡もなく思い出されてくる。

この国には実は正しく民衆を統べる権威というものは存在せず、いつまた覆るかもしれないのだという、途方もない思案である。しかもその権威の欠如は、決して活気に溢《あふ》れる自由さを意味しなかった。人それぞれがばらばらに都合の良い権威に覆われることを望んで新たに改めることを拒んでゆくような気がした。それはもしかすると〝息吹〟を拒むということなのかもしれない。しかも個人の生活の息吹ではなく、国としての息吹さえも。

ふいに天守閣のことが脳裏をよぎった。明暦の大火で焼亡した江戸城の天守閣である。それが再建されなかったことそれ自体が〝戦時〟の混沌《こんとん》を脱し、新たな時代の幕開けに立ち会っているのだという息吹を若い春海に感じさせたはずだった。

なのに今、天守閣喪失後の青空を思い出すのが怖かった。あの青空の向こうには本当に何もないのだとしたら。結局のところ新たな時代の到来などという大層なものはなく、ただ単に徳川幕府という権威にくるまれ、大勢が息吹をやめただけだったとしたら。

碁打ちとして安穏たる〝飽き〟に苦痛を感じている我が身を振り返るだに、そうした思案こそ恐怖だった。徳川家が江戸に開府し、天下泰平の世が訪れた——で、どうするのか。

ひたすらに精進に励みながらも、実際に許されるのは過去の棋譜の再現に過ぎない職務を延々と続けるのか。あの道策のような燦《きら》めく天与の才を持った者からも、はばたくすべを奪うのが泰平の世なのだろうか。

と、そこまで考えが巡ったところで完全に途切れた。暦のずれ、という驚くべき言葉から、どんどん飛躍したせいで本当に脈絡がなくなり、到底このときの春海についていける思案ではなくなっていた。暦がずれることで世の中に何が起こるのか、あるいはそのような事態を許すということがどのような意味を持つのか。あまりに途方もなさすぎて、

「いずれ蝕の予報すら難しくなろう……」

ことさら真剣な顔つきになる建部や、

「そのときこそ、いよいよ——」

何やら思案を抱くような伊藤をよそに、春海はただ、今こうして碁打ちの職務を外れて、北極出地という一大事業に参加できた我が身の幸運を味わうばかりである。己を〝飽き〟から救う算術というものをもたらしてくれた神仏に心底感謝したかった。そのようなことを二人に告げようとしたところで、

「一つ気になっていたのですが、それはなんの本なのでしょう」

伊藤が、春海の傍らに置かれた本を指さして言った。先ほど月蝕観測の際に、春海が慌てて手渡した、関孝和の稿本である。

「これは……」

口ごもりつつ、とある算術の達人の手による稿本である、と告げるや、

「名は？」

「いずこの方で？」

たちまち建部と伊藤が一緒になって食いついた。勢い、春海は金王八幡の算額絵馬のことや礒村塾や〝一瞥《べつ》即解の士〟たる関孝和について話さざるを得なくなり、

「そのような人物が江戸にいるとは」

建部など力いっぱい拳を握りしめ、

「ぜひ弟子入りしたい」

はっきりとそう言った。なんと伊藤まで首肯している。この二人の老人にとって研鑽のためなら三十も年下の若者に頭《こうべ》を垂れることなど苦でも何でもないらしい。それどころか、

「だいたいにして若い師というのは実によろしい」

「ええ、ええ。教えの途中で、ぽっくり逝かれてしまうということがありませんから」

などと喜び合うのだった。とはいえ右筆であり御典医である二人は交友関係が幕府により厳しく制限されている。二人の身分では、そうそう巷間《こうかん》の士に教えを請いに行けるものではない。それでも、弟子入りしたいと思えるほどの人物が江戸にいるということ自体が喜びなのだろう。先ほどまでの重苦しい様子など忘れたように、

「これ算哲、なぜお主は弟子入りせなんだ？」

「そうですよ安井さん。もったいないことですよ」

春海が弟子入りしてくれれば、間接的にその教えを自分たちが受けられるという下心をたっぷりと込めて迫ってくる。お陰で春海は、

「それが、身の程も知らず……」

と、算術をもって勝負を挑んだことまで話さねばならなくなった。いや、挑んだばかりか、愚かにも誤謬を犯した設問を出してしまったことまで話させられた。

「まさに生涯の恥でございます……」

だが苦しげにうなだれる春海のことなど全く気にもせず、

「見せよ」

「お見せ下さい」

「えっ……?」

「その誤問じゃ」

「ぜひとも拝見しとうございます」

さすがに春海も狼狽《ろうばい》し、そんな愚劣な設問は捨て去ったと言い張ったのだが、

「お主の頭の中にあろう」

「自ら立てた設問でしょう。そうそう忘れたとは言わせませんよ」

二人の勢いにぐいぐい押し切られ、気づけば筆を執って、あの忘れがたい苦痛そのものである誤問を、その場で新たに書かされていた。

「……方積より斜辺の値を出すこと能《あた》わず、それが病題となった第一のゆえんかと」

「うむ、見事な誤問よ」

「実にお見事な誤謬でございますな」

などと建部も伊藤も目を輝かせ、嬉々《きき》として争うように薄暗い灯りの中で春海の誤問を書き写すのだからたまったものではない。羞恥《しゅうち》のあまり発熱しそうだった。その上、当然のことながら二人とも稿本を写させてくれと言い出した。拒めるわけもなく、己の誤問を知られた上で、関の才気みなぎる稿本を見せるという二重の恥にめまいがした。

「これ、算哲。お主は実に良い学び方をしておるぞ。この誤問がそう言っておるわ」

「羨《うらや》ましい限りでございますねえ。精魂を打ちこんで誤謬を為したのですからねえ」

春海はがっくりきて、はあ、ええ、と生返事をするばかりである。このときだけは二人に褒められても嬉しくなかった。二人とも早く寝てくれないかと神に祈りたい思いだった。

四

春になり、夏になった。

観測隊の一行は東海道での天測を終え、山陽道に入り、四国へ渡った。舞子浜《まいこのはま》から淡路島の岩屋に渡り、さらに福良《ふくら》から鳴門《なると》に渡っている。そこから撫養《むや》へ行き、南へ下って室戸に入った。北上して塩飽《しわく》の小島に渡り、そこから山陽道へ戻って萩《はぎ》を目指した。

その頃から建部の歩調が鈍くなった。

それでも赤間関《あかまがせき》（下関）に到るまで立派に天測の指揮を務め、また歩測と算術をもって北極出地の予測を立てることを一度として欠かさなかった建部だが、やがて咳《せき》が止まらなくなり、ついに歩行に支障をきたすまでになった。

建部はなおも九州に渡ることを主張したが、伊藤および随伴の医師の説得により、赤間にて療養することを、無念そうに承知した。代わって伊藤が隊を取り仕切り、春海がそれを補佐しつつ、一行は九州を巡った。さらに各藩と交渉し、琉球《りゅうきゅう》、朝鮮半島、北京および南京に観測者たちを派遣している。これらの観測者たちから、

『朝鮮三十八度、琉球二十七度、西土北京四十二度強、南京三十四度』

という観測結果が江戸に報告されたのは、それから半年余も後である。詳細な天測が行えたとは言い難かったが、それでも大まかな値を得ることはできた。

それらの値が届くよりも前に、観測隊は赤間に戻り、数ヶ月ぶりに建部と合流している。当地でひたすら療養に専心していた建部だが、容態は見るからに悪化し、肌色は蜜蠟《みつろう》のごとく黄味がかり、絶えず苦しげに咳《せ》き込んでいた。そして久々に再会するなり、

「少し前に血を吐いた」

短くそう言った。明らかに無理をして床を出て伊藤と春海に対座していたが、今もってしかつめらしい態度を崩さない。そのことがかえって悲痛で、春海はすっかり言葉を失ってしまい、傍らの伊藤が、

「さようでございますか」

微笑みながら穏やかに返したことが信じられなかった。建部の言葉は、この観測事業から外れて帰還すると告げたに等しい。春海はなんとか言葉を絞り出そうとしたが、己の膝をつかんだ手に力がこもるばかりでひと言として出てこない。建部の復帰を信じて疑わず、赤間へ戻るまでずっと、九州各地の北極出地の報告を、建部が悔しがって聞き、また奮起する顔しか想像していなかった。

「いまだ五畿七道の半ばを終えたばかりでございますよ」

さらりと伊藤が言う。病人の悲痛を汲《く》み取るようでもあり、突き放すようでもあった。医師としての職分によるものか、生来の性分か、いずれにせよ春海は伊藤のその態度に心底感謝した。自分一人で今の建部と相対できる勇気がなかった。

「わかっておる」

「いったん江戸へお戻りになりますか」

建部はうなずき、何か言おうとしたが咳き込んで言葉にならず、代わりに伊藤が、

「では犬吠埼《いぬぼうざき》の辺りで再び落ち合えますかな」

相手を宥《なだ》めるでもなく、決まり切ったことを告げるように口にした。また建部も、

「彼《か》の地は星がよく見える」

肺腑を鎮めるように大きく息をついて、微《かす》かに笑みを浮かべながらそう言った。

このとき春海は内心でほっと安堵《あんど》していた。純粋に、御典医であり優秀な医師である伊藤が、

建部の快癒と復帰を保証してくれたと思ったのである。犬吠埼という具体的な地名が出たことがその安堵を裏打ちしてくれた。

その時点で建部が江戸に戻り、北極出地の中間報告を行うとともに、引き続き療養することが決まった。その間、伊藤と春海たち観測隊は山陰道を進み、江戸へ向かいつつも城へ報告には上がらず、房総《ぼうそう》を巡って北上する。ほぼ旅立つ前に建部が組み立てた旅程通りである。

特段、詳細に話すべきことはなかったが、伊藤は念入りに建部に確認を取っている。それが、これから延々と病床に就かねばならぬ者への、伊藤なりの配慮であったのだと、このときの春海が気づくことはなかった。病床にある建部が、いつでもその脳裏に旅の様子をはっきり思い描けるように、あるいは事業復帰という最大の望みが建部の中で失われてしまわないようにという配慮である。その伊藤の丁寧で穏やかな態度こそ良薬となったのだろうか、ぜいぜい息を切らすようだった建部の呼吸もやや落ち着き、

「旅程の半ばを無事に終えたことを神仏に感謝し、また今後の成就を祈るとしよう」

この事業では特別な日以外は御法度であるはずの酒を運ばせ、また別室にいる他の隊員たちにも振る舞うよう中間たちに命じている。むろん大盤振る舞いというほどのものではなく、あくまで〝祈念〟の杯である。それをちびちびと口にしながら、

「わしにも、一つ、大願というやつがある」

と建部が呟くように言った。口調は呟くようだったが、目は春海を見ていた。

「は……」

春海には咄嗟に相槌《あいづち》を打つことしかできず、

「どのようなものでしょう?」

と伊藤がにこにこ微笑んで先を続けさせた。

「渾天儀《こんてんぎ》」

建部は、ぽつっと告げて杯を置き、

「天の星々を余さず球儀にて詳《つまび》らかにする。太陽の黄道、太陰(月)の白道、二十八宿の星図、その全ての運行を渾大にし、一個の球体となしてな。そして——」

そこで、春海が初めて見る表情を浮かべた。恥ずかしがるような、照れるような顔だ。そして両腕で何かを抱えるような仕草をしてみせ、その、何もない眼前の虚空を愛《いと》しむように、

「それを、こうして……こう、我が双腕に天を抱きながらな……三途《さんず》の川を渡りたいのだ」

言って腕を下ろし、

「そう思っていた……ずっと、いつの頃からか、な」

と付け加えた。

「なんとも楽しげですなあ」

優しい顔でうなずく伊藤のそばで、春海は完全に度肝を抜かれている。天の星々を地球儀のごとく球形に表現した品が存在することは知っているが、建部の告げた構想はまさにその完成形とでも評すべきものだった。しかもその腕に〝天を抱く〟と建部が口にしたとき、実際にぼんやりその幻が見える気がした。こうして病に倒れるまで、きわめて的確に、また入念に天測

の指揮を執ってきた建部が口にしたからこそ、目に浮かぶ幻だった。

「どうじゃ、算哲」

まるで自慢するような調子で建部が言った。実際、春海からすれば鼻高々に自慢された気持ちだった。お前は、それほどのものを脳裏に描き、実現のために邁進《まいしん》できるか。そう言われた気がして、はっきり言って悔しくなった。

「精進いたします」

思わず奮然となって、いささか見当の外れた答え方をしたのだが、それがどうやら建部を面白い気持ちにさせたらしく、

「精進せよ、精進せよ」

珍しいことに、若者がやるような節操のなさで、からから声を上げて笑った。伊藤もなんだかやけに嬉しげに笑っている。春海だけがくそ真面目に、

「必ずや精進いたします」

意地を込めて繰り返すので、二人ともまた愉快そうに笑った。

そうして翌朝、春海たち観測隊一行は山陰道を東へ進むべく出発し、建部は医師に付き添われて駕籠に乗り、江戸への帰り道を辿った。

以後、春海が、建部と会うことは二度となかった。

やはりこの大地は——地球は丸いのだ。

渋川春海、二十三歳。寛文二年の夏の終わり、銚子《ちょうし》犬吠埼にいた。背後に陸地があることを忘れそうな、絶海に立つかと思われるほどの見晴らしの良さである。何百里先かも分からぬ彼方の雲の動きさえわかる。当然、日が暮れれば満天の星だ。しかも、わざわざ見上げずとも、目の前の水辺線定かならぬ彼方に星々が燦めいている。春海は星雲の真っ只中にいるかのような錯覚に陥りかけ、思わず両手を宙に向かって大きく伸ばしていた。確かに、このまま、

〝双腕に天を抱く〟

ことすら可能なのではないか。そう思わされる光景の中にあって、

（星にちなんだ設問がいい）

唐突にその思いが春海の胸中を満たした。あの〝誤問の恥〟の痛みも今はもうほとんど薄れている。代わりにわくわくするような気分だけがあった。

そこでの観測にずいぶん苦労したことも、かえって観測後の充足感を与えてくれた。当初は南側の犬若岬での観測が予定されていたのだが現実には不可能だった。波による浸食が著しく、いずれ消えてなくなることになる岬である。危なっかしくて子午線儀も設置できない。無理な設置で道具が損なわれることを避け、北側の犬吠埼《いぬぼうざき》にて天測が行われた。その北極出地の結果は、

『三十五度四十二分二十七秒』

春海の予測、伊藤の予測、いずれも十分以上の差で外れた。他にも恒星の緯度が多く測定され、春海がそれらの値を記していると、

「星とは良いものですねえ」

しみじみと伊藤が言った。無事に観測を終えたばかりの木星の数値が記された紙片を手にしている。北極星と違って恒星は移動するから観測が大変だった。恒星が子午線にさしかかる瞬間を見計らい、象限儀の望遠鏡でぴたりと正中を捉《とら》える。木星以外にも後から後から巡り来る恒星をすかさず観測し、休まず数値を記録してゆく。器具を操る隊員たちの腕前は今や名人芸といっていいほどに鍛えられ、伊藤の指示の下で遅滞なく仕事をこなしている。見ようによっては、あたかも一隻の大船をみなで操り、星の海を航《わた》るがごとき働きであった。そして伊藤はその光景を称賛するように紙片を持った手をひるがえし、

「ときに惑い星などと呼ばれますがねえ。それは人が天を見誤り、その理《ことわり》を間違って理解してしまうからに過ぎません。正しく見定め、その理を理解すれば、これこの通り」

春海が新たに数値を記したばかりの帳簿を、紙片でひらりと撫で、

「天地明察でございます」

にっこり笑って言った。見ている方が嬉しくなるような幸せそうな笑顔だった。

「天地明察ですか」

春海は思わずそう繰り返した。北極星によって緯度を測るこの事業にふさわしい言葉だった。いや、地にあって日月星を見上げるしかない人間にとっては、天体観測と地理測量こそが、天と地を結ぶ目に見えぬ道であり、人間が天に触れ得る唯一のすべであるのだ。そう高らかに告げているように聞こえた。

と同時に、先ほどの設問の構想がふいにまたかすかに輪郭を帯びた。星々の列が、まだ試みたことのない算術の術理とともに、ぼんやり頭に浮かんでくる。それを形にするにはかなりの労苦が必要なことは、発想の端緒をつかんだ時点で既にわかっている。だが必ず形にしてみせる。この旅が、今のお役目が終わるまでには必ず。そう思っていると、

「私にも、一つね、大願があるんですよ」

伊藤は笑顔のまま、口調だけ内緒話のように真面目になって、そう告げた。

「まあ、大願というより、夢想と呼ぶべきかもしれませんがねえ」

建部が〝天を抱く〟と口にしたときの顔がぱっと脳裏に浮かび、春海は、つい反射的に身を乗り出して訊いた。

「いかなる大願でしょう」

「分野《ぶんや》、というのがありますよねえ」

「はい。占術の……」

「そうそう。星の異変すなわち国土の吉凶の徴《しるし》という、あれです」

そういえば伊藤が算術とともに占術も修得していることを春海は思い出した。

〝分野〟というのは星の一々を国土に当てはめる中国の占星思想のことである。

あらゆる星が中国各地の土地と対照されており、天文を司る者は、星々の異変の兆候をいち早く察知し、該当する国々に影響を及ぼす前に、詳細を報じることを責務とする。国家の運命を扱うのであるから、ただの星占いとは根本的に違う。国家経営の学、占星思想、地理地勢の

学の集大成たる巨大な思想体系であった。

その分野を修得し、極めたいということだろうか。そう春海は咄嗟に推測した。だが、建部のときと同様、そこで春海の想像を遥かに超える言葉が来た。

「私、あの分野をねえ、日本全土に当てはめたら面白いだろうなあ、とねえ……そう思うんですよ」

「日本全土……？」

鸚鵡《おうむ》返しに口にしたまま後が継げずに絶句した。聞いた瞬間に衝撃を受けたというのに、後からそれがどういう意味を持つかを悟り、さらなる衝撃に総身が痺《しび》れる思いを味わった。

本来、分野とは中国独自のものだ。日本はせいぜい全国土に対して幾つかの星が配置されているに過ぎない。だが全天の星を、今の江戸幕府の統制下にある全国領地に当てはめて日本独自の分野を創出する。それが伊藤の狙いだった。いわば星界の下克上、天下統一である。そのためには日本全国の大まかな地図製作および精確無比な天文観測が大前提となる。そしてもちろん膨大な占星術の知識の一つ一つを自在に応用し尽くさねばならない。

それはまた、中国の古典を頂点とする多くの学問体系をもひっくり返すことになるだろう。今の世の学問における根本的な姿勢の大転換。それは中国という巨大な歴史と文化の枠組みから飛び出し、日本独自の文化を創出する試みであるとすら言えた。

もしそんなものができあがったら世の全ての宗教家が驚愕するだろう。あるいはそれこそ、神道や陰陽道など日本古来の宗教が、真に〝日本独自の宗教〟となる瞬間かもしれなかった。

「す……凄《すご》い……。それは、凄いことです、伊藤様……」

震える声で称賛した。衝撃にくらくらして熱でも出そうだった。

同時に、それこそ建部が告げた〝渾天儀〟と対になる発想であることに気づいた。あらゆる星の運行を一つの球体となすような渾天儀がなければ、とても伊藤の言う〝日本の分野作り〟などできはしない。また分野という発想がなければ、天文術というものがまだ体系化に至っていないこの時代に、全天の星を一つにまとめる渾天儀といった発想は抱けなかったろう。

〝渾天儀と分野〟は、いわば二つで一つの夢なのである。建部と伊藤、二人一組となって初めて抱くことができたであろう大願だった。

いったい二人とも、どうしてこう、途方もない一大構想を自分に見せつけようとするのか。何か自分に含むところでもあるのか。ついつい本気でそう口にしたくなった。

「いえいえ、私の齢じゃ、寿命が来るまでにはとても追っつかないでしょうねえ」

と伊藤は言う。だが逆に言えば、それは、実際にやろうと算段を整える努力をしたことがあるということだ。天まで届く巨大な城の設計図を試しに書いてみたと言っているに等しい。それだけでもどれほどの学問修得と日々の研鑽が必要だったか。想像して春海の背をぶるっと震えが駆け抜けた。

「なら、ねえ……若い人に、考えだけでも、伝えておきたいと思いましてねえ……」

伊藤はそう言ったが、春海がそのとき深く感銘を受けたのはまったく逆のことだった。人には持って生まれた寿命がある。だが、だからといって何かを始めるのに遅いということはない。

その証拠が、建部であり伊藤だった。体力的にも精神的にも衰えてくる年齢にあって、少年のような好奇心を抱き続け、挑む姿勢を棄てない。伊藤が天測の術理を修得したのは四十を過ぎてからだという。自分はまだ二十三ではないか。何もかもこれからではないか。そんな幸福感を味わう春海に、

「どうです。面白いでしょ」

伊藤が、いつもの丁寧で柔和な笑顔を見せて言った。城中でありとあらゆる者の横柄な態度に慣れた春海には、それだけで改めて新鮮さを感じさせられる笑顔である。

「はい。とても面白うございます」

元気良く答えたところを、

「頼みましたよ」

ぽん、ときわめて自然な所作で肩を叩かれた。なんだか無性に嬉しくなった。

「頼まれました」

つい反射的に笑顔で応じていた。やがてそれが本当に、春海にとって空前絶後の事業になるなどという予感は、このときはかけらも抱かなかった。ただ自分はこれからなのだ、という思いを繰り返し味わい、喜びの念に陶然となるばかりであった。

五

翌朝、犬吠埼から北上するため出発したとき、ふと春海の胸中を、えんのことがよぎった。今のままゆけば、江戸に戻れるのは一年以上先になってしまう。あちこちで天候に恵まれなかったり、藩との調整に時間がかかったりしたため、建部が立てた計画からは数ヶ月ほど遅れていたのである。秋が過ぎ、冬になればさらに遅れが出るだろう。

そのことを手紙に書いて、江戸にいるえんに送るべきだろうかと思った。なんとか公務を終えるまで待っていてもらうよう頼むのである。今いる場所からなら手紙の一つや二つはたやすく送れるし、公務のさなかの私信を咎められることもない。

だが一方で、そんな風にわざわざ念を押して詫《わ》びたり頼んだりするのもためらわれた。だいたいが設問の相手は、えんではなく関孝和なのである。その勝負の証人になってくれなどと、思えばおかしなことを頼んだものだ。しかしそこで春海は唐突に、幸福な気分が湧くのを覚えた。念を押さずとも、えんはきっと待っていてくれるという確信から来る気分だった。えんが自分から、あの誤問を預かると言ってくれたことが、今、無性に嬉しかった。そのときのえんの微笑みが心の支えになってくれている。そんな不思議な心持ちだった。

結局、礒村塾にも荒木邸にも手紙を出すことなく、春海は奥州《おうしゅう》道中を進んでいった。

数日後、逆に手紙が届いた。差出人は、もちろん、えんではない。江戸で療養中の建部からである。それを中間から春海が受け取り、春海が伊藤に手渡し、伊藤が読んだ。

「建部様のご容態、いかがでしょうか……」

思わず心配顔になって訊く春海に、伊藤は、なんとも言えない優しい顔で言った。

「あの方はねえ……少しでも早く、私たちに追いつくことしか考えていませんよ」

それで春海はすっかり安心してしまった。旅のどこかで、意気盛んに復帰する建部の姿がはっきり思い浮かんだ。そのせいで、まさか建部の病状が日増しに悪化し続けているなどとはまったく考えもしなかった。

一行は会津に入った。藩士たちの助けがこれまでで最も充実した天測となり、伊藤は、会津の城代家老である田中〝三郎兵衛〟正玄《まさはる》に感謝の手紙を送っている。

ちなみに田中正玄は、二代将軍秀忠の老中・土井利勝から〝天下の名家老〟の一人と評されたほどで、領地をほぼ留守にせざるをえなかった保科正之に代わり、会津の屋台骨として尽力した人物である。春海も、この田中正玄と碁のお勤めを通して知己であったが、その思考柔軟かつ無私の人柄には、けっこうな影響を受けている。

支援のほどは藩によってまちまちで、ときに事業に支障をきたすこともあった。

天測を〝隠密行為〟ととらえ、観測隊に嘘の情報を教えたり、先触れに走る者を拘束してしまったりする藩もあったのである。

特に、加賀《かが》藩は強硬だった。はなから観測隊を〝幕府隠密〟と決めてかかり、城に通じる全道中の観測に反対してきた。そのため当地で伊藤は辛抱強く交渉せねばならなかった。

結果、〝天測不能〟とならずに済んだのは、ひとえに藩主自身が、

「天測というものに興味がある」

と言って家臣を宥め、観測隊を城へ招いたことによった。

春海は、伊藤とともに城中で饗応《きょうおう》され、天測の実態を事細かに説明している。

興味深そうに聞くのは、弱冠十九歳たる加賀藩主・前田綱紀《つなのり》である。その若さで藩の改革に乗り出したばかりだが、既に徹底した新田開発、貧民救済、学問普及によって一定の成果を挙げていた。これがのちには〝加賀に貧者なし〟と評され、百万石の泰平というとてつもない豊穣《ほうじょう》を実現させる端緒となろうとは、春海に限らず、誰にも思い及ばぬことであったろう。

ただこのとき、春海は綱紀を前にして鮮烈な感動を覚えていた。ちょうど建部や伊藤から受けた感銘とは逆で、あどけなさの残る若者が、敢然と藩の命運を背負おうとしているその姿に、身が熱くなるような勇気をもらう思いがした。

綱紀も、歳の近い春海に親近感を抱いたのか、

「肥後守様から、そなたの名を聞いたことがある」

直々にそんなことを言われ、春海はびっくりした。

肥後守様とはむろん、春海ら安井家の碁打ちを厚遇してくれている会津藩主たる保科正之のことだ。綱紀にとっては岳父である相手である。というのも綱紀は将軍家綱の意向もあり、保科正之の娘を娶《めと》っていた。

「私の名など……。兄である安井算知のことではございませぬか……？」

恐縮するというより、ほとんど萎縮《いしゅく》しきって聞き返したが、

「安井算哲という囲碁の達者がおって、かつ算術にも暦術にも長けているとか」

算術に暦術ときては春海に間違いない。将軍家綱の後見人に等しい保科正之の口から己の名

が出るなど、嬉しいというより、ひやりと身が竦む思いがする。

「過分のお褒めにございます……碁もいずれの術理も、未熟な身でありますれば」

だが何が綱紀の気に入ったのか、その穏やかな双眸《そうぼう》を、はっきり春海に向けて言った。

「これからも公務大任を受ける身であろう。余にできることは支援いたそう」

これによって天測は無事、許しを得た。だがそれ以上に、遥か将来において、このときの綱紀の言葉が、意外なかたちで現実のものとなるとは、果たして綱紀も予見していたのかどうか。

春海はただ伊藤と共に平伏し、感謝の念を繰り返し述べるばかりである。


北端にいた。

奥州津軽の最先端、三廐《みんまや》である。

『四十一度十五分四十六秒』

それが旅の終端だった。隊員一同、感無量である。みな、海の向こうの蝦夷《えぞ》地方面に向かって歓声を上げた。蝦夷地は今回の事業にはふくまれていない。後は南下しつつ、東側の沿岸部などで、天測の誤差修正を何ヶ所かで行いながら江戸へ帰還するだけである。

伊藤は手を合わせて天を拝み、海を拝み、地を拝み、事業成就の感謝を献げている。

春海も同じく感謝を込めて、強風によって晴れ渡った夜空を見ていた。響き渡る波の音の一つ一つが今の己を鼓舞するようだった。ついに新たな設問を作り出すことに成功した自分を。

今、その設問を記した紙片が懐中にある。犬吠埼から北上する間に考察を練り、三廐に到った昨日、なんとか作り上げたものだ。

数百日かけて観測してきた星々の並び、〝天を抱く〟という建部の言葉、日本全土に星を配置するという伊藤の言葉に触発され、春海が初めて試みる最新の術理を駆使しての設問だった。とはいえ、ただ最新であることを恃《たの》んだだけの設問ではない。星を見続けるこの旅を、一個の設問に表現したくて工夫を重ねるうちに、それしかなくなったのである。

成し遂げた事への誇らしさよりも、まさかまた無術ではないかという不安の方が強く、一日のうちに何度も見直した。そのせいで設問を記した紙はさっそくしわくちゃになっている。ならばすぐそばにいる伊藤にも見せて意見を頂戴すべきなのだが、しばらくそれが出来ずにいた。というのも、建部が復帰することをまだ信じていたからである。三厩での天測を終えたとはいえ、誤差修正という繊細な技術が要求される作業が残っており、建部が合流する意義は十分にあった。そして春海は、この設問を、できれば建部と伊藤の二人に同時に見て欲しかった。それがこの旅に己を同行させてくれた二人への礼儀だと信じた。

だから三厩を発《た》って江戸へ戻り始めたときも、懐中に設問を記した紙を抱いたまま、そのことを伊藤に告げなかった。そしてまた伊藤も、

「三厩での天測を終えたと知れば、建部様は、さぞ悔しがるでしょうねえ」

ぽつりと出発間際に口にして以後、建部のことは不自然なくらい話題にしなかった。

そして白河《しらかわ》で宿泊中、手紙が来た。中間からそれを受け取った春海は、差出人の名として建部とだけ書いてあったことから、近々いずこかで合流するむねを記したものだろうと勝手に喜

び、いそいそと手紙を伊藤に手渡し、言った。

「これで建部様も長の療養を終えられ、再び旅に出られるでしょうか」

伊藤は静かにそれを読み、

「確かに、辛《つら》い療養の日々を終えたようです」

と暫時瞑目《めいもく》した。春海は、ほっと安心した。伊藤も安心したのだろうと信じた。だが伊藤は再び目を開くと、優しい顔で手紙を見つめて言った。

「この事業に復帰し、無事、お役目を終えたら、改めて弟子入りしたい人がいると、そう弟君の直恒《なおつね》様に、繰り返しお話ししていたのだそうです」

春海は自分の笑顔が凍りつくのを感じた。遅れて頭がその理由を悟った。なぜ建部がわざわざ弟にそう話したなどと書くのか。これではまるで伝聞の文章ではないか。だがまさしくそうであることを頭はとっくに理解していた。

「本人が無理でも、建部家の誰かを弟子入りさせるべきだと……」

その弟子入りしたいという相手は、むろん関孝和のことだろう。そうに違いない。春海の中の冷静な部分がそう考えた。だが残りの部分は衝撃を受けて呆然となって何かを考えるどころではなくなっていた。

「最期までね、そう言い続けていたそうですよ、あの人は」

「……最期」

咄嗟に受け止められず、その言葉がぽろっと取り落としたようにこぼれた。てんてんとその言葉が転がって沈黙の中に消えるのを感じた。

手紙の差出人は建部直恒、春海が知る建部、つまりこの事業の発起人たる建部昌明の、弟であった。寛文三年の春を迎える前、春海と伊藤が江戸に戻るよりも先に、病んだ肺がついに癒《い》えず、建部は死んだ。

春海はあまりのことに頭が真っ白になりながらも、

（見送る人の顔だったんだ）

医師である伊藤が、こんなにも優しい顔をしている理由がやっとわかった。建部が隊から離れて江戸へ戻らざるをえなかったときから伊藤は予期していたに違いなかった。そうと悟ったときには遅かった。何が遅かったのか。思わず胸元に手を当てた。

設問。

馬鹿、と心のどこかで己を詰《なじ》る声が上がった。この馬鹿。なぜ三厩で伊藤にそれを見せなかった。そうすれば伊藤のことだから、それを建部にも見せるべきだと言ってくれたはずではないか。そうすれば江戸にいる建部に手紙を送って、最後に己の成果を見てもらえたはずではないか。この旅に同行させてくれた建部に感謝を告げることが――

急に込み上げてきた。心の声すら途切れ、危うく嗚咽《おえつ》を漏らしかけて必死に歯を食いしばって耐えた。友たる建部とともに長年この事業実現のため努力し続けてきた伊藤を差し置いて、なぜ己が泣けるか。礼を失するにもほどがある。この馬鹿。そうは思っても目の縁に光るものが溜まって視界がぼやけた。鼻の奥に熱を感じて情けない音を立てて洟《はな》をすすり、それをごま

「よもや、建部様が……」

泣き声そのものの声を発してしまった。けれども伊藤は小さくうなずいてくれた。建部と春海の両方に対しての、優しい仕草だった。

「きっとあの人のことですからねえ……悔しい悔しい、と言いながら臨終を……」

と微笑む伊藤の目にも、光るものが浮かんだが、そっとまばたきし、

「大往生ですねえ」

穏やかに、どこまでも建部をいたわるように言った。

「きっと、夢の中で天を抱いて……星を数えながら、逝ったのでしょうねえ」

春海はみっともなく洟をすすりながら懐中から紙を取り出し、それを畳の上で広げ、

「この旅で培った術理による設問です。ご覧の通りいまだ未熟でございます。ですが……ですが、必ず精進してご覧に入れます。精進し、いつか天を……」

また込み上げてくるもので声が途切れた。伊藤は、情けなく歪む春海の顔には目を向けず、ただ、しげしげと、設問だけを見てくれている。

「て、天を……我が手で詳らかに、また渾大にし、建部様と伊藤様への感謝の証《あかし》としたく存じます」

やっと言い切った。伊藤は、そっと愛《いと》おしむように設問を撫で、

「これ、よく出来ておりますねえ」

春海が涙をこらえる間を十分に置いてから、おもむろに顔を上げ、にっこり笑って、

「頼みましたよ」

ぽんと春海の肩を叩いた。

「頼まれました」

反対に顔を伏せた春海の両目から、ついにこらえきれず、涙がこぼれ落ちた。

六

寛文三年、夏。

昨年十二月に二十四歳になり、無事、旅から帰還した春海は、二刀をしっかりと帯び、左へ傾《かし》ぎそうになりながらも踏ん張って会津藩藩邸を出た。

行く先は麻布にある礒村塾である。

北極出地の旅から帰還して、既にひと月余りが経っていた。

寛文元年の十二月朔日に出立してより四百八十七日間、距離にして千二百七十里にも及ぶ旅路だった。その間、百五十二回もの天測を行い、多数の藩と交渉し、総勢で数百人の人間が関わった。まさに一大事業の完遂である。

その旅から戻って六日後には、礒村塾を訪れている。その際、三瘢で考案した設問を、村瀬の許可を得て、塾の玄関の壁に貼らせてもらっていた。

江戸に帰還するまでの間、繰り返し誤りがないか、伊藤にも協力してもらいながら確かめた設問だった。術には大いに自信がある、と言いたいところだが、誤問の恥がここに来て急激に春海を責め苛むようになっていた。毎夜のごとく、眠りに落ちると、今度こそ己の設問の横に、

『無術也』

と冷罵《れいば》するように記されたさまを夢に見て、はっと目が覚めるという有り様だった。先の誤問の雪辱となるどころではない。恥の上塗り、度重なる失態に、およそありとあらゆる気概も自負心も打ち砕かれるのではないかという怖れゆえに、そもそも江戸に帰還してのち、設問を出しに行くところで意気が挫《くじ》けそうになっていた。

事業の御報告は伊藤の務めであり、春海は、まず会津藩邸に帰還を告げ、また碁打ち衆の主立った面々に留守を詫び、挨拶に回るだけでよかった。

建部の墓前には、帰還して三日後、伊藤と待ち合わせて参じた。歳の離れた弟の建部直恒に案内され、代々の墓地の一角に埋葬された建部に向かって拝みながら、我が手で渾天儀を作ってみせるという誓いを改めて胸に刻み込んだ。

なお建部に子はなく、断絶であった。兄が二人、弟が一人おり、いずれも子に恵まれているのに、建部昌明の系譜だけぽつんと淋《さび》しい。そのせいか、弟の建部直恒は、

「兄が師事したいと願っておられた方には、ぜひ我が子らを弟子入りさせたい」

それが一番の供養になると信じているような様子で口にしたものだった。春海はその考えに大いに賛同しつつ、墓地を出て複雑な気持ちに襲われた。自分がこれから挑まねばならない相

手も、建部直恒が我が子らを弟子入りさせたいと思っている人物、すなわち関孝和なのである。

そして北極出地の旅を経て勇気百倍と思いきや、我ながらぐったりするほどの怯懦《きょうだ》に支配されていた。この時期、江戸で春海に仕事はなく、さっさと旅支度をして実家のある京に行き、また初秋には江戸に戻るだけという、気楽な身分である。

その気楽さのせいで、かえって意気地が無くなったのか、このまま設問を己の手に握ったままにして京に行ってしまおうか、きっと塾の誰も春海の設問のことなど覚えてもいないに違いない、という都合の良い思いが湧いた。そしてそのつど、えんの怒った顔と微笑んだ顔とが交互に現れ、臆病《おくびょう》な自分を叱ったり励ましたりする。そんな五日間だった。

だが煩悶の日々も、六日目で吹っ切れた。ひとえに安藤のお陰である。

このとき安藤はたまたま会津に戻って不在だったが、春海が帰還したときのため、二冊の書を同僚に預けていた。春海はそれを帰還後すぐに受け取り、驚きとともに読んでいる。

一冊は、なんと前年に安藤自身が出していた、

『竪亥録仮名抄』

という書だった。安藤は、『竪亥録』を記した今村知商に師事していた時期があり、その師の術理を精しく読み解き、己のものとした上ですっかり説明してみせたわけである。竪亥と言えば〝難解〟の代名詞であり、この書を出したことで安藤は今や名だたる算術家たちと肩を並べたことになるだろう。まさに鍛錬に怠りない安藤の真髄たる書だった。

またもう一冊は、その年に出された、村松茂清《しげきよ》という算術家による書、

『算俎《さんそ》』であった。その内容の特筆たる点は、何より円の術理を解明してみせたことにあるだろう。従来この国で用いられてきた円周率〝三・一六〟を改め、〝三・一四〟がより正解に近いことを証明するとともに、きわめて詳細な数値を弾き出しているのである。

(自分が進んだ分だけ、世の算術家たちもまた進んでいる。いや、自分が進む以上に進んでいるのだ)

どこからか響く時の鐘の音とともに、己の脳天を鐘の代わりに撞《つ》かれたような衝撃を受けた。そのせいでなおさらに怯懦の念を刺激されて尻込《しりご》みし、実家のある京へ逃げ去りたい一心になりかけたものだ。だが陽きわまれば陰に転じ、陰きわまればなんとやらで、二冊の書を大まかに読むうち、とうとう完全に開き直った。

行こう。己は試されねばならない。試されてこその研鑽だった。試されぬまま成果を挙げたなどとは断じて口にできなかったし、己を納得させられなかった。何より、旅路において春海が新たに設問を成し遂げたと、安藤は信じてくれている。だからこの二書を同僚に託し、切磋《せっさ》琢磨《たくま》の思いを無言のうちに春海に届けたのである。

そんなわけで帰還ののち六日目の朝、春海はなんとか勇気を振り絞って塾へ向かった。一年と四ヶ月ぶりの、えんに約束した期日を遅れること百日以上の捲土重来《けんどちょうらい》である。

出迎えてくれたのは村瀬で、ちょうど昼どきの食事を用意しているところだった。門人たちはそれぞれの商いのため誰も来ていない。そういう時間をあえて見計らっての参上だった。心のどこかで、えんが同席した食事の光景を思い出し、また期待していたのかもしれない。証拠に、塾に来る途中、思いついて干魚を買っていた。籠《かご》を持った女たちから、今度は目刺しだと言われた。確かに干魚の目のところを串《くし》で貫き、束ねてはいたが、目刺しのわりには平べったいような気がした。これでは、また、えんに本当に目刺しなのかと問われそうだ。そう思った。

だが塾に行ってみると、えんはいなかった。

「嫁に行ったんだよ、あいつ」

村瀬は、茶を淹《い》れてくれながら、やけに優しくて、妙に申し訳なさそうに告げた。

「え？」

「年の暮れ頃、急に縁談が降って湧いて、そいつがどうも上手《うま》くいってね。相手は、まあ、見るからに出来た男で、文句のつけようもない。で、先方が是非にというわけで正月明けの早々に、祝言だ。まあ、荒木さんも俺も、ひと安心てところさ……」

村瀬はしみじみと、そしてやや早口にそう教えてくれた。いつも気分良く話し、気分良く笑う村瀬にしては、どこか気まずそうでもあった。

嫁か。だからいないのか。そう春海は思った。うん、それはめでたい。

「どうも、おめでとうございます……」

そう口にした途端、すっと寒々しい思いが胸に入り込んできた。反射的に息を呑んだ。止めようとしても止められない寒々しさだった。なんなのだろう、これは、と呆気にとられるほど喪失感に襲われ、身を支える力が今にも失《う》せ、手にした茶碗《ちゃわん》を落っことした上に、目の前の長机に突っ伏してしまいたくなった。

なんなのだろう。前回、己の誤問を悟ったときとも違う。かつて天守閣が消滅した光景を見たときとも違う。ただ身に力が入らない。一瞬、何のためにこんな場所にいるのか、まったくわからなくなっていた。関孝和に挑むためだ。それ以外にないじゃないか。そう己に胸の内で言い聞かせてみたが駄目だった。

「まことに……めでたいことで」

途方に暮れた迷子のように力無く口にする春海に、村瀬がしんみりと言った。

「で、あいつ……渋川さんの問題を持っていっちまった。この塾のことを思い出すための品だとか言ってな」

「私の……？」

単純に驚いた。あんな誤問にいったい何の用があるのだろう。だがなぜか、良かったと安堵している自分がいた。救われたと言っていい思いすら湧いていた。

「すまないね、渋川さん」

村瀬が妙にいたわるように言った。春海はかぶりを振って、

「いいんです。約束の一年に、間に合わなかった私が悪いのですから……」

言いつつ茶碗に目を落とし、茶の水面に映る己の顔に出くわした。なんだろうこの沈痛な顔は。驚くと言うより、ますます途方に暮れてしまった。江戸に帰還してみたら、帰る家が消えてなくなっていた、とでも言うような気分だった。

「干魚に、出涸《でが》らしの茶っていうのも、な」

急に話題を変えるように村瀬が言って立ち上がり、台所に行ったかと思うと、徳利を持って戻ってきた。

「飲もうか」

「は……」

こんな真っ昼間から酒を飲む習慣は春海にはない。びっくりしつつも、なぜか一息に茶を飲み干した。村瀬に酒を注いでもらい、村瀬も己の茶碗に注ぐのを待ってから、

「いただきます」

半分ほどを一口に呑んだ。そんなことをする自分に呆れる思いだった。そもそも春海は自分をどちらかというと下戸だと信じていたのだが、このときは馬鹿な飲み方を自分にさせてやりたかった。村瀬の優しい笑顔が、そうしろと言ってくれていた。一人の女を想ってついには結ばれるなど滅多に起こることではない、婚姻はあくまで家と家の取り決め、数多《あまた》の家名の連続の中に男も女もいるのだ。さっそく酔いが回る頭のどこかでそんな声がしたが、胃の腑の火照《ほて》りの方に意識を取られて、心はろくろくその声に耳を貸さなかった。

ただ、村瀬がちびちび茶碗に口をつけつつ、

「良い問題だなあ」

しみじみと言ってくれたことで、急に涙がにじんだ。顔を伏せてまばたきし、なんだかわからない涙を追い払った。そうして長机に置かれた紙と、それに記された、己の手による新たな

設問を見た。

『今有如図大小星円十五宿。只云角亢二星周寸相併壱十寸。又云心尾箕星周寸相併廿七寸五分。重云虚危室壁奎五星周相併四十寸。問角星周寸』

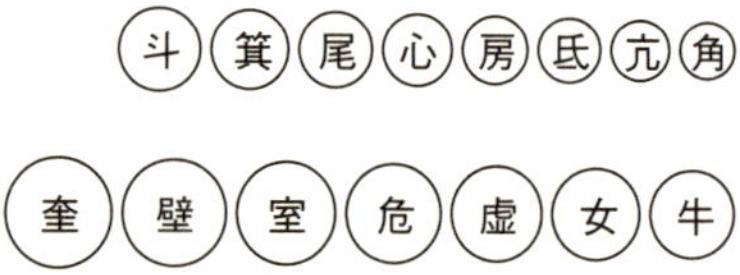

『今、図の如く、大小の十五宿の星の名を持つ円が並んでいる。角《す》星と亢《あみ》星の周の長さを足すと十寸である。また心《なかご》星と尾《あしたれ》星と箕《み》星の周の長さを足すと二十七寸五分である。さらに虚《とみて》星、危《うみやめ》星、室《はつい》星、壁《なまめ》星、奎《とかき》星の五つの星の周の長さを足すと四十寸である。角星の周の長さは何寸であるか問う』

二十八宿のうち十五宿の名を用いた問題だった。術理に誤謬がないよう十二宿まで減らすか、あるいは思い切って二十八宿まで増やすか、けっこう悩んだが、あの津軽最北端で計測された北極出地の、分の値が十五であることにちなんで、十五と定めていた。

「……招差術か」

にやりと村瀬が笑った。春海は酔いでぼんやりしながら、こくんとうなずいている。

それこそ最新の算術の一つで、この設問の要となっている術理の名だった。多数の要素にわたる共通解をいかにして導くか。天元術とともに様々な天文暦法が日本に伝わる昨今、盛んに研究がなされているが、まだ完全な体系立てに成功した書はなかった。少なくとも春海は知らない。村瀬も知らないのだろう。その目がさっそく、関よりも前に春海の問題を解いてやろうという気概に満ちている。それでいながら村瀬はなんとも優しい調子で、

「関さんと、渋川さんの名は、後で俺が記しておこう。あんた下戸かい？　そんなに揺れてちゃ、字を書くのは無理だろう」

「私、揺れてますか？」

「右へ左へぐらぐらだ」

そう言えばそんな気もする。てっきり村瀬の方が右へ左へ傾いでいるのかと思った。

「これは良い問題だよ、渋川さん」

心底から惚《ほ》れ惚《ぼ》れしたように村瀬は褒めてくれた。その声音に、春海の酔った胸にも深く沁《し》みるような誠意がこもっている。

「は……」

「良い問題だ。なあ、渋川さん」

「ありがとうございます……」

「関さんも、こいつを解くのは楽しみだろう。よく作ったなあ」

頭を下げた途端、今度は前後に揺れた。ほろ苦いような、心地好いような酩酊《めいてい》の中で、全てに感謝していた。北極出地の旅に、建部に、伊藤に、安藤に、村瀬に、関孝和に、えんに。算術というもの、己のふれた算術にかかわる人々全てに感謝した。そして残りの酒を頂戴すると、仰向けにぶっ倒れ、そのまま一刻近くも、夢の中にいた。星の海の中をぷかぷか漂い、ひどく安らかな心持ちだった。


まったくとんでもなかった。

慌てて夢の中から飛び出して正気に返ったときには塾の一隅で布団をかけられ丸くなっていた。村瀬はただ笑ったが、平身低頭、無礼と醜態を詫び、退散した。

その際、玄関の壁に、既にしっかり自分の設問が貼られているのを見ている。しかも、『関孝和殿』という宛名と、『渋川春海』という差出人の名が、『門人総員デ解ク可シ』云々《うんぬん》という煽《あお》り文句とともに、村瀬の手で書き加えられていた。もうこれで逃げられない。昂揚するというより、ぞっとなりながら会津藩藩邸に戻った。

翌朝から、もう恐ろしくて恐ろしくて生きた心地がしなかった。無術なのでは、そもそも最新鋭と信じた術理など存在しないのではないか、十五宿もの星円の周を導き出すなどあり得ないことなのではないか、などと悪夢の種には事欠かなかった。

それでも解答を確かめるため、勇を鼓して塾へ向かう気になれたのも、またもや安藤のお陰だった。しばらくして安藤が公務によって会津から江戸に来て、

「設問はいかがですか？」

挨拶が済むと、ただちに訊かれたものである。まずは、安藤の著した書の感想をひとしきり話すなどして心を落ち着けたかったのだが、

「さ、さ、お見せ下さい」

大いに楽しみにしていた、とでも言うように急かされ、設問の写しを見せた。安藤はじっと問題を見つめ、やおらうなずくと、物も言わず書き写し、

「では私も挑ませていただきます」

当然のように宣言された。このとき、ちらっと春海の胸に安堵の念が湧いた。安藤がたちまちのうちに解いてしまうのではないかと思ったのである。そうなれば今度は安藤と己の彼我の力量の差に悔しい思いをするだろうが、しかし少なくとも設問自体が間違っているという悪夢は消えてくれる。

翌朝、さっそく、

「解けましたか……？」

と訊いたが、安藤は、やたらに莞爾《かんじ》とした笑顔を見せ、

「解けません」

まるで断定するような言い方に、春海は震え上がった。

「ま、まさか……またもや……」

だが安藤は笑顔のまま首を傾げ、

「さて、どうでしょう。一瞥即解の士ならば、既に解かれているかもしれませんよ」

いつもの会津訛《なま》りを江戸弁に無理に押し込めたような口調で春海に塾へ行くよう促し、

「男子一生の勝負です。勇を奮って参りなさい。さ、さ」

さらに翌朝、玄関まで見送られ、名物の干し柿まで持たされて、春海は邸を出ている。その際に刀を締め直し、安藤の前であえて踏ん張って見せたのは覚えているが、そこから先の記憶がぶっつり消えていた。途中、どこをどう通って来たのか思い出せない。気づけば荒木邸の門前にいた。そんな恐ろしい場所に突っ立っている己をふいに発見し、跳び上がるほど驚いた。しかもちょうど門下生が集まる時間である。みな棒立ちの春海に気さくに挨拶して中へ入ってゆく。なんて馬鹿なことをしたのか。人が集まる前か、それよりも後に来れば良いものを。せめて遠くから眺め、折りの良いところを見計らって、こっそり近づくべきではないか。こんな人目につく状況下で、己の設問の結果を確認するなど……

思わず尻込みして引き返そうとしたとき、村瀬がひょいと玄関口に姿を現し、しかも完全に目が合ってしまった。村瀬が笑みを浮かべ、おいでおいでと手招きをした。こうなると村瀬に無礼と知りながら、一目散に逃げられる春海ではない。ぎくしゃくとした足取りで前に進んだ。

震える手で干し柿の包みを差し出し、

「あんた偉いよ、渋川さん。いつも手土産を持ってくるんだから」

村瀬が感心して包みを受け取り、玄関の方へ顎《あご》をしゃくる様子に、戦慄《せんりつ》した。それだけで、そこにある己の設問に変化があったことが察せられたからだ。春海は、咄嗟に顔を背けながらも、見開いた目は正しく玄関の方を向こうとするという奇怪な行為を己の顔がしてのけるのを感じた。気づけば顔の方が目に従っていた。そればかりか足まで追随した。おそるおそる玄関へ歩み入りながら、やっと目が見ているものが意識にのぼった。

玄関の右側の壁。やや右上の中央辺りに己の設問が貼り出されている。

そしてその空白に、ぽつんと、しかし黒々と、何かが記されていた。

春海はそこに『無術』の二文字をはっきりと見た。何度も悪夢で見たとおりの筆蹟だった。だがそれもほんの一瞬のことで、そうに違いないという恐怖とともに、幻影は去った。後にはただ、さらりと書き記された答えだけがあった。

七分の三十寸。

すなわち四寸二分八厘五毛七糸一忽四微……と続き、よって〝有奇〟と記して割り切れぬことを示さざるを得ない数値。それを、しっかりと割り切れるように工夫した答え。

『四寸五分　関』

今度こそ本当に棒立ちとなった。微動だにせず息を詰めてじっとその解答を見つめる春海の肩を、誰かが叩いた。そちらを振り返る間もなく、村瀬が、春海の目の前に何かを差し出した。

筆だった。それで何をしろと言うのか。咄嗟に訳がわからなかった。

「答えはどうだい、渋川さん」

村瀬に訊かれて、やっと筆を手に取った。背後で門下の者たちが集まって注目しているのが感じられた。それらの視線の中に、春海は、建部や、伊藤や、安藤や、この場にいない者たちの眼差しを感じる気がした。えんが心のどこかで微笑んでくれていた。

『明察』

記した途端、どよめきが起こった。さすがと褒める者、してやられたと悔しがり舌打ちする者、ただ感心する者、色々だった。

「良かったなあ、渋川さん」

すぐそばで村瀬の優しい声がして、震える春海の手から、そっと筆を取った。

かっと熱いものが込み上げ、春海はほとんど無意識に、その両手を眼前に持ってきた。

ぱーん。拍手《かしわで》を一つ、高らかに打った。門人たちがぴたりと黙った。

何かを越えた。何かが終端に辿り着いた。そして新たに始まった。そんな気がした。

「ありがとうございました」

手を合わせたまま瞑目し、設問と答えに向かって深々と頭を下げた。その虚心清々たる春海の礼拝を、村瀬も門人たちも、ただ黙って見守ってくれていた。

第四章　授時暦

一

幾つか事件が起こった。

全て、寛文五年から六年にかけてのことである。そしていずれもが、春海の心に残り、またその一生に影響を及ぼすものとなった。まず、春海が北極出地から帰還してから二年後の、寛文五年十月。一冊の書が発行され、物議を醸した。

『聖教要録』

という書で、著した者の名を、山鹿素行《やまがそこう》といった。会津若松の生まれの、れっきとした武士である。けっこう小柄な体軀《たいく》をしており、容貌《ようぼう》きわめて穏やかな、四十四歳。

幼少のとき父と江戸に来て、朱子学、儒学、神道、兵法を学んで達者となり、また歌学もしなむ文武両道の人である。名高い兵法家、あるいは儒者として知られ、特に兵法においては〝山鹿流〟の一派を成すに至っている。そのため赤穂《あこう》藩に千石の石高で召し抱えられ、いっとき先代将軍家光に仕えるという話があったが、家光の薨去《こうきょ》によって実現しなかったのだという。

それほどまでに確かな教養見識の持ち主だった。

この人物、本人はいたって穏やかだが、その論説はさながら燧石《ひうちいし》のごときであった。

論説自体は理性的で理路整然、特に過激な思想をばらまくような感じのものではない。

だが、山鹿という人物にふれ、教えを受け、あるいはその思想に共鳴した人々の脳裏や胸中に、なぜか不思議と火を熾《おこ》す。山鹿自身は、再三述べるが、石のごとき不動の落ち着きを持った人である。しかしその目に見えない石のかけらを受け取った人々は、良い意味でも悪い意味でも、石火を浴びせられた油芯《ゆしん》のごとく燃焼する。たとえば、かなりのち、赤穂藩の数十名にのぼる藩士たちが、烈しい騒擾《そうじょう》事件を勃《ぼっ》発《ぱつ》させ、〝赤穂浪士〟として江戸の民衆に知られることになるが、その彼らの思想行動に、特に強い影響を与えた人物を挙げるとしたら、山鹿素行を筆頭から外すことは難しい。本人にその気はなくとも、自然と着火点となり、あるいは導火線のような役割を果たしてしまう。そんな人物である山鹿が、

「幕府の怒りを買うのでは」

と親しい者たち、弟子たちが止めようとするのを、あえて静かにかぶりを振って退け、

「聖学を私するべからず」

との信念をもって発行したのが、先の『聖教要録』である。

この〝聖学〟とは、孔子の教えである。中でも特に日常の生活を規定するような教えを指していた。その意図は至極単純と言っていい。〝復古〟すなわち古《いにしえ》の儒の教えに復すべし、とい

うのである。この復古には、観念的な世界にとらわれることを捨て、"日用の学"にのみ専心せよ、という意味合いがあった。

そしてこれは必然とも言える思想的展開だった。

江戸幕府という新たな世が生まれたとき、人々は過去から将来にわたり、この世がどうなってゆくのかを、抽象的に、大々的に包括する世界観を欲した。それに適合したのが朱子学である。江戸幕府による泰平の世と朱子学とは、切っても切れない関係にある。

仏教の論理、道教の原理、儒教の世界観という三つの支柱をもって大成された〝新儒教〟たる朱子学は、中国においてもまず何より〝世界と人間の在り方〟を解明する哲学思想として大成した。世界とは何か、人とは何か、世界と人はいかなる関係にあるか。

そして社会が安定するとともにそうした原理的な思索から、やがて〝礼学〟といった具体的な社会構築の思想が求められた。雄大な世界生成の原理から、より卑俗な、政治学というべきものへと変貌してゆくのである。さらにそこから徐々に抽象的な議論が廃されてゆくことで、より個人的で、かつ民衆的な、道徳実践を重んじる思想が芽生えてゆく。

さらにその道徳実践は、土地土地の風土に根ざしたものへと変形される。個人的であると同時に、狭い範囲での共同体意識、民族主義の自覚とでもいうようなものへと傾斜する。

こうした思想の〝動脈循環〟において、山鹿素行が『聖教要録』で担ったのは、抽象的な理論を廃する、という段落であろう。個人的かつ民衆的な、〝これからの武士はいかにして生きるべきか〟といった道徳実践の論理を、整然と説いたのである。

朱子学の抽象性を廃すべし。

江戸幕府にとって、その存在理由、誕生の必然性を、思想面で証明しうる世界観。

徳川家による治世の根本原理を支える〝世界と人間の関係〟――

それらを斬って捨てたのである。


寛文六年三月二十六日。

また一つ事件が起こった。といっても物議を醸すようなものではない。

酒井〝雅楽頭〟忠清が、老中奉書を免じられるとともに、大老に就任したのである。

いまだ壮健たる四十二歳。きわめて順当な出世であり、かねてから用意されていた席に淡々と着いたという感じである。かつての四老中のうち、松平〝伊豆守《かみ》〟信綱は四年前に死去、阿部忠秋はこの年に隠退、松平乗寿《のりなが》の死去により老中となっていた稲葉〝美濃守《みののかみ》〟正則は酒井より一つ上の四十三歳だが、家格・実績、ともに酒井に及ぶべくもない。

酒井は、いわば松平信綱と阿部忠秋によって鍛えられた、純粋培養の将軍補佐役である。大老になるとともに日に日に裁可が酒井一人の判断に委《ゆだ》ねられるようになったが、それは将軍家綱が暗愚なのでも、酒井が独裁へ傾いたせいでもなく、それまでの優れた合議制が作りだした治世の流れがきわめて明快であったためである。政務難航はいついかなるときも生じうるが、それが紛糾の事態になるような局面となる前に粛々と処理されていった。

酒井らしい、定石に次ぐ定石の手である。周囲も酒井が次に何を考えるかわかっているから徒に混乱するということがない。

春海は、単純に感心した。よくまあ一個の器械のように働くものだ、という感心である。それが酒井の特質であり、また今の江戸幕府が酒井に要求する在り方だった。自分ではとても我慢できないだろう。きっとすぐ〝飽き〟に苦しみ悶《もだ》え、頭がおかしくなってしまう。

そう他人事として思った。だがだんだんと他人事ではいられなくなってきた。今や将軍に次ぐ権力の座に、酒井がいる。そしてその酒井に、相変わらず、ちょくちょく碁の御相手として春海が指名された。俄然《がぜん》、碁とは関係ないところで一目置かれることになった。

あるいは酒井と犬猿の仲で知られる、というよりほとんど一方的に酒井を嫌っている、寺社奉行の井上正利などは、面と向かって酒井を批判できなくなったため、

「これ、囲碁侍。大老様が御所望じゃ」

わざわざ大声で揶揄《やゆ》したりするようになった。

〝囲碁侍〟とは、むろん碁打ちの身分でありながら二刀を与えられた春海のことである。春海に二刀を与えた酒井を間接的に皮肉るための、無骨な井上らしい、がっくりくるほど芸のない渾名《あだな》だった。とはいえ人の口にのぼりやすいことは確かなようで、茶坊主衆なども〝そろばんさん〟の代わりに、〝囲碁侍様〟などと、褒めているのか貶《けな》しているのかわからぬ様子で呼んでいた。そのことが、以前と違って春海の耳に入るようになった。というより、わざわざ春海に教えたがる者が増えた。それで春海の反応を窺《うかが》うのである。追従のときもあれば、揶揄のときもある。春海としては、どっちにしろ、どう反応すべきか分からず、はあ、そうです

か、と返すしかない。その様子が、どうも酒井の、あの淡々として感情の欠落した態度と類似していると思われるらしい。酒井が春海を気に入っているのは、つまり〝類は友を呼ぶ〟からだと噂された。そしてそんな酒井の〝類〟であり〝友〟らしい希有《けう》な存在たる春海に、

「で……かねての、あの山鹿先生の件、いかがなものでございましょうか」

などと訊《き》いてくる者が、急増した。それこそ答えられるはずがない。まさか酒井がそんなことを春海に漏らすわけもない。

「まあ、どうでしょう」

と気が抜けたように返すばかりである。

春海も確かに、寺社の碁会で何度か山鹿と会っている。それどころか考えてみれば数回は指導碁らしき碁を打った記憶もあった。静かな人だな、というのがそのときの感想である。きわめて真面目に打ち筋を学ぼうとしていたが、どこか機械的な態度だったように思う。

〝この青年は武士ではない。一介の碁打ちに過ぎない〟

という目で見られていたのだろう。ただしそれが不快だった記憶はない。理想の武士像を唱える山鹿にとって、相手が武家であるか否かが、一種の尺度なのかもしれなかった。

そんなわけで、当然、親しいはずもない。それなのに、酒井に目をかけられているからには、あらゆる人脈に精通しているはずだとでも言いたいのか、

「山鹿先生はどうお考えでしょう」

などと春海に訊いてくる者もいた。しかも碁打ち衆からも同様のことを質問される。はっき

り言って困惑顔をさらす以外にない。それでも訊いてくる。それほどみなが答えを求めていた。

山鹿素行という人物の影響力は、物議を醸すという以上のものがあった。山鹿は兵学を北条《ほうじよう》〝安房守《あわのかみ》〟氏長に学んだらしいが、今では北条の方が山鹿の言行に倣っていた。

北条は、大目付である。江戸の秩序を担う者が率先して山鹿を持ち上げるのだから、必然的に、山鹿の言行すなわち善である、ということになる。

その他、山鹿の思想や、新しい世の〝武士像〟に共鳴する者は多い。ただ、それは正しく山鹿の思想を理解し、吟味してのことではなく、きわめて気分的なものが強かった。泰平の世で、ろくな役職もなければ生き方の方向性すら失った大勢の武士たちが、山鹿ならば自分たちにふさわしい生き方を提示してくれるのではないかという、勝手な期待を込めての共鳴である。

そしてそれは理屈を超えた行動を促すことができるということだ。本人にその気はなくとも、煽動《せんどう》者としての才能が山鹿にはあったのかもしれない。そして内心の鬱屈《うつくつ》の解消を求め、自分たちを煽動してくれることを欲する者たちが多数いたのも事実である。

しかも男だけとは限らず、その言行は〝大奥〟にすら影響を与えた。

山鹿を先代将軍家光の侍儒に推薦した女性を、祖心尼《そしんに》といった。他でもない、かの春日局の姪《めい》にして、家光の侍妾《じしよう》たるお振《ふり》の方の祖母である。言うまでもなく大奥における一大勢力の筆頭たる女性だ。大奥は江戸幕府が抱え続ける〝業病〟のようなもので、将軍家綱の考え次第では、祖心尼の幕閣への影響力は大老にも比肩しかねない。

そんなわけで、城のあらゆる者が、〝山鹿素行〟の名に、ぴりぴりと張り詰めた興味を抱かざるを得なかった。具体的に山鹿の何が悪くて、幕府にこのような緊張をもたらしているのか、正確に理解している者は少ない。春海も訳がわからない。だが何となく怖さを感じてはいた。あの北極出地の旅で、伊勢にいたときに抱いたような脈絡のない怖さである。そしてそれこそ、まさにこの状況の正鵠《せいこく》を射ていたことをまだ春海は知らなかった。

ただ、事態は呆気《あっけ》なく収束した。

寛文六年十月三日、『聖教要録』発行の罪が公儀で決定されたことを、大目付たる北条氏長が、出頭した山鹿に告げた。

九日未明、山鹿は江戸を追放され、赤穂に配流の身となった。

誰のどのような意志がそうさせたのか、いったい何がどうなって幕府に緊張が走ったのか。憶測以上のことは春海にも誰にもわからない。全ては幕閣の判断である。だがなんであれ決着がついた。ぴりぴりと張り詰めた雰囲気は消え、城中、誰もが、ほっと胸をなで下ろした。

春海も、ようやくしつこい質問責めから逃れることができて脱力した。

だがそれから間もなく、春海に別の事件が起こった。事件は義兄である安井算知によってもたらされ、春海にとって一生の出来事となった。つまり妻帯したのである。

二

「嫁……ですか?」

春海は、ぽかんとなって義兄の算知を見つめた。

知命の歳を目前にして、ますます意気盛んな四十九歳。鶴を連想させる長身痩軀《そうく》、なで肩で武威とは無縁だが、凜《りん》とした気品を僧形に漂わせている。

傍らに長子の知哲を伴っており、こちらはふくふくとした少年のような二十二歳の若者だった。血色の良い頰に、丸っこい体形で、呑気《のんき》そうな、やけに愛嬌《あいきょう》のある相貌をしており、どこか亀を思わせる。

鶴と亀がこちらを向いて並んで座っている。見ているだけでめでたい気分になるが、今回は春海の方こそ、おめでただった。

「うむ」

「おめでとうございます」

算知がうなずき、知哲が深々と頭を下げる。久々に、安井一家が揃っての出仕だった。会津藩邸で親族としての挨拶《あいさつ》が済むなり、算知の口から出たのがその一件で、春海はびっくりするというよりもまったく現実感が湧かず、

「しかし私は……身なりすら、この通りでありますが……」

まずそのことが口をついて出た。二十七歳となった春海は、前髪があることをつくづく恥ずかしいと思うようになっている。これはもう少年の髪型である。形は違うが、同様に前髪のある知哲を目の前にすると、その思いがさらに刺激された。

「酒井様は何とも仰せではなかろう」

算知にそう言われ、春海は複雑な気分になった。

まるで酒井に春海の姿恰好《かっこう》の決定権があるかのようである。だが実際、碁打ちには何の役にも立たぬ二刀を授けたからには、そこには春海を〃幕臣〃とみなす何らかの意図がある。また二刀は、武家風俗の核心を成すものであり、それを授けられていながら春海の姿恰好に何の咎《とが》めもないという事実は、逆に〃そのままでいろ〃という命令に等しい拘束力を発揮する。

だが果たして酒井がそこまで考えているか怪しいものだと春海は思う。春海のことを〃こいつはこういう奴だ〃と勝手に判断して、放ったらかしにしている怖れもある。

曖昧《あいまい》で自由な立場に身を置き続けた結果で、誰が悪いと言えば、春海が悪い。いつの間にかそこから出られなくなっていたとしても文句も言えない。

「さておき、算哲」

算知が口調を改めた。

春海は、自分の嫁取りの話題を、〃さておき〃で脇にやられて仰天した。まさか今ので話がついたことになったのか。そう訊こうとしたが遮られた。

「わしは碁所に就く」

その算知の一言、また既に聞き及んでいるらしい知哲の真剣な顔つきに、思わず春海も真顔になった。碁所、あるいは碁方とは言うまでもなく碁打ち衆の頂点である。その座を巡り、かつて算知が本因坊算悦と行った、鬼気迫る〃六番勝負〃の争碁のことが思い出された。

「では兄上は、再び将軍様御前で勝負を……」

算知が碁方に就けば、本因坊道悦がそれを不服として勝負を申し出ることになる。またそうせざるを得ない。〝六番勝負〟は引き分けに終わっており、こうしている今も、安井家と本因坊家とは碁方を巡り争う間柄である、と少なくとも碁打ち衆全員が思っている。だが算知が続けて告げたことは春海の予想を遥《はる》かに上回るものだった。

「道悦殿にはそれとなくお伝えしておる。だがわしだけではないぞ。お主たち全員がだ」

「全員……？」

咄嗟《とっさ》についていけない春海に、知哲が言い添えた。

「勝負碁の御上覧です、兄上様」

少年の無邪気とも言える気魄《きはく》のこもった声音だった。春海は目をまん丸に見開いた。この義兄は争碁を梃子《てこ》にして、碁打ち衆同士の勝負碁を御城に持ち込むつもりなのだ。過去の棋譜の再現である上覧碁に代わり、真剣勝負をもって出仕する。それがわかった。さすがの春海も緊迫を味わい、首筋のうぶ毛が逆立つのを覚えた。

「このままでは碁が死ぬ。碁は公家《くげ》のお家芸とは違う。安穏たる上覧碁ばかりでは、碁の新たな手筋は生まれず、いずれ将軍様にも飽きられ、廃れて衰亡するは我ら囲碁四家ぞ」

というのが算知の主張であり決意だった。己自身を勝負の坩堝《るつぼ》に投げ込むことで、本因坊道悦の主張する〝安泰〟に鋭く異議を唱える。そのために碁方就任という〝不利〟を背負う。

なぜなら碁方に就けば、それに挑む者に先番を打つ権利が与えられる〝常先〟の勝負となる。〝先手必勝〟は碁の定石の最たるもので、力量互角であればまず後から打つ者が敗北する。

だからこそ今まで誰も碁方に就こうとしなかった。だがそれも算知に言わせれば碁を衰亡させる原因の一つで、誰かが〝勝負の空白〟を埋めねばならない。

「ゆえに算哲、嫁をもらいなさい」

やっとその話題に戻った。算知を筆頭に、安井家は先のわからぬ勝負に躍り出す。その分、二代目安井算哲として安泰に努めよと言う。いちいちもっともで反論の材料は皆無だった。むしろ春海は自分でも意外なほど、勝負碁への興奮が込み上げるのを覚えた。〝飽き〟に苦しむ身からすれば算知の決意こそ救済なのだから当然であろう。だが、一点、

（その女性は、私が算術や星に打ち込むことをどう思うだろうか）

疑問ともつかない疑問が湧いたが、口にはしなかった。

その晩、春海は藩邸の庭で星を見た。

庭には日時計の他に、小型の子午線儀と小象限儀を置かせてもらっている。小象限儀は北極出地で中間たちが誤差修正に用いたものを譲ってもらったもので、何よりの思い出の品だった。

一通りの天測を一人で終えてのち、

（えんさんは、あの誤問を記した紙をどうしただろうか）

急に切ないような思いに襲われた。北極出地に旅立つ直前、えんの微笑みを見てから、もう五年が経とうとしているのだ。そう思った瞬間やっと〝嫁取り〟に実感が湧いた。

「まだ君は、あの問題を持ってくれているのかい」

星界の天元たる北極星を見上げながら小さく口にした。むろん返事はない。持っていて欲し

いのかどうかもわからない。だがそれで良かった。わからないままで良かった。

それから間もなく、祝言はつつがなく行われた。

酒井の大老就任、山鹿素行の配流、そして春海の祝言。それら三つの出来事全てが、その後に到来する最後の事件に通じていたことを、間もなく春海は知ることになる。

三

日課が増えた。白粉《おしろい》に番茶の捧《ささ》げもの。向島の咳除《せきよ》け爺婆《じじばば》の石像、八丁堀のお化粧地蔵、長延寺の牡丹餅《ぼたもち》地蔵、牛島神社の撫《な》で牛。どれも〝病気平癒、健康祈願〟の御利益である。他にも、精のつく食べ物や薬湯や丸薬のたぐいがあると聞けば飛んでいって購入した。

全て妻、ことのためである。小柄で色が白く、とにかく蒲柳《ほりゅう》の質で、どうかすると熱を出す。それでいながら健気《けなげ》に自分は元気だと主張する。そんな妻を春海は精一杯に愛した。

こととは婚礼で初めて会った。まがりなりにも幕臣の端くれである安井家の長子が見合いをするわけがない。〝娘の顔かたちの品定め〟などもってのほかで、縁談は家格の釣り合い、お家の安泰が何よりである。そんなわけで春海は、京の実家で執り行われた祝宴でようやく、ことを見た。なんだか怯《おび》えたような気が張り詰めたような様子なのが、可哀想でもあり、また可愛らしいとも思った。

春海は二十八歳。ことは十九歳。どちらも遅い結婚である。

特に春海は遅い。それなのにおかしな髪形をしている自分が春海は恥ずかしく、またその髪形が相手を不安にさせているのではないかと真剣に思った。そのため、宴《うたげ》の後、花嫁花婿だけの〝饗の宴〟も終わり、これからいよいよ床入りというときに、

「こんな男で不安でしょうか」

春海は真面目に訊いてしまった。ことは、びっくりしたように、ぱっと顔を上げ、これも真顔でかぶりを振り、それから慌てたように顔を伏せ、

「不束者《ふつつか》でございますが、何卒《なにとぞ》よろしくお願い申し上げます」

誰かに、というか母親以外にいないのだが、繰り返し練習させられたような様子で、しっかりお辞儀をした。思わず春海も頭を下げていた。二人同時に顔を上げ、変な姿勢で目が合った。これがこの二人にとって、初めてまともに相手の顔を正面から見た瞬間である。が、すぐにまた二人とも頭を下げた。後で聞いたのだが、このとき、ことは顔を伏せながら、なんだか急に安心して笑いそうになる自分を頑張って抑えていたらしい。

春海としては笑ってくれても良かったのだが、実際に、ことが柔らかに微笑むようになったのは婚礼からひと月ほど過ぎてからだった。それからは頻繁に笑顔を見せるようになり、春海はほっとした。ことはいつも、にこにこと話を聞いてくれた。春海は特に、星について話すことが多かった。毎年、京と江戸を往復し、家を不在にせざるをえないため、たとえ離れていても同じ星を見ているのだという風に淋《さび》しさを紛らわせてやりたかったのである。そして婚礼ののち初めて春海が江戸へ向かう朝、

「ことは幸せ者でございます」

見送りながら、そう言ってくれた。言われた方がよほど幸せだった。

そんな次第で、春海が頻繁に妻ことのためにあちこち祈願して廻《まわ》り、また手紙をつけて何やらを贈る一方で、義兄の算知は、着々とその勝負の段取りを整えていた。

〝勝負碁〟については碁打ち衆の間で議論百出となったが、かの〝碁打ちの安泰〟を何よりとする本因坊道悦さえも、〝公家のお家芸〟という言葉にはうなずかざるを得なかった。それほど公家の学術衰退は深刻で、それを取り繕うための神秘化や儀礼化は、公家たち自身が嘆くほどだったのである。そうした議論の間、道策はと言うと、黙って目だけをきらきら輝かせていた。ときおり春海と目が合うと、あまりに澄んだ瞳《ひとみ》が怖いほど真っ直ぐ向けられて困った。

今や春海は、〝勝負碁〟を唱える安井家の一員である。道策は無言で、あの〝六十番碁〟を切望しており、いよいよ言い訳ができなくなった。

ほどなくして、ついに算知が碁方に就任し、道悦もまた覚悟をもって勝負に名乗り出た。そしてその後の決定は、碁打ち衆総員を騒然とさせた。

「二十番碁を命ずる」

という、空前絶後の争碁こそが将軍家綱の決定であった。つまりそれほど将軍家綱が、碁に精《くわ》しくなり、白熱の真剣勝負を観覧したいと望んだということである。

当然、他の碁打ち衆たちの〝勝負碁上覧〟も現実味を帯びた。算知と道悦が互いに万全を期す一方で、いまだ上覧碁すら打つ立場にないはずの道策までもが、その若き炯眼《けいがん》ますます輝くばかりに燃えて春海に向けるのだから、否《いや》も応もない。いつしか春海も勝負の覚悟を抱くようになった頃、ある噂が城中で流れるようになった。

「徳川家のどなたかが、〝囲碁侍〟を領地に招きたがっているらしい」

というもので、春海はこの噂を一笑に付した。さすがに根も葉もないものと思わざるを得ない。おおかた酒井の寵愛《ちょうあい》を受けているという誤解に尾ひれがついたものであろう。

もし考えられるとすれば、安井家を厚遇する肥後守様こと保科正之だが、わざわざ会津に春海を招く理由がない。この頃には江戸の三田にも会津藩邸があり、保科正之は大抵そちらにいる。何年か前に罹《かか》った病のせいで視力が弱り、そのため滅多に登城せず、将軍家綱や幕閣の面々とは使者を通してやり取りすることが多いという。義兄算知が碁の御相手をするが、春海も、またその義弟の知哲も、まず滅多に会える立場にはない。

それに自分が会津に召致されては、ますます妻に会えなくなる。身体が弱い上に京に残されたままでは、ことが可哀想だ。それがその噂を聞いた春海の最初の感想だった。

だが、寛文七年の九月。

春海は確かに招かれた。ただし意外な相手ではない。過去にも何度か安井家の碁を所望されたことがあったからである。場所も江戸の御屋敷で、たった一日の滞在だった。

御相手は、〝水戸《みと》の御屋形様〟こと水戸光国公である。常陸《ひたち》国水戸藩の二代目藩主で、のちに水戸光圀と改名し、権中納言、つまり〝黄門様〟となり、やがて江戸の民衆の間で、漫遊譚《たん》の主人公として愛されることになる人物である。

非常に大柄で、威にして厳たる相貌、剛健たる三十九歳。

武芸を通して鍛えられた筋骨隆々たる見事な体軀をしており、碁石を握る手など、春海の倍ほども広く分厚い。もし力任せに引っぱたかれたりしたら、やわな自分などその場で即死してしまうに違いない、と春海はこの人を相手に碁を打つときにいつも思わされる。

今でこそ立派な君主として名声を高めつつあったが、若い頃はとんでもない荒くれ者だったらしい。真偽は知らないが、徳川家の一員でありながら暴気の赴くままに闇夜を駆け、陰惨な辻斬《つじぎ》り行為に耽《ふけ》ったという怖い逸話がある。心の慰めが激烈な殺人行為だったという凶人・徳川忠長に、けっこう気性が似ているそうな。ただ、忠長はその狂暴がきわまり、ついには謀反を疑われ、先代将軍家光の実弟でありながら切腹を命じられて果てたが、光国は違う。〝学問に対する感動〟が、その烈しい暴力衝動を解消させ、狂気を正しい好奇心へと昇華させる端緒となり、人生の救済となったのだ——と本人が語っている。

そんなわけで光国の学問への打ち込みよう、年毎に増大する好奇心はとてつもないもので、学術励行に藩の石高の三分の一を注ぎ込むほどだった。また〝食〟に関してはきわめて情熱的で、饂飩《うどん》の打ち方など、光国自身が独自に創意工夫を凝らし、並大抵の腕前ではない。春海も頂戴《ちょうだい》したことがあるが、もう抜群に美味《うま》かった。

だが問題は強烈な好奇心が常に発揮されることだ。たとえば光国は、朱舜水《しゅしゅんすい》という明《みん》の遺臣たる学者を招いて師としており、この人物から学問だけでなく、それはもう色んな料理を学んでいた。そのため春海も一度ならず〝拉麵〟なる脂っこい珍妙な麵食品や、〝餃子〟なる腥《なまぐさ》い腐肉の塊としか思えぬしろものを食わされた。

また光国が愛飲するのは、血のように赤く、茶渋のような味がする、南蛮物の酒である。珍陀酒《チンタざけ》（ワイン）とかいうそれを、得体の知れない乳製品や、様々な獣の肉とともに、招いた者たちに振る舞う。美食家というより織田信長なみの新しもの好きである。乳製品にしろ、豚や羊の肉にしろ、日本人の味覚からすれば、げてものも良いところだった。春海も何度か、かなりの覚悟で口に入れ、無理やり飲み込んでは嘔吐《おうと》に耐えたものだ。そしてそんな様子を面白そうに笑うのが光国の趣味だった。

だが今回の光国はいつもと様子が違った。第一にあの深紅の酒を飲みながら碁を打っていない。出されるのは茶と茶菓子だけである。茶菓子も、麦を練って焼いたとかいう珍しい品ではあったが、口にした途端に悶絶《もんぜつ》しそうになるようなものではなかった。

また光国が振ってくる話は、なぜか数年前の北極出地のことが大半を占めた。

天測の様子や星図の製作法など、春海が驚くほど専門的な知識に裏打ちされた質問を立て続けに放ってくる。そのためいつしか、建部が言い遺《のこ》した、あの渾天儀《こんてんぎ》の話題になっていた。

旅の後、春海は、江戸でも京でも夜ごと天測を行い、渾天儀の設計を試みているが完成にはほど遠かった。だが何としても成し遂げたい。もはや神に祈りながらの試行錯誤になっていた。それほどまでに渾天儀製作に打ちこんだ理由は、一つにむろん建部の思いを受けての奮闘だったが、またもう一つには、あの関孝和の存在があった。

正確には、関孝和が書いた最新の稿本に、徹底的に打ちのめされたのである。

そもそも、二度目に設問してのちは晴れて関孝和に会いに行けるはずだったが、何年も経った今も実現していなかった。次の設問がどうしたことか作ることができなかったのである。思い浮かばないのではなく、思いつきすぎて一つに定めきれない。そんな自分が無性に恥ずかしかった。また、完全な同年齢ということが今も春海の中に引っかかりを作っていた。年上であれば、あるいは年下であれば、素直に親交を持ち、その教えを乞《こ》えたかもしれない。だがそれができなかった。

稿本は、そんな春海に、村瀬が手ずから写し、春海の祝言祝いとして贈ってくれたものだった。春海は一読を終える遥か手前で、ほとほと関孝和の異才ぶりを思い知らされ、

（絶異）

その二字しか、しばらく何も思い浮かばなかった。それほどまでに優れた閃《ひらめ》きによる稿本だったのである。紙と紙の間に思索の火花が幾重にも走っているような思いがした。

（竜だ。このお人は、天から舞い降りた竜だ。天が地上にお与えになった天意の化身だ）

そうまで思い込んだ。心酔というより、もはや天の星を眺めているに等しい。

彼我《ひが》の差の絶遠たることを、こうまで思い知らされては、ただ途方に暮れるしかない。

だが、ただそのままでいることを己の何かが許せなかった。関孝和に何としても三度目の勝負を挑みたくなった。今それを行う資格が己にあることをどうにか証明したかった。その思いが渾天儀製作という難事に向けられた。亡き建部を弔う気持ちとともに、ほとんど縋《すが》るようだった。これだけは必ずやり遂げてみせる。なぜならこの渾天儀製作こそ、関孝和にも思いつか

ないような事業であるはずなのだから。もはやいじましいとさえ言える思考である。いまだ顔も知らない一人の男と親交を持ちたいがために、己をそこまで追い込んでしまうのが春海だった。

そんな性分が、自然と光国への応答にもにじみ出たのか、

「そなた、その渾天儀とやらを、独力にて成し遂げる気か？」

と真顔で訊かれた。珍妙なものでも見るような目だった。

「いえ……、まずは古今の諸説、過去の記録に、先達のお力を頼る他にありませぬ」

これはまったく当たり前の話で、一人で全日本の天測を行えるわけがない。過去の膨大な資料を出来るだけ揃え、つぶさに検討し、星の位置と軌道とを計算し直す必要がある。

光国としては、まさしくその作業をたった一人でやるのかと訊きたかったのだろうが、このときの春海は、資料を求めねばならないこと自体が未熟のような気がしていた。これはもう、そう考えること自体が無茶だが、それが無茶だと思えないほど、関孝和の稿本に驚異の念を抱いていた。遥か彼方《かなた》にある関孝和の背に追いつきたい一心だった。

ふーむ、と光国が唸《うな》った。この人が唸ると、虎が低く吠《ほ》えたような迫力がある。

春海は、はたと口をつぐんだ。もしかして光国の不興を買ったのだろうか。一瞬そんなとんでもない恐怖に襲われたが、

「そなた、余に似ておるわ」

なんと光国本人からそんなことを言われ、春海は危うく正座したまま跳び上がりかけた。

「か……過褒にございます」

驚愕《きょうがく》する思いで頭を下げている。光国が若い頃に荒れていたのは、実の兄を差し置いて水戸徳川を継いだことに対する申し訳なさゆえであったらしい。兄への申し訳ない思いを紛らわすためだけに、道行く無辜《むこ》の民を無差別に――というより噂によれば、わざわざ腕に覚えのある浪人者を狙って――ぶった斬って回ったという逸話の持ち主に、そんなことを言われる方が怖い。

「完成の暁には、余もその渾天儀を所望するぞ。良いな」

膝《ひざ》を叩《たた》いて光国が言った。完全に本気の眼差《まなざ》しである。春海は正直、虎の顎《あご》に己の首をくわえられた思いがした。これで渾天儀の製作に、建部の弔い、関孝和との勝負の思いに、光国という恐怖が加わったわけである。春海はこうなるといつもそうなのだが、完全に開き直って受け入れ、覚悟した。毒を食らわば皿までといった心境で、きっぱりと告げた。

「は……私のような非才の身がいかに精進しようと、お目汚しにしかなりませぬが、そのお言葉を励みに、必ずや完成させてみせます」

そこで光国は小さくうなずいた。目は春海ではなく、どこか宙を見ていた。

妙に見覚えのある仕草だな、と春海は思った。いったいいつどこで見たのか。

咄嗟に思い出せぬまま、光国の新たな話題に応じていた。星々と神々の話から、神道について色々と訊かれた。光国は会津の保科正之公と同じく、儒学と神道に傾倒している。

このとき春海は、〝風雲児〟こと京の山崎闇斎から学んだことを、自分なりの解釈を織り交ぜつつ述べるうち、先ほど感じた疑問のことは綺麗《きれい》に忘れ去っていた。

そのため疑問を再び思い出したのは、翌日、城中でのことで、今や大老たる酒井忠清が、碁を所望したのである。光国の翌日に酒井。これは春海ならずとも何かある、と思わされるのに十分である。春海を用いて城中に〝何かあるぞ〟と公言するようなものだ。

そして酒井はいつもそうであるように、ぱちん、と軽くも重くもない淡々とした音を響かせ、定石一辺倒の手を打ちつつ、

「ときに会津の星はいかがであった？」

いきなり訊いてきた。数年前の北極出地のことで酒井が何か質問するのはこれが初めてである。このときようやく、春海は、光国の仕草を思い出していた。正確には、それが、

〝退屈ではない勝負が望みか〟

と問われ、春海が応じたときの、酒井のうなずき方にそっくりだったということを。

それは、治世を預かる者が、配下の者の吟味を終えたときの仕草なのだ。目の前の人間に、かねて用意されていた事案を申し渡すことを決めたときの無意識の動作。今の春海にはそれがわかった。長年、春海が抱かされてきた、〝なぜ酒井が自分などを気にかけるのか〟という疑問に、ようやく答えが出されるときが訪れたのだと。

「夜気が澄み、大変観測し易うございました」

春海は静かに告げ、盤上の布石に合わせて石を置いた。そうしてから相手の言葉を待った。

果たして大老酒井はきっちりと定石を外さぬ一手を返してきた。

それから、今初めて本当の目的を――本当は誰の意図であったのかを明かすように、告げた。

「会津肥後守様が、お主と、お主の持つ天地の定石を、ご所望だ」

春海が二十八歳のときのことであった。

四

寛文七年、秋。

春海は、会津へ向かって江戸を発《た》った。道すがら、これがどういうことなのか自分なりに考えてみたが、いくら首をひねってもさっぱりわからなかった。

今や大老たる酒井〝雅楽頭〟忠清が、七年も前に、一介の碁打ちである自分に刀を帯びさせ、そしてその後、北極出地の事業に参加させたのは、ひとえに会津肥後守こと保科正之の意向を受けてのものだったのである。それはもはや間違いない。が、何のためか、という点は依然として皆目不明だった。保科正之に碁をもってお仕えする義兄の算知も分からないと言う。そもそも幕府要人の意図をあれこれ考えたところで分かるはずがない。ただ粛々と従うばかりである。だがしかし、今回は相手が相手だった。

保科正之は、二代将軍徳川秀忠の実の子、紛れもない〝御落胤《ごらくいん》〟である。

実父秀忠との面会はついに叶《かな》わなかったとはいえ、三代将軍家光は、この異母弟に絶大の信頼を寄せて事実上の副将軍として扱った。のみならず今の四代将軍家綱の養育を正之に任せ、

その後見人に据えて幕政建議に努めさせている。さらに臨終の際、家光は正之を病床に呼び、

〝徳川宗家を頼みおく〟

と言い遺したという。まさに徳川幕府の陰の総裁が保科正之だった。

しかも御落胤の権威を盾に君臨するのではなく、あくまで要請されての幕政参加である。

その証拠が〝輿《こし》による登城〟だった。四年ほど前、正之は重い病に罹り、高熱で視力が衰弱し、喀血《かっけつ》して倒れた。血を吐けば当然、労咳《ろうがい》が疑われる。正之は死病を覚悟し、政務から退いて会津藩を子に継がせ、隠居することを幕府に願い出た。

が、なんと将軍家綱はこれを認めず、逆に特例として〝体調の良い日だけ登城せよ〟〝登城には輿を用いて歩行を最小限にせよ〟といった措置のもと、あくまで幕政建議に参加し続けるよう命じている。還暦間近の老いて病み衰えた正之を、それでも将軍その人が、幕政に不可欠の存在とみなして手放そうとしなかったのである。

信頼を通り越して守り神のごとき扱いだった。しかも幕府のみならず京の朝廷までもが過去、正之の会津藩藩政、江戸幕政、両方を善政と称《たた》え、〝従三位下中将〟に叙任しようとしている。

しかしこれが大老を超える高位であることから、正之は〝序列の乱れ〟になるとして丁重に辞退した。ところがこのときも将軍家綱その人が、叙任を受けるよう正之に命じ、そのため正之は〝中将〟のみ受ける旨を上奏したが、今度は朝廷がそれを拒み、結局、〝正四位下〟叙任を正之に納得させた、という逸話がある。正之の晴朗謹厳の態度に、ときの大老、老中、みな感銘を受けることしきりであったそうな。

もはや生ける伝説である。それほどの人物に自分が招かれるというのが春海には不可思議でならない。しかも会津への召致である。幕政に関わり続けることを将軍から命じられている正之にとって、江戸こそ本拠地のはずだ。春海を会津に呼ぶということは、正之本人も会津に移動せねばならない。なんとも異常な事態である。

この召致が、何かを春海に命じ、そして万一それが失敗したとき、幕府に傷がつかないようにするためのものであることは容易に想像がつく。

それだけの何かがある。そう思うと昂揚《こうよう》と恐怖の両方に襲われ、変な想像ばかり膨らんだ。

最も怖かったのは、隠密でも頼まれたらどうしよう、という想像である。

だがここまで目立つ隠密など聞いたこともない。北極出地でさえ隠密ではないかと疑われたし、大老から目をかけられている碁打ちというだけで、大名たちが春海を警戒すること甚だしい。そんな人物に、今さら隠密を命じたところで、何の用も為さない。

結局あれこれ考えるうちに会津の鶴ヶ城に到着してしまい、そこで春海は、予想を遥かに超える手厚さで迎えられた。家老たる田中正玄から労《ねぎら》われ、城の一室を与えられ、しかも到着した翌日に、保科正之へのお目通りを約束されたのである。長年、碁をもって仕えてきた安井家ならではの厚遇などというものではない。もう歓待されているに等しい。春海としては有頂天になるよりも、ますます何があるんだろうと怖さで震え上がった。

怖くなればなるほど開き直るのが春海の常だが、このときは容易にそれができずにいた。

翌朝まで怖さを引きずり、昼すぎになってやっと怖さが麻痺《まひ》してきたところへ、お呼びがかかって心臓が破れそうなほどの衝撃を覚えた。

それでも何とか気を取り直し、よろめかぬよう踏ん張って拝謁の場へ赴いている。

予想に反して城主の部屋へは招かれず、中庭に面した大部屋に通された。

驚くほど飾りがない。襖《ふすま》は白一色。衝立《ついたて》にすら模様が一つもない部屋に、その人がいた。

日当たりの良い場所に、ぽつんと坐《すわ》っており、深々と平伏する春海は、

「よく来た、安井算哲」

優しい声に顔を上げ、その、ただ坐っている相手の姿を目にしただけで、はっと驚いた。

坐相《ざそう》というのは、武士や僧や公家を問わず、一生の大事であり、日々の修養の賜物《たまもの》である。坐ったときの姿勢作りに、品格や人徳までもがおのずからにじみ出る、というのが一般的な所作挙動における発想だが、春海が見たのは、およそ信じがたい姿だった。

不動でいて重みが見えず、〝地面の上に浮いている〟とでも言うほかない様相である。あたかも水面《みなも》に映る月影を見るがごときで、触れれば届くような親密な距離感を醸しながら、それでもなお水面の月を人の手で押し遣《や》ることは叶わないことを思い起こさせる。

そんな神妙深遠の坐相をなすのは、瘦顔細身に深く皺《しわ》を刻まれ、病が癒《い》えてのちもさらに視力衰弱し、白濁しかけた両目を優しげに細める、齢《よわい》五十七の一人の男であった。不思議なことに、そこにいるのは、ただの男だったのである。というのも顔を上げたその瞬間、春海の脳裏から、目の前の人物が将軍家の御落胤であり、幕府要人であり、会津藩藩主である、といったことがらが綺麗に消えていた。正之の坐相によって余計な思いを瞬く間に消された。そして、

ただ目の前にいる保科正之という人物に、心服しきっていた。

「大きゅうなったの、算哲。我が眼《まなこ》にも、大きゅう、一人前になったのがよう見える」

驚くほど真情のこもったお声がけだった。確かに春海は幼少のとき、父である算哲とともに拝謁しているが、こうまで春海の成長を喜ぶような言葉を受けるとは思わず、

「御過褒、恐れ入ります。いまだ万事にわたり未熟な身にございます」

春海は、するすると自然な返答が己の口から出るのを覚えた。声に自分でも意外なほどの嬉《うれ》しさがにじんでいた。

と同時に、〝見える〟という正之の言葉から、部屋の無装飾ぶりの理由を悟った。どこにも飾りや絵がないのは、質素を重んじる以上に、その方が、弱った正之の眼にも、人の移動をとらえて判別するのが容易であるからであろう。

さらには、あの水戸光国に自分が招かれた理由が、かちりと音を立てて頭の中ではまった。あれは、視力衰えた正之が、自分に代わって春海という人間の最終的な吟味を、光国に頼んだのだ。実際に正之に確かめずとも、自然とそれが分かった。

「ま、そう硬くならず、まずは楽しもう。これ、誰かある。富貴、富貴」

正之が手を打って呼ぶと、近習たちと一人の女が現れ、

「はい、ただいま、大殿様。それでは失礼してご用意をさせていただきます、算哲様」

碁盤と碁石、茶を用意し、火鉢を置くなどして、てきぱきと座を整え、

「富貴、算哲に茶を振る舞っておくれ」

「ただいま、さあさ、どうぞお召し上がり下さりませ、算哲様」

「は……いただきます」

「どうぞどうぞ、何なりと御用をお言いつけ下さりませ」

にこにこと愛嬌のある笑顔でそう言うのは、正之の側室〝富貴〟の方である。視力の衰えた正之の身辺を世話するうちに寵愛を得たという女性で、今年二十三歳。いつもは正之とともに江戸にいるそうだが、今回、何かと助けが必要な正之に付き従って会津に来たらしい。

美しい目鼻立ちをしているが、それだけではなく、快活で温かい雰囲気があり、

「さ、碁盤が置かれましてござりますよ、大殿様。隣にある火鉢の炭は多めに焚《た》いておりますので、少し離して置いてありますよ」

と意図して口数を増やし、どこに何があるのか、誰が何をしているのか、目の弱い正之にも分かるよう配慮する。それが押しつけがましくならず、ごく自然な調子に聞こえ、また周囲を明るい気持ちにさせるのが、この女性の魅力であるのだろうと春海は思う。

「さ、どうぞお座り下さりませ、算哲様」

富貴の方に促され、春海は碁盤の前に着いた。普通、正之を差し置いて先に座るべきではないのだが、この場合、春海がそこにいる姿がぼんやり見えることが正之の助けになると察せられたので、遠慮せず背筋を伸ばして座っている。

果たして正之は春海を追うようにして碁盤の前に移り、微笑んで言った。

「先代算哲とよう似ておるな。振る舞いが敏、坐り姿が柔らかじゃ」

げます」

「は……父の代より安井家一同、肥後守様にはひとかたならぬ御恩を賜り、心より感謝申し上

「口ぶり律儀な点も似ておる。よい、よい、楽しもう」

近習が隣室に下がり、富貴の方は正之のそばに残って碁笥《ごけ》から石を取るのを手伝った。

正之の希望で一子も配せずの対局となった。正之は碁の達者で知られている。春海の父・算哲を招いたのも、少年だった正之の碁がべらぼうに上手《うま》く、城で勝てる者がいなかったからだという。その評判を知る春海にも異存はない。が、さすがに正之の打った手には驚愕した。

ぴしりと盤上に響いた音は、視力が朧弱《ろうじゃく》となった者とは思えぬ鋭さである。坐り姿と同じく感服すべきものであった。だが、問題は打った位置だ。

碁盤のど真ん中。すなわち〝天元〟に打ち込んだのである。

〝初手天元〟

春海は思わず一呼吸分じっとそれを見つめてしまった。それからそっと相手の表情を窺った。まさか目が不自由なせいで位置を誤ったのだろうか。そう思ったが、

「昨夜は、色々と考えた。二代目算哲を負かす手筋はなかろうか、とな」

正之の微笑みから、意図して打ったことがわかった。

それどころか白濁しかけた正之の双眸《そうぼう》に、恐ろしいまでの〝勝負〟の光を春海は見た。

このお方は真剣勝負を望んでおられる。それを悟った。とても指導碁の気分ではない。そんな気分はその一瞬に捨てた。さもなくば気持ちで負かされるか、あるいは、

「勝負に勝てども、命を奪《と》られる」

という場合があった。今ではあまり聞かない言葉だが、過去の棋譜の中には、そのように負けた方を評価するものがある。実際、春海の父である初代安井算哲など、たとえ負けても対局者にそう言わしめる打ち手であった、と義兄からしばしば聞かされている。

不覚悟の打ち方は安井家の名折れとなる。そんな思いまで湧いた。僅《わず》かに思案し、打った。

「左上辺、緯《よこ》に四、経《たて》に三、にございます」

自然と、相手を気遣い、打った位置を口にしていた。正之が小さく微笑んでうなずいた。

富貴の方が黒石を差し出し、それを正之が淀《よど》みなく打った。右下辺に布石、六手目から先読みの攻防となり、ぐいぐいと正之が勝負を進めた。暗譜通り打っているのかと思えるほどの異常な手の速さである。春海はひたすら正之の攻めをかわし、天元の意図を探り、果たして中盤に至って中央寄せ合いの形が明白となるや、切りに切って成就を防いだ。

これほどがむしゃらに叩き合ったことはついぞないと言うほどの鬩《せめ》ぎ合いで、いつしか春海が無言で打ち、代わって富貴の方がときおり石の位置を正之に告げるようになっていた。それほど余念許さぬ勝負となったのだが、蓋《ふた》を開けてみれば結果は春海の二十一目勝ち。面目躍如の大勝である。しかし一局終わって、どっと春海の全身に汗が生じて流れた。

それでも気息の乱れを察知されないよう、〝残心の姿勢〟を保って盤上の石を整理している。一局終えたからといって気が緩むようでは碁打ち衆の一員とはとてもいえない。

呆《あき》れたことに正之も同様に石を整理し、地目を数えつつ残心の姿勢でいる。

正之もとっくに地目の差は把握しているのだろう。すぐに次の勝負を、と言い出さないところに並々ならぬ迫力がある。春海は正直、舌を巻いた。とても自分が大勝した気分になれなかった。ちょっと次の勝負はわからないとさえ思った。

ところが正之の方から、ふっと気息を緩めるように笑い、

「勝てぬな。昨夜、さんざん工夫を考えてはみたが、うむ、さすが二代目算哲よ。見事じゃ」

そう言って白髪頭を撫でている。富貴の方もくすくす笑って、

「大殿様、残念でござりました。お強うござりますねえ、算哲様」

「いえ……我が生命を握られた思いでございました」

つい素直に言った。追従でも何でもない。まるきり本音だった。同時に、碁とは、こんなにも面白いものだったのだと新鮮な歓《よろこ》びを抱かされた。何とも言えぬ充足感とともに、ほとんど生まれて初めて算哲と呼ばれることを誇らしく感じていた。正之もまんざらではなさそうに、

「うむ、うむ。富貴、儂《わし》と算哲に、改めて茶湯を振る舞っておくれ」

朗らかに指示し、富貴の方が下がったかと思うと、

「そなた、人の生命を奪ったことはあるか」

さらりと訊いてきた。あまりにさり気ない問い方で、うっかり普通に、はい、と返事をしそうになった。遅れて意味が訪れたその分、喩《たと》えようもなく怖いものを秘めた問いに思われた。

春海は慌てて気を引き締め、神妙になって、

「いえ……滅相もございませぬ」

答えつつ、いったいどういう話題であるか推し量ろうとした。まさか本気でこの自分が殺人沙汰《さた》を犯したことがあるかと訊いているのか。あるいは、よもやそれを自分に命じるための布石だと言うのか。困惑とともに言いしれぬ怖れを感じる春海に、

「儂はある。いくたびも、な」

正之は、富貴の方が近習とともに茶道具を用意し茶を淹《い》れるのをよそに、枯淡とした風情で、きわめて殺伐とした話題を口にした。

「衰えた眼の裏に、数多《あまた》の屍《しかばね》が見える。特に、白岩の郷の者たちは何としても消えてはくれぬ。今も三十六人が、磔《はりつけ》にされながら、儂に陳情の眼差しを向けておる」

「……三十六人」

その数字に春海はただ戦慄《せんりつ》した。そんな数の死人を見た経験などなかった。明暦の大火のときでさえ惨状を人づてに聞くだけだったのである。

「みな儂が命を奪った」

悲嘆を通り越したようなひどく乾いた声音で、正之は静かに語った。それは保科正之という人間の、人生を賭《か》けた大願の吐露であり、それはまた同時に、春海をこの地に招くに至った、隠された真意がついに明かされる瞬間の到来であった。

白岩は山形に隣接する天領、すなわち幕府の直轄地である。
かつては酒井家の分家である、酒井"長門守《ながとのかみ》"忠重の所領であったが、圧政によって千余の飢人を出し、領民の困窮が怒濤《どとう》の一揆《いっき》を呼んで家老が殺害される結果となった。
酒井忠重は領地没収。事態は収拾に向かったが、のち再び、代官の圧政が一揆を誘発した。
正之はその頃まだ会津藩主ではなく、山形に封ぜられていた。そして一揆勢に襲われて逃げて来た白岩の代官を保護した時点で、一揆の仕置きに直面したのである。
正之ときに三十歳。かの"島原の乱"が終結して二年と経っていない時分だった。
断固とした仕置きが為された。正之は即座に、一揆主犯格であり直訴に訪れた三十六人の処刑を命じたのである。それも、騒ぎを起こさせぬため数人ずつに分け、いったん城内に秘《ひそ》かに入れた上での一斉捕縛であった。また幕府への相談もなく、正之独断の仕儀であったことが非難された。幕府天領の村民を、いかにも謀殺めいた仕方で、幕府に断りなく勝手に処断した。
そして正之へのその非難は、決して大きなものとならず、逆に、
"肥後守、さすがの英断"
と、やがて評価する声の方が高くなった。
というのも島原の乱後、武家諸法度には新たに、
"国家大法に叛《そむ》き、凶逆の輩《やから》あるときは、隣国は速やかに馳《は》せ向かいこれを討伐すべし"
というような改正がなされている。正之はこれに従ったのである。またそれだけでなく、他ならぬ正之こそ、この改正建議を行った当人だった。その背景には、

〝なぜ島原の乱は起こった？〟

という正之の疑問があった。そして臣下たちに、島原の一揆が長期間にわたる籠城《ろうじょう》事件と化した原因をつぶさに調べさせ、やがて答えを得た。一揆勃発時、他藩が幕府の意向を待って鎮圧に協力せず、対岸の火事として袖手《しゅうしゅ》傍観の態度を取ったことが、一揆を反乱にまで成長せしめた第一原因だったのである。

正之はそのことを幕閣に進言し、武家諸法度の改正の運びとなったのだという。

だが保科正之の非凡さは、そこで疑問をやめなかったことにある。

〝なぜそもそも一揆は起こる？〟

腹の底には、いったい誰が好き好んで三十六人もの哀れな民を磔にして晒《さら》すものか、という行き場のない激情があった。そのような残虐をもってしか治め得ない世とは何なのか。己がなしたこの虐殺の背景には、いったい何があるのか。

〝凶作、飢饉《ききん》、饑餓《きが》〟

調べれば調べるほど、飢苦餓亡が領民を暴発せしめる第一原因なのだと確信された。そしてそこで正之の天性とも言える、〝疑問する才能〟が大いに発揮されることとなった。

〝なぜそもそも凶作になると飢饉となって人は飢える？〟

およそどの大名も疑問にすら思わなかったような、根源的な問いを抱いたのである。それは同時に、戦国から泰平へと世が移り変わる上での思想の変転そのものだった。覇道に奔走する者たちにとって、災害救助や飢饉救済など、ある程度は美談である。しかし結局は、

〝贅沢《ぜいたく》〟

に過ぎない。凶作は天候によってもたらされ、天候は天意であった。その天意の結果、地に飢民が生ずるというのは、人の身でどうこうできるものではなく、

〝仕方なく慎む〟

べき事柄であった。いたずらに騒いで神に祈ったり対処したりすれば出費がかさみ、領国を疲弊させる。そのため飢饉の折には、領主は自己の人徳を慎み、領民は彼らの道徳を慎む、良い機会とすべきである。そういう発想こそ常識だったのである。

むしろ民が飢えるときこそ治世に都合が良く、みなに質素倹約の貴さを教える好機である、というその常識を、正之は根こそぎ否定した。そしてただ否定するだけでなく、

〝凶作において重税を課し、領民を疲弊させるばかりでなく飢えに陥らせるのは、慎みでも質素倹約でもなく、ただの無為無策である〟

と断定した。さらには、

〝凶作において飢饉となるのは蓄えがないからである〟

というきわめて単純な解答を出し、

〝なぜそもそも蓄えがない？〟

となおも疑問を続けた。

〝民のために蓄える方法を為政者たちが創出してこなかったからである〟

と過去の治世の欠点を喝破し、

〝凶作と飢饉は天意に左右されるゆえ、仕方なしとすれども、飢饉によって饑餓を生み、あまつさえ一揆叛乱《はんらん》を生じさせるのは、君主の名折れである〟

という結論に達したのである。

これこそ正之という個人が到達した戦国の終焉《しゅうえん》、泰平の真の始まりたる発想の転換となった。

正之はまず、将軍とは、武家とは、武士とは何であるか、という問いに、

〝民の生活の安定確保をはかる存在〟

と答えを定めている。戦国の世においては、侵略阻止、領土拡大、領内治安こそ、何よりの安定確保であろう。では、泰平の世におけるそれは如何《いか》に、という問いに、

〝民の生活向上〟

と大目標を定めたのである。これが諸大名のいわゆる善政と画然と違うのは、幕政と藩政の両方において発揮されていったことにある。そしてまたその政策が、ことごとく、戦国の常識を葬っていったことにあった。

たとえば、江戸の生活用水の確保として計画された玉川上水の開削は、正之の強力な建議に、松平〝伊豆守〟信綱などが賛同して進められたが、これに幕閣の多数が反対した。

〝長大な用水路の設置は、敵軍侵入を容易にしてしまう〟

というのが反対の主な理由である。これに正之は、

「今いかなる軍勢が江戸に大挙して押し寄せてくるというのか」

と強力に反論し、ついには幕閣の説得に成功して、江戸を縦横に巡る巨大な水道網設置の運

びとなったのだという。

また明暦の大火の際も、正之は数々の決断と説得を行っている。

火災に襲われた米蔵を民に委ね、〝米の持ち出し自由〟として米俵を運び出させて延焼を防ぎ、同時に鎮火後の被災者への食糧支給とした。

火災後の治安悪化の第一原因が、食糧不足による物資高騰によるものと見抜き、参勤していた諸藩を国元に帰らせ、また江戸出府を延期させた。江戸の人口を一時的に減らし、需給の調整をはかることで物資高騰を防いだ。

被災地に治安維持のための軍勢を置くことは、食糧不足を加速させるだけであるとして反対し、あくまで物資確保、家屋提供、被災者救助による情勢安定に努めさせた。

火災後の天守閣の再建を見送るよう主張し、火災時に民衆が退路を確保出来るよう、行き止まりの多い複雑な道路ではなく、通行に便利な道作りを提唱した。その上で、正確な江戸地図を作製し、普及させることを訴えた。

貯蓄を放出し、人口を減らし、治安維持部隊を置かず、天守閣を建てず、通行しやすい道路を作り、都市地図を一般に配布する――戦国の〝防衛〟の概念からすれば、どれもこれも非常識も良いところで、まさに自殺行為と誹《そし》られるべきことだ。しかし正之は迷いなくその概念を覆した。幕閣の面々を一人一人説き伏せ、焦土化した江戸を、

〝民の生活向上〟の場として新たに甦《よみがえ》らせようとしたのである。

しかも、この火災において正之の息子である正頼《まさより》が、冷寒の中で消火活動にあたって病となり、急死している。正之の悲痛と憔悴《しょうすい》は甚だしく、将軍家綱も幕閣も、揃って慰労を勧めたが、正之は息子の亡骸《なきがら》を会津に送り、〝忌み御免〟をもって喪に服すことをせず、焦土と化した江戸の復興において、数多の建議を行い続けていた。

そんな正之の悲願とも言うべき民生政策への転換が大いに実る節目となったのは、それから六年後の寛文三年。

春海が、あの北極出地を終えて江戸に帰還した年、とりわけ二つの重要な政策が成就した。

一つは、武家諸法度のさらなる改定であり、かねて正之が主張してきた、

〝殉死追い腹の禁止〟

が初めて制度として成立したのである。そもそも徳川家は、初代家康が殉死を〝無駄〟として嫌ったことから、追い腹は決して奨励されていない。また幕府が奨励する朱子学も、〝蛮族の習慣に過ぎない〟といった感じで殉死を否定している。

にもかかわらず、主君の死に殉じて切腹して果てることには、戦国の世が培った、

〝武士とは何か〟

という思想と、その発露の場を求める、武士たちの烈しい潜在的願望があった。

泰平の世になり、主君と命運をともにした経験などないはずの下級武士たちが、むしろその経験の欠落を埋めるようにして、まったく必然性がないまま、

〝似合わぬ仕儀〟

などと貶されるのも構わず、続々と主君の死に殉じて腹を切ることが流行したのである。

武士という概念が生んだ、強烈な自己実現の方法であり、容易に消しうるものではなかった。

だが正之は、その半生を戦国の常識を葬ることに費やした男である。この武士の殉死追い腹は、厳罰をもってでも禁じるべきものとした。そういった彼の改革の成果が武家諸法度であり、それはとりもなおさず、江戸幕府がまた一歩、戦国から遠のいた証《あか》しでもあった。

そして同年。

〝天意の前には仕方なく慎む〟

という戦国の常識を、ついに藩政において転覆せしめた。

〝社倉〟

の成功である。これは正之が、侍儒として招いた山崎闇斎などの学僧らとともに実現させた制度で、朱子学の書にある飢饉救済の策をもとにしていた。領内の収穫の一部を貯蔵させ、その中身を領民に貸し与え、利息を得て増やす。そして凶作の年にはことごとく放出し、救済となす。その一方で、父のない家、身よりのない老人、孝行者などを選んで支援した。

まさに現代における年金制度、福祉政策の嚆矢《こうし》とも言うべき制度である。

しかも会津藩はこれを、僅か数千俵の米の貯蔵から開始している。そして五年後のその年、社倉は領内二十三ヶ所の設立となって大いに機能し、果ては五万俵余りの貯蔵量に増大した。

この制度は同時期、幾つかの藩が実施を試みているが、〝冷貧の地〟などと呼ばれた会津藩が成し遂げた成果に及ぶものはない。正之が抱いた〝饑餓は君主の名折れ〟という思いを反映

するようにして、なんと凶作の年にも他藩に米を貸すほどの蓄えとなり、ついには、
〝会津に飢人なし〟
と評されるまでに至ったのである。

先ほどのような真剣勝負に比してひどく穏やかな石の音を響かせながら一局が進んだ。

正之の話も、終始勢い込むことがないまま続けられた。

近習たちも富貴の方もいつしか隣室に下がり、春海はこの偉人と二人きりで相対しながら、ただ感嘆の念に満たされている。いったいどれほどの使命感がこの保科正之という人間を動かしてきたのか。幕閣ばかりではなく、武士の伝統に、この新たな時代そのものに影響を及ぼし、侵略と防衛ではない、〝民生〟による権威の大転換を志したのである。

余人の、春海のような一介の碁打ちの思い及ぶところではない。そう春海自身が驚異の念とともに思った。あの江戸城天守閣の喪失に〝新たな時代〟を感じた春海にとって、それを建議した人物が目の前にいるというだけで、異常な興奮にめまいがしそうだった。

豊臣家に最後まで仕え続けた石田三成が処刑の前に引いたという『史記』の言葉ではないが、〝燕雀《えんじゃく》いずくんぞ鴻鵠《こうこく》の志を知らんや〟と言われているような気がして、呆然《ぼうぜん》となるばかりである。

むろん保科正之という個人が事の全てを運んだわけではない。将軍家綱や幕閣の要人を始め、おびただしいほどの人々の呼応と協調がなければ到底不可能なことである。

だがそれでも、正之という賢君の気質を具《そな》えた人がいてこそ幕府は短期間でその大転換を成し得たのではないか。事実、このときの春海には知り得ないことだが、のちに将軍家綱の〝三大美事〟として称えられることになる、〝殉死追い腹の禁止、大名証人（人質）の廃止、末期養子の禁止の緩和〟は、いずれも正之の建議がもとになっている。

特に、末期養子は各藩の取り潰《つぶ》しに直結する。その禁止の緩和は、十数万規模と言われる無職浪人の発生と政情不安を、かなりの規模で抑えている。

当然、それら正之の建議は、烈しく守旧の者たちと衝突してきたことだろう。

だが正之の特質は、その衝突すら常に緩和させ、共感へと変えてきたことにある。

「善策の数々……まさに孫子《そんし》の〝道〟と存じます」

思わず春海は言った。為政者と民とが共感し合い、ともに国家繁栄に尽くすことが〝道〟である、というのは軍事兵法の祖たる孫子の理想である。それを軍事否定の正之が体現しているというのは、皮肉というより、それこそ新たな時代にふさわしい価値変転であるように思われてならなかった。とは言え、春海が学んだ兵法の学は孫子の教えだけなので、他に具体例を連想できなかっただけなのだが、

「〝武〟は放っておけば幾らでも巨大になり得る化け物でな。〝久を貴ばず〟というのは、つまるところ、武は常に〝久〟となる機会を狙っておるということだ」

などと、正之も春海に合わせて、孫子の教えを例にしてくれた。

〝久〟とは持久戦のことで、孫子はこれを国家衰亡の原因として、行うべきではないと強調し

ている。だが、正之が口にしたことは、それにまた別の解釈を加えてのことであった。

「かの太閤《たいこう》豊臣秀吉も、それに吞《の》まれて滅んだようなものであろう。明国との合戦のため、朝鮮へ規模甚大の兵を赴かせ、南京への天皇遷都を目論《もくろ》むなど……〝武〟という怪物に抗《あらが》えなんだのがよう分かる。おそらく太閤自身、合戦を終わらせたくとも終わらせられなんだのだ」

朝鮮出兵は、豊臣秀吉が犯した最晩年にして最大の失敗である。十数万規模の恐るべき出兵を断行しながら成果は皆無。日本に有利な貿易体制すら築けなかった。むしろ悪化した対日感情が朝鮮全土に広まり、貿易も文化交流も阻害されて大いに国益を損なうばかりか、日本国内でも出兵で疲弊した武将たちの恨みが、子々孫々、今の世にも尾を引く有り様だった。

「終わらせたくとも……でございますか?」

だがその点は春海も初耳だった。豊臣秀吉はあくまで戦いを継続させようとしたのであり、その死によって、ようやくの終戦となったのではなかったか。

「戦国の世が終わり、泰平となって、何がなくなるか、分かるか、算哲?」

逆に訊かれた。盤上は互いに悠々とした定石の打ち筋である。春海にとっては、ほとんど無思考で返せる手ばかりだが、話題はどれも普段の思考でついていけるものではなく、

「……合戦がなくなります」

つい、馬鹿らしいほど当たり前の答えを告げていたのだが、正之は大いにうなずき、

「ゆえに主君は家臣に与える褒賞に欠き、民は多くの賄いを欠く。ちょうど今のこの碁盤のように、どんどん地目が定まり、新たな石を置けず、生き場所が消える。それで、新たな土地を

求めざるを得なくなり、国の外に兵を放り出した」

春海はぽかんとなった。そんな考えは抱いたことすらなかった。だがそれが真実であることが、すとんと腑《ふ》に落ちた。家臣に与える褒賞とは、新たな領土である。民の賄いとは、武器や荷駄、糧食や木材や衣服やその他、合戦で消費される多数の品の売買である。それらがなくなるとどうなるか。家臣に褒賞を与えられない主君。消費されない商品を抱えた民衆。武士もそれ以外の民も同時に生きるすべを失い、世は脱出不能の大不況となる。

「武は、のさばらせれば国を食う。食わせるものがなくなったとき、太閤は滅んだ。武断の世が滅ぼしたのだ。そして大権現様（家康）が江戸に開府されたとき、同じ轍《てつ》を踏まぬ為、何より集めねばならなかったのが、黄金でな。その量、実に六百万両ほどになるか」

「六百万両……」

目を剥《む》いた。咄嗟に想像がつかない。それほどの黄金を、たとえば今いる部屋に積んだらどうなるか。おそらくほとんど積めずに黄金の重量で柱が砕けて部屋が倒壊する。そんな量の黄金を国内だけで産出できるわけがない。国外からも大量に買い込んだに違いないことは分かるが、実際に思い描くことすら難しい、空前絶後の貯蔵量である。

「その六百万両が、じきに尽きる」

だが淡々と正之が言った。こうもあっさりと徳川家の秘事を口にすることに唖然《あぜん》となった。が、しかしそれ以上に、単純に言っている意味がわからなかった。六百万両がなくなる？いったい何に費やせばそれほど莫大《ばくだい》な財産が消えるのか。だが春海の一部は、このとき既に答えは語られていることを理解していた。

「武の断行せし世を、黄金で変えたのだ。辛くも間に合った、といったところか……」

保科正之の大願たる〝民生〟への大転換は、正之の個人的な理想という側面ばかりではなかったのである。徳川幕府が自ら握った〝覇権〟という名の怪物によって滅ばぬためのゆいいつの道が〝泰平〟だった。江戸はそのために生まれたと言ってよく、さらには日本全国の社会の仕組みそのものを作り替えるため、莫大な財産が消費されたのである。

「とてつもない奢侈《しゃし》と冗費をも生んだが……根づかせねばならぬ教えは大いに広まった。〝下克上〟を消し去ること……それだけは確かに間に合ったと言えるであろうな」

春海も思わずうなずいた。正之の言う〝教え〟とは朱子学である。そもそも朱子学が奨励された狙いは、

〝たとえ君主が人品愚劣であっても、武力でこれを誅《ちゅう》し、自ら君主に成り代わろうとしてはいけない〟

という思想の徹底普及にあると言えた。武断の〝道徳〟はその逆、下克上である。弱劣な君主を戴《いただ》けば国が滅びる。より優れた者が君主に成り代わるのが当然なのだ。

そうした戦国の常識を葬り去ることこそ、正之のみならず歴代の幕閣総員の大願であり、

「そのために幕府は多くのものを奪ってきた。儂もずいぶんとそれに加担した」

そう言って正之は微笑んだ。やけに悲哀の漂う微笑み方だった。

「武将の素質ありとみなされた大名たちを、お家取り潰しの憂き目に遭わせてきた」

正之の口調から、その方策が決して褒められたものではなく、奸計《かんけい》と呼ぶべきものが多分にあることを春海は察した。徳川幕府による数々の大名改易、取り潰し、減封は、およそ綺麗事で済ませられるようなものではない。常に悲劇を生み、中でも徳川家の血を引く大名君主たちの処断は、美談で糊塗《こと》される余地すらない、骨肉相食《は》む逸話ばかりである。

「幕府の教えに仇《あだ》なす学問は、ことごとく葬ってきた。いかに聖《きよ》き教えであろうと、生きながら棺《ひつぎ》に入れ、蓋をし、地に埋めた」

その言い方から、春海は卒然と、あの城中に漲《みなぎ》っていた、ぴりぴりとした空気を思い出した。山鹿素行の『聖教要録』出版の罪を巡る処断。あれも、正之の建議によるものだったのだ。

明言はされずとも今はっきり理解できた。

山鹿素行の思想は、あくまで今の武士がどう生き、どう民の上に君臨するかを説くもので、民生の視点はほとんどない。それは旧来の武士像の理論化であり、ひいては正之が否定した、

〝天意の前には仕方なく慎む〟

という考えに戻る。幕府の課題、正之の大願、どれとも相容《い》れない。ゆえに江戸追放だった。

春海には、正之の一言一言がずしりと重かった。内容のせいだけではない。なぜ自分にそれを語って聞かせるのかが問題だった。なんだかまるで自分にも正之と同じように、何かを殺せと言っているのだとしか思えない。だがいったい、何をか。

「武断を排《しりぞ》け、文治を推し及ぼす……それこそ徳川幕府の為すべき〝天下の御政道〟でなくてはならぬのだ。そして今、そのための、まったく新たな一手が欲しい」

そう言って正之は、ぱちんと石を置いた。重々しい話題とは裏腹に、碁自体は、あくまで純粋に楽しんでいるような打ち筋である。春海もおのずと幾つもの手筋が思い浮かび、いつまでも打っていたくなるような気持ちにさせられていたのだが、

「それは、いかなるものでございましょう？」

問いつつ、何気なく打とうと上げた手が、正之の一言で、宙に凍りついた。

「その前に、難儀とは思うが、この老人に、宣明暦というものについて教えてくれぬか」

さながら落雷のようにその言葉が春海を直撃した。俄然、脳裏に何かが甦った。咄嗟にそれが何であるか分からず狼狽《ろうばい》が顔に出そうになったが、はたと理解した。

欠けた月。

伊勢で、建部と伊藤とともに観測した月蝕《げっしょく》だった。そのときの建部と伊藤とのやり取りが急激に甦るのを覚えながら、春海は震えそうになる手にしいて力を込め、

「八百年余の昔……我が国に将来されし暦法にございます」

言いつつ、ぴしりと盤上に石を置いた。正之は小さくうなずいて新たな石を手に取っている。何も言わない。次の一手を考えながら、ただ春海の言葉を待っている。

「長き伝統を誇る暦法ですが、今の世に、その術理はもはや通用しておりません」

「なにゆえであろうか？」

石を置きつつ惚《とぼ》けたように訊いてくる。春海は、ここに至って不遜《ふそん》を怖れず告げた。

「八百年という歳月によって、術理の根本となる数値がずれたからでございます」

それは近頃、算術家や暦術家の間で、半ば公然と議論されることがらであった。春海も、その術理を検証し、かつて建部と伊藤が言ったことが真実であることをようやく理解している。

宣明暦の暦法に従えば、一年の長さは三百六十五・二四四六日である。

だが実際の観測に照らし合わせると僅かに一年より長い。その誤差は百年でおよそ〇・二四日。八百年では実に二日の誤差となる。それがただの空論でない証拠に、宣明暦に従う全ての暦が冬至と定める日よりも、二日も前に、最も影が長くなる本当の冬至が過ぎていることは、多くの暦術家がその観測をもって認めるところだったのである。春海はそうした点を告げ、

「冬至の他にも、朔《さく》や望、いずれは日月蝕の算出にも支障をきたすこととなりましょう」

「いずれ蝕の予報を外すか」

「は……」

「では、〝授時暦〟というものについて教えてくれぬか」

それが二度目の落雷となって春海を打った。息苦しいまでの緊迫に襲われた。話がどこに流れていくかが突如として分かってきた。だがなぜ自分にそれを言わせるのかという疑問は拭《ぬぐ》えず、それが異様な緊張を春海の身に及ぼしながらも、精一杯の気魄《きはく》を込めて言った。

「かつて発明されたあらゆる暦法の中で、最高峰と称されし暦法でございます」

太閤豊臣秀吉による朝鮮出兵で阻害された文化輸入が再開されてのち、特に求められた学問は、第一に朱子学、次が天元術などの算術、そして授時暦の暦法であった。

かつて、蒙古《もうこ》族が宋《そう》と金《きん》を打倒し、元を樹立したとき、彼らの暦は滅亡した金の〝大明暦〟

を用いていたという。だがこの暦法は誤謬が多く、皇帝フビライは改暦を欲した。そのために招聘《しょうへい》されたのが、許衡、王恂、郭守敬《かくしゅけい》の三人の才人たちである。

許衡は、古今の暦学に精通する博覧強記の人。王恂は算術の希代の達人。郭守敬は器械工学の天才。これら三人が、精巧きわまる観測機器を製作し、五年の歳月を費やして天測を行い、持てる才能の限りを尽くして改暦を行ったのである。

その精確さはずば抜けており、特異な算術を開発し、観測結果を照応して、一太陽年の長さを三百六十五・二四二五日と定めるに至った。これはのちの世で言う〝グレゴリオ暦〟の平均暦年と同じ値である。その暦法をなす算術は多くの点で優れた特色を持ち、〝招差術〟などの術理は全て、この授時暦を通して日本に輸入されていた。

のみならず、授時暦が内包する数多の術理が比較検討されることによって初めて〝算術の体系化〟という概念が日本に根づいたと言って良かった。

そうしたことを喋《しゃべ》るうち、いつしか春海の中で緊張を興奮が上回った。声口調も自然と熱っぽいものになっていった。授時暦こそ中国暦法の最高傑作であり、春海はそれを十代の頃に京で学んでいたが、今の歳になってようやくその素晴らしさに開眼したばかりで、

「星はときに人を惑わせるものとされますが、それは、人が天の定石を誤って受け取るからです。正しく天の定石をつかめば、天理暦法いずれも誤謬無く人の手の内となり、ひいては、天地明察となりましょう」

自然と、いつか聞いたその言葉が口をついて出た。あの北極出地の事業で、子供のように星

空を見上げる建部と伊藤の背が思い出され、我知らず、目頭が熱くなった。

「天地明察か。良い言葉だ」

正之が微笑んだ。先ほどの殺伐とした枯淡さはなく、穏やかで、ひどく嬉しげだった。そしてその微笑みのまま呟《つぶや》くように言った。

「人が正しき術理をもって、天を知り、天意を知り、もって天下の御政道となす……武家の手で、それが叶えられぬものか。そんなことを考えておってな」

半ば盲《めし》いた正之の目が、そのとき真っ直ぐに春海を見据え、

「どうかな、算哲、そなた、その授時暦を作りし三人の才人に肩を並べ、この国に正しき天理をもたらしてはくれぬか」

それが三度目の、そして正真正銘の落雷となって、春海の心身を痺《しび》れる思いで満たした。

「改暦の儀……でございますか」

すなわち八百年にわたる伝統に、死罪を申し渡せということだった。

ぱっと江戸城の天守閣と、その喪失後の青空が浮かんだ。あれと同じことをしろと言われた気分だった。守旧の象徴を破壊し、この世に新たな、未知の青空をもたらせと言っていた。

咄嗟にそれがいかなる影響を世に及ぼすのか想像することさえ困難をきわめた。六百万両を想像しろというのと同じだった。とても想像力が及ばない。だがいずれにせよ、幸福感なのか緊迫感なのか、なんとも判別しがたいものが血潮となって烈しく身を巡るようだった。

「そうだ。今、その機が熟した。そなたという希有《けう》な人材の吟味も滞りなく済んだ。算哲よ。

この国の老いた暦を……衰えし天の理を、天下の御政道の名のもと、斬ってくれぬか」

そのための二刀、そのための北極出地であったのだ。

なぜ春海が刀を帯びていなければならないか。それが武士像の変革になるからだ。他ならぬ武家に関わる者が、暴力ではなく文化をもって、新たな時代に、新たなときの刻みをもたらす。

それが判明してなお、春海の中ではまだ余裕にも似た気持ちが残っていた。まさか自分のような者にそれほどの事業を率先して行わせるはずがない。精神の逃げ場と言っていいそれを素直に吐露するように尋ねた。

「ふ……不肖の身なれど、粉骨砕身の努力をさせて頂きます。それで……どなたのもとで尽力すればよろしゅうございましょうか？」

正之の目が僅かに見開かれた。春海の勘違いでなければ、正之が初めて見せた、きょとんとした顔だった。それからみるみる笑顔になり、ゆっくりとかぶりを振った。

「そなたが総大将だ、安井算哲。そなたのもとで人が尽力するのだ」

今度は春海の目がまん丸に見開かれた。精神の逃げ場がその時点で完全に消滅した。

たちまち息が詰まり、先ほど感じた血潮が一瞬で恐怖に凍りついた。

「い……い、いかなる思《おぼ》し召しで……、そ、そのような身に余るお役目を……」

「みながみな、同じ名を口にした。改暦の儀……推挙するならば、安井算哲を、とな」

「み、みな……？　と申しますと……」

「水戸光国」

正之が言った。ぱっと春海の脳裏にあの剛毅《ごうき》な顔が浮かんだ。

「山崎闇斎」

春海の幼いときからの師であり、正之の侍儒だ。これまた春海の脳裏で豪快に笑っていた。

「建部昌明、伊藤重孝」

その二人の名が挙げられた途端、ふいにまったく予期せぬものが込み上げてきた。

〝精進せよ、精進せよ〟

建部の楽しげな声がよみがえり、

〝頼みましたよ〟

今まさに伊藤に優しく肩を叩かれた気がした。

おそらく建部は事業から外れてのち、伊藤は事業成就の後、それぞれ春海を推挙していたのだ。そう悟った途端、視界がぼうと霞《かす》み、目に純然たる歓びの涙がにじんだ。

「安藤有益。そなたも知る通り、我が藩きっての算術家だ」

春海はうなずいた。声が出なかった。まさか安藤までもが。堪《こら》えきれず肩が震えた。

「酒井〝雅楽頭〟忠清。あの大老殿、そもそも暦術に興味など持ち合わせてはおらぬが、そなたには、いささか感ずるところがあるようでな。星のことはとんと分からぬが、算哲という者の熱心さは、信ずるに値する、と言うておった」

「し、しかし、わ……私は……この通り、若輩者でございます……」

「若さも条件だ。何年かかるかわからぬ事業であるゆえ、な」

途端に、あの酒井の、

〝生涯かかるか〟

という言葉が、何年ぶりかに、胸に心地好《よ》く響いた。その瞬間ようやく心が定まった。たとえようもない使命感に身が熱くなった。

「まことに……私で、よろしいのですか」

すっと正之の背が伸びた。

「安井算哲よ。天を相手に、真剣勝負を見せてもらう」

からん、ころん。

ふいに幻の音が耳の奥で響いた。咄嗟にそれが何であるか分からなかった。分からないまま、強烈な幸福感に満たされていた。いつか見た絵馬の群れの記憶がよぎった。が、そうとはっきり認識する間もなく、春海は、たまらず衝動的に座を一歩下がり、平伏し、

「必至！」

叫ぶように応《こた》えた。反射的に口から出たそれが、碁の語彙《ごい》でもあると遅れて気づいた。

正之が愉快そうに笑った。

「頼もしい限りだ、安井算哲」

それが父の名であるという意識が、初めて春海の心から綺麗に消えていた。

六

部屋へ通された。部屋と言っても、城の武家屋敷が並ぶ一画にある空き家である。

事業の執務および資料蒐集《しゅうしゅう》のために割り当てられた家宅で、既に書籍や頒暦が一角に積まれ、筆記具と紙とが贅沢なまでに準備されていた。案内の者が下がり、春海は突っ立ったまま室内を見回した。こぢんまりしているとはいえ武家宅を丸ごと与えられたのである。碁打ちの身分を超えた待遇であり、保科正之の本気さが如実にあらわれていた。

ここで寝起きするのだ。ここを改暦事業の最前線の陣地、最新鋭の研究の場とせねばならないのだ。そう思い、改めて緊張を感じたとき、力強い足音とともに最初の事業参加者が現れた。

「六蔵！」

これは春海の幼名だ。十年以上も前の名なのだが、呼んだ方は十年後も引き続き同じ名で呼ぶつもりでいる。久々の再会を喜びつつも、春海は呆れ顔で言った。

「山崎先生、いい加減、その名で呼ぶのはおやめ下さい」

「いっちょう前に、賢振《かしこぶ》るようになりよって、こいつめ、こいつめ」

だが男は破顔し、さも嬉しそうに、春海の肩を痛いほど叩いてくる。今年四十九歳とは思えぬ頑健な体軀をしており、ほとんど身に脂肪がない。髪型こそ独立不羈《ふき》の学者らしくあえて剃髪《ていはつ》せず総髪のままでいるが、むしろそのせいで廻国《かいごく》修行中の武芸者にしか見えない。深い智慧《ちえ》をやどし、生半可な知者の群れを踏み潰して歩く岩石。それが、春海に幼時から神道を教え、またその他の技芸の師を紹介してくれた、希代の〝風雲児〟こと山崎闇斎であった。

「改暦の儀、よう拝命したの。どや、怖くて震えとんのじゃぁないかあ？」

京訛《なま》りだかなんだか分からぬ、なんともでたらめな喋り調子である。仏僧になり儒者になり神道家になり、各地で師を求めた末に、京に腰を落ち着けた所為《せい》らしい。言葉の訛り方からして自己流で、しかも本人はそれを誇っているふしがあった。それでも為政者たちの前では立派な学僧として凛然たる説教を行うのだから不思議である。

「震えてなどおりません、山崎先生」

きっぱり返した途端、ばしんと背を叩かれて春海はよろめいた。この師匠、喜ぶと言葉より先に手が飛んでくる。

「ほんまに立派になりよったのお、六蔵。亡き父君もさぞ喜んどるやろなあ」

しみじみと大きくうなずく闇斎の背後から、さらに二人が現れた。

一人は、なんとあの安藤有益で、春海に対するなりきちんと礼をし、

「大任おめでとうございます、渋川殿」

と言った。それも同輩に対する礼ではない。上司に対する慇懃《いんぎん》さだった。既に春海のことを事業の中心人物であり、全権を委ねるべき相手と認めているのだ。その安藤らしい実直な態度に、春海は妙にじんときた。これは渋川春海という個人を敬っているのではなく、この事業の大きさと、何より発起人たる保科正之への畏敬《いけい》ゆえの礼だった。途方もなく大きなものへ立ち

向かおうとする連帯感を抱きながら、

「ありがとうございます、安藤殿。我が気魄の限りを尽くし事業を完《まっと》う致します」

春海も相手に合わせ、しっかりと礼をし、熱っぽく告げた。

そうして最後の一人と相対した。

「それがしは島田貞継《さだつぐ》と申します。安藤とともに事業成就に尽くすよう主君より仰せつけられております」

と安藤にも増して丁寧に礼をするのは、今年五十九歳になろうとする老人であった。

「島田様……御高名、かねがねお聞きしております」

春海の声にも、自然と感激の念がこもった。島田は安藤に算術を指導した師の一人であり、まさに会津藩屈指の算術家である。瘦顔に亀裂のごとき深い皺を帯び、黒目がちの両眼は、半生をかけて磨き抜いた老境の知性の輝きを発している。

実に、この四人が事業の中核であった。中でも春海は群を抜いて若かった。他にも若く優秀な藩士たちが六名、助手として働く手はずであることが安藤から話された。だがその者たちとてみな三十代である。二十八歳という自分の年齢を思うと、それこそ闇斎の揶揄ではないが、正座をした尻《しり》の下で両足が震え出しそうな緊張を覚えた。

だが四人が十字に向き合い、それぞれ真剣一途《いちず》な顔つきになって最初の話し合いを始めるや、一同の事業への熱意が部屋に充満し、緊張などあっという間にどこかへ行ってしまった。闇斎の気宇壮大、安藤の堅実、島田の練達、彼ら一人一人の意見が、存在が、心底頼もしかった。

春海はむしろ三人それぞれの言葉を拝聴するように話を進め、事業の基本方針を立てた。

「授時暦、いまだ究められず」

という島田の言葉が、事業の第一指標となった。中国史上最高峰と誉れ高い授時暦だが、その暦法を完全に修得した日本人はまだいない。まずはその暦法の修得、検討、実証が不可欠だった。

「私の知る限り、授時暦の暦法の要は、精妙にして不断の天測にあります」

そう安藤が意見し、第二指標が定められた。授時暦は何より星々の観測結果を重視した暦法である。数多の結果から、特定の法則を導き出すという特異な算術を実地に修得するためにも、春海たち自身が同じように天測を行うべきだった。

「腐っても八百年の伝統や。覆すんなら、先に建てとけ、いうんが計略でしょう」

闇斎がそう言って第三指標を定めた。宣明暦という〝由緒正しい〟ものに匹敵するほどの何かを用意せねば、いくら算術において授時暦が正しくとも、この国の知識層も民衆も受け入れてくれない。何しろ多くの算術家たちによって円周率の近似値が三・一四と証明された今もなお、巷間《こうかん》の技術職人をふくめ一般民衆は、三・一六という旧《ふる》くから伝わる円周率の方をありがたがって使用するのが現実なのだ。

「国事文芸の書はもとより、漢書も片っ端からや」

と闇斎は言う。この国の文芸は基本的に公家の様式、つまり日記である。日々の記録、儀式の記述であり、必ず暦註《れきちゅう》というものがつけられた。何月何日にどんな儀式が執り行われ、どんな出来事が起こったか、その日が十干十二支のいずれに該当するかが明らかであってこそ文芸だった。そうした様式に当てはまらない学芸書を取り沙汰しても公家層や宗教勢力には普及せず、また講談のように民衆受けもしない。結局は一部の特殊技術者の間でだけ議論されるものとなってしまう。よって正統な文芸書の暦註を検証し直すことで、宣明暦よりも授時暦の方が、伝統を受け継いでゆく上でふさわしい暦法であることを示し、世の新しい常識として定着させる。それが闇斎の意図だったが、

「ちと膨大に過ぎませぬかな」

島田が思案げに反駁《はんばく》した。授時暦の研究と天測と並行して、それほど大量の書物の暦註を検証するとなると、助手全員を動員してもまず人手が足らない。

「物好きはけっこうおるもんでしてな。恰好の人材がおります」

だが闇斎はにこにこ笑っている。闇斎がこういう罪のなさそうな笑顔を見せているときほど、とてつもない難題を誰かにふっかける気でいることを春海だけが知っていた。

「あの、先生……というと、どなたのご協力を仰ぐおつもりでしょうか?」

恐る恐る聞くと、闇斎はやっぱり平然とした顔で名を挙げた。

「岡野井玄貞《げんてい》、松田順承。どっちも嫌とは言わん。何しろ学者冥利《みょうり》に尽きる事業や」

二人とも京で高名な算術家にして暦術家である。特に岡野井は、京の内裏の医師として宮中に出入りし、公家層に広く名を知られている識者だった。

安藤と島田が頼もしげにうなずき合う一方、春海は何と言って良いやら分からず、ひやひや

した心持ちでいる。

岡野井と松田は、春海が十代の頃に師事していた相手だ。当時から闇斎には二人とも大いに振り回されていた。朱子学の世界生成の理論を算術的に証明してみせよとか、天照大神がこの世に出現したのは何月何日か算定せよとか、無茶な学術的難題を闇斎にけしかけられては七転八倒させられる二人の姿が如実に思い出された。

とはいえ岡野井も松田も学究篤志の人物である。改暦事業の四文字だけで感動に震え、我から尽力するに違いない。そういう二人の性格を知り抜いた上で、さんざん難題を与えてやろうという闇斎の底意に、春海は舌を巻いた。

大まかに指針が決まったあとは膳《ぜん》を用意させての酒宴となった。さすがに大声で気炎を吐き合うような宴席にはならず、礼儀正しく落ち着きをもって、互いの意気を汲《く》むものだった。下戸の春海にも心地好い限りで、お陰でいたずらに昂《たか》ぶっていた心がほどよく静まった。さもなければ気が張りすぎて一睡も出来なかったに違いない。改暦事業の第一歩となったその晩、春海は真新しい寝具に包まれて心地好い疲労の中で眠った。

翌朝未明、怪鳥《けちょう》の声に叩き起こされた。

「きぃーぃいいいッええぇーええッ!」

という感じの金切り声が、突如として家の外で湧き起こったのである。

春海は、寝ぼけた頭で、誰かが自分を叩き斬ろうとしているのだと思い込んだ。自分が武家屋敷のある区画にいるのだということが頭の隅にあったせいかもしれない。城中で武士同士の斬り合いなど滅多に起こらぬが、ないことではなかった。蒲団《ふとん》から転がり出て、壁に顔をぶつけ、はたと辺りを見回した。誰もいない。と思うと、どこかで水の音がした。

春海は家を出て裏手の井戸端へ向かった。果たして声の主がいた。

ふんどし一丁の闇斎である。この寒い中、頭から井戸水を浴び、全身から湯気を立ち上らせ、

「いーえいっ！」

と激しく〝息吹〟を吐いていた。神道式の呼吸法である。最近では神道の教義再構築に伴い、様々な身体の修練方法が確立されており、その中核が〝息吹息吸《いすい》〟の法だった。

流派によって型が違い、呼び方も異なる。〝鳥船《とりふね》〟〝永世《ながよ》〟〝雄健《おけけび》〟〝雄詰《おころび》〟など、いずれも古来秘伝を最新の学問のもとで再構成していた。本来の目的は、神憑《かみがか》りであり、呼吸法による長寿健康であり、心の浄化である。汚き、暗き心を御祓し、日本人が古来最良としてきた理想の〝清明心〟に至り、それを保つ。そうして心身健全となり、日々を神意のもとで送る。

闇斎の息吹は中でも非常に猛々《たけだけ》しく、〝天沼矛《あめのぬほこ》〟という天地創造にかかわる特殊な印を結んだ右手を、裂帛《れっぱく》の気合いとともに振り下ろす。春海の柏手《かしわで》とは比較にならない激しさで、武芸者の鍛錬のようだ。実際、高名な剣術家たちほど、神道の呼吸法とその思想体系を取り入れている。今では神道と武道と学問の体系は、禅がそうであるように、渾然一体となりつつあった。

そう言えば昨日、闇斎も家宅を与えられていると言っていたことを春海は思い出した。

そもそも春海が北極出地に赴く前から、闇斎は侍儒として正之に招かれているのである。

場所は春海が寝起きする家のすぐ裏手であり、その時点で、闇斎の毎朝の習慣のことも思い

出すべきだったと、春海はぶつけた顔をさすりながらぼんやり思った。

「おお、六蔵。なかなか早起きやな」

闇斎が春海に気づき、にっこり笑った。あなたの絶叫で起こされたのだと春海が言いかけ、

「どや、お前もやらんか」

汗を拭いつつ闇斎が遮った。春海がたじろいだところへ、安藤と島田がそろって現れた。他にも何人か藩士たちが集まってきている。みな闇斎の声に起こされたらしく、眠そうな顔に、ほとんど整っていない髷《まげ》が乗っていた。

「おはようございます。ほな、みんなでやりまっか？」

闇斎がどこの訛りともつかぬ口調で、からっと呼びかけた。

「なかなかに勇壮ですが、見習うにとどめたく存じます」

安藤が苦笑するように言った。

さすがに井戸端という公共の場で朝から半裸になることには誰しも抵抗がある。神事の人間が御祓を行うのならまだしも、武士がやるのは、ちょっとはしたない。肌を見せるのは何も女だけの恥ではないのである。たとえば将軍家光から寵愛を受け、男色関係にあったともっぱらの噂の堀田正盛などは、家光薨去の際、

〝主君以外に、肌は見せまじ〟

と着衣のまま追い腹を切って果てたという。むろんこの会津城下で、男色の習慣がそこまで強いわけではないが、それでも衆目を気にせず諸肌《もろはだ》を脱いでいいものでもない。ただし裸体自

体が恥なのではなかった。風呂《ふろ》など、湯水の不足から大勢で浴場を使用する男女混浴が一般的である。要は、時と場合によって、恥の感じ方が全然違うのだった。

そんなわけで春海は安藤が辞退してくれて大変ほっとした。ここでもし改暦事業の連帯を強めるために毎朝四人でふんどし一丁になろうなどと合意されようものなら、どんな噂が立つか知れない。そして闇斎はそんな噂など歯牙《しが》にもかけない人物なのである。

闇斎のお陰で、みな早めの朝食を摂《と》り、さっそく春海の家に三人が集まった。

まずは事業の第一指標である授時暦の学習の算段が整えられた。また闇斎はすぐに京の岡野井と松田に手紙を書き送っている。さらには春海の寝起きする家の小さな庭に、天測の道具が運び込まれ、助手たちの手で組み立てられた。指揮は春海が執った。北極出地の経験があるので当然だが、春海にとっては建部や伊藤といった頼れる上司がおらず、これからは自分が事業の計画を司《つかさど》らねばならないのだということを、たっぷり思い知らされるひとときだった。

その日はあいにくの曇天で北極星が確認できず、大がかりな日時計、大象限儀に子午線儀といった器具が正確に設置されたのは翌日の夜のことだ。雨よけのための大傘なども配された。春海は既に見慣れていたが、下手な大道芸よりよほど勇壮なその器具の様子を見るために、垣根の外に藩士たちが群れ集って作業を見守った。

かくして天測の準備が整い、観測と技術修得の日々となった。かの北極出地のように場所は移動しないが、その分、思想・学問の面で縦横無尽の検証が行われた。

授時暦の根幹である算術について議論が繰り返され、闇斎も、春海が感心するほど算術の話題についてきた。暦法をいかに他の学問体系と融合させるかについての緒案が出された。闇斎がその妥当性を吟味し、春海、安藤、島田が、それぞれ算術面での術理修得をはかる、ということの繰り返しで、あっという間にひと月余が過ぎた。

その間、春海は京にいる妻ことや安井家の者と、何度か手紙のやり取りをしている。高価な公用便を無料で使わせてもらえるのが役得だった。これほど誇らしい思いで手紙を書くのは生まれて初めてである。ことは、事業を任された春海に、純粋に驚き、また喜んでくれ、逆に春海を勇気づけてくれた。

そしてその手紙を、気づいたら闇斎が読んでいた。

「おやめ下さい先生」

さすがに春海が呆れて咎めた。だが闇斎はまったく悪びれない。むしろ恭しく手紙を折り畳んで春海に返し、

「嫁御からか」

わかりきったことを訊いた。

「そうです。先生が読むものではありません」

「いや」

春海が思わず鼻白むほど、威厳に満ちた闇斎の否定であった。

「地に人の営みあり、や。さもなくば神事も何も意味なしやでな。もっと返事をぎょうさん書いたらんかい」

そう言って、やたら優しく春海の肩を叩いた。

「そういたします。それより勝手に読まないで下さい、先生」

「わかっとる、わかっとる」

わかっているなら読むなと言いたかった。闇斎はやけに上機嫌でいる。以後、勝手に手紙を読まれることはなかったが、何かにつけて嫁御に手紙を書いてやれと言われた。

一方で闇斎は、相次いで岡野井と松田から快諾の返事が来たのを良いことに、二人を難事業へとけしかける手紙をせっせと書いている。春海たちもその手紙のやり取りによって、大いに議論を進めることができた。授時暦の暦法についての岡野井と松田の指摘はもとより、闇斎の狙いどおり、二人とも数多の文芸書の暦註検討を進んで行ってくれたのである。

闇斎も闇斎で、この暦註検討の作業には凄《すさ》まじい情熱を発揮している。数ある書の中から、特に世相への影響力の高そうなものを選んで作業の対象にするとともに、この国の歴史を新たに授時暦によって統括するような神事の書の構想を、日に日に固めていった。

そんな風に、とにかく多岐にわたる膨大な作業も、ようやく指針通りに事が運ぶようになってきた頃、新たに第四の指標が立てられた。

改暦による世の影響を考察せよ、という、保科正之その人による要請だった。この発想は、春海にもなじみがなければ幕府にもない。保科正之という名宰相だからこその発想だった。

あるものを世に適用するとき、それが学問的・技術的にどれほど優れていそうか、どれほど便利そうか、ということが重要だった。良さそうなら、とりあえず用いてみる。それが日本人の基本的な姿勢である。仏教はそのようにして導入された。切支丹も最初は受け入れたが、貿易や植民地思想によって対立が生じ、ついには全面的な拒絶となって禁教令が発布された。鉄砲や大砲はその最たるものだ。日本人の手で技術的に再現可能か、という点だけが大事で、それがどのような激烈な変化を世に及ぼすか、ろくろく考えずに国産から大量生産へ踏み切った。そして今では〝泰平の世になったのだから鉄砲は作るな〟という幕府の指導すら、まったく功を奏さない状態になってしまっている。

適用されるものが、その後、世にいかなる影響を与えるかを出来る限り予測した上で、最善の導入の算段を整える。それが保科正之の非凡な智慧であり基本的な政治姿勢だった。

春海は、事業参加者を代表し、その思案を必死にまとめあげた。良い影響も悪い影響も、考えつくものはことごとく列挙せねばならない。事業に邁進《まいしん》する仲間のことを考えれば、悪い影響のことなど念頭に置きたくもなかった春海だが、やがて作業が進むうち、自分たちのしていることが空恐ろしいほどの影響力を発揮する事業であることが判明して呆然となった。

まず思案したのは宗教統制という側面である。幕府、すなわち武家が改暦を断行すれば、天皇から〝観象授時〟の権限を奪うことになる。天意を読みとくことは、古来、王の職務である。と同時に、宗教的権威そのものだった。これがほぼ幕府のものとなり、天皇が執り行う儀礼の日取りを、一日単位、一刻単位で支配するということになる。

これは全国の神事を、また陰陽師《おんみょうじ》の働きを、完全に統制することを意味した。日を決するということは、陰陽思想においては方角を決するということでもある。方違《かたたが》えの思想はいまだに根強い。ほとんど根源的な禁忌の念として根づいている。それをことごとく塗り替えるだけでなく、幕府のものとして全国に適用することになる。

時節を支配し、空間を支配し、宗教的権威の筆頭として幕府が立つ。朝廷の権威を低め、その分を幕府がことごとく奪い去る。かの織田信長ですら、宗教者たちに帰順を強要しこそすれ、その権威を我がものとして吸収しようとはしていない。

これだけで春海は恐怖を感じた。全国の大名たちが、この挙を見てなんと思うか。天皇と朝廷から〝時〟と〝方角〟を定める権限を奪って将軍のものとすること。これが聖域冒瀆《ぼうとく》とみなされたとき、どうなるか。まさかとは思うが、戦にまで発展するのではないか。

たかが暦である。しかし考えるほどに、漠然とした不安を抱いた。

さらに春海の思案は、政治統制に及んだ。というより正之の指示によって、そこまで思案させられた。これは宗教統制と紙一重である。日取りを決定するばかりか、今日が何月何日であるか、ということの決定は、全ての物事の開始と終了を支配することに通じる。公文書における日付の重要性は、文芸書の比ではない。幕府の定めた暦日に倣わぬ公文書を作成したと言うだけで処罰の対象となりうる。そんな、いつなんどきでも、誰にでも、どんな難癖でもつけられるような甚大な支配権を幕府が持つ。そのことに対して諸藩が抱く反感はいかなるものであろうか。全国に熾烈《しれつ》な反幕感情を巻き起こすのではないか。

これは文化統制においても同じである。政務ばかりか文芸をも支配する。公家の反応はどんなものになるだろう。とんでもない反発の嵐になるのではないか。想像するだに怖かった。

だが本当に恐ろしいのは最後の経済統制の側面だった。

頒暦というものが幕府主導で全国に販売されたとする。試しに春海は、頒暦を一部四分として計算してみた。米の売買に倣って、差料などの割合を勘案した。そうして単純計算で、全国の日本人が頒暦を幕府から買ったときの利益を算出してみたのである。

もちろん、全国の大名が幕府に報告する〝人口〟を参考にしての、単純計算しかできない。どれほど精密に算出しても誤差は出るだろう。それを承知で、色々な計算方法でやってみた。

目を剝いて言葉を失うほどの、莫大な利益となった。

もちろん大権現様こと家康がかき集めた六百万両とまではいかないが、最低でも数十万両にはなる。そしてその利益が、確実に、年の始まりごとに入ってくるのである。

春海はこれを色々な方法で計算し直している。頒暦は複数の段階を経て各地に届けられるため、各地で料率ごとの利益が差し引かれる。全ての利益が幕府のものになるとは限らないのである。だが、計算し直すほどに、とんでもない額が出現した。

授時暦で用いられている算術には、複数の観測値を平均する様々な術理がある。これを、そのまま頒暦による利益算定に応用してみた。

その額、単純な石高に換算して、おおよそ年に七十万石。

もちろん、条件によってこの値は大幅に増減する。だが春海は己が出した値に驚愕した。

果たして今まで、誰も頒暦というものの利益をまともに計算した者はいなかったのだろうか。どの大名も、この金鉱脈のような商品を専売特許とすることを考えなかったのだろうか。いや、全国の神宮などは薄々それが分かっているから独自の頒暦販売に固執するのだ。そしてその利益を幕府が独占する。なんとも恐ろしい思いをさせられる数値だった。

この単純な値を、幕閣に見せたらどうなるか。もし彼らがその利益を強烈に欲したとしたら。改暦に反対する者ことごとくを圧殺してでも成就させたくなるのではないか。

そうなったときの利益の争奪戦を春海は色々に想像させられた。たかが暦だと何度も自分に言い聞かせねばならなかった。そして、されど暦だった。

今日が何月何日であるか。その決定権を持つとは、こういうことだ。

宗教、政治、文化、経済――全てにおいて君臨するということなのである。

七

正之から与えられた第四の指標を、春海は〝天文方〟の構想としてまとめている。

幕府において新たに天文方という職分を創設し、暦法とその公布の一切を取り仕切る。

大まかな概略を、事業開始から三ヶ月ほどで組み上げ、正之に提出した。

視力衰えた正之は、それを家老に音読させている。そしてその日のうちに春海を呼び寄せ、近習さえ退けての、ほとんど密議に近いかたちでの話し合いを持った。

「恐るべしは暦法よな」

正之が言った。春海も真剣な顔で同意し、

「門外不出とせよ。今はまだ、な」

そう告げる正之の様子から、ふと悟った。この思案の結果を正之はとっくに承知していたのである。その上であえて春海に思案させ、同じ結論が導き出されるかどうか見計らっていたのだ。老齢に至って身を病にむしばまれ、視力をほとんど失いながらも、このお方は希代の名君なのだ。春海は完全に感じ入り、戦慄するような思いとともに、ただ深々と平伏した。

「不倶戴天《ふぐたいてん》」

ぽつりと正之が言った。

「そのような状態に、帝《みかど》と将軍家とを追いこんではならぬ。決してならぬ。そのときは国が二つに割れる。割れれば動乱となり、その果てに徳川家は滅ぶ」

はっきり〝徳川〟と口にした。間違っても天皇家が滅ぶとは思われない。それは歴史が証明している。日本のあらゆる諸勢力が、天皇家を滅ぼさせない。いついかなるときも、滅ぶべきは〝逆賊〟の方なのである。

「方策はあるか？」

「は……」

ここが思案の要点である。春海がこの事業に抜擢《ばってき》された何よりの根拠でもあった。安藤も島田も、もっと言えば正之自身も、京の事情には疎《うと》い。朝廷や公家というものを漠然としか理解していない。それに比べ、春海および闇斎は京に精通した人材だった。何しろ春海は碁を通して、闇斎は神道や諸学を通して、朝廷とその周辺の人物と交友関係にある。

「帝の勅令にございます」

と春海は告げた。

ときの天皇が〃改暦の勅令〃を発し、それを幕府が謹んで承る。

基本はこれである。このかたちに持っていくためには、それこそ数限りない工作が必要であろう。だが少なくとも、全国の大名たちに、幕府が〃聖域冒瀆〃を犯したという印象を与えることはない。多くの難題が事前に解消されることになる。

「また、暦法にこそ権威ありとせねばなりませぬ」

それが次に肝心な点だった。天の法則がそうなっているのであり、決して幕府が恣意《しい》的に暦日を定めるわけではない、という姿勢をとことん見せねばならない。その危機回避のすべこそ算術だった。なぜなら、天皇がそろばんを弾《はじ》こうが、幕府の誰かが弾こうが、答えはぴたりと一致する。そういうものであれば恣意によって操作する余地などない。後は誰がそれを管理するかであって、勅令さえあれば幕府の管理に何の問題も生じない。

逆に、だからこそ日本全国に、今の暦法が誤謬を犯していることを知らしめる必要があった。そうすることで、帝も改暦を命じないわけにはいかなくなる。

また、それゆえ新たな暦法の中枢となる術理は厳重に秘する必要もあった。術理がいたずらに公開されれば、誰もが好き勝手に暦を作ることが可能となってしまう。幕府による改暦という権威の確立という点で、あらゆる対立を引き起こしかねない。特に、寺社仏閣などは全国各地で独自の権威を主張し出すことは火を見るよりも明らかなのである。

これについても春海は既に結論を出していたが、口にしたのは正之だった。

「朱印状だな」

正之の微笑みが、春海と正之の思案がぴたりと合致していることを告げていた。

「は……幕府が〝天文方〟を通していずれかの勢力に宗教統括の朱印状を下すのです。それができれば、多くの諍《いさか》いを未然に防げましょう」

春海が言った。朝廷が勅令を下し、幕府が朱印状を下す。それによって〝日本で最も公明正大な観象授時のための機関〟が設定される。

かつてない朝廷と幕府による協同文化事業である。これが実現すれば、朝廷と幕府が対立するどころか、互いにその権威を高め合い、盤石の統制、巨額の利益共有となる。

「厳密な料率を定めねばなるまい」

正之が最後の難問を口にした。頒暦による巨利を、どの勢力がどのように分配し合うか。幕府が利益を独占すれば必ず烈しい不満の声が上がるし、頒暦の勝手な分配につながる。ただでさえ幕府は徐々に文化統制の態度を強め、不適切な書籍の刊行を罰しているのである。正之が断行させたように山鹿素行の配流のようなことが、頒暦を通して頻発しないとも限らない。

しかも言論弾圧は、禁教令のようにはいかない。外国から来た宗教を追い出すのとは訳が違う。極刑をもって無理に抑圧すれば日本全国あらゆるところから不満が噴出し、その対応だけで頒暦販売による巨利を消費し尽くすだろう。改暦を行うことで、厄介な火種を幕府も諸藩も朝廷も背負うことになる。それでは何のための文化事業か分からない。

そうならないための頒暦料率はいかに。これこそ一朝一夕で定められるものでもなく、むしろ改暦実現の端緒において各種勢力に綿密な根回しを行うべきものだった。

まずはその最初の手はずとして、朝廷工作が実行に移された。

改暦の勅令こそ事業の最初の鍵《かぎ》である。朝廷には常に、幕府に対する反感が内在しているが、それを上手く緩和させながら、上奏に至るまでの道筋が慎重に検討された。

やがて年も暮れる頃、朝廷はこの改暦事業に対し、最初の返答を出した。

武家伝奏を介してもたらされたそれは、

「授時暦は不吉」

というものだった。

広間にいた。春海が正之と碁を打った部屋である。

上座の正之の前に、改暦事業に携わる四人がいた。正之に宛てられた朝廷からの返書の写しを、闇斎がみなの前で読み上げたばかりだった。正之がただ静かに瞑目して、あの深遠な坐相をあらわしているのとは対照的に、春海以下、改暦事業の中心たる四人全員、顔色がない。血の気が引くほどの怒りのせいである。

「不吉……？」

春海が震えながらその二字を信じがたい思いで繰り返した。

朝廷側の大意は、おおよそ以下の通りである。

授時暦は、元国のものであり、かの国の始元を司る暦である。そして元は日本に攻め入り、恐るべき元寇《げんこう》をもたらした国でもある。よってそのような国の暦を日本に適用させるのは、きわめて不吉なことであるので、帝は改暦の勅を下されない。

なんだそれは。馬鹿にしているのか。それが春海の偽らざる心情だった。安藤も島田も目をみはって宙を睨《にら》み、無言で同じ思いでいることをあらわにしている。

これが昨今の公家の常套《じょうとう》文句であり、旧慣墨守の態度だった。宣明暦というものがもはや誤差だらけの暦法と化していることになど一切言及しない。とにかく吉兆か凶兆か、神秘についての議論に終始し、その実は、変化への絶対的な拒否を表明している。

春海は膝の上で両拳《こぶし》を握りしめたまま気が遠くなるような思いに襲われた。怒りのあまり涙がにじんだ。よもやこんな返答が来るとは想像もしていなかった。

「屁理屈《へりくつ》こねおってッ、我らが請願を揉《も》み潰しおったッド阿呆《あほう》どもが！　だから八百年も学理衰える一方なのだ、あ奴等ッ！」

怒れば怒るほど江戸風の口調になる闇斎が、まず吠えた。

安藤も島田も言葉にならぬ唸り声で応じている。この数ヶ月の努力の全て、彼らが敬愛する主君の大願を、〝不吉〟の一言で片づけられたのである。普段は穏和な安藤ですら、怒り壮烈の眼差しであった。師の島田が、どうにか鬱憤を抑え、

「……相手が〝元寇〟を持ち出すならば、〝神風〟の伝もありましょう」

と反論の糸口を見出《みいだ》そうとするように口にしたが、闇斎はかぶりを振ってそれを止めた。

「無用の論争こそ、こ奴等の狙いですわ。吉だ不吉だと、ぐちゃぐちゃした話を延々続けられて、気づけば改暦のことは遠い彼方、でしょうな」

島田が呻《うめ》いた。そのまま沈黙が降りた。四人が四人とも、怒りを抑えるので精一杯だったが、やがて不思議なことが起こった。

起こさせたのは静かに目を閉じ続けている正之である。その存在が、いつしかみなの思念を一点に集中させていた。そしてそのことを沈黙のうちにお互いが察したのである。

春海が、この事業の指揮者としての責任感から、まず口に出した。

「機運は必ずや訪れます」

はっきり断言した。と同時に、この事業の発起人たる正之が、今なんの指示も下して来ていない理由を悟った。朝廷の返答に失望したのではない。今後、事業にとっての好機が、必ず訪れることを確信しているのである。

それを安藤も察知したらしい。大きくうなずき、

「ものの数年もかかりません」

と同意した。そして島田が、その後を続けて言った。

「いずれ宣明暦は蝕の予報を外しましょうな」

闇斎がにやりと笑った。

「その日こそ、宣明暦の命日や」

全員が正之を振り返った。いつの間にか正之も目蓋を開いて四人を見ていた。

「いかなる蒙昧であれ、日と月を、万人から覆い隠せるものではない」

正之が微笑んで言った。その一瞬で、四人は新たな決意を固めた。

もはや宣明暦という過去の遺物に対して何の敬意も抱かなかった。今後、日蝕か月蝕か、いずれかの誤報を犯すことは確かなのである。そのとき、日本全国の民衆が、宣明暦の無用さと、その無用の法をありがたがる朝廷の無学さを知ることになる。

本当なら春海はそんな風には思いたくなかった。それでは帝の権威低下を喜ぶことになってしまう。だがこれは、真っ先に改暦に賛同せねばならないはずの安倍家や賀茂家と言った、陰陽師や暦博士たちの責任だった。帝をあらゆる局面において守護し奉らねばならないはずの朝廷の者たちが、帝の面目を潰すことになるのである。そのことについても、四人の間で、もはや容赦はなかった。

その好機到来を見据えた上で、全員が改暦事業の継続を正之の前で誓った。

かくして、僅か一年足らずで春海たちは解散となった。だが誰も事業不能になったとは思っていない。以後、おのおの公務の合間を縫って、引き続き改暦に邁進する。四人が四人とも、血判でも押しそうな勢いだった。

「必ずや改暦成就すべし」

その合い言葉とともに、春海は会津を去り、大量の文書を抱え、奮然と江戸へ戻った。

八

江戸では、似たような気魄がみなぎっていた。

碁打ち衆の誰もが燃えるような闘志を抱いている様子に、春海はちょっと呆気にとられた。春海が会津に呼ばれている間に、義兄算知と本因坊道悦による、碁方を巡っての争碁が開始されていたのである。緒戦は引き分けに終わり、いよいよ白熱の勝負の始まりだった。

それと同じく碁打ち衆の心に火をつけたのが〝勝負碁〟の御上覧である。

なんと春海の不在の間に、義弟知哲と、あの道策とが、勝負碁をもって御城への初出仕を勤めたのだった。結果は、道策の後番五目の勝ち。将軍家綱様もその勝負を大いに楽しみ、興味深く見守られたという。

お陰で御城碁は完全に〝安井家と本因坊家の激突〟の様相を呈した。城内でも上々の評判で、粛々と政務が執り行われる江戸城内では珍しいほどの興奮をもたらしたという。

知哲も道策も、もうそんな年齢か。勝負碁の話を聞いたときの春海の最初の感想がそれだった。自分が碁のことをすっかり忘れていた間に、そんな大事な勝負があったなんて。そういえば義兄の手紙の中でそんなことが書かれていたような気もするが、毎日が授時暦との格闘であったため、それこそ遠い彼方だった。

春海のそんな心根をよそに、その年の日吉山王大権現社での碁会は活気に包まれた。多くの手を秘匿した。その緊張感が、職分を問わず人をわくわくさせるらしい。僧たちを相手に碁を打つ算知や道悦の周囲に、それはもう驚くほどの人だかりができていた。

春海はそんな賑《にぎ》わいの片隅で、一人ぼんやり坐って碁盤を眺めている。会津に呼ばれる以前に、義兄に言われて妻帯したのも、一つは正之の改暦事業の意図が働き、それとなく義兄を促したのは確かだが、義兄からすれば、そもそもこの勝負に備えてのお家安泰だった。

なのに、先ほどから、義弟である知哲に家督を譲る、という思案がいやに脳裏をよぎった。もし改暦が実現し、天文方が創設されれば、自分がその役職に就いて、碁は引退することになる。それをいつ安井家に伝え、また道策に告げるべきか。改暦実現の見通しが立たない今はそれこそ何も話すことができない。けれども自分の心はますます碁から遠ざかってしまっていた。そんな状態なものだから、

「算哲様」

と道策がやって来て、当然のように碁盤を挟んで座られると、どうにも腰が引けた。

「やあ、道策。お手柄だったね」

わざと知哲との勝負に勝ったことを誉めて、自分自身の話題を避けたのだが、

「ありがとうございます。次は、ぜひ算哲様と勝負がしとうございます」

こういうとき道策の真っ直ぐさは実に容赦がない。

「ぜひ一手御指南を」

などと言って、さっそく碁笥を手に取っている。しかも白石の方だった。春海を目上の者として立てつつの先番譲渡である。今や御城碁を立派に勤め上げた、次期本因坊家の筆頭たる身で、安井家の一員である自分に対し、こうも謙遜の態度を示せるのも、道策のひたむきさのあらわれだった。そういう態度をされて今さら断れる春海でもなく、どうにも頼りない心持ちのまま石を手に取った。そしてついつい、やってしまった。

ぴしりと天元に打ったのである。

打った直後に、あっ、と頭の中で変な声が湧いた。いつぞやの、亡父の打ち筋である初手右辺星下の再現である。しかも今回は、よりにもよって、あの保科正之が自分に見せてくれた、自分だけの秘蔵の棋譜に等しい、〝初手天元〟を見せてしまった。

この安井家の宿敵たる本因坊家の跡継ぎに、いったいどこまで塩を送る気か。

春海が自分自身に呆れ返るのをよそに、道策はなんとも形容しがたいきらきら輝く目で、

「初手天元……北極星、でございますね」

しっかり春海を見据えて言った。春海はどこかでその目を見た気がした。幼い頃、獲物を見つめて前屈《まえかが》みになる猫が、そういう目をするのを見てどきどきしたのを思い出した。

奪られる。この天才に打ち筋を吸い尽くされる。ほとんど降参する気分でそう思ったが、道策はそれよりもっとすごいことを言った。

「いつぞやも申し上げましたが、天の理は天の理。碁の理とは違うことを証明して御覧に入れとうございます。よって算哲様の、星に倣った打ち筋こそ、我が宿敵と存じます」

勝負の熱意に燃え上がるかのような道策の怜悧《れいり》たる相貌に、春海はちょっと見とれつつ、馬鹿みたいにぽかんとして聞き返した。

「敵……？　どういうことだい？」

「ぜひ上覧碁にて、この初手天元を打っていただきたく存じます。そしてわたくしが勝負に勝った暁には、この北極星たる初手を、葬っていただきたい」

なんと手筋の抹殺を宣言された。

思わずこの手は、将軍家御落胤たる保科正之によるものだと口にしかけたが、今さらそれを言っては、道策が可哀想だった。

何より、何の説明もせず、考えもなく、初手天元を打った自分が悪い。

「ま……待ってくれ道策」

「いいえ待ちませぬ。このような憎い星は、我が手で盤上から廃さねば気が済みませぬ。わたくしから師の道悦様にこのむねをお話しし、ぜひにも上覧碁にて決着をつけとうございます」

純情一途としか言いようのない道策の言である。純情すぎてごまかしも逃げも打てない。春海は完全に途方に暮れた。と思ったら、脇からさらに声が飛んだ。

「兄上様、私が代わりましょう」

安井家の鶴亀の一方、亀を思わせるふくふくした福貌の知哲である。澄ました面持ちで春海の隣に座り、たちまち道策がきっとなった。

「なんだと小三郎。なんと言った」

「三次郎様の御相手は私がしますと申したのです」

知哲は道策の一つ上で、互いに昔から幼名で呼び合う間柄である。そのため、それぞれ安井家と本因坊家の〝三の字〟として、碁打ち衆の間では親しまれている。

「兄上様の手の内を今から知ろうという魂胆、安井家としては見過ごせませぬ」

にっこり笑って知哲が言う。感情をあらわにする道策よりも、知哲の方が言葉は立つ。

「しかし算哲様はわたくしと……」

道策が抗弁する間もなく、春海をどかすようにして知哲が席を代わった。大いに助けられたと思いながらも、泣きそうな目つきで道策に睨まれひやひやしつつ、春海は二人の碁を見守るかたちとなった。道策が悔し紛れに強い手を連発し、知哲がじっくり陣地を守る様子を見るうち、ふとある考えが湧いた。

改暦についての妙案である。

(勝負だ。宣明暦と授時暦を、万人の目前にて勝負させるのだ)

朝廷に働きかけて改暦の勅を出させ、かつ幕府をも天文方創設へと動かすための一手。

宣明暦を葬り、授時暦を世に認めさせるための方策だった。その考えが鮮明となるにつれて鼓動が高まった。全責任は自分が背負わねばならない。とてつもない緊張に襲われながらも、これしかないという確信があった。

そして春海は碁会から帰ると、その確信を文書にしたため、正之に送っている。

ちょうど江戸に戻ってきていた正之は、すぐにその返事を寄越してきた。目の悪い正之に代わり、家老の友松勘十郎という、正之の側近の手による文書であった。

ちなみにこの友松は、正之の君命に従い、正之がなした幕政建議書のことごとくを焼いた人物である。後世、あらゆる幕政のおおもとが正之の建議に依《よ》っていると知られれば、将軍の御政道の権威を低めてしまう、という配慮からきている。友松からしてみれば敬愛する主君の生きた証しを焼くわけで、正之その人を火にくべるような思いだった。それでも悲痛に堪えて君命を実行してのけた。そのような側近中の側近たる友松が、

「大殿様はまことに良策と仰せである」

と書いてきた。これで春海の腹は決まった。己の全存在を賭《か》けて、宣明暦を葬り、授時暦を新たな暦法として立てる。これこそ、自分がこれまでの人生を通して望み続けた勝負であったのだ。春海はそう信じ、全力で勝負に勝つための準備を整えた。まさかその勝負が、己の人生ばかりか、事業に関わった全員に、最大の悪夢をもたらすことになるとは思いもよらなかった。

九

寛文九年になり、幾つかの出来事があった。

一月、あの富貴の方が正之の子を産んだ。正之にとって六男になる。正之は子に先立たれることが多く、この六男正容《まさかた》が、のちの三代目会津藩藩主となった。

そして四月、かねて正之が願っていた隠居が、ようやく将軍家綱によって認められた。二代

目藩主となったのは四男正経《まさつね》で、のちに正容を養子にして家督を継がせている。

これにより、晴れて自由に会津に戻れるようになった正之は、将軍家御落胤たる大名とは思えぬ、きわめて質素な行列を伴い、ひそやかに領地を見て廻った。二十年以上もの間、幕政を優先して藩に戻れなかった正之にとって、ようやくの慰安であった。今や藩主ではないのだから、お忍びに等しい行列であり、出迎える者とてない。ないはずだったが、どこからともなく、

〝大殿様が来る〟

という噂が立ち、それが村々へ知れ渡った。そして正之が領内に入るや、街道の両脇が、出迎えの民衆で埋め尽くされていた。行列の先触れも、この有り様に呆然となった。報告を受けた正之は、その場で駕籠《かご》の戸を開かせている。護衛の観点からすれば無防備も良いところだが、それが正之の生涯における民生の在り方だった。領民の方もそれを知っていた。見えぬ目をさまよわせながら正之がその身をさらしていることに気づくなり、街道を埋める民衆が一斉にその場にひれ伏したという。

〝会津に飢人なし〟

というかつてない偉業を成し遂げた君主に対し、決して派手派手しい歓呼といった、護衛の必要を生じさせるような騒ぎは起こさず、ただ、

「大殿様」

「大殿様」

と、ささやくような、むせび泣きの声でもって迎えたのであった。

このとき領内を廻った正之は、ある者の作った草鞋《わらじ》を誉めたらしい。それがまた、あっという間に村々へ伝わった。その日から次々に自作の草鞋を献上する者が現れ、ついには城の一室から溢《あふ》れ出すほどの草鞋の山になったという。正之はそのとてつもない数の草鞋を前に涙し、民生の志を忘れぬための品として、全ての藩士たちに配らせた。

そしてその草鞋を、春海も頂戴した。

江戸で安藤から渡され、〝大殿様お出迎え〟のくだりを聞かせてもらったのである。

以来、春海も安藤も、その〝大殿様草鞋〟をお守りのように扱い、もって改暦事業の励みとしつつ、着々と用意を整えていた。同年、その最初の成果が結実した。

春海、三十歳。

京でかねてから改暦に協力してくれていた松田順承と会い、ともに暦註検討の、最初の集大成を発表することとなったのである。

『春秋述暦』

という書である。春海と松田の共著で、春海の生涯初の書籍刊行である。

この、中国の春秋時代の暦日を詳細に検討してのけた書こそ、改暦の世論構築の初手だった。

続けて春海と松田は、さらに詳細な暦註研究の成果として、

『春秋暦考』

を用意し、翌年寛文十年に刊行している。立て続けの最新暦註の発表は、さすがに京の知識層の間で大いに話題となり、また物議を醸した。またこれに並行して、春海はさらに単独で、

『天象列次之図』

と題された、北極出地以来の、天測結果の集大成を発表している。これによって暦註研究の裏付けとして、入念な天測があることを知らしめたわけだが、また別の効果もあった。

天測結果の詳細な図案化によって、何年にもわたって春海が挑み続けていたものに、決着をつける意図があった。

かの建部の遺言に等しい大願、渾天儀の完成である。

京の生家で、春海はそれを初めて人に見せた。相手は闇斎でも光国でも伊藤でもない。

「まあ」

と、妻ことは、目を輝かせて、春海の手による星々の球儀に見入ってくれた。ちょうど春海が両手で胸に抱えられる大きさで、湿度による歪《ゆが》みを避けることから、ほぼ金属で出来ている。数百の星の位置を一個の球体において詳《つまび》らかにし、黄道、白道、二十八宿、主な恒星や惑星までも、ことごとくを渾大となした、一世一代の作であった。

「どうか、おことの手で、これを抱いてやってくれないか」

と春海は、ことに頼んだ。

「私が、ですか?」

ことは目を丸くしている。

「うん。お前にそうして欲しいんだ。さ、頼むよ」

春海に促され、ことは、おずおずと手を伸ばし、うっかり壊してしまうのではないかと怖れるような手つきで、そっとその渾天儀を抱き寄せた。そして、ことの胸にそれが抱かれた途端、

〝こうして……こう、我が双腕に天を抱きながらな……三途の川を渡りたいのだ〟

あの建部の声が鮮やかによみがえった。たちまち目頭が熱くなり、涙が噴きこぼれ、

「旦那《だんな》様？」

びっくりすることに、春海は泣きながら言った。

「ようやく……建部様の供養ができたよ。ありがとうな、おこと。ありがとう」

渾天儀を両手でしっかり抱いたまま、ことは、そっとかぶりを振って、

「ことは、幸せ者でございます」

はにかむように微笑んだものだった。

ひと月ほど後、新たに同じものを製作し、人に頼んで金箔《きんぱく》と漆で豪奢《ごうしゃ》に仕立てさせた。そうして献上された渾天儀を、光国が、ぶっとい双腕で抱きすくめていた。

「ぬう」

と、胸元の渾天儀を睨み、ものすごい迫力のこもった唸り声を発する光国に、春海は呆気にとられつつ震え上がった。咄嗟に光国がその渾天儀を気に入らず、ありあまる腕力で砕き散らし、ついでに自分を斬殺《ざんさつ》する光景がまざまざと脳裏に浮かんだ。

「あの……」

いったい何が気に入らないのか、勇を鼓して訊きかけたところで、光国の目がじろりと春海を見た。

「そなた、この一品をもって、歴史に名を残しおったな。しかもその若さでだ」

なんだか親の敵でも見るような目つきだったが、声には紛れもない称賛の響きがある。

「か……過分のお言葉にございます」

春海は慌てて応えつつ、

「うぬう」

渾天儀を両手で掲げて眺めながら唸る光国の様子に、

(悔しいのか)

はたと理解がついた。なんとこの暴気に恵まれた学問好きの御屋形様は、自分から渾天儀を所望しておきながら、それを完成させた春海に対し、猛烈に対抗心を燃やしているのだった。

そのくせ完成したばかりの渾天儀を受け取ってからずっと、様々な角度から眺め、なで回し、なかなか手放せず、ついには子供のように小脇に抱えて、

「星の次は、日と月ぞ。改暦の儀、なせるか?」

重々しく訊いてきた。正之から春海の人材吟味を頼まれた光国である。今までの経緯も全て知らされているのだ。春海は平伏し、きっぱりと答えている。

「必ずや成就いたします」

「水戸は、帝《みかど》こそ第一義ぞ」

光国は言った。改暦が朝廷の権威失墜になってはならないという警告だった。

それが水戸藩の特色であり、会津藩と対照をなす思想の相違だった。

会津藩および保科正之にとっては、将軍家こそ〝尽忠〟の対象である。だが水戸光国にとっては、将軍よりも天皇がその対象だった。そしてその両藩の思想の違いは、春海の生きる今から、数百年にわたり、変わらず受け継がれてゆくことになる。

「江戸幕府と朝廷、いずれにとっても慶賀の、また潤利たる事業にございます」

その点に関しては、繰り返し議論を重ねており、自信をもって答えることができた。むしろ将軍家と天皇家の共栄をなすものとして、改暦の事業があると信じていた。

光国は、ついに春海が辞去するときも渾天儀を抱いた姿のまま、

「生意気なやつめ。大いに名を残せよ。水戸がそなたを支援しようぞ」

と、なんとも嘘偽りのない言葉をくれた。

渾天儀を献上してのち、春海は、さらに光国から地球儀と天球儀を所望されてこれを製作している。光国の悔し紛れの所望とも言えたが、春海にとっては望むところで、

「本当に作りおった。星狂いめ。余から将軍に献上してやる」

と、のちに光国から、称賛と悔しさが一緒になったような言葉を賜っている。

それと並行して三つ目の渾天儀を製作し、北極出地をともにした伊藤に贈った。むろん金箔を貼ったような豪勢な品はさすがに用意できず、ことに抱いてもらったものと同じ造りである。

既に家督を子息に譲って隠居したばかりの伊藤は、その渾天儀を、こととも光国とも違う、

優しくいたわるような手つきで抱きしめた。

「ありがとう、安井さん。ありがとう」

目の縁に光るものを溜《た》めつつ、繰り返し礼を言った。前年に胃の病を患ったとのことで、ともに五畿《ごき》七道を巡ったときとは別人のように痩《や》せてしまった伊藤の貌《かお》を見つめながら、

「伊藤様から御教示いただきました、あの〝分野〟も、必ずや成就して御覧に入れます」

そう春海は告げた。できれば改暦のことも話したかったが、今はまだ事業が公示されておらず、勝手に明かせる段階にない。だがせめて、伊藤がかつて病に襲われた建部にしたように、励みとなる何かを一つでも多く贈りたかった。

けれども結局は、伊藤の方が、優しく春海を励ますように、

「頼みましたよ」

再三にわたり、言ってくれた。

老いと病を背負い、おそらく、もう天測の指揮を執っていた頃の健康を取り戻すことはないであろう伊藤の微笑みに、胸をつかれる思いがした。

「頼まれました」

ただ一心にそう誓った。何が何でもその言葉を守りたかった。正之の願いもふくめて叶えたかった。それこそ自分に与えられた勝負なのだと信じていた。

同年、冬。もう一つの勝負を春海は迎え、そして負けた。かねてから道策が公言していた、

「勝負碁の御上覧において、安井算哲様の初手天元を葬る」

という勝負である。どうにも逃げられず、いよいよ春海も覚悟を決めた。

寛文十年十月十七日。春海は、かの正之の民生の象徴たる〝大殿様草鞋〟を、さらしで腹に巻き、着物の内側に抱いて勝負に赴いている。そして道策の望む通り、初手天元を打ち、互いに歯を食いしばっての一局となった。

結果は、道策の白番九目勝ち。この勝負において道策の力量は疑いないものとなり、

（竜だ。ここにも竜がいた）

さすがの春海も瞠目《どうもく》し、かつて関孝和に抱いたのと同じ思いを味わったものである。

だが勝負が終わった次の瞬間、道策が一挙に緊張を失って深々と息をついた。よほど気を張っていたのか、いつもの凜然たる才気に満ちた姿はなく、前屈みに肩を落としたのである。

それを将軍様が見た。居並ぶ老中も、大老も見た。碁打ち衆も見たし、碁職を管轄する寺社奉行も見ていた。一方、腹に草鞋を抱いた春海は、負けてもなお残心の姿勢を崩さなかった。

これによって、

〝安井家に一日の長あり〟

と評された。安井家の碁は、勝負に負けても命を奪りに行く碁だ、というのが、春海と、そして義兄算知への称賛となった。

「ですが、約束は約束です。勝ったのはわたくしです」

勝負の後で道策はむきになって言った。今さら初手天元が正之の手筋であると言うこともで

きず、春海はなんだか道策が可哀想になった。

「うん、わかった。初手天元は封じ手にしよう。でも碁会で使うなら良《い》いだろう？」

「いけません。天元など碁において邪道です。いけません。許しません。禁じ手です」

顔を真っ赤にして道策が言い張り、結局、春海は初手天元を禁じられてしまい、

「じゃあ、来年の勝負碁で勝ったら、禁を解いてもらうというのはどうだろう」

春海の提案に、道策はこれまで以上に屹然《きつぜん》となって、激しくかぶりを振り、

「決して負けませぬ」

大いに断定した。

そして翌寛文十一年、春海は、記録にも残らぬ惨敗を喫した。

碁職にあるまじき悪手の連発だったが、それでも春海に同情する声が多かった。記録が残っていないのは、勝者であり棋譜を所有する権利がある道策が、その棋譜を破り捨てたからである。それは怒りからではなく、ひとえに、春海への憐《あわ》れみからだった。

その年、春海には不幸があった。

妻ことが死んだのである。

第五章　改暦請願

一

もとから蒲柳《ほりゅう》の質であったが、夏までずっと、ことは健康だった。急変したのは盆を過ぎた頃で、にわかに血を吐くようになり、医師からは胃の腑《ふ》の病と宣告された。透けるように白かった肌に、黒々とした腫《は》れ物が出来たというから、癌であったのかもしれない。医師による治癒が功を奏さないとわかれば、あとは死を待つ時間が残されるばかりである。春海はなおも懸命になって快癒の法を求めたが、ことは既に死を悟っていた。

「ことは嬉《うれ》しゅうございました」

と、これまで春海が、彼女のためにした願掛けや、贈り物や手紙、それ以外の日々の細々としたことに対し、いちいち礼を述べ、喜びを口にした。そして、

「ことは、幸せ者でございます」

そう繰り返し、最期のときにも、その言葉と弱々しい微笑みを残して目を閉じた。そのとき

は寝息を確認したのだが、寛文十一年の十月一日、ついに目覚めぬまま世を去った。

訃報《ふほう》を受けて駆けつけた義兄の算知に、連日の看病で憔悴《しょうすい》しきって幽鬼のように頭《こうべ》を垂れた春海は、ひどく力の抜けた虚《うつ》ろな声で、

「死なせてしまいました」

と告げた。

「お前のせいではない、算哲……」

だが春海は、算知が慰めるのも耳に入らない様子で、その場で土下座し、

「申し訳もありません。死なせてしまいました」

ただ、そう繰り返した。

「よしなさい。お前のせいではない。ことも、お前のような良人《おっと》を持てて幸福だったろう」

そう算知は言ってくれるのだが、

「まことに不甲斐《ふがい》なく……」

春海は心ここにあらずの様相で、譫言《うわごと》のように詫《わ》び続けるばかりである。

そこへ闇斎がすっ飛んできた。なんのためか。ただ一緒に泣くためである。闇斎はそういう人だった。

「お前の嫁御おことは、神になったのだ」

かつて父が死んだときと同じ事を言った。

「いつでもお前を見守っている。いつでも嫁御に会える。人の霊とはそういうものだ」

闇斎はそう言ってくれたが、春海は涙も出ず、呆然《ぼうぜん》としたままでいる。

それこそ自分の方が亡霊になった気分だった。そんな状態でも、ことの葬儀を済ませるとともに職務のため江戸に出府し、勝負碁を打った。そして本因坊家の俊英たる道策を相手に悪手を連発し、将軍様の御前で見るも無惨な敗北を喫したのである。

だが、もともと妻の健康祈願のために江戸中を巡り、城内で揶揄《やゆ》されるほど愛妻家として知られた春海である。家督を継ぐ者としては天晴《あっぱ》れな姿と言えた。それなのに妻をきわめて若く、また子もなさないうちに亡くしてしまった。春海に落ち度はなく、むしろ〝家の安泰〟という観点からすれば、必然、大いに同情の余地があった。

碁職にふさわしからぬ惨敗を喫しておきながら、失職することを免れたのもそのためだ。

だが当の春海にとっては、碁打ちの職分を失わずに済んだことへの安堵《あんど》など、ほとんど感じる間もなかった。それればかりか、さらに死が待っていた。

江戸にその年の初雪が降り積もった日。

北極出地をともにした伊藤重孝が逝去した。

労咳《ろうがい》らしいと噂で聞いたときはもう遅かった。慌てて見舞いに行くと、遺族は葬儀の準備をしていた。呆然としたまま弔いに参加させてもらい、義兄や安藤らの励ましも空しく心に響かず、幽霊のようにその年の暮れを過ごした。

春になって京の生家に戻り、ある晩、妻のいない一室で眠りに就こうとした。そこでふと渾《こん》天儀《てんぎ》を抱くことの姿を思い出した。いや、ほとんど手で触れそうなほど、眼前にその姿を見た。

目を見開いてそっと近づき、ゆっくり手を伸ばした途端、ふっとことが消えた。

消え去る間際、確かに、ことは春海に向かって微笑んでいた。その唇が、

〝幸せ者でございました〟

そう告げるのを見た。

暗い部屋に一人残されたまま、春海は妻が死んでから初めて泣いた。ことが抱いてくれた渾天儀を、己の腕で力任せに抱きしめながら泣き続けた。

ことに詫び、伊藤に詫びた。妻を救えなかった悲痛に震え、伊藤に約束した、あの〝日本の分野作り〟という大願成就を間に合わせられなかった情けなさに身を折って泣いた。

春海、三十三歳。度重なる死別の悲痛を抱えての、年の暮れだった。

これ以後、春海は、常に死者を見送る側となった。死者たちとともにあって、遺《のこ》されたものをただひたすら背負い続けた。それが春海の生涯だったといってもいい。その生涯において、死者の数は増える一方であった。


ひたすら事業に打ち込んだ。天測と授時暦研究を繰り返し、その没頭ぶりは、家人が声をかけるのをためらうほどの、鬼気迫る様子であったという。だが春海本人はそれこそ無我夢中で、周囲の人間が腫れ物に触るような扱いをすることにも、ろくろく気づいていない。

一方で春海は、義兄に、粗末な碁を打ったことを詫びる手紙を長々と書いている。算知は逆にそのことには言及せず、養生するようにとの返事をくれた。

寛文十二年の十月。

春海は江戸で御城碁を務めた。相手はやはり道策である。結果は先番十目の負け。勝負において一切の容赦を見せず、全力で攻めてくる道策の存在がありがたかった。というより、やっと死別の衝撃から立ち直る契機を与えてくれた。ふと気づくと、城で碁を打っていた、という感じである。そして碁のお勤めを終え、会津藩藩邸に戻るや、事業の準備がほぼ整っていて、ちょっと呆気《あつけ》にとられた。必死に整えたのは、むろん春海自身なのだが、なんだか今まで夢の中にいたような気分だった。およそ一年かけて、死別の悲痛を乗り越えたのである。

やっと平静を取り戻した翌日、春海は改めて伊藤の墓前に赴いている。そこで伊藤の冥福《めいふく》を祈り、事業成就を繰り返し声に出して誓願した。それから藩邸に戻り、どこへ行くにも携えていた、ことの位牌《いはい》に向かって、

「私は、幸せ者だ」

初めて、静かに微笑むことができた。

十一月、春海は、大老たる酒井忠清に指名されて碁を打っている。

春海が、ある書類を、保科正之に宛てて送った数日後のことだ。その書類を、正之が懇意にしている老中稲葉正則を通して、酒井も目にしていた。そのことを、なんと珍しいことに酒井本人が春海に教えてくれた。今や酒井は城内で比べる者とてない権威を誇り、

〝下馬将軍〟

などと、その家宅が下馬所の前にあることから、陰口を言われるほどになっている。

だが酒井本人に、権勢を濫用する様子は見られない。大名たちをはじめとして各界の権力者たちが、こぞって酒井に賄賂《わいろ》を渡したが、酒井はそれすら機械的に受け取っては、幕政安泰に費やしている。むしろこれまで以上に淡々と、己を一個の器械と化しめるようにして将軍家綱の治世を支えていた。それこそが酒井にとっての王道であり、若い頃から周囲によって受けた教育の成果だった。

「じきに、なるそうだな」

いつもの通り、訊《き》くともなしに酒井が口にした。春海はうなずき、はっきりと断言した。

「は……。宣明暦のずれは著しく、もはや完全に二日の後れとなっております。よって改暦の好機は間もなく到来いたします」

「八百年かけて、二日のずれか……」

酒井が呟《つぶや》いた。ひどく不思議がっているような声音だった。八百年と二日という単純な比較において、大したずれではないのか、それとも致命的なものなのか、判断がつかないらしい。

それどころか、なぜ春海が自信をもって断言できるのか、理解できずにいるのである。

その不思議そうな様子に、春海はおよそこれまで考えたこともない、酒井という人間の、愛《あい》嬌《きょう》のようなものを見た気がした。この人は、不思議なものに相対したとき、余計な理屈をつけず、ただ不思議だと思いながら眺める性分なのだ。素直と言えば素直、無関心と言えば無関心。

だが今、春海は、その酒井の態度にやけに人間味を感じた。

「お主の用意したものを見た。保科公にお主が送ったあれだ」

「は……」

「今後の算段は任す。将軍様への献上の段になれば、わしが取り持つ」

「恐悦至極に存じます」

「日と月を、算術で明らかにするか」

ますます不思議そうな酒井だった。かと思うと、やけに淡々とした、あるいは澄んだような目で春海を見た。

「天に、触れるか」

一瞬、酒井が微笑んだ気がした。不思議は不思議としてさておき、春海の刻苦勉励のほどだけはわかる。そういう感じだった。春海はなんとなく、あるとき突然、二刀を与えられて以来、初めて酒井という人に共感を覚えた。春海が算術に打ち込むのと同じように、あるいはそれ以上の使命感をもって、酒井もまた、幕政というものに心身を捧《ささ》げてきたのである。

そのことが、やけに心に迫った。時代の革新をもって幕府を支えてきた保科正之とは違い、長期安定をはかる保守正道の尽力こそ酒井の役目であり性分なのだ。

そしてどちらも、江戸幕府にとって欠くべからざる存在だった。革新だけでは置いて行かれる人々の怨《うら》みが政道の障りとなり、保守だけでは新たな世を求める人々の鬱憤《うっぷん》を招く。

戦国から泰平へ。その政道が将軍家綱のもとで完成しようとしているのも、ひとえに保科正之と酒井忠清という対照的な人材が、絶妙の立ち位置を保って尽力し続けたからではないか。

その二人からお言葉を頂戴《ちょうだい》できることが、名誉である以上に、今の自分を作ったのかもしれない、という実感が春海の中で湧いた。不遜《ふそん》なことを言わせてもらえば、父を亡くした自分にとって、どちらも父に等しい存在のような気さえするのだった。

「はい、酒井様」

春海はただ静かに頭を垂れた。

それからひと月あまりののち。予期されていたことが、ついに生じた。

寛文十二年十二月十五日。

年は壬子《みずのえね》、日は丙辰《ひのえたつ》。

月齢は望。即ち満月たるその夜。

宣明暦は、月蝕《げっしょく》の予報を外した。

〃月蝕あり〃としながらも実際には一分として蝕は起こらなかったのである。

一方、授時暦の予報では〃月蝕なし〃であった。いよいよ宣明暦の誤謬《ごびゅう》と、授時暦の精確さとが、日本全国、万人の眼前で明らかとなったのである。にわかに春海のもとへ改暦事業に関わる者たちから報《しら》せが届いた。

まず会津にいた安藤と島田が、同じ日付で、

〃蝕なし〃

との観測結果を報せてくれた。

京にいる闇斎、岡野井、松田からも、立て続けに手紙が来た。

〃改暦の機運、来たれり〃

どれもこれも、その気炎に満ちており、春海の昂揚《こうよう》を大いに煽《あお》った。

さらには、正之の側近たる友松勘十郎や、老中稲葉正則からも報せが来た。どちらも改暦の仕儀を開始するよう春海に命じるものであったが、しかし、それだけではなかった。

同時にそれらは、訃報だった。

一読した春海は、呆然と宙を仰ぎ、それから、ぎゅっと目をつむった。悲しみとともに、たとえようもないほどの事業への重責の念が降りかかってきたからだった。

宣明暦が予報を外した日から僅《わず》か三日後。

保科正之が、命を畢《お》えて世を去った。

二

保科正之の、死への準備は、特筆すべきものであった。

春海はその様子を、師の山崎闇斎や、友松、老中稲葉などから、悉《ことごと》に聞いている。

死の四年前、正之は〝十五箇条の家訓〟を制定している。これを発議したのは正之の側近である友松勘十郎で、

「大殿様の御子孫、また家臣ら、藩政を司《つかさど》る者たちが、大殿様ののち末永く守るべき教訓を、大殿様存命のうちに頂戴いたしたく存じます」

と正面切って要請したという。つまり、いつ死ぬか分からぬのだから、今のうちに藩の将来

の方針となるものをくれ、と当人に言ったわけである。並の君主なら不遜《ふそん》だと一喝しそうなものだが、正之はあっさり納得し、自ら草案に着手した。代わりに、というわけでもないのだろうが、このとき友松に、正之による幕政建議の数々を焼くよう命じている。

幕政の建議のあれもこれもが正之の構想だったことが後世に伝われば、将軍への敬意が損なわれる。そうなれば将軍様を戴《いただ》いての幕府による〝天下の御政道〟の障りとなる。だから焼く。

友松も友松で涙を堪《こら》えるあまり、だらだらと脂汗を噴きながら、反論一つせず粛々と己の崇敬する君主の生きた証《あか》しを火にくべていったという。君主の死を平然と口にする家臣、家臣に過去の勲功を焼かせる君主、これほど信頼の歯車が嚙《か》み合い、不都合なく回転するのも珍しい。事実、正之亡き後の会津藩主たちは、才気煥発《かんぱつ》な家臣の扱いで、たびたび失敗《しくじ》っている。

その二人による保科家〝家訓〟の起草および文飾を任じられたのが、闇斎である。

「あの保科公と友松殿やで。どんなご下命でも怖くて断れんわ。断りでもしたら、友松殿のことや、その日のうちに拙者の不徳とかなんとか言い残して、涼しい顔で腹を切りよるんじゃあないかと、こっちはびくびくものや」

のちに闇斎は、いつもの京都訛《なま》りともなんともつかぬ独特の調子で春海に話している。周囲の人間を振り回すことで有名な闇斎も、正之と友松が相手ではずいぶん大人しい。

そうして制定された十五箇条の家訓は、多くの藩主たちが遺した家訓とは一線を画するものとなった。まず第一条で、会津藩主は他藩に倣わず、ひたすら幕府に尽くせ、それができない藩主に家臣は従うな、と定めている。どんな暗愚な主君でも、誅殺《ちゅうさつ》したり見捨てたりしてはならない、という下克上否定の正之の思想からすれば、実に厳しい言葉だった。

さらに別の一条で、正之は〝民生〟たる社倉制度の永続を命じている。民生が藩政を支え、藩政が幕政を支え、幕府による天下の御政道が民生を支える、という国の理想を明らかにし、その秩序構築はあくまで法治・文治であるとした点が、正之が体現し続けてきた正義だった。

〝たとえ法に背いても、自己の武士道をまっとうすべし〟

といった武断の世の武士像を斬り捨て、

〝主君と同じく、法を畏《おそ》れよ。もし法に背けば、武士でもこれを有《ゆる》してはならない〟

と明確に定めたのである。

そして最後の第十五条で、再び君主について言及している。君主のために家臣と民がいるのではなく、家臣と民のために君主がある。正之の人生の結晶とも言える家訓だった。

また正之は、宗教面においても、己の死をもって根づかせることを試みている。

日本古来にして固有の宗教たる性《かむながらの》神道《みち》、すなわち神道の探究の成果として、正之は、己の葬儀を神道に基づいて行う用意を整えた。

死期の近づく寛文十二年の八月。自らの寿蔵地（埋葬地）を定めるため、家臣たちのほか、当代随一の神道家である吉川惟足《きっかわこれたり》とともに会津磐梯《ばんだい》山の猪苗代《いなわしろ》の地を訪れている。

この吉川惟足という人、もとは江戸日本橋の魚屋の息子である。

京に出て神道を学び、吉田神社に仕える卜部《うらべ》吉田家の神道を継承し、大いに発展せしめて独自の流派となした希代の天才だった。その才気と研鑽《けんさん》のほどはまさに抽《ぬき》んでて優れ、あの山崎闇斎が伏して師事を願ったといい、今では日本の神道家たちの筆頭と目されるに至っている。

その惟足を招いた際、正之は、このように問うたという。

「神の世の時代、民衆の情を得た政道、四海（世界）が安穏に治まった要領とは何か」

これに対する惟足の答えは、

「天照大神が世をお治めたもうた要領は、次の三つのほかにない。まず己を治めて正しくし、私をなくすこと。仁恵を重んじて民に施し、民を安んじること。多くを好んで問い、下情（世情）を精《くわ》しく知ること」

主君の滅私、民生主義による民の生活確保、そして詳細な世情把握、全てが正之の抱く治世の理想そのものだった。また、神の働きを意味する〝誠《まこと》〟、その働きに達するための〝敬《つつしみ》〟、実践の方法たる〝祓《はらい》〟、天地万物の本源たる神は、人間一人一人の内にも在るとする思想。いずれも惟足の大成した神道思想であり、正之をして心酔せしめ、大いに師事した。そして神道を究めること十数年、正之は惟足が驚喜するほどの境地に達し、ついには最高奥義である〝四事奥秘伝〟の授受の段を迎えるまでに至っていた。これは吉田神道が、神代のときより受け継いできたとされる神の法で、その全貌《ぜんぼう》は秘中の秘である。そしてその秘伝授受がなされ、

「土津《はにつ》」

なる霊号が惟足から贈られた。これが保科正之を〝土津公〟と呼ぶ由縁である。

土《はに》とは、神道において宇宙を構成する万物の根源であり、その最終的な姿を意味している。神と霊と人の心とを結ぶもので、神も霊も心も、結局は同じものが別の形をとっているのだ、

という道理をあらわす上で、なくてはならない言葉である。土たる理の一切を体得しえた会津の王——その霊名をもって、正之の存在そのものが神道の奥義を伝える一端となったのである。

そうして寿蔵地や葬法を定めて江戸へ戻り、運命の日たる寛文十二年十二月十五日を迎えた。

そのとき重い風邪で病床にあった正之は、友松の報せで、

〝蝕なし〟

という、かねて予測されていた一事が、ついに生じたことを知った。ちょうどそこに闇斎もいた。正之に請われて、六年余もかけて講じた朱子学の『近思録』の、最後の講義を終了したばかりだった。すっかり傷んだ書をたたんで、闇斎は、床に伏したままの正之と微笑み合った。

「終わりましたなあ」

闇斎が言うと、正之は何とか起き上がり、深々と礼をし、言った。

「ありがとうございました、山崎先生」

「保科様も、よう頑張りました」

闇斎も丁寧に礼を返し、目に涙を光らせながら、互いに数多《あまた》の学書を鳩首《きゅうしゅ》研鑽してきた日々を振り返って語り合った。

「六十一にして、方《まさ》に聖人の一言、吾《われ》を欺《あざむ》かざるの語を見得たり」

ぽつんと正之は言った。これは朱子の言葉である。

「大賢たる方でさえ、年功を積み、ようやく発明となっておられる。お陰様で、自分もこの歳になり、どうにか物事の推察ができるようになってきました。これはまことに幸せなことです。

ありがとうございました、先生」

そう言って再び礼をした。闇斎もその喜びを深く分かち合っている。己の死を前にして、互いに歩んできた道のりを振り返ることができる。そういう相手がいることこそ幸福だった。

そこへ〝宣明暦が蝕を外した〟との報がもたらされた。

「改暦の儀、いよいよの機です」

正之が微笑んで言った。生きて見定めることがないのを悟った上での言葉だった。

「必ずや、春海ならば謹んでまっとういたしましょう。この不肖の身も微力ながら尽力させていただきます。会津の算術の達人たちもいます。何も心配はいりません」

闇斎は涙ながらにそう誓った。

そして十二月十七日。死の床で、正之は、老中稲葉正則、およびその息子で、また正之の女婿でもある、稲葉〝丹後守《たんごのかみ》〟正通《まさみち》を呼ばせた。そして彼らに、こう言い遺した。

「気運に乗り、今こそ改暦を実現せしめよ。その方策の一々を、春海に主導させよ」

翌日、正之は、六十二歳の生涯を終えた。

三

会津藩家老の友松と、老中の稲葉正則、それぞれが正之の言葉をしたためて春海に送り、それらを受け取った春海は、しばらくの間、固く目を閉じて微動だにせずにいた。

からん、ころん。

幻の音がした。清々とした幸福の念に、深い悲しみの交じる音だった。と同時に、正之の優しげな笑い声が響いた。

（己に飽きた、は良かったな）

会津にいる間に、いつしか正之は春海のことを、「算哲」ではなく「春海」の名で呼ぶようになっている。というのも、春海自身が何かの折り、名の由来を告げたからで、碁職への飽きから己自身の春の海辺を欲する、という、親から受け継いだ家督を否定するような言い分にも、

（それでも家督を投げ出さず、出奔せず、家を荒らさず、出来る限り家業に励んだのは、まことに天晴れな心がけだ）

正之は面白そうに笑ってくれた。かつて正之は、徳川家から親藩の証しとして〝松平〟の姓を名乗ることを許されたにもかかわらず、自分を育ててくれた保科家を敬い、保科姓を決して棄てなかった人物である。だがそれでも、春海の飽きに対する苦しみや、自ら別の姓名を考案した心持ちを、ちゃんと理解してくれていた。

（己の家を棄てず、とらわれず、そなた自身が、春の海辺のごとくあれ。そしてそなたの暦法と事業を通して、武家の文明に春をもたらしてくれ）

正之はそう言ってくれた。最初の改暦の試みにおいて、天皇の勅令が下されず、何の成果もないまま江戸に戻らねばならなくなったときも、

（春は必ずや来る）

そういう励ましの手紙を、家老を通して送ってくれている。

改暦という、地にあって天意を知ろうと欲する挑戦の意志、その事業の全権、それらをことごとく不肖の自分に委《ゆだ》ねてくれた正之に、春海は固く報恩を誓った。

明けて寛文十三年。

春海、三十四歳。全精力を傾けての改暦事業、実行であった。

会津の安藤と島田、江戸の友松と稲葉父子、京の闇斎らと、密接に連絡を取り、改暦請願の文書を練りに練って用意した。天皇と将軍という、国を体現する存在へ差し出す文書である。一字一句に己の霊魂をやどらせるような気魄《きはく》がなければ、とても書けるものではない。ただの一行を定めるのに心身消耗すること甚だしかったが、同時になんとも言えぬ昂揚と陶酔があった。国事に心身を献《ささ》げんとする没我の思いを繰り返し味わいながら、たまらない緊迫と畏怖《いふ》、それらがもたらす滅々たる疲労を乗り越えての作業となった。

その一方で、授時暦研究の最終的な確認が行われた。

事業に関わる者たちの協力で、京、江戸、会津という、三都市同時の天測をもとに、その暦法の確かなることを執拗《しつよう》なまでに明白にしたのである。

さらには家業の碁も疎かにはできず、正月明けから春にかけての公家《くげ》や寺社との碁会にも通わねばならなかった。日に日に昂揚に疲労が勝ったが意気挫《くじ》けることなど想像もせず、正之の心意を承ったのだという思いが一層強烈に春海を衝き動かすようになっていた。

その間、闇斎や吉川惟足、会津藩家老の友松などが、また別の事業に尽力している。

正之の葬儀であった。

将軍家綱は、保科正之の冥福を祈るため、七日間の歌舞音曲の停止を江戸市中に命じた。

玉川上水の開削の推進、明暦の大火ののちの民生都市の建設など、果たして江戸の民は、正之の功績を知り、称《たた》えたろうか。ただ黙想の七日をもって、江戸は、武断の世を退け、文治の世を推し進めた偉人を弔った。

寛文十二年の十二月二十二日には、正之の遺体は会津へ運ばれている。

そして葬儀が行われたのは、実に三ヶ月後のことだった。異様なほどの遅延である。

理由は、正之の〝神式の葬儀〟が今さら幕府の方針と衝突したからで、幕府としては〝禁教令〟に基づき、切支丹排除の貫徹のため仏式葬儀が通例だった。とはいえ、本来、神式こそ日本人の葬法である。しかし神道の葬儀を正しく理解する者が幕閣にいない。寺社奉行にすら文化理解を任務とする役職がなく、それが問題をややこしくした。

逆にこれがきっかけとなって、のちに文化事業を主眼とする役職が立て続けに創設されるのだが、このときは、正之の葬儀を巡って、老中稲葉と吉川惟足の間で激論となったという。

葬儀の全権を任された友松などは、幕府から死罪を命じられようとも弔いの儀をまっとうすると宣言した。他の者ならまだしも友松ならば本当にやる。それがみな分かっていた。

最終的には、正之が神道奥義を伝授されたことを示す証文が幕府に提出され、決着となった。さすがに幕閣の面々も納得せざるを得なかったらしい。もし強硬に神式の葬儀を禁じては、全国の神道家たちから幕府の弾圧とみなされ、どんな不満を醸成するか知れない。

よって幕府としては奨励できないながらも正之の葬儀を〝黙認〟することが決まった。

なお、大老酒井および将軍家綱は、この紛糾の最初から最後まで何の指示も出していない。はなから幕府と関係のないこととして事態の悪化を未然に防いだのだろう、と春海は思う。ここでも歌舞音曲停止と同じく、幕府は沈黙をもって正之を弔ったわけである。

そうしてようやく保科正之の埋葬の儀が執行された。霊碑には『土津神墳鎮石』、墓標には『会津中将源君之墓』と刻まれた。さらに友松が奉行となって〝土津神社〟が創建され、幕府黙認のもと、初代会津藩藩主にして将軍家御落胤《ごらくいん》たる人を祀《まつ》る、異例の神社建立がなされた。

その同時期。春海の担う事業も、いよいよその緒に就いていた。

寛文十三年夏。

宣明暦を廃し、授時暦への改暦を行う請願を、朝廷と幕府に提出したのである。

春海が三十四歳のときであった。

四

『欽請改暦表』

というのが、朝廷に上表された文書である。

欽《つつし》んで改暦を請う、というその表題の直後に、『臣算哲言』と、全責任と全執行の裁断が安井算哲こと春海にあるのを明記している。

実にこのたった九字をもって春海は一介の碁職としての身分を跳躍し、天皇という宗教および文化の最高峰の眼前に名を晒《さら》したわけである。

『暦也者用天道　頒諸天下　以為民教者　有在于此　臣雖非其任　而不免僭越之罪　伏冀農民無失耕桑之節也　実惶実恐　頓首頓首』

天の道を用いて暦を天下に頒布し、もって民を教育する、自分はそのような任に非《あら》ず、僭越《せんえつ》の罪は免れずといえども、このままでは民が農耕の時節を失うことから、まことに恐惶《おそ》れ、頓《とん》首《しゅ》しつつ、ひれ伏して冀《こいねが》う――

そのような前文ののち、神武《じんむ》天皇、推古《すいこ》天皇、持統《じとう》天皇、清和天皇と、過去に天皇が命じてきた改暦について語りつつ、宣明暦に言及している。

『近歳試立表測晷　正知冬至夏至之日　宣明之暦法後天二日　暦数一差即諸事皆差　農桑過時耕穫失節　月之大小　日之吉凶　無一可者　其誤不可勝言矣』

近年、晷《ひかげ》（日時計の影）を測定し、まさに冬至と夏至の日刻を知り、宣明の暦日との間には二日もの後れがあることが明らかとなった。かくては農耕や収穫の開始の時節が失われ農事に不都合が生じて凶作となるばかりか、月の大小という万民の生活の尺度、日の吉凶というあらゆる宗教的根源が、全て無に帰してしまう。

『今幸逢　上聖達于天文者岡野井玄貞　精于暦学松田順承　其餘間有之　仰冀與通星暦之学者議之論之　審正暦象』

だが今さいわいにも岡野井玄貞という天文の達者、松田順承という暦学者がおり、彼らのような者たちに、正しい暦法を議論し、審正して下さるよう、仰ぎ冀う――

と、ここで内裏でも名高い岡野井と松田の名を出すことで、江戸主導の改暦ではなく、あくまで京と江戸、朝廷と幕府の協同事業であることを強調している。

そうした文言ののち、暦法が革《あらた》められることによって、万民はいよいよ農事と宗教と暦法の完全一体となることによって豊饒《ほうじょう》となるとともに、後世を助けることになる、これこそ、

『此聖教之先務　王者之重事』

古来の聖教の務めであり王者の重大事であるということを、ひれ伏し頓首しながら勇気を振り絞って謹言する次第である、という語句をもって結びの一文としている。

そして末尾に、

『寛文十三年　歳次癸丑　夏六月中旬　臣安井算哲　上表』

再びその名を記している。

幕臣としての肩書きはまったくない。将軍の意がどうであるとか、これが幕命に等しいとか、そもそもの事業の発起人が将軍家御落胤たる保科正之であるなどといった記述は一字としてない。そしてそれこそこの改暦事業の重要な点だった。

安井算哲という一介の碁打ちにして算術暦学の人が、朝廷と幕府とに同時に呼びかけ、協同の事業として改暦を行うよう請願する。

ときの帝《みかど》は霊元天皇、将軍は四代家綱。この両者の前で、春海はまさにただ一個の人間であらねばならなかった。何の後ろ盾もなく、いかなる勢力の後押しもない。よって事業開始にお

いて朝廷と幕府がせめぎ合う要因は一切ないのだということを身をもって示す。

ただ天と地との間に立って星を測る一人の人間としての、丸裸での請願だった。


さらにもう一つ、示さねばならないことがあった。

頼るべきは最新の暦法たる授時暦であり、それが最大の公正を民にもたらす、という点である。その暦法こそ、いかなる政治的意図をも超越した、真正たる改暦事業の根拠だった。またその暦法を採用することが天皇と将軍の権威を同時に守り、高めるということを端的に証明してのけねばならない。

そのすべてとして春海は以前より自ら考案した一つの方策を用意していた。御城における勝負碁から発想されたもので、生前正之にも是非を伺い、全面的に肯定されている。

上表によって天皇の改暦勅令が下されるのを請願するのとほぼ同時に、春海はその方策を文書化し、まず老中稲葉を通し、大老酒井に、将軍家綱に献上している。

稲葉も酒井も、既にその方策については生前の正之とともに知っていたが、実際に完成した文書を見るのは初めてだった。

『蝕考』

と題された文書である。

『往歳略之』

すなわち、暦の要点を略記したものであり、またこの要点というのは、宣明暦が誤謬を犯した〝蝕〟についての予報を意味している。

いついかなる蝕が起こるか。既にある宣明暦の予報とともに、授時暦による予報を併記したもので、より真正なるをはかって大統暦という明国で用いられていた暦による予報も記した。

『癸丑至乙卯　三歳之間　以宣暦推攷之　日月当食者六』

寛文十三年の癸丑の年から、三年先の乙卯の年に至るまで、宣明暦によって予報された日月の蝕は、全部で六回。

今年、六月十五日。癸丑《みずのとうし》の日。

同年、七月朔日《さくじつ》。戊《つちのえ》辰の日
甲寅《きのえとら》の年、正月朔日。丙寅の日。

同年、六月十四日。丁未《ひのとひつじ》の日。

同年、十二月十六日。乙巳《きのとみ》の日。

乙卯《う》の年、五月朔日。戊子の日。

一つ一つに、授時暦と大統暦による予報をぶつけ、どの暦法が真に正しいものであるのか、万民の眼前で〝勝負〟させるのである。

裁定者は人ではない。天であり、日と月であり、宇宙に浮かぶ一個の球体たる地球である。これほど公正で、これほど規模甚大な勝負もない。

むろんこのときも、

『寛文十三年夏日　安井算哲　謹攷焉』

としか末尾に記していない。

事業協力者たちの連名すらなく、老中や大老の意などかけらも見当たらない。

事業の支援者である水戸光国の存在、惟足や闇斎ら神道家たちの賛意、正之の遺志を継ぐ会津藩のことも何も載っていない。

まさに乾坤一擲《けんこんいってき》の書である。

陰陽術《おんみようじゆつ》の万象八卦《はっけ》において、乾は〝天〟、坤は〝地〟を意味する。

今、天地の狭間《はざま》に、ただ己一個を擲《なげう》って、春海一世一代の勝負が始まった。

五

元号が改まり、寛文十三年から延宝《えんぽう》元年となった。

初秋、春海は江戸にいて、麻布の礒村塾を訪れている。

二十二歳のとき初めて訪れてから十二年。最後に訪れてからは実に四年半ぶりの訪問だった。ここしばらく、ひたすら京と江戸を往復し、改暦事業の開始に奔走していたが、久々に自由な時間を得ることが出来た。そしてまた春海が上表を行ったのとほぼ同時期、あの村瀬義益が、

『算法勿憚改《ふつたんかい》』

という算術書を出版していたのである。

世の算術のいかなる誤謬も、〝改めるに憚《はばか》ること勿《な》かれ〟と謳《うた》った書だ。

いかに高名な算術家たちが遺し、さらに一般認知されるに至った術理問答であったとしても、誤りがあれば遠慮せず正す、それが算術というものだ。そう断定し、また呼びかけていた。ゆえに術理の〝証明〟に力を注いでおり、特に勾股弦《こうこげん》の法においては、なぜ勾の平方と股の平方の和が弦の平方の値に等しくなるのかを完全に解明するに至っている。そのためこの書によって、日本で勾股弦の法がごく一般的な常識となるであろうことは間違いなかった。

まさに今の春海の心根にぴったり合致し、畏《おそ》れ多くも帝と将軍様に上表を奉った身に大いなる勇気を与えてくれる書なのである。

是非とも出版を祝いたかったし、算術について語り合いたかった。

そして自分の事業に関して、一つだけ、村瀬に頼みたいことがあった。

そんなわけで、いつものごとく安藤から干し柿をもらって会津藩藩邸を出た。途中で魚売りの女たちから、鯵《あじ》とかなんとか言われて正体不明の干魚を買い、荒木邸の門をくぐった。

塾の玄関の戸はいつものように開けっ放しである。

塾生たちで混み合う時間帯を避け昼前に来たので誰もおらず、履き物もない。

玄関先に荷物を置きつつ村瀬を呼ぼうとして、壁に貼られた難問の応酬に目がいった。

途端になんとも言えない温かい思いがじんわり胸に染みこんでくるようだった。

会津に召致されてからというもの、改暦事業抜きで純粋に算術のことだけを考える余裕などまるでなかったのだが、今こうして塾生たちの問答を目にすると、ここしばらく縁のなかった、算術を楽しもうとする自由闊達《かったつ》な気分がにわかに甦《よみがえ》ってきた。

いそいそと二刀を腰から引っこ抜いて玄関に置き、懐から算盤を取り出した。ほぼ何も考えずに玄関先の地べたにそれを広げ、浮き浮きしながらきちんと正座し、壁一面の難問の群れを見上げた。なんだかそれだけで幸せな気分になりながら、手早く算木を並べ、ひょいひょいと解いていった。初めて塾を訪れてから研鑽を欠かさず術理修得に励んできた春海であるが、中には咄嗟《とっさ》に解けない難問もあり、三つか四つも解いたら村瀬を呼ぼうと思いながらもやめられなくなって、

「けっこうな問題を出すじゃないか」

嬉しげに独りごちつつ五つ六つと解き、解けぬものはしっかり暗記し、大いに幸せなひととときを味わっているところへ、いきなり叱り声が飛んできた。

「これッ！」

突然のことに驚いて腰を浮かし、なんとも中途半端な姿勢のまま、ぽかんと間抜け面をさらして声の主を見た。

ほんの一瞬、箒《ほうき》を逆さに構えた、綺麗《きれい》な娘を見た。屹然《きつぜん》と眉《まゆ》を吊《つ》り上げて警戒の念をあらわにする初々しい娘だった。この塾に邸宅の敷地を提供している荒木氏の末娘であり、春海が金王八幡の神社で初めて出会ったときの十六歳のままの姿だった。

最後に会ったのは、春海が北極出地の旅に出る直前で、十二年も前のことだ。

が、その幻はすぐに消えた。

代わってそこには意外なほど大人びた、そもそも箒を手にしてもいなければ、眉も吊り上げ

ておらず、くすくすと、おかしそうに笑っている、えんがいた。

「お久しぶりです、渋川様」

いかにも落ち着いた態度で言った。どこか懐かしんでいるような嬉しげな調子が声にこもっている。以前と変わらず、あるいはもっと綺麗になったような彼女に、春海はまだぽかんとしたまま見とれた。それから春海も微笑んで膝《ひざ》をはたきつつ立ち上がり、

「やあ、久しぶり」

これまた昔と同様、あるいはさらに輪をかけて朴念仁の見本のような挨拶《あいさつ》をした。

えんはまだ笑いながら、

「昔、地べたでお勉強をしたり腹を切ろうとしたりするのは、よそでして下さいと申し上げたこと、覚えておりますか」

「うん、まあ……すみません」

「私こそ、あまりにお変わりないので、つい失礼を致しました」

てっきり昔のような叱責口調が次々に飛んでくるのかと思ったら、そんな風にいたずらっぽいような調子で言われた。

春海は思わずえんという字を色々と連想した。円みの円か、婉《えん》なる風情か、それとも艶《えん》か。

本人はお塩の塩が良かったと言っていたっけ。実際は、延べるの延のはずだったが、けれどもなんとなく縁を感じる、という意味での縁の字も思いつく。

「いや、私も失礼した。ずいぶん長いこと塾に来ていなかったものでね。ついここの問題が面

白くてやってしまいました」

ぼんやり応《こた》えながら頭をかいた。確かに春海の髪形だけはこの十年もの間あまりに変わりがなく、恥ずかしいのを通り越してすっかり開き直っているつもりだったが、やっぱりこうしているとかなり気恥ずかしかった。

「そんなことを仰《おつしや》って、ご自分のお宅でも、同じように奥方様に叱られているのではないのですか」

ちょっぴり意地悪そうにえんが言う。

「いや――」

言われてみれば確かに、ことの前で地べたに座って算盤を広げたことがあったような気もする。だがことの場合は叱るというより可哀想なくらいびっくりして狼狽《ろうばい》するのが常で、旦那《だんな》様、旦那様、と慌てる妻の声を思い出し、かすかに愁いが胸をかすめた。

「妻はなくてね」

えんがきょとんとなり、

「でも村瀬さんから、京でご婚礼を挙げられたと伺って……」

「亡くしてしまったんだ」

「まあ……」

「一昨年の冬にね。もとから丈夫でなかったが、胃の腑の病に罹《かか》ってしまった。なんとかしたかったが……何もしてやれなくてね」

「それは……存じませんでした。お気の毒様に……」

「まったく面目もない話だ」

つい反射的に詫びるようにして頭を下げていた。愁然たる思いが自然と己の声に滲《にじ》むのがわかったが、かつての悲嘆のあまり朦朧《もうろう》と魂が抜けたような調子ではなかった。いつの間にか死別の悲哀を静かに語れるようになっていた。

「あなたのせいではありません、渋川様」

慰めると言うより、事実を述べるようなえんの言い方だった。口調は大人しめだが、やけにきっぱりとした表情である。ほんの一瞬、その綺麗な眼のどこかに、気の強い娘の頃のえんが現れたようで、春海はまた頭をかいた。いつまでもどうしようもないことで後悔を引き摺《ず》るものではないと、暗に叱られているのかもしれないと、ちょっと思った。

「うん……。ところで、えんさんは、何かの用でこちらのお宅に?」

「父母に会いにです。あと、塾の様子を見たり。普段は、石井の家で……私が嫁いだ先の家が、親切にしてくれていまして、とても不自由なくさせて頂いています」

その妙な言い回しに春海は首を傾げ、

「不自由なく、ですか」

相手の言葉を芸もなく繰り返した。

嫁いだという割には、なんだか他人の家に厄介になっているというようではないか。すると、えんは別段声をひそめるでも翳《かげ》りを帯びるでもなく、はっきりとこう言った。

「良人《おっと》を亡くしたものですから」

なんと同じく一昨年、公務で出た旅先で病に罹って亡くなったのだという。今度は春海が胸を衝かれたようになり、慌てて言った。

「それは……ご愁傷様です……。良縁とお聞きしていたが……」

「ありがとうございます。実際、良い人でした。近頃ようやく落ち着きまして……石井家も、とてもよくしてくれておりますし」

「それは、何よりです……」

「はい」

そこで言葉が途切れた。

話題がなくなったというより、不思議な沈黙が降りていた。無言のうちに伴侶《はんりょ》を失う悲嘆を共有するとともに、いい歳の男女が、いっとき青年と娘に戻ってそこに佇《たたず》んでいるような、妙に気分が落ち着くかと思えば、どこか胸が騒ぐ感じもするような雰囲気である。

「これは何の魚だい渋川さん？」

いきなり声が起こった。春海もえんもびっくりして玄関先を振り返ると、いつの間にか、というよりかなり前からそこにいて二人を眺めていたらしい村瀬の笑顔があった。

「……確か、鯵《あじ》と言ってました」

「ふうん、鯵」

髷《まげ》に白いものが交じるようになったとはいえ、むしろその分、年季の入った男前を披露するようにますます洒落《しゃれ》た着崩し方をするようになった村瀬である。干魚の包みを手に取り、当然のように微笑んで言った。

「じゃあ飯にしようか」

「あんた偉いね、渋川さん。いつだって土産を持って来るし、大した勝負を塾に持ち込んでくれる」

やけに上機嫌の村瀬が大盛りの茶碗《ちゃわん》をえんから受け取りながら言った。食膳《しょくぜん》に箸《はし》を運ぶ傍ら、もっぱら村瀬の眼は春海が持ってきた大きな紙片に注がれている。

春海が将軍様に献上した『蝕考』の抜粋だった。三年間六回分の蝕について、宣明暦、授時暦、大統暦の三暦を競わせた、勝負の一覧である。

今日、春海が塾を訪れた理由の一つがそれだった。算術勝負とは違うが、その術理は同じであるのだ、ということで、塾の玄関先の壁にこの紙を貼らせて欲しかった。

この事業において民意は不可欠で、既に春海は闇斎や惟足ら、また幕閣の面々を通じて、この『蝕考』の勝負を出来る限り広く民衆の目につくようはかっている。塾での貼り紙はその方策の一環だった。だがむろん、春海の真意には別の面もある。というより、いざ塾に来てみればそちらの思いの方が一層強くなり、他の目的などどうでもよくなりそうな始末だった。

関孝和。

以前と変わらずこの塾では〝解答さん〟あるいは〝解盗さん〟の異名で通っており、たまに塾を訪れることは村瀬から聞いていた。その関孝和に、この事業を、春海の大勝負を見せたかった。そしてその上で、関孝和に三度目の勝負を挑みたいと願っていた。

具体的にそう村瀬に告げたわけではなかったが、

「三暦並べての蝕の予報とは恐れ入った。暦法はまさしく算術の難題だ。俺も門下生も文句は言わん。関さんだってきっと算術の出題と同じくらい興味を持つだろう」

そんな風にさらりと関についてロにしてくれた。いずれ春海がみたび関に出題することをあらかじめ許してくれていた口調だった。

「ありがとうございます」

箸と茶碗を置いてきちんと礼をし、

「良《い》いかい、えんさん?」

と真面目に訊いた。

「なぜ私に訊くのです」

えんは呆《あき》れた顔で箸を運び、

「私が決めることではないでしょう。もう荒木家の者でもないのですし」

けっこうにべもなく言いつつ、昔通りしっかり春海の持参したものを食べてくれる。

「ところで、これ、本当に鯵なのですか?」

むしろこちらの方が重大だというような調子で、食べるときだけは娘のときのまま可愛らしいような姿を見せつつ問い返してきたものである。

「まあ……多分」

「鯵にしては小さ過ぎませんか？」

「最近じゃ小振りのを擂《す》り潰《つぶ》して団子にするらしいぞ」

村瀬が答えになっていないようなことを言う。えんはえんで疑問を呈しつつも遠慮無く食べてくれるので、春海はなんだか勝負の貼り出しを許されたことよりも、ほっとなっている。

食後に春海が持参した干し柿をみなで食べながら茶を頂いていると、

「そろそろ良いかな」

村瀬が呟いて席を立った。奥の自分の部屋へ行ったかと思うと、手に一冊の稿本を持って戻ってきて、春海の前に置きつつ言った。

「飯の前に見せると、何も喉《のど》を通らなくなりかねんからな。関さんの新しい稿本だよ」

たちまち春海は凝然となってその書に目を奪われた。

息をすることすら奪われそうなほど微動だにせず凝視した。己の目に喜びの輝きが躍るのが自分でもわかったし、また己のおもてに畏敬の緊張が漲《みなぎ》るのもわかった。ただしその己の様子を、えんが楽しげに見つめていることには気づかなかった。

「ここで開くなよ、本当に動けなくなっちまう。まったく凄《すご》い代物でな、俺は出版すべきだと言ってるんだが、関さんはそんな銭はないの一点張りだ。それじゃあんまりに勿体《もったい》ないんで少しばかり銭を貸そうと思ってるくらいさ。どうだい、持って帰って写すかい？」

「はいッ」

呑《の》み込んでいた息をいっぺんに吐き出すように言って、手を伸ばしかけ、

「……良いだろうか？」

中腰で、えんを振り返った。

「ですから、なぜ私に訊くのです」

「いや、まあ……」

「お持ちになればよろしいでしょう。あなたに読んでもらえることを、きっと関さんも喜ばれると思います」

「喜ぶ？」

「はい」

えんがにっこり笑って断定した。春海はその笑顔にちょっと見とれた。不思議なことに、むしろ、えんの方が喜んでいるような気もした。わけもなく春海は萎縮《いしゅく》したようになって、

「では、謹んで……」

と稿本を胸に抱えた。

「三暦合戦の方は、糊《のり》を貸すから適当に貼っておいてくれないか。後で俺の方で一筆書いておこう。俺はそろそろ近所の子供に算術を教えに行かなきゃならん」

そう言って村瀬は自分の部屋へ引っこんで教書の用意をし始め、春海は馬鹿でかい紙を壁に貼るのを、えんに手助けしてもらった。紙の角を綺麗に指で伸ばして貼りつけ、えんとともに己の一世一代の勝負を眺めた。たちまち怖さが襲ってきたが、今はその怖さを押し返してくれ

るだけの使命の念があった。自分一人の勝負ではなく、あの保科正之の心意でもあるのだと、うっかり、えんに話しそうになったが、その前にえんがこんなことを言った。

「関さんも、これを見て喜ばれると思います」

「あの……」

「はい」

「なぜ、関殿が喜ぶと……？　私などが……」

「御本人からお訊きしてはいかがですか」

「うん、まあ……」

それこそ、この十二年もの間、春海があえて解かずにい続けた難問だった。

かつて自分がここで誤問を貼り出したとき、関孝和がそれを見て笑っていたという。しかも嘲笑《ちょうしょう》していたのではなく、嬉しげですらあったと、他ならぬえんから聞いていた。

えんの言う通りにしよう。関孝和に会いに行くのだ。ただし改暦の事業ののち、みたびの出題をしてからだ。それだけのことをした上で会う。万が一、その出題が誤問であったとしても会うべきだった。そこまでしてなお会えぬのならば生涯無理だろうと直感的に理解していた。我ながら不思議なほどの意気地のなさ、あるいは頑迷さ、潔癖さだった。

そのことを口にしようとしたのだが、そこで予想だにせぬことが起こった。

「えんさんは関殿のことを好いているのかい」

なんとそんな言葉が転がり出た。いったい己の中のどこにそんな言葉が存在していたのか皆目わからない。言った後で自分の方がぎょっとなり、呆然となった。

だが、えんはしごく当然の顔のまま、

「私を幾つだと思っているのです」

ぴしりと窘《たしな》めるように言った。

確か今年で二十八のはずだと春海は律儀に頭の中で計算している。えんは、そこらの浮ついた商家の娘たちと一緒にするなというような、武家の娘としてはきわめて自然な態度で、

「私が初めてお会いしたときは既に妻女のある方でしたし」

春海の言葉自体はまったく否定しなかった。ところが、続けてこう言った。

「あなたのお陰で、分不相応にも関さんに出題しようという気もなくなりました」

これは女だから不相応というわけではない。今どきは、そこらの村の娘ですら算術を学ぶ。純粋に算術の腕前のことを言っているのだとわかったが、自分のお陰というのがさっぱりわからなかった。

「……なんでなんだい?」

訊きつつ、昔のように、存じません、の一言ですっぱり斬り捨てられるのかと思ったが、

「いつの間にか、あなたの出題を見ている方に興味を惹《ひ》かれましたから」

などと、なんだかやけに嬉しくなることを言ってくれた。

「なにしろ人様の家の玄関先で、腹を召そうという傍若無人の方ですし」

と付け加えられ、春海は頭をかいた。御城でもすっかり名物になった中途半端な髪形がまた

もや気恥ずかしくなる一方、別の思いも湧いた。もし改暦事業が成就すれば士分に取り立てられるのは確実である。束髪が許され、晴れて二刀が下賜され、恩賞加増とともに江戸市中に邸宅を与えられる。今の今まで事業をいかに成就させるかばかり考えていた。そもそも妻を亡くした男が今さら士分邸宅を得たところで持て余すだけで、自分には算術修得と事業成就に傾倒する念さえあれば十分だと心のどこかで割り切っていた。

師の山崎闇斎などからは、かえって、

〝人の生は器械ではない。身中の心を殺しては、神の誠もない〟

などと怒鳴られそうな心境である。仏教は世を無とし、儒教は無が四徳たる仁義礼智の働きに変わるとするが、神道はもっと悠然と生と死を肯定する。死別ののち残された者の新たな人生を後押しし、決して、世は無常だとも、過去に殉じろとも言わない。

春海は、今このとき初めて、勝負が成就してのち自分が得るものを思い描くことが出来たわけである。そして、またぞろ問おうとも思わなかった問いが、ころんと口から零《こぼ》れ出た。

「あの私の誤問を、君はまだ持ってくれているのかい？」

素直に答えてくれるかと思ったら、今度こそあの返答が来た。

「存じません」

言いつつ、微笑んでいる。

「では、この勝負に勝った暁には……」

春海は、貼り出された『蝕考』を見やり、えんを見やり、急に言葉が続かなくなり、

「良いだろうか」

なんとも曖昧《あいまい》な訊き方をした。が、えんが問題にしたのは別のことだった。

「今度は三年も待たせるのですか？」

いい加減にしてくれと言わんばかりに怒られた。いや、既に今年の分は〝明察〟だったし、三年先のは五月の予報のみだから、実際のところ、あと一年と十ヶ月ほどだと、なんだかやけにしどろもどろになって説明し、

「……どうだろう」

情けない顔になって怖々と尋ねた。

「五月朔日ですね」

えんは睨《にら》むように『蝕考』の最後の勝負の日を見つめ、

「それ以上は待ちません」

厳しく告げた。

「うん。ありがとう」

ふっと温かで幸福な思いが春海の胸中を満たした。ことが死に、伊藤が死に、正之が死んで以来、絶える一方の思いだった。自分にもまだそのような思いを抱けたことこそ喜びだった。

「勝負の日のたび、勇を鼓して、ここに来ます。それ以外の日にも……」

「私は大抵、月の終わりに、この荒木の家に来ますので」

「うん。どうか病気になどならず……」

「あなたももっと壮健でいて下さい。このような勝負を始めたのですから。病などに倒れては元も子もありません」

「うん」

などと伴侶の病没を経験した者同士の気遣いというより、根深い不安と願いが入り交じってつい顔を出してしまうような言葉を交わしつつ、春海は借りた稿本を大事に抱えて塾を後にした。自分でもびっくりするほど足取り軽く、駕籠《かご》にも乗らず、珍しいことにそのまま歩いて藩邸まで戻っていった。

春海が立ち去った後、のんびり玄関先にやって来た村瀬は、門の方を見たままのえんの背に、

「一年と十月か。それだけあれば喪も明ける」

と言った。

「それはそうでしょう」

えんは、くすくす笑っている。

「楽しみな人だぞ、渋川さんは」

村瀬も笑って言った。

六

それこそ、えんに怒られそうな浮ついた幸福感があったが、そんなものはかけらも残さず吹

っ飛ばされた。

『発微算法《はつび》』

そう題された関の稿本であった。

内容は実に〝解答さん〟らしい、遺題の解答集である。

二年前に沢口一之《かずゆき》という算術家が出版した『古今算法記』という、天元術のことごとくを体系化した傑作の書があり、その末稿には十五の遺題があった。いまだ全問を解いた者はいない。噂では意図的に解答不能の無術の問題も織り込まれているといい、改暦事業に従事している春海、安藤、島田ですら、解けぬ問題があった。

だが今、天意の化身たる竜がそれらを解いた。

関孝和の頭脳が、十五の難題ことごとくを〝解明〟したのである。

もはや〝解答〟ですらない。まさに術理そのものを解き明かす文書であった。難題を解くために恐ろしく独創的な解答法を、新たに編み出したことからもそれは明らかである。

傍書の法――というのが、その稿本で名づけられた新たな〝算法〟であった。

問題を解く過程で、術式の傍らに、未知の値であることを示す記号を記しながら解いてゆく。遥《はる》かのちの世で〝代数〟と呼ばれることになる計算方法にきわめて類似した、中国から伝わったのでもなければ、日本に古くからあったのでもない、実に、この関孝和という個人が、数理算術の渦中に身を投じて発明した、まったく新たな算法であった。

（算術が変わる）

その直感に襲われ、ほとんど涙ぐみながら衝撃的な感動の念に打ち震えた。

(算学の誕生だ。この大和の国の算学。和算だ)

まぎれもない日本独自の算術流派が、この稿本において出現したことを春海は悟った。

しかもそれは算術そのものの在り方を一変させる可能性を持っている。近い将来、これこそ日本全土の、即ちは大和の算術となるだろう。そして和算と呼ぶべきものが生まれるだろう。

そしてその和算は、関孝和の思想によって算学へと化身するのだ。

朱子学における基礎教養を意味する小学のように、誰もが学ぶことが可能で、決して超人業などではない、真に術理と呼ぶに値するものが、世に遍《あまね》く広まるに違いないのだ。

(これが天意だったのだ。このために天はあの方を地に降《くだ》された)

本気でそう思った。心酔すら通り越し、崇拝に近い念すら抱いた。それほど途方もなかった。

自分が必死に駆けて駆けて追いつこうとし、ここまでやったのだと一瞬の満足を得た途端、釈迦《しゃか》の手のひらのごとく己の卑小さを知らしめ、仮初めの満足を粉々に吹き飛ばしてしまう。

そんな関孝和に、この自分が出題する？　もはや畏れ多い、という気持ちと、それでもこのまま挫けてはならない、という思いが交錯し、結局のところ、

(私にはこの事業がある。改暦という一大事業が。関殿とは違う事業の担い手なのだ)

それが最後の拠《よ》り所となって、危うく何もかも投げ出し、あの礒村塾からも逃げてしまいたいような思いを打ち消すに至ったのだった。

ぱーん。実に十余年ぶりに、関孝和という天与の才を具《そな》えた存在に向かって、激しく拍手《かしわで》を

打った。ぐるりと時が巡ったようだった。まるで北極出地に旅立つ前の、ことを娶《めと》る前の、自分がいかなる役目を担うか知りもしなかった頃の自分に戻ったようだった。いや、それよりも一段高いところに立ち、下からこちらを見上げる過去の自分と、静かに目を合わせていた。

巡り巡って昔の自分に遭遇し、驚きながらも満ち足りたひとときを味わった。

脳裏にはいまだ見ぬ一瞥《いちべつ》即解の士の朧《おぼろ》でいて何にも比して強烈となる一方の存在があり、また一隅には、えんの微笑みがあった。そしてそれらの向こうに春海にとって始原の光景となった、あの天守閣喪失後に清々と広がる青空があって、その虚空の隅々に至るまで、建部や伊藤やことや正之ら親密な死者の霊たち、八百万《やおよろず》の神々とともに、この新たな時代に生きる自分たちの可能性を追い求める思いが果てしもなく満ちていった。

からん、ころん。

どこからか、あの幻の音が聞こえる。金王八幡宮で聞いた、絵馬たちの立てる音。人々の算術への思い、そしてまた、一瞥即解がもたらした、春海の人生の音だった。

今、自分は勝負の真《ま》っ只中《ただなか》にあるのだ。その実感が、何度も押し寄せては気を昂《たか》ぶらせた。

遥か彼方《かなた》にあって、とても手が届きそうにないと思われていた、己だけの春の海辺が、もうそこまで近づいているのだ。そういう確信が込み上げてきた。

だがしかし、そうではなかった。

七

地獄が訪れた。

それはかなりの時間をかけて、まったく後戻りの出来ぬ状態になるのを待っていたかのようであった。光明溢《あふ》れるものの向こうから誰の予想をも覆し、多くの者たちの思いを打ち砕いて春海を奈落の底に突き落とさんとすべく、それは突如としてやって来た。

延宝元年。『蝕考』に記された六月と七月の宣明暦の予報は、

〝月蝕四分半強〟

〝日蝕二分半強〟

いずれも、春海がえんに語った通り誤謬であり、実際に日蝕も月蝕も一分として起こっていない。よって授時暦および大統暦が予報した〝無蝕〟が〝明察〟となった。

続いて延宝二年、正月朔日。

〝日蝕九分〟

との宣明暦の予報がまたもや外れた。日蝕自体が起こらなかったのである。

寛文十二年の十二月十五日から、四回続けての宣明暦の誤謬となった。

正月が明けてしばらくして春海が儀村塾を訪れると、壁に貼られた『蝕考』のうち最初の三つに、それぞれ、

『明察』

の二字が村瀬によって書き記されていた。また『蝕考』の傍らには、これまた村瀬の字で、『門人一同右ニ倣ッテ暦法推算シ競フ可シ』と別紙が貼られている。自分たちもそろばんで蝕を算定せよとけしかけているのである。既に多くの〝予報〟が書き加えられ、さらには『誤謬也』『誤リ』といった文字がそこかしこに躍っていて、こうした塾で『蝕考』が大いに衆目を集めていることを如実に物語っていた。

その光景に心地好《よ》い緊張を感じたものだが、一つがっかりしたのは、

「関さん、来なかったそうです」

新年の挨拶に出かけている村瀬に代わって、逆に生家に顔を出しに来ていたえんに、そう教えてもらったことだった。

「そうか……」

いかにも意気消沈した顔をさらし、

「あと三回ある。きっと見てもらえるさ」

しいて自分を励ましたものだ。えんも賛同してくれつつも、どこか思案げだった。

それから間もなく、春海は京に戻っている。

その頃には多くの者たちがこの〝三暦勝負〟に注目し、その数は増す一方であった。天文家や暦学者のみならず、公家層や宗教勢力はむろんのこと、全国の大名たち、津々浦々の算術家たち、そして星も暦法もあまり知らない幕府の閣僚から下位身分の者たち、果ては碁打ち衆の

面々に至るまで、この春海の勝負を興味を持って見守るようになっていた。

そしてそれゆえ当然のごとく毀誉褒貶《きよほうへん》が甚だしく生じ、

〝囲碁侍こと安井算哲なる一介の碁打ちに過ぎぬ身分の者が、八百余年を誇る宣明暦の伝統に斬りかかった〟

〝愚劣な出しゃばり〟

〝汚らわしい売名〟

と嫌悪を示す者も多かった。そればかりか、

〝天意を汚す不届き者、誅すべし〟

などと記された、差出人不明の、殺害予告めいた脅迫文が会津藩邸に投げ込まれるということさえ起こった。これを知った会津藩士たちが犯人を捜し回ったが、結局、見つからなかった。

ただ、どうやら背景には、あの山鹿素行に共鳴した武士たち、あるいはその教えを拡大解釈した浪人たちがいるらしい、ということが分かった。保科正之の主張で、山鹿の配流決定が下されたということは薄々、城中でも知られるようになっている。そしてまた会津藩邸で生活する春海が、今回の改暦事業をぶち上げたことに、正之の推進があったことは推察できる。

配流先の山鹿が、改暦についての反対意見を武士たちに吹き込めるはずがない。

武士としての過激な自己実現を望む者たちにとって、春海のように〝武士像や武士の常識を引っ繰り返す〟存在は、理屈を超えた抹殺の対象になりかねない。というより標的に意味はなく、たまたま目について、話題になる相手なら、自動的に憎しみの対象になる。

そんなわけで一時、安藤以下、数名が、春海の護衛につけられた。春海としては、まさか本当に自分の命を狙う者がいるなどとは思っていない。偉人たちが尽力して作り上げた、この泰平の世で、文化事業を刀で抹殺できるものか、という強気な思いすら湧いていた。正之が志した民生の観点からしても馬鹿馬鹿しいこと限りない。

安藤も島田もその思いに共感してくれた。闇斎など、怒りをにじませながらの呵々《かか》大笑でもって、「無知以前の唐変木ども、恐るるに足りん」と斬り捨てている。

結局、脅迫も嫌がらせに過ぎず、春海は改暦事業の仲間たちとともに悪罵《あくば》を無視した。ときに、碁会への出席を拒まれることもあった。理由は様々だったが、要は、

〝天意に従う〟

ことに真っ向から反した春海の態度に、武士も僧も公家も少なからず反感を示したのである。

春海としては、あの正之の半ば盲《めし》いた目にやどる、至誠の二字にふさわしい意志の輝きを思い出すだけで、どんな罵詈《ばり》雑言も聞き流すことが出来た。脅迫などまったく気にならなかった。

延宝二年。

村瀬から便りとともに一冊の書が春海のもとに届けられた。

ついに関孝和が生涯最初の算術書たる『発微算法』を出版したのである。村瀬が出す銭を断る代わり、稿本に比べてだいぶ内容を削《そ》ぎ落とした、ほとんど解答のみの書となっていたが、世の算術家たちに激震をもたらすことは確実だった。実際、碁会などでも、算術好きの仏僧といった者たちの口に関孝和の名がひんぱんに上るようになっていった。

そして春海にとっては、悪罵や脅迫などよりも、よっぽどひやひやすることだが、『古今算法記』の遺題十五問をことごとく解いた関孝和と、改暦事業をぶち上げた安井算哲こと渋川春海を、同時代・同年齢の改革者として両者ともに称える声も聞こえるようになったのである。

春海としては、素直に喜びを抱く一方、どうにも不遜の思いにびくついてしまうのだった。

やがて延宝二年六月十四日。

宣明暦の予報は、丑寅卯いずれかの時刻の間に十四分の月蝕。大統暦は同じく丑寅卯いずれかの時刻の間に十分から九分の月蝕。そして授時暦は、寅から卯の時刻にかけて十分から九分の月蝕。他の二暦に比して、かなり狭い範囲で予報を出していた。

結果は、ぴたりと授時暦の予報が合致。

これまで宣明暦の予報に対して〝無蝕〟を予報していた授時暦であったが、この四度目の〝勝負〟において、精確な蝕の予報を出すことによる〝明察〟を勝ち取ったのである。

「本当にそろばんなどで日月の運行がわかるものなのか……？」

半信半疑だった御城の幕閣の面々も、俄然《がぜん》、改暦の実現を信じ始めた。春海に対する悪罵がびっくりするくらい消えてなくなり、脅迫はぴたりと絶えた。拒まれていた碁会も、むしろ春海を目当てでわざわざ開かれるようになった。このまま春海が勝負に勝てば、城中で武士に等しい地位を得ることが確実だったからであろう。あからさまに春海に対する追従が増えた。

酒井からは、正之の死の直前に碁を打って以来、指名されたことはなかったが、もう既に老中稲葉と今後の改暦の算段を話し合っているらしいという噂が流れた。

御城の中でそうした噂が流れるということは、酒井が意図的に流しているということである。城中の意見を今のうちから取りまとめておくための布石であり、むろんのこと将軍様御同意のことに違いなく、どれも春海が既に予想していたことであった。

予想になかったのは関孝和のことで、なんとこの一瞥即解の士は、ぱったり礒村塾に来なくなってしまっていた。まるで春海が『蝕考』を持ち込んだことが関に伝わったせいであるかのようで、

「私は関殿を不快にさせたのだろうか」

想像するだに悄《しょ》げる春海だった。

「まさか。そんなはずは……」

えんも慰めてくれるし、村瀬も笑って春海の言葉を否定してくれた。

「暦法を革《あらた》める大事業だ。面白がることはあっても、関さんが気を悪くするなんてことはないさ。もしかしたらあんたと同じように、お勤めで何か大任を受けたのかも知れんぞ」

だが関は一向に塾に現れず、春海の『蝕考』を目にしてくれることもなかった。

確かに、何か重大な任務を授けられて身動きが取れないということは、関の天才振りを考えると最も納得がゆく。が、春海としてはどうにも素直にそう信じることができなかったし、えんも、何となく思案げな様子だった。

延宝二年十二月十六日。

宣明暦および大統暦は丑寅卯の時刻に皆既月蝕の予報。これに再び授時暦がより狭い範囲で、

即ち寅から卯の時刻にかけて、ぴたりと月蝕皆既なるを予報した。

結果、授時暦が見事に合致。儀村塾に貼られた『蝕考』に、五つの『明察』の文字が並び、朝廷と幕府においてはいよいよ改暦の準備が整えられ始めた。

延宝三年正月、京都所司代から老中稲葉へ、朝廷においては改暦の勅が出される意向が固まりつつあるようだと報せが届き、それが春海にも伝えられた。

二月、京の生家に戻った春海は、闇斎と惟足に会っている。彼らが言うには、神道家たちがおおむね改暦賛意で結束し、早ければ年内にも、各社の頒暦を宣明暦ではなく授時暦をもとにしたものに変える用意をし始めているとのことであった。

三月、改暦の勅令が出され次第、幕府は改めて春海に改暦事業を担わせ、朱印状をもって頒暦統制を行うことが、老中稲葉が春海に宛てた便りにおいて明記されていた。

四月、将軍家綱が、先代家光の二十五回忌法会を上野寛永寺で執り行った。その際、大老酒井の意向を受けて、老中稲葉は仏教勢力と改暦事業について議論し、春海が正之のもとで構築した〝幕府天文方〟の構想が、おおむね彼らに受け入れられたことが確認された。

そして五月朔日、悪夢が起こった。

宣明暦の予報では、午《うま》から未《ひつじ》の時刻にかけて、三分弱の日蝕。

大統暦は日蝕なし。

授時暦も明白に〝無蝕〟と断定。

午から未の刻に至る間に、日蝕はついに見られなかった。朝廷はこれをもって改暦の勅へと動き出し、幕府では大老酒井が老中稲葉とともに春海に改暦事業を命じる文書に判を押さんとし、さらには議村塾では村瀬が『蝕考』に向かって筆を構え、

『明察』

その二字を記さんとしたとき。

未の刻から遅れること半刻、ほんのかすかながら、それが生じた。改暦に興味を持つおよそあらゆる者がその様子を見て取り、また報せを受けて、一切の手を止めた。

日蝕。

僅か一分にも満たないようなそれが、しかし紛れもなく生じたのである。

あらゆる者の予想を覆しての蝕。三暦のうち宣明暦のみが時刻を外しながらも合致。

そして『蝕考』に記された六つの予報、その最後の最後において。

授時暦が、予報を外した。

八

五月初め、春海は江戸にいた。

常であれば、どれほど早くとも出府は八月頃であったが、老中稲葉から緊急に呼びつけられ、夜を日に継いで急行し、内桜田門前の会津藩藩邸の一室に待機することとなった。

同室に安藤がいてくれた。いや、家老の友松に命じられてそこにいるのだった。

血の気が引いて顔面蒼白《そうはく》となりながらも熱でもあるかのようにびっしりと脂汗を浮かべた春海が、朦朧《もうろう》と宙を見つめしきりに身を震わせ、瘧《おこり》に罹ったがごとく戦慄《わなな》くその手で、まったく無意識のまま、脇差しの柄《つか》を撫《な》で回すようにしているのである。

いつなんどき衝動が高まって刀を抜き、自刃し果てぬとも限らない、そう判断した友松が、同じ事業参加者である安藤を、監視役としてつけたのであった。

うう……と春海の口からときおり低く呻《うめ》き声が零れた。安藤はじっと春海のそばに坐《ざ》し、春海が刀を抜けばすぐさま制止する態勢にある。春海はその安藤の様子にも気づかない。授時暦が予報を外したときから、衝撃のあまり頭脳がぐずぐずに溶けたような、到底まともな思考ができる状態になかった。が、もう間もなく城に呼び出されるという段になって、

「な、なんで……？」

やっと、子供が泣くようにその一言が出た。世に名だたる知者たちの力を結集しての事業だったはずである。よもやこんなところで頓挫《とんざ》するなど、思いもよらないどころか、訳がわからなかった。生まれて初めて、心の惑乱こそ、この世で最も酷《むご》たらしい拷問にも勝る苦痛をもたらすのだと思い知った。

安藤も、いっとき目を伏せ、無念さの余り肩をいからせて言った。

「……わかりません」

春海の坐相がみるみる崩れた。脇差しを撫でていた手でかろうじて身を支え、そのまま失神するという恥だけは免れた。安藤が慌ててその肩を支えてやったとき、城から使いが来たこと

が報された。春海は指示に従い、病者のごとく蹌踉《そうろう》となって藩邸を出た。見送る安藤も、何一つ励ましの言葉をかけられず、沈黙する他なかった。

御城に登り、案内されて松の廊下を進んだ。まるで死罪を宣告されに行くようだ、と春海の姿を見た者たちはささやき合ったし、春海自身、まったくその通りの思いだった。

御城の茶坊主衆に案内され、白書院の乾《いぬい》の方角、すなわち北西にある波の間、竹の廊下と進んだ。そこでやっと、その先に何があるかを悟った。今度こそ気を失ってしまうだろうと思ったが、どんな神霊の加護があったものか、身は見苦しいほど震えていたものの、最後まで意識を保つことができた。

許しを得て部屋の前で平伏した。黒書院は、四室からなる空間である。主に、御三家や大老や老中、あるいは特殊な役にある諸役人に、将軍様が対面する場所だった。その南の入り口側にあって、床に鼻先をくっつけたままの春海の頭上で　がらりと戸が開かれた。

「面を上げよ、安井算哲」

大老酒井の声だった。いつもと変わらぬ淡々とした調子である。だが春海は顔を上げられずにいる。主君に対する芝居がかった畏怖の礼などではない。心から怯《おび》えきっていた。

「顔を見せよ、算哲」

別の声が飛んだ。ほとんど猛獣の唸《うな》るような迫力をもった、水戸光国の声だった。この人の場合、礼儀は尊ぶが、演技は忌み嫌う。芝居がかっているなどとみなされれば将軍の御前であろうと殺傷されかねない。春海は恐怖で凍りついた身を、別の恐怖で無理やり動かされるという、死にたくなるような苦痛を味わいながら、顔をさらした。

最初に見たのは光国だった。意外なことに、春海がほぼ確信していた、憤怒《ふんぬ》の表情ではなかった。むしろ心から春海を憐《あわ》れみ、今のこの状況に納得がゆかぬと言うように、ひどく哀しげな顔をしている。だが光国がそのように思ってくれていたとしても手遅れだった。

大老酒井、稲葉ら老中の面々、そして上段に、将軍家綱がいた。いつもながら静かに春海を見下ろしている。初めて御目見得してから二十四年、当然、直接に御言葉を頂戴したことはなく、このときも春海から将軍様へ何か言うといったことはあり得ない。

だがその一瞬、もし授時暦が最後の予報を当てていたら、という傷口に塩を塗り込むような思いが湧いた。もし、そうなら。この部屋、この場で、将軍様より天文方に任じられることが許され、晴れて改暦事業の開始となり、そしてそれが成就した暁には――

夢見たもの、失われたものを、再確認させられることこそ地獄だった。春海は危うく嗚咽《おえつ》の声を上げかけた。堪えに堪えながら再び平伏した。

「何ぞ言いたいことはあるか」

酒井の機械的な声が響いた。むろん申し開きなどできる状況ではない。春海はただぶるぶる震えながら、

「も……も……申し訳も……ございませぬ……」

たったそれだけの言葉を吐いたがために、己の魂魄が粉々に砕けた思いがした。

低い唸り声。光国の憐れむような嘆息だった。

僅かに沈黙が降りた。

そして、春海にとって生涯忘れられぬ言葉を、酒井が放った。

「算哲の言、また合うもあり、合わざるもあり」

この一瞬で、改暦の気運は消滅した。

九

亡骸《なきがら》のような日々が過ぎていった。

生きたまま墓に埋められる思いがどんなものか思い知らされるような毎日だった。しかも実際にそうされれば死は確実であるというのに、春海の状況においてはそれも許されなかった。

春海に対する悪罵や脅迫はのきなみ嘲笑に変わった。そら見たことかと武士も僧も公家も揃って春海の無謀を笑い、〝天意〟の深遠不可思議さを有り難がった。

六月。信じられないことが起こった。将軍家綱が、三代家光の二十五回忌法会の恩赦を実施し、その対象に、あの山鹿素行もふくまれることになったのである。

正之の理想、幕府の在り方、両方と決定的に対立した『聖教要録』の出版の罪により、配流となっていた山鹿が、恩赦によって解放された。八月、江戸に帰還。かつて山鹿を将軍の侍儒にと推薦した、大奥の一大勢力を担う祖心尼は、既に今年三月に死去している。山鹿の恩赦が何か政治的な意図をふくんでいたとは言い難いが、それにしても出来すぎだった。正之が陰で発起人となり、春海が実現せんとした改暦事業が水泡に帰した直後なのである。

とはいえそこで山鹿が何か特別な思想を江戸で展開し始めたというわけではない。以前の弟子たちや、訪れる武家の者たちを相手に、兵学を講義するだけで、本人は静かに余生を送る気でいるようだとのもっぱらの噂である。

ただ、どこかの誰かが、

「改暦の儀というものが取り沙汰《ざた》されておりましたが、山鹿先生は改暦についていかなるお考えをお持ちですか」

と山鹿に訊いたらしい。そして山鹿の返答は振るっていた。

「もって嗤《わら》うべし」

天意の前では〝仕方なく慎む〟という古学の美徳からすれば、暦の誤りを正そうとすることなど、愚かを通して唾棄《だき》すべき無駄である。

そのような話が会津藩藩邸に伝わった。主君の悲願を鼻で笑うような山鹿の言に、安藤が怒りの眼差《まなざ》しになるのをよそに、春海はただ茫々《ぼうぼう》と宙を見つめるばかりだった。

夏の終わりに闇斎が江戸に来て、しきりに事業続行の方策を語ってくれた。だが春海の心はそれに共鳴せず、力無くうなずくばかりである。やがて闇斎も口をつぐみ、

「……駄目か」

ぽつっと言った。

「わからないのです」

そう告げる春海の掠《かす》れた声が、師を前にして、初めてまともに嗚咽へと変じた。

「なぜ授時暦が蝕の予報を外したのか、わからないのです」

精確無比の授時暦が予報を外すわけがなかった。どこかで術理を誤って修得し、そのまま検証されることなく実行されてしまったのだ。だがその誤謬がわからない。調べても調べても自分の何が悪かったのか見当もつかないのだ。これでは再び事業を軌道に乗せようにも、いつなんどき同じ目に遭うかわからなかった。そう泣いて訴えた。闇斎はそれでも希望を棄てないようにと言い続けたが、希望を持とうとすること自体が春海には苦痛だった。

八月。幽霊のように会津藩藩邸で無為に過ごしていた春海は、碁打ち衆たちが各地から御城碁のために出府して来るに従い、呆気ないほど碁の勤めに引き戻された。

改暦を任されて失敗したことを、義兄算知も知哲も慰めてくれたし、多くの同僚が何かの冗談のように笑った。道策でさえ、気の毒そうにしてくれてはいたが、結局、改暦というものが具体的にどのような意義をもったものであるか、理解する者はほとんどいなかったのである。

それは碁打ち衆ばかりか、御城の大半の者たちにとっても同じだった。いや、この改暦に秘められた思い、そのための膨大な労力、深遠な数理、いずれも理解する者の方が少なかった。

また何より、事業が失敗したとき、幕府に傷がつかぬよう入念に算段が整えられていたのである。春海にとっては、それが救いでもあり、また苦痛でもあった。まるで二刀を与えられて十五年間、ひたすら無駄なことに精魂を費やしてきたような気にさせられた。

ちなみに二刀は、いまだに返納を命じられていなかった。御城に呼ばれた翌日にも寺社奉行の者から返すよう命じられるのを予想し、その前に自刃しようかと何度も思ったものである。

だが考えてみれば、春海の勝負が敗北に終わった直後に刀を取り上げたら、幕府の後ろ盾による事業だったと公言するようなものだ。きっと何かの折りに別の理由をつけて返納させられるだろう。くそ重たいだけで何の意味もない刀になど未練はない、と自分に言い聞かせはしたが、やはり失うのは辛《つら》かった。これだけ長いこと身に着けさせられ、またそれが正之の心意であり、酒井の推薦によるものであったことを考えると、自分の大事なものを自分の愚かさゆえになくしたのだというやるせなさに苛《さい》なまれた。

そして喪失は続いた。

九月。会津藩家老の友松が〝土津神社〟の完成をもって晴れて隠退した。かと思うと、その謹言誠実な態度が災いし、同僚による讒言《ざんげん》が生じた。藩主正経はそれを真に受け、友松の家禄《かろく》を没収、自宅幽閉の罰である蟄居《ちっきょ》を命じた。側近が果敢に反対したが正経の意は変わらなかった。隠退した尽忠無比の元家老を蟄居させるなど正之がいた頃は考えられなかったことである。

山鹿の赦免にしろ、正之が死んで僅か数年でこれかと思うような事態の連続だった。

さらに十月。自ら碁方に就くことによって勝負碁を城に根づかせた春海の義兄、算知が、二十番碁たる空前絶後の争碁の果て、本因坊道悦に、負けた。それでもなお、

「安井家に一日の長あり」

との評判が続くほどの算知の健闘であったが、碁方の座は、本因坊道悦に譲り渡された。

かくして安井家は、義兄・義弟ともにそれぞれの勝負に敗れ去った。

算知はそれでも碁に人生を献げることを本望として出仕を続け、勝負碁の定着にさらに貢献したが、春海は全てにおいて気力喪失の日々を送っている。

なお、この年の御城碁における春海の戦績は、白番の道策相手に十六目の負け。

惨敗ではあったが、ただし、ことが死んだときのような悪手の連発というわけではなかった。というより、春海の悪手の一つや二つなどまるで問題にならぬほど、異常なまでに道策が強くなっていたのである。将軍様を始め、居並ぶ大老・老中の面々ばかりか、碁打ち衆の四家いずれもが感嘆し、また驚愕《きょうがく》するほどの腕前だった。

(碁が変わる)

直接対戦した春海にはそれが確実なものとして実感された。

(天が地に降された竜が、ここにもう一人いるのだ)

関孝和が新たな解答法を考案したことによって算術そのものが変わるように、道策の打ち筋は、いずれ碁そのものに不可逆の革新をもたらすはずだった。

かつて江戸城から天守閣が喪《うしな》われたときのように、新たな時代が、新たな世代によって拓《ひら》かれようとしているのだ。そんなときに、この自分はいったい何なのか。家督に飽きを抱いて碁に専心せず、算術も天文も暦法も全て不甲斐ないほど未熟にとどまり、果ては一族揃って大恩ある保科正之の心意すら成就できなかった。なんだこれは。このような無念さ、生き恥にまみれるために自分は生まれてきたのか。こんなことのために今まで生きていたのか。そんな絶望に囚《とら》われたまま、やがて延宝三年という春海の生涯において最低最悪の年が過ぎていった。

明けて延宝四年正月。

雪解けを待って京に戻るばかりとなったある日。

会津藩藩邸の庭で、雪をかぶった日時計の前でぼんやり突っ立ったまま、春海は何をすれば良いかもわからず馬鹿みたいに澄み切った青空を眺めていた。雪をどけて影の長さを測るという長年の習慣に従って庭に出てみたけれど、もはや地に差した影を見ることすら厭《いと》う思いに襲われる有り様だった。かつては嬉々《きき》として行っていたその作業が、苦しみそのものに変わってしまったことが哀しく、なすすべとてなく、どれほど手を伸ばしても届かぬ天を仰いでいると、ふいに足音が背後から近づいてきた。

おそらく安藤だろう。春海が悲嘆のあまり日時計から逃げがちになる一方で、安藤は律儀に観測を助け、その記録の穴を埋めてくれていた。その安藤の誠意のお陰で、春海が完全に日時計を棄てるということはなかった。だがいずれ春海が事業再起を志してくれるはずだという安藤や島田や闇斎の無言の思いは、ただ春海を責め苛むばかりとなっている。

「それが、日時計というものですか?」

だが背後で起こった声は安藤のものではなかった。それどころか、まさに春海が完全に逃げ腰になったまま、毎夜、明日こそは詫びに行かなければと己に命じながらも、ついに勇気を奮うことができず、延ばし延ばしになっていた相手だった。

あまりのことに、そのまま振り返らずに駆け出しそうになりながらも、顔は勝手に振り返り、体がそれに追従した。

「な……なぜ、ここに？」

怯えたように声が震えた。

「御屋敷の人にお訊きしたところ、あなたは庭で日時計を見ていると伺いましたので」

えんはそう言いながら、春海ではなく、物珍しげに日時計の柱の方を見ていた。

「あ……いや、そういう意味ではなく……」

「あなたにお会いするために来ました」

きちんと言い直された。

「うん……あの、それは、なぜ……」

えんが春海を見た。静かだが如実に怒りを訴える目だった。

「なぜあなたは塾にいらっしゃらないのですか」

「も……も、申し訳も……」

「関さん、来ました」

「行こう行かねばと思い……」

「あなたへ出題しました」

詫びと言い訳と今の心境とを何とか口にしようとしかけ、

「へっ……？」

遅れて相手の言葉を理解し、素っ頓狂な声で聞き返していた。

「やっぱり御存知なかった。もう半年余りも前のことなのですよ」

えんは、そこでちょっと溜息《ためいき》を零した。

気づけばいつしか妙に優しげな目で春海を見ている。かと思うと、あたかも会う前から今の打ちひしがれた春海の様子を知っており、それゆえ誰よりも頼もしい味方を引きつれてきたとでもいうような調子で、こう言ったのだった。

「あの暦の最後の勝負で、あなたが誤謬となった次の日。関孝和さんが塾へ来ました。そして、あなたに出題したのです。あなたを名指しで、設問を塾に残されて行ったのです」

春海が三十七歳のときのことであった。

第六章　天地明察

一

夢が藻屑《もくず》と消えてからおよそ八ヶ月後の延宝四年、一月。

春海は、藩邸を訪れたえんとともに麻布の礒村塾へ向かっている。

雪融《ゆきど》けの泥を撥《は》ねながらせっせと自分たちを運んでくれる駕籠《かご》の中にあって、春海は己の頭脳までもが泥化したかのような惑乱に陥っていた。

（あの関孝和殿が、私に出題した）

その驚愕《きょうがく》の一事が、改暦勝負に敗れ、羞恥《しゅうち》と慚愧《ざんき》の念にまみれるあまり、今の今までえんや村瀬に合わせる顔すらなかった春海をして、塾へと急行せしめていたのであったが――

（なぜだ。なぜ関殿が）

考えれば考えるほど、あり得ないという思いに困惑が募った。これまでまったく出題をせず、ただ〝一瞥即解《いちべつ》〟するのみであることから塾でも関の存在に怒りを抱く者すらいるのだ。それでも関の才能から、〝解答御免〟が許されたのである。その関が、長年の態度を突然変化させ、ついに設問を行っただけでも十分に衝撃的だった。しかもその上、

（改暦勝負に敗れた私を名指しにした）

その一点がとにかく驚きで、喜ぶべきか怖れるべきかもわからない。出題するなら自分から関に、というかたち以外にあり得ないと信じ切っていた。あまりに予想外で、もしや担がれているのではと何度も考えたが、えんが嘘をつくとも思えず、関本人が現れて直接出題したというのだから他の誰かが関の名を騙《かた》ったわけでもない。こうなると敗北の恥がどうとも言っていられず、ただ事実を確かめたいがために塾へ向かったのであった。

荒木邸に到着し、えんが遠慮するのも構わず駕籠代を二人分支払い、慌ただしく塾へ入った。

正月が明けたばかりで塾生は誰もおらず、村瀬も挨拶《あいさつ》回りで出ているとのことである。

無人の沈黙に満ちたその建物の入り口で、

「――あちらです」

えんが示した一角に、確かにその存在があるのを見て、春海は激しい動悸《どうき》を覚えた。

『渋川春海殿』

壁に貼られた紙に黒々とその名が記されている。そしてその横に記された設問を一読して春海は呆然《ぼうぜん》と棒立ちになった。

『今図有　日月円蝕交《しょっこう》　日月円相除シテ四寸五分　問日月蝕ノ分』

『今、図の如く、日月の円が互いに蝕交している。日円の面積で、月円の面積を割ると四寸五分になる。日月の蝕交している幅の長さを問う』

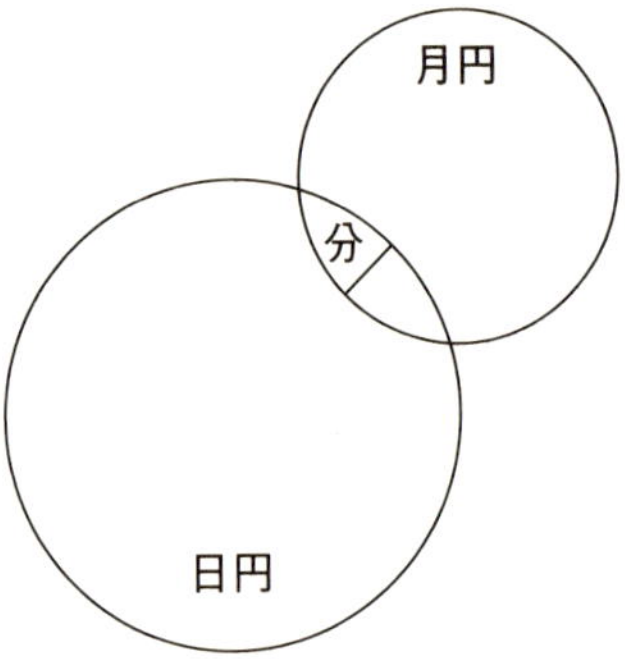

そして末尾に関孝和の名があった。

日と月、その蝕――明らかに春海が敗れた三暦勝負にちなんだ設問だった。そしてそれ以上に、自分にとって古傷のような、あるものを強く想起させられた。

微動だにせずそれを見つめている間、えんが大きな紙を持ってきていた。あの『蝕考』の抜粋たる三暦勝負の紙で、だいぶ黄ばんでいる。二年ほどの間、ここに貼られ続けていたのだから当然だろう。授時暦が蝕の予報を外してからどれほどの期間、恥をさらしていたろうかと春

海はぼんやり考えた。六つの予報の最後である延宝三年五月朔日《さくじつ》の箇所に、

『惜シクモ明察ナラズ』

と村瀬の字で記されている。『誤謬《ごびゅう》』と書かないところに村瀬自身がこの結果に悔しみを抱いてくれたことがあらわれていた。

「……お持ちになりますか」

えんがそっと訊《き》いた。春海はのろのろとその紙を受け取った。そうしながら、今、意識の大半が、敗れた勝負から、今ある関孝和の設問に引き寄せられているのを覚えた。

設問に挑んだ塾生たちの、てんでばらばらな解答が幾つも貼りつけられている。だがいずれに対しても誤謬か明察かは断じられていない。春海を名指しにした問題であるから、春海が解答して初めて誤謬か明察かが記されるのが通例だった。だが、これはそういうものですらない。

「……わからない。なぜだ。なぜなんだ」

「渋川様？」

「なぜ関殿はこのような設問をしたのだ。これは……こんなものは、答えようがない」

えんが神妙な顔つきになった。

「村瀬さんも薄々そうではないかと……。それに、これは、あなたが昔作った……」

「あの誤問と同じだ。これに解答などない。問題自体が間違っている病題だからだ」

解答があるとすれば、解答不能を意味する〝無術〟の二語のみ。そして過去にそれを一瞥して見破ったのは他ならぬ関本人ではないか。それを今さらなぜこの自分に示そうとするのか。

ますます惑乱するばかりの脳裏に、ふいに何かが引っかかった。

「えっ……？」

誰かに突然予想外のことを言われたような間の抜けた声が零《こぼ》れた。ついで卒然と全てを悟った。途方もない解答が頭上から轟音《ごうおん》を立てて降ってくるような感覚に襲われた。

「ま……ま、まさか……」

戦慄《せんりつ》するあまり、よろめいて背後の壁にどすんと背をぶつけた。

「どうなさったのです」

えんが不安そうに手を伸ばす。春海は蒼白《そうはく》の顔を左右に振った。咄嗟《とっさ》にえんが手を引っ込めたが、春海自身にその手を拒絶したつもりはない。目の前が真っ暗になるほどの衝撃から逃れたい一心だった。それはまさしく解答だった。この八ヶ月もの間、延々と自分を苦しめていた疑問を明らかにするものである。代わりに、改暦事業に注いだ全ての思いを木っ端微塵《みじん》に打ち砕き、さらなる苦悶《くもん》をもたらす、恐るべき考えだった。

「な……、な、なんということだ……」

春海は、今度は前のめりになって壁から離れ、

「あ、何を……」

えんが驚くのも構わず、震える手で、関孝和が設問を記した紙を剝《は》がした。そうしながら、自分は期待を裏切ったのだ、という思いに胸を突き刺された。建部の、伊藤の、保科の、改暦事業という、天を相手に行う勝負を自分に与えてくれた全ての人々の——

そしてあるいは、関孝和という希代の天才の期待を。

（頼みましたよ）

ふいに十年以上も前の伊藤重孝の声が甦《よみがえ》った。

（頼まれました）

自分はそう答えたではないか。そう思うと、どっと涙が溢《あふ》れ、半年余も衆目に晒《さら》され続けた関孝和の設問の上にぽたぽた落ちた。金王八幡の算額絵馬に心を奪われたあの日から十四年。己だけの春の海辺を夢見て生きてきた。そして今、ようやく、そこへ到達するための本当の試練に直面しているのだと思った。

「お願いがあるんだ」

春海が言った。えんは、春海が涙を拭《ぬぐ》う様子を見て見ぬ振りをしてくれている。

「今度はどんなお願いですか」

優しい訊き方だった。

「住まいを……」

言おうとした途端、ぶるっと身が震えた。大きく息を吸って震えをこらえ、己に出来る限りの清明な〝息吹〟をもって、

「この方の住まいを、教えてくれないか」

長い年月の末、ようやくその思いを口にした。えんに驚いた様子はない。そればかりか、

「はい」

と微笑んでくれた。

翌日、春海は、教えられた武家宅に宛てて手紙を出している。

関孝和に、会いに行くためであった。

二

すぐに返事が来た。

この日のこの時刻に、という素っ気ないもので、なんとなく果たし状みたいだった。

春海はその通りに従って、牛込《うしごめ》にあるこぢんまりとした邸宅を訪れている。

こぢんまりとしてはいるが老いた家人がおり、その人が部屋へ通してくれた。商家の子息を相手に、そろばんや算術を教える部屋だという。きちんと片付いた部屋の隅に、真っ黒になるまで重ね書きをした紙の束や、硯《すずり》や筆がまとめて置いてあった。

いかにも出涸《でが》らしの茶湯を差し出され、待った。

自分では十分に落ち着いているつもりでも、やはり心臓が破れる思いだった。かの保科正之に招かれたときと同じか、それ以上の緊張に襲われていた。長年、会いたいと思い続け、そのつど様々な心の抵抗や、意地や、怖れによって叶《かな》わなかった相手である。まさかこのような形で会うことになるとは夢にも思わず、喜びというよりも、悲壮とも言える覚悟をもってのことだった。いかなる罵詈《ばり》雑言も甘んじて受ける。そういう覚悟である。ただひたすら平伏し、教えを請うのだ。もはやそれ以外のことはかけらも考えられなくなっていた。

やがて、来た。

襖《ふすま》が開き、男が現れた。想像していたよりも背が低い。春海と同じくらいの背丈だ。髷《まげ》にも瞳《ひとみ》にも黒々と艶《つや》がある。引き締まった痩顔《そうがん》は、静かな生気に満ちている一方、珍しいくらい皺《しわ》が多い。特に今、眉間《みけん》に寄せられた皺が、凄《すさ》まじいまでの怒りの相をあらわにしている。

関孝和は無言で、春海の前に坐《ざ》した。

刃物を真っ直ぐ畳に突き立てたような、無造作でいて、ぎょっとなるほど鋭い坐相だった。まるで勝負の姿勢である。しかも、これまで数多くの碁打ちと相対してきたが、こんな鋭さは見たことがない。匹敵するとしたら、十五年後の道策くらいか。そんな思いが湧きつつ、

「こ……このたびは、突然の来訪を、快くご容赦いただきまして、まことに……」

春海は、しどろもどろになって面会の礼を告げた。相手を一見してのちは、ろくに顔を上げられず、碁の勝負においてはその時点で負けを宣告されるような前屈《まえかが》みの恰好《かっこう》で、懐からおずおず紙を取り出した。

『渋川春海殿』

と、関が自分に宛てた算術勝負の設問である。病題の原因となっている円の面積のくだりに、春海の手で傍線が引かれていた。その傍線こそ、設問の解答に等しいのだが、関がそれをみとめたかどうか春海にはわからなかった。いきなり、関が紙をつかんだかと思うと、細切れに引き裂き始めたのである。春海の低く垂れた頭の上に紙片が浴びせられた。あまりの所行だが、

春海はじっとされるがままになっている。詫《わ》びを口にしようとするが、

「この盗人《ぬすっと》がッ！」

爆発したような怒声にかき消された。

「ぬけぬけと数理を盗みおって！　何様のつもりかッ！」

春海は額を床にすりつけるようにし、

「わ……私は……」

「返せやッ！　盗んだものを即刻、返せッ！」

部屋にあった紙の束が投げつけられた。硯が飛んできて畳の上で跳ね、春海の肩に当たった。筆や筆箱が飛んできて、頭や体に当たった。春海は無言。もうひたすら土下座の姿勢である。

「挙げ句の果てに失敗《しくじ》りおって！　数理をなんだと思うか！　囲碁侍のお遊びの道具とでも言いたいかッ！　お役人に献上するために、我らの研鑽《けんさん》があったと申すかっ！」

これが、江戸のみならず、全国の主たる算術家たちが春海に対して抱く思いであった。名をなした算術家であればあるほど、〝あの数理は己が解明した〟という思いが強いのは当然である。それらを春海は一切の断りなしに授時暦解明に用い、かつ改暦の儀に用いたのである。

しかし一方で、このとき春海の中に、むらむらと怒りが湧いてきていた。それは春海のみならず、改暦事業に参加した安藤や島田なども等しく抱くであろう怒りだった。町道場で気楽に算術を教えている者たちが、何を都合の良いことを言っているのか。保科正之が志した、武断から文治への転換の努力を理解できるのか。政治の機微をつかめるのか。こうして屈辱に耐え

ながら頭を下げ、数理も算術も、暦がどういうものかすら全く理解していない幕府や朝廷の人間たちを相手に、心を砕いて納得してもらう辛《つら》さが分かるのか。周囲の無理解に耐え、気苦労に耐え、重責に耐え、事業に邁進《まいしん》することがお前たちに出来るのか。

だがこの場において春海は一切反論せず、ただ頭を下げ続けている。相手が関孝和だから、それが出来た。そして、関孝和だから、全てを分かって春海に罵詈雑言を浴びせているのだ。それが分かっていた。だからこその、覚悟だった。

「これはわしだけの問題ではない！　世の算術家総勢の遺憾の念と知れッ！」

その咆哮《ほうこう》じみた声ののち間があった。春海は頭を下げたまま、首でも差し出すような姿で、

「……世の憾《うら》み、これで全て浴びたとは思いませぬ。私は……」

「当然じゃ。これほどの大事、算術家にとどまる話か。津々浦々の儒者、陰陽師《おんみようじ》、経師、仏僧、あらゆる者どもが、お主を嘲笑《あざわら》い、憎み、罵《ののし》っておる。今やお主は、日本一の盗作者じゃ」

春海は奥歯を噛《か》みしめて黙った。またぞろ怒りが湧いたが、関孝和の言葉をしっかりと待ち構えた。本当の覚悟はここからだった。

「所詮《しょせん》は囲碁侍のお遊びよ、とみなが口々に罵りおった。改暦の儀が、あのような始末になったとき、馬鹿げたことに、わしの知る算術家どもの大勢が、喝采《かっさい》しおった。わしは腹が立った。詰まらぬ功名心で、お主に嫉妬《しっと》する馬鹿な算術家どもに腹が立った。だが、それ以上に、お主に対しては我慢がならなかった。はらわたが煮えくり返る思いであった」

「私は……」

「なにゆえ、分からなかった」

春海は、ぐっとまた奥歯を噛んだ。怒りではなく、途方もない申し訳なさが来た。平べったくなったまま身が震えた。

「お……思い、及ばず……力、及ばず……」

「馬鹿者！」

この天才から馬鹿呼ばわりされた。それが春海を予想以上に大いに打ちのめした。真っ暗闇の淵《ふち》へ落っことされる思いがした。正直言って逃げ出したくなるほど、しんどかった。

「も……申し訳も……」

「数理のことごとくを、あれほど悉《つぶさ》に理解し得たお主が、なぜに分からぬ！」

「う……」

思わず呻《うめ》き声が零れた。ついでに情けなさで涙まで零れそうになって必死に耐えた。将軍様の御前で平伏していたときにも増して、魂魄《こんぱく》を打ち砕かれる思いに、ぶるぶると激しく震えた。

「よ、よ……よもや……」

「よもや、授時暦そのものが誤っているとは、思いもよらなかったと、そう言うかッ！」

竜が吼《ほ》えた。そう思った。脳天に雷火が落ちたような衝撃だった。春海は、竜の息吹一つで自分が木っ端のごとく宙を舞って灰燼《かいじん》と化すところを如実に想像した。

それこそ関孝和による〝誤問の出題〟の真意であった。春海が授時暦の理解を誤ったのではない。授時暦自体が病題なのである。それゆえ蝕の予報を外した――

いったいこの天才は、どうしてそのような途方もない結論に辿《たど》り着けたのか。自分を始めとする改暦事業の関係者のみならず、日本で数理を知る者全て、想像だにせぬ〝解答〟だった。

「ま……まさに……申し訳もなく……」

ほとんど涙声になっている春海をよそに、関は、ふーっと深く息をついている。かと思うと、なんだか妙にすっきりした調子で、

「怒鳴りすぎた。喉《のど》が痛い」

困ったな、というように呟《つぶや》いている。

「お主には、算術家どもの思いを、大いに汲《く》んでもらわねばならんのでな……」

だから頑張って怒鳴ってみたが、意外に大変だ、とでも言いたげだった。

下げた春海の頭の向こうで、関が、茶湯でうがいをする音が聞こえた。どうも、春海に差し出された茶湯を取り上げて自分で口にしたらしい。

茶碗《ちゃわん》が置かれる音がした。春海が恐る恐る顔を上げると、やっぱり自分用の茶碗が空になっている。それとほとんど同時に関が立ち上がっており、お陰で顔は見えなかった。しかも、そのままますたすた部屋を出て行き、顔ばかりか姿も見えなくなった。あまりの無造作な振る舞いに春海は完全に置いてけぼりである。半端に顔を上げて両手をついたまま相手の帰りを待っていると、関が、とんでもない量の紙の束を持って戻ってきた。

「こんなもの、書にして出版しようもない」

春海に向かって真面目に言った。そしてその束を、どさっと春海の眼前に置いた。

ところどころに記された日付から、日記のようだった。だが違う。春海は目で許しを請うように相手を見ながら、おずおず紙の束をめくった。難解な数理の数々が飛び込んできた。ただの算術ではない。授時暦についての、ありとあらゆる考察であると即座に理解できた。

関孝和が、授時暦を研究していた。そのことが驚愕とも感動ともつかぬ思いをもたらし、思わず相手を真っ正面から見つめていた。

関はいつの間にか穏やかに微笑んでいる。それでも鋭い坐相はそのままだった。この人は、意図して鋭さを発揮しようとする人ではないのだと春海は悟った。天性であり、この人自身もどうしようもないのだ。まるで鞘《さや》すら斬ってしまう刃《やいば》だった。鋭さのあまり、収まる場を持たず、流浪する思いで生きてきたのだ。あたかも春の海辺を求めて曖昧《あいまい》さの中をさまよっていた自分のように。理由は互いに全く違えど、同じだった。

かつて関が自分の誤問を前にして笑っていたという理由が、やっと分かった。自己の発揮を求めてさまよう者の存在を、この天才が認めてくれたのだ。そして喜んでくれたのだ。

自ら発揮のときを欲して邁進する者を、誤謬も含めて称《たた》えてくれていた。

「甲府宰相様の御下命がいっとき下されたが、無為であった。天測の規模で、とてもお主に敵《かな》わぬ。また、何しろ甲府だ。江戸の幕府には建議も届かぬ」

関が言った。春海は一挙に事態を理解した。関もまた、もしかすると改暦事業に参加していたかもしれないのだ。あるいは保科正之から協力を要請する声が、甲府に対してもあったのだ。

しかし、甲府宰相こと徳川綱重は、幕政においては孤立の傾向にある。理由はもっぱら城の大奥における因縁によった。関孝和が甲府宰相を主君とする限り、幕府の事業に参加できる道は皆無といっていい。それゆえ保科正之も関の名は出さなかった。あるいは出せなかった。

だが、成果だけはあった。それがこの考察の山だった。

「一度始めてみたら、面白くてな。御下命が結局はおおやけに下されぬと決まってのちも、つい続けてしまった」

そう言って、関は、紙の束をさらに春海の膝元《ひざもと》まで押しやった。

「数理は、結集せねば、天理を明らかにするものとならぬ。全て、お主に託したい」

春海は言われるがままに束を持ち上げようとしたが、とても重くて持てない。関の存在も思いも重すぎた。こんなしろものを背に載せられたら、そのままぺしゃんと潰《つぶ》れてしまうに違いなかった。だが関は全くそうは思っていないらしい。清々した顔で、さっさと受け取れと急《せ》かすように手を振っている。

「あまり期待してくれるなよ。天理は、数理と天測のどちらが欠けても成り立たぬ。わしに解けたのは、数理と天測の狭間《はざま》のどこぞに誤りがあるはずだということだけだ。いったいどこにあるかは……わしには、手が届かぬ」

「し、しかし……」

「持って行け。わしが持っていても何にもならん。頼めるのは、お主だけだ」

最後の言葉が、耳ではなく直接、心の臓に響いた。どっくんと大きく動悸がした。

から、ころん。

あの幻の音がこれまでになく鮮やかに響いた。感動の音、悲しみの音、歓喜の音だった。

気づけば頬を涙が濡《ぬ》らしていた。どれほど関が無造作な態度をしていようと、これは算術家の命である。とても受け取れると思えない。だが日本中の算術家の命を奪い、憎悪を受けて立つ覚悟がなければ、改暦事業を完遂することは不可能だった。自分は幕府の公務で生きる人間である。数理を理解し、幕政に役立てるということは、その算術的成果を幕府のものとして奪い去るということなのだ。それがなくば事業にはならない。それをしてこそ事業だった。

かつて保科正之が、飢饉《ききん》の苦しみから一揆《いっき》を起こし、陳情に訪れた三十六名もの命をことごとく奪わねばならなかったことが思い出された。その屍《しかばね》を心に焼き付けたからこそ正之は〝民生〟の理想を掲げ続けた。今、まったく同じことをするのだ。算術家たちの命を奪う。目の前にいる関孝和という男の命を握り、我がものとしなければならないのだ。

関自身がそれを望んでいた。発揮できなかった自己を、まとめて春海に託していた。

春海は、ついにその紙の束をつかみ、胸に掻《か》き抱いた。

「か……必ずや……、必ずや、天理をこの手で解いて御覧に入れます。天地の定石を我が手につかみ、悲願を成し遂げてみせます」

関は満足そうにうなずき、そして笑った。その様子に春海は胸を衝《つ》かれた。この天才が浮かべるには、あまりに寂しく、孤独な表情だった。ともに歩めたかもしれない道のりを、全てを背負って春海だけがゆくのを見送る者の顔だった。

「お主にしか出来んのだ、渋川。わしのような算術家がどれほど手を伸ばそうと、天理をつかむには至らぬ。ましてや暦法の誤謬を明らかにするには……元国の才人たちが築き上げた、至宝のごとき授時暦を斬って棄てるには、まさに、思いも、力も……及ばぬのだ」

そうして真っ直ぐ春海を見た。今、その鋭く無造作な坐相に、万感の思いがこもっていた。

「授時暦を斬れ、渋川春海」

紙の束を抱いたまま、一方の手で膝をつかみ、

「必至！」

事業拝命より八年を経て、再び、その言葉が激しく春海の口をついて出た。

ほろ苦い笑みが、関孝和のおもてに浮かび、

「頼んだぞ、囲碁侍」

静かに瞑目《めいもく》した。

三

牛込で駕籠をつかまえ、そのまま荒木邸へ向かった。

塾の方は、村瀬が塾生たちに術理を教えている真っ最中である。春海は本邸の方へ行き、玄関先で声を上げようとした途端、外へ出て来たえんと出くわした。その手に箒《ほうき》を持っていた。枯れ葉ではなく雪よけのためだろう。えんがびっくりした様子で、ぱっとその箒を胸元で構えるのを見て、春海はまたもや、ぐるりと時が巡ったような思いがした。

「いったい、何をしてきたのです」

えんがまじまじと春海を見て言う。

大急ぎで来たせいで着衣は崩れ、頭にまだ破れた紙片がひっついているし、額には筆箱を投げつけられたときの痣《あざ》が出来ている。しかも胸には大事そうに布でくるんだ紙の束を抱いており、取っ組み合いでもした挙げ句に何かを奪ってきたような有り様である。

だが春海は全く別のことを口にした。

「頼みがある。一生の頼みだ」

「またですか。今度は何を頼もうと……」

えんが咎《とが》めるのを遮るように、春海は、冷たい敷石の上にきちんと膝をついて言った。

「嫁に来てくれ」

「正気ですか？」

えんの反応こそ見物だった。ぽかんとなるわけでも、驚いて絶句するわけでもなく、
疑わしそうな調子で訊いてきた。春海はこくこくうなずき、

「本気だ。大いに本気なんだ」

ややずれたことを大真面目に主張している。

「そういう話は……まずきちんと家を通すべきなのでは……」

「うん、父君にお会いさせていただかねば」

反射的に膝を上げかけたが、

「その恰好でですかッ」

いきなり叱られた。

「だいたい、あなたが会ってどうするのです。あなたのお義兄様《にいさま》がいらっしゃるでしょう。そもそも私はもう荒木家の者ではありませんと申し上げております」

当たり前のことだが、この場合、春海の義兄である算知から、石井家の者に話を通してからでなければ、何にもならない。

「も……もちろん、そうするとも。私は、ただ、気持ちを……」

「婚礼の儀に、気持ちも何もないでしょう」

これが武家の常識である。春海は、うん、まあ、と口ごもっている。えんはちょっと溜息《ためいき》をついて話題を変えた。

「関さんにはお会いできたのですか」

「命を預かった」

神妙に胸の包みに手を当て、

「私はもう一度、改暦の儀に挑む」

きっぱりと告げた。

「つい先日は、病人のようなお顔をしておりましたよ」

えんが意地悪そうに言った。春海は、こっくりとうなずき、それから胸の包みを叩《たた》いて、

「今は、士気凜然《りんぜん》、勇気百倍だ」

勝負に敗れた者とは思えない、すごいことを口にした。えんはむしろますます叱るように、

「それで、昔のように、私に、証人になれと言うのですか？」

「それは……」

言いかけて、またもや大きくうなずいた。

「星を見るために旅したとき、日と月とあなたの面影に護《まも》られて関殿への設問を考案した」

胸を張ってそう口にした。だが、えんに感銘を受けた様子はなく、逆に呆《あき》れ顔になって、

「何を言っているのです、あなたは」

にべもなく吐き捨てられた。まるきり武家の男が、言い寄る町人の娘を追い払うような言いぐさである。かと思うと、またちょっと溜息をついた。それから、さも仕方なさそうに膝を折り、春海の顔を覗《のぞ》き込んで訊いた。

「今度の勝負は何年かかるのです？」

「十年」

たちまち、えんが冷たい顔になるのへ、慌てて言い直した。

「い……いや、それよりは早く成就させてみせる。か、必ずだ」

「一年の次は三年、その次は十年ですか。だいたいあなたが期限を守ったことがあるのですか」

「う……うん、まあ……」

「家が許すのでしたら、今度こそあなたが期限を守るよう、そばで見張って差し上げます」

「え……?」

今度は、春海の方が、まじまじと見つめ返した。えんは何も言わず、肩をすくめて立ち上がった。で、どうするんだ、と問うような眼差《まなざ》しが降って来た。

「あ……ありがとう」

さっと立ち上がり、

「秋には必ず迎えに来る」

固く誓うように言った。

「秋?」

まだ一月である。えんの呆れ顔をよそに、

「うん、必ずだ。では、御免」

行儀良く頭を下げると、大急ぎで身を翻し、そのまま駆け足で荒木邸を後にした。頭の中は、これからやらねばならないことで一杯だった。算知に話を通す、関の考察に目を通す、事業再開を仲間たちに告げる。

春海が脇目も振らずに立ち去る一方で、塾の方から村瀬が面白そうに笑みを浮かべながら、えんのそばまでやって来て言った。

「みんな聞いてたぞ。家の方も聞こえたろう」

えんは泰然としたもので、

「ならきっと話が早いでしょう」

と言った。

「喪が明けたな」

村瀬が笑った。

四

それから一年余の、延宝五年、春。

春海、三十八歳。京の生家で挙げられた二度目の祝宴において、

「何が、秋ですか」

嫁入り飾りの下から、えんの燃えるような怒りの目が向けられ、

「も……も、申し訳ない……」

春海は縮こまって、冷や汗をかいている。

つつがなく祝言が済み、床入りを前にした、花婿と花嫁のみの饗の宴《うたげ》である。

関孝和から授時暦考察の束を受け取ってのち、春海はすぐに、改暦事業の再開を仲間たちに伝える手紙をしたためるとともに、婚礼の願いを義兄算知に告げていた。

かねてから春海に後妻を娶《めと》るよう勧めていた義兄は、その心機一転を大いに喜んだ。

「よくぞ言った。さすが安井家の長子。さっそく二本松の礒村殿に初見願おう」

「ち、違います、兄上。礒村様は塾の村瀬殿の師です。えんさんは、もとは荒木家の娘ですが、

今は石井家の……」

「心配いたすな。必ずや良縁成就させ、お家の安泰、安井家の捲土重来《けんどちょうらい》となそう」

完全に勝負の姿勢である。本因坊との熾烈《しれつ》な勝負に敗れてのちも、ますます意気盛んな算知は、嬉々《きき》として縁談を進め、あっという間に話を通してしまった。荒木家も石井家も、将軍様御前で碁を打つ、という一言で縁談を承知したらしい。春海が改暦勝負をぶち上げ、大いに挫折《ざせつ》したことも問題ではなかった。武家は禄《ろく》にあぶれるばかりのご時世である。江戸城内で公務があるというのは、それだけ人も羨《うらや》む立場なのだ。それならすぐにも婚礼を挙げられそうなものだが、何しろいったん京の生家に戻り、事業再開と嫁取りの準備を同時に整えねばならない。

「よう決意した!」

闇斎は春海の肩をぶっ叩いて、事業再開も婚礼も喜んでくれた。それればかりか、

『士気凜然、勇気百倍』

春海がえんに向かって放った言葉を、そのまんま事業関係者に伝え、事業の中心者たる春海の再起を伝えた。そのせいで遥《はる》かのちの世にまで、その八字が伝わることになるとは、まさか闇斎も春海も思っていなかったろう。そんなわけで、さっそく闇斎の人脈で公家《くげ》や僧や神道家たちに協力が呼びかけられたが、幕府の支援も無い今、大半が改暦に懐疑的だった。かと言って春海と闇斎だけでは、高価で巨大な天測器具を扱うにも支障をきたす。主な道具を、春海の生家の庭に設置するだけでも大変な苦労だった。人も金も潤沢だった北極出地の旅が思い出され、いかに建部と伊藤が苦心して事業に漕《こ》ぎ着けたかを改めて思い知らされた。

「授時暦自体に誤謬があるのです」

という春海の態度が、さらに協力者の数を激減させた。数理と暦術に精通している人間であればあるほど、授時暦の精密さを知っている。それが誤謬であるなど、春海が正気を失ったのかと疑う者すらいる始末だった。

「ほんまに精密なら、蝕を外すかいな」

闇斎はあっさり授時暦に誤謬ありという考えを受け入れたが、安藤や島田などは、

『一概に断じかねますが』

などと動揺を隠しきれない手紙を送ってきていた。確かに研究を重ねれば重ねるほど、授時暦は一つの美として称えたくなるようなしろものである。それを斬って葬る算段は、春海にも、まるでなかった。全ては春海の、また関孝和の考察によって導かれた仮定なのである。しかも大逆転の発想であり、雲をつかむような話だった。

『こちらでも検証を重ねますが、もし何か方策がおありなら御教示願いたい』

安藤や島田の心許《こころもと》ない返答も、彼らにとってそれが精一杯であることは春海も分かっている。実証する方法そのものを、完全に新しい角度から発明しないことには一歩も進めなかった。

春海は、まず関孝和の考察の数々を頼りとしながら、新たな方法論を誕生させる方策に没頭した。天体観測の道具も設計し直してはどうか。日月星辰《せいしん》を測るための基準値を再設定してはどうか。授時暦を構成する数理を一つ一つばらばらにし、かつ世の様々な数理を挙げ、ある数理と別の数理が組み合わさることで、考えもしなかった矛盾が生じるか、試してはどうか。

どれもこれも気の遠くなるような労苦、金銭、人手、時間が必要だった。とても協力者を募れるものではない。その上、様々な検証や、ちょっとした天測の情報などが、片っ端から自分のもとに集まれば、それらを一瞥するだけでも膨大な時間が必要となる。

闇斎とたびたび相談しながら、春海はやがてそれらを解決する算段を明白にした。

それは天啓のごとく閃《ひらめ》いたが、実のところ過去からの課題そのものだった。

何の目的もなくおびただしい情報ばかり集めても、無駄ばかり増えてゆく。それよりもまず全ての土台となるような別の事業を設定し、その成就を通して、少しずつ授時暦の誤謬解明へとつなげる。そのために、何を土台とすべきか。大地である。遥か彼方《かなた》の天を眺めようとする前に、己の足元である大地を、再設定すべきだった。

(日本の分野作りだ)

それこそ、かつて北極出地で伊藤から託された一事であったではないか。中国から伝えられた星の相と、地の相、そのつながりを、全て日本に存在する独自のものに置き換える。あのとき既に、自分にはなすべきことが与えられていたのだ。そればかりか、

(頼まれました)

かつてそう答えたではないか。その責任を、今こそ取るべきだった。

そうして算段がようやく定まり、どうにか協力者たちをいたずらに困惑させずに済むようになったときには、いつの間にか秋になり、本来の碁打ちの職に戻らねばならなくなっていた。

しかも普段のお勤めであればまだしも、

「本因坊道悦様、碁方引退」

　こんな一大事が持ち上がったのである。算知との勝負に勝って僅《わず》か二年、本因坊道悦はその跡目を、一番弟子である道策に譲ることを決め、城の寺社奉行と碁打ち衆に報告した。

「すわ、争碁か」

　碁打ち衆のみならず城の者たちの多くがそう思った。若い道策が、安井家の算知もしくは春海と熾烈な勝負を行うことになる。それならそれで春海も覚悟を決めれば良いだけだったが、ここで道策の圧倒的な才能の輝きが議論の種になった。

　今や、安井家のみならず本因坊をふくむ囲碁四家の誰一人として、道策に勝てないのである。ただ勝てないのではなく、ついていけなかった。道策は碁における革命児であり、その実力は一手ごとに碁の定石そのものを変貌《へんぼう》させようとしていたのである。ゆえに、

「名人位、遜色《そんしょく》なし」

　道策の碁方就任を認める方へ傾いたのだった。ならばそれはそれで話が簡単であるはずだが、何しろ御城の公務である。二度も争碁を行いながら、今度は争碁なしとなれば、碁打ち衆全体の決定に誤りがないことを寺社奉行に証《あか》し、かつ大老や将軍様のご意向を伺わねばならなかった。手間に手間が重なり、安井家も、算知や春海のみならず義弟の知哲もふくめ、いちいち碁打ち衆の合議に顔を出し、道策の碁方就任に賛同する文書をせっせと調えることになった。

「面倒です。勝負をしとうございます。ぜひ、勝負をいたしましょう、算哲様」

　当の道策は、むしろ悔しげに春海に言い募ったものだ。

「私は、お前が碁方に就くことに全く異存はないのだが……」

「異存の問題ですか。栄えある勝負なのです。せっかくの争碁なのです。わたくしだけ除《の》け者だなんて、ひどいではありませんか」

泣きそうな顔で言う。楽しみにしていた祝い事がなくなってしまったようだった。

だが結局、将軍様も道策の妙手には大いに感嘆しており、争碁なしでの四家同意のもと、異例の碁方就任が決まってしまった。

本因坊道策、三十二歳。若くして碁打ちの頂点に立った瞬間であった。だが、

「恨みます」

就任の儀の際、道策に真顔で言われ、春海はひやひやした。

そんなとき、さらに面倒があった。とは言え春海自身の意志であり都合である。長らく義兄を立てるため〝安井〟や〝保井〟を使い分けていた春海だが、今回の婚礼を機に、正式に〝保井〟への改姓を決めた。これには、春海とえん、それぞれの亡妻と亡夫への礼儀の意味合いもある。不義密通が死に値する罪とされる世である。春海は亡妻ことだけでなく、えんの亡夫の墓前も訪れ、この婚礼が不義ではないという許しを死者に得る供養をしている。役所にもそのように届け出た。幕府と京都所司代の両方にである。これが手間で、ふた月ほどもかかった。

そうこうして翌年の春になってやっと婚礼となり、その分、

「秋だと、自分から約束したでしょう」

実に容赦なく、えんに睨《にら》まれた。

「こ、ここまで遅れるとは、思いもよらず、面目もない……」

ひたすら平身低頭の春海である。えんは怒った顔のまま着物の帯から紙を取り出し、すっかり色あせて皺だらけになったそれを、春海の前で広げてみせた。大円と小円。大方と小方。それらの蝕交から分を求める——かつて、えんが預かると言って取り上げた、春海の誤問だった。

「持っていてくれたのか……」

思わず涙がにじんだ。手を伸ばそうとすると、ひょいと取り上げられてしまった。

「お返ししようと思っておりましたが、やめました。期限を守らなかった罰です。あなたの事業が成されるまで、今一度、お預かりいたします」

「う、うん。今度こそ、必ず、十年のうちに事業を……」

「あと九年です」

ぴしりと宣告された。

「う……うん」

「あなたの亡き奥方様に代わり、今日から私があなたを見張っておりますから」

「うん……。それで、あのう……もう一つ、頼んで良《い》いかな」

「いったいなんですか」

「私より先に、死なないでくれ」

えんはしばらく春海を真っ直ぐ見つめ、それから、おもむろに吐息した。

「無茶ばかり頼まないで下さい」

「すまない……でも頼む。頼みます」

「分かりましたから、あなたもしっかり長生きして下さい。いいですね」

「うん。けど、えんさんも……」

はいはい、と素っ気なくあしらわれた。そして、またじっと春海を見た。春海もえんを見た。

塾で十二年ぶりに再会したときのような不思議な沈黙が降りた。いい歳の男女が、本当に今このとき、青年と娘に戻って見つめ合っている気分だった。春海はほとんど初めて、この女性がこれから自分の妻になることを意識した。そんなことを正直に言えば、えんに滅茶苦茶に叱られそうだが、無我夢中の勢いだった。それが今やっと冷静になり、実感が湧いた。初めて出会ってからおよそ十五年。実現を願うどころか想像すらしなかった想いの成就だった。

やおら、えんの方が、襟元を撫《な》でつつ、言った。

「あの……私も、お頼みしたいのですが」

「な、なんだい。なんでも言ってくれ」

すると、えんは、ちょっと目を逸《そ》らして、その頼みごとを口にした。

「早く、この帯を解いていただけますか」

春海は真顔のまま、こっくんと大きくうなずいた。

五

保井算哲として最初に公文書に名を記したのは、二刀の返納の文書だった。婚礼を機に寺社奉行から命じられたのである。厄介者であり、事業拝命の証しでもあった二刀である。失うことは辛かった。だが今こそ本当に何の後ろ盾もなく、個人として改暦事業への邁進を決意する上で、二刀の喪失は、避けては通れないことのように納得する自分もいた。

（まずは地の定石をつかむ。そして天の理を我がものにする）

春海はそのため、北極出地の旅に出てより十六年、培い続けた全ての知識と技術とを総合していった。北極出地による各地の緯度。渾天儀《こんてんぎ》製作のための詳細な星図。授時暦の研究における天測と数理。そして保科正之や闇斎や吉川惟足によって研究された神道の奥秘。

それらを一つ一つ丹念に照会し、矛盾なく結び合わせてゆく。その上で〝分野〟という中国の国家的占星術の技術を適合させる。日本全土から見える、占術面で中心となる星とを結び合わせるだけでも大変な作業だった。だがそれを行うことで、土地の緯度と星の運行とが、精緻《せいち》な織物の経糸《たていと》と緯糸《よこいと》のように照応してゆき、さながら天と地とが互いに近づくようだった。

気が遠くなる作業だが、心気は充実する一方である。暦という天地そのものを相手にした難問に、一歩また一歩と解答の道筋がつけられてゆく実感があった。地の定石、天の理とは、こんなにも人の心に希望と情熱を抱かせるのかと、春海自身が驚くほどだった。

公務の合間を縫っての研鑽だが、まったく苦に思われない。かつて愛妻を亡くしたときのような、空虚さを無理やり事業への傾倒で埋め合わせる心境とはほど遠かった。

というより、えんの〝内助〟には、いささか春海の想像を超えるところがあった。京でのことである。あるとき闇斎との相談を終えて家に帰ると、庭にあった桃の木が忽然《こつぜん》と消えていた。

あまりのことに驚き、えんに訊くと、

「伐《き》りました」

当然のように言われた。家人に頼むのみならず自ら一度二度と斧《おの》を振るったそうな。

桃の実がなれば盗む者が後を絶たず、枝が伸びれば隣家から苦情があり、花が咲けば枝ごと折ってゆく者がいる。近所でも有名な木で、その分、面倒ごとが多かったのだが、

「あなたの技芸向上に水を差すような些事《さじ》の源など、この家に一切不要です、旦那様《だんなさま》」

怖いほど、にこやかな断言だった。そしてこの〝処断〟を、近隣の者たちが誉めた。

「さすが武家の娘は違う」

あっという間に一目置かれるようになり、なんと近所中の奥方やら娘やらが、何かと、えんに相談事やら悩み事やら話しに来るようになった。えんは、さばさばとした態度で、彼女らを励ましたり、あしらったりし、かと思うと、

「あと八年ですよ、旦那様」

にっこり笑って春海に茶を差し入れたりする。怖くてとても怠けていられない。

一方、その心気の充実は、事業以外においても如実に表れた。

延宝五年、十一月。御城碁において、春海が、道策を五目の差にまで追った。他の打ち手ならまだしも、碁方についた道策相手の健闘を、将軍様を始め幕閣の面々が揃って誉め、

「保井に妙手あり」

碁の革命児たる道策の打ち筋に、ついてゆくだけでも立派なものとされた。

翌年の同じ月、同じく御城碁における勝負は、さらに白熱した。なんと道策に対し、春海が、三目の差に迫ったのである。

「保井が勝つか」

勝負の途中、幾度か、そのような囁《ささや》きが起こった。勝敗が決した直後などは、

「双方、見事なり」

あろうことか将軍家綱が、春海と道策の両者に向かって声を発し、幕閣の面々を驚かせるということまであった。将軍様が碁打ち衆に対して言葉をかけることなど異例中の異例である。

「この棋譜をご覧なさい、算哲様」

勝負の後、道策が勢い込んで言った。

「この見事な打ち筋。これでもあなたは星を選ぶのですか。暦などにせっかくの才を費やすと言うのですか。どうして碁に専心してくれないのですか」

「星が、私に命を与えてくれるんだ」

春海は、やんわりと、しかし、はっきりと確信を込めて告げている。

道策は唇を噛んで立ち尽くした。ひどく寂しそうだった。その細い両肩に、天才ゆえの孤独

と淋《さび》しさがにじんでいる。ときおりそれと全く同じ姿を見せる男を、春海は知っていた。関孝和である。授時暦の考察を託されて以来、しばしば春海は関を訪れ、親交を持った。春海が背負う課題に対し、関は惜しみなく助言してくれた。素晴らしい閃きに満ちた考察を受け取る一方で、春海は、関の孤独を感じた。自分が名を挙げる機会が皆無の事業に、これほど積極的に協力してくれるのは、それだけ日頃、関に理解者がいない証拠でもあった。

（関さん、笑っていました。あなたのこの設問を見て、嬉しそうでした）

あの誤問を見て、関がどれほど春海に期待したか。対等に渡り合うだけでなく、むしろ自分以上の閃きを見せつけてくれるのではないか。あてどもない研鑽の道をともに歩めるのではないか。実際に関が春海に語ったわけではないが、そう強く願っているのは痛いほど分かる。

その期待に応《こた》えたいと素直に思う。だが春海は、それとは別のことを、関にも、このときの道策に対しても、口にしている。

「弟子を持て、道策。大勢の弟子を。お前が星となれば、多くの才ある者が迷わずに、お前のいる場所へ辿り着く。中には、お前を追い越してゆく者だっているだろう」

それが、もう一つの春海の素直な思いだった。自分がひたすら関の背を追い続けたことからの実感である。そしてそれこそ関や道策に、春海が何より期待することであり、彼らの天命であることを彼ら自身にも増して感じていた。関が、〝算学〟という、無知の者にも算術を学ぶ機会をもたらす思想を抱いたのも、彼の天命ゆえだと春海は信じている。

だが道策は、かえってひどく寂しげだった。突き放されたと思ったのかもしれない。

春海は優しく言った。

「私だって諦《あきら》めたわけではないよ」

「……何をでしょう？」

「初手天元」

にわかに道策が目を輝かせた。

「いつか、お前から奪い返してみせるよ、道策」

道策はやっと微笑み、

「負けませぬ」

嬉しげに言った。

その後、道策は多くの弟子を持った。うち一人は五代目本因坊となり、さらに名人に、すなわち碁方に就いた。それ以外にも、井上家四世を継ぐ者など才能溢れる者たちが集まり、道策の指導のもと、碁の定石や布石は大いに進歩してゆくこととなる。

そしてもう一人の竜も、春海の願い通り、同じく多くの弟子を育てた。そのうち二人を、春海は牛込の関の自宅で紹介されている。

「建部賢明《かたあき》と申します」

十五歳の少年が凜と告げた。

「建部賢弘《かたひろ》と申します」

十三歳の少年が負けじと声を上げた。

春海は彼らの前に坐したまま喜びのあまり咄嗟に口がきけず、目が潤むのを覚えた。二人とも、あの建部昌明の甥《おい》である。二人の少年たちに、建部の面影を見るような気がして、もう少しで泣き出してしまいそうになった。

「この者たちには、わしの術理をことごとく学び取ってもらうつもりだ」

関は、その程度のことは当然だというような顔でいる。

「ゆくゆくは、わしに代わって、主だった算術を書にしてもらいたくてな。やはり、書の版行は、わしの柄ではない」

そこまで関に言わしめるのだから、この若き建部兄弟の才気の確かさが窺《うかが》えた。

可哀想なくらい緊張する建部兄弟に、春海は微笑んで言った。

「これはまた大変な師を持ったね」

賢明と賢弘が、揃ってうなずきそうになり、慌てて左右へかぶりを振った。

「必ずや精進してみせます」

兄が元気良く告げた。事実、のちに兄弟は成長して関とともに優れた算術書を出し、やがて師を乗り越え、新たな数理を開発することになる。その門派は〝関流〟と呼ばれ、建部兄弟はその代表格として名を成すのだが、このとき春海は、ただ噴きこぼれそうになる涙をこらえ、

「精進せよ、精進せよ」

声を上げて笑いながら、言った。

六

春海自身の精進が実を結んだのは、それから間もなくのことである。

延宝五年の冬から七年の夏にかけて江戸や京などで書として出版された〝日本の分野〟は、

『天文分野之図』

まさに全国規模の注目を受けた。

精密な天測と運行の計算とに裏打ちされた星図の全てが、全国各地の大地に照応されており、星々の位置やその蝕などから、各地の〝吉凶〟が一目瞭然《りようぜん》となる。春海のこれまでの技芸、そして神道の教養の集大成であった。その出来映えに、江戸の天文家、京の陰陽師、各地の僧たちが揃って唸ったという。それればかりか、巻物の装丁を生業《なりわい》とする経師たちが、春海の『天文分野之図』を、一つの美とみなし、何の関係もない本の表紙に流用したのである。それにより、さらに天文暦術や数理とは無縁の人々の間にも、〝天文図〟が一挙に流行したのだった。

春海も、その成果というか、ちょっと想像しなかったものを闇斎が手に入れ、面食らった。なんと美人画である。背景や着物の柄に〝天文図〟があしらわれていた。それればかりか絵の主役である女が、婀娜《あだ》っぽい様子で読んでいる本そのものが、『天文分野之図』なのである。

とはいえ家で美人画など飾れば、えんの無言の冷罵が待っている。代わりに麻布の礒村塾に持っていき、村瀬にあげることにした。たまたま江戸に戻っていた関も塾に来てそれを見た。

関は、延宝六年に甲府宰相たる徳川綱重が没してのち、その子の綱豊に仕えて勘定吟味役となっている。城中にお勤めを持つ春海が、おいそれと邸宅を訪問するのも憚《はばか》られるため自然と礒村塾で会うことが多くなった。そのときも、春海が持参した魚を炙《あぶ》って食べながら、春海の事業の成果であることを言い訳に、いい歳の男が三人、美人画を囲んであれこれ真面目な顔で話すという、大いに楽しいひとときを味わった。

「絵の構図というのも、なかなか算術的だ」

関は、ぱちぱちそろばんを弾《はじ》き、余白と女の面積やら、女の背丈と腕の比やらを算出し、

「〝解答さん〟も、女に関しては一瞥即解とはいかないかね」

村瀬にからかわれたりした。

「解く段取りがむしろ冥利《みょうり》」

しゃらっと関が返すのへ、村瀬も春海も馬鹿みたいに笑った。

春海に考察の山を託して以来、関から事業について進捗《しんちょく》を尋ねることは一度もなかった。

江戸にいる間、春海はしばしば村瀬や関と碁を打った。彼らが指導碁を望んだからでもあるが、何より〝碁会〟と称して安藤を招くためでもあった。これも十数年かけて果たせた約束である。安藤はたちまち関の才気に心酔し、藩士としての立場から師事できないことを惜しんだ。

そんな算術家同士の交流においても、関が率先して改暦について語ることはなく、

「また天に近づいたな」

春海が何かを成し遂げるたび、そんな風に端的に称えるだけである。一方で、数理算術の話

題は年々、鋭さを増してゆき、春海に崇敬を抱かせんばかりであった。事業推進を急かし立てるのではなく、術の研鑽を共有することで、春海を無言のうちに支援する。その代償など何も求めない。ただ春海の歩みを信じている。それがこの天才の一貫した態度だった。

一方、春海は『天文分野之図』の書を、伊藤が茶毘《だび》に付された寺と、伊藤の子息に献納し、

「やっと出来ました、伊藤様」

伊藤の病没から八年、ようやくの成就をもって、改めて冥福《めいふく》を祈った。

さらに同年、春海はまたもや注目を浴びるものを版行している。

『日本長暦』

という書で、かつて改暦事業が開始された際、闇斎が提言した〝暦註《れきちゅう》の検証〟を、本当に神代の過去にまで遡《さかのぼ》って当てはめたのである。その最初のものは既に〝分野作り〟の過程として、延宝五年には出来上がっていた。それを世に広めさせるものとして精錬した書であった。

これら『天文分野之図』と『日本長暦』の発表により、春海は中国の占術概念を飛び越え、全く新たな、日本独自の国家的占星術の基礎を、ただ一人で試行した人物とみなされた。

安藤や、会津にいる島田からも、

「神憑《かみがか》りの偉功」

と敬われるほどで、闇斎や、神道界筆頭たる吉川惟足からは、

「安倍晴明《せいめい》に匹敵せんとする学士」

などと激賞された。

「陰陽の鬼神呪術《じゅじゅつ》がなんぼのもんや。天文暦法と神代の奥義こそこの国の秘儀の根幹や」

そう言って闇斎は、春海の背も肩も、ばしんばしんと、ぶっ叩いて喜んでくれたものだ。

あるいはそれ以上に喜んでくれたのが、かの水戸光国である。『天文分野之図』と『日本長暦』とを、ごつい両手にそれぞれ握りしめ、

「うぬう」

ものすごい唸り声を発しつつ、ぶるぶる震えていた。額に太い血管が浮いており、今度こそ、その岩のような拳《こぶし》で殴殺されるのではないかと、春海は生きた心地がしない。

「そなた、いったい幾つ、歴史に残るものをこしらえれば気が済む」

「か……過褒にて……」

「何が過褒か。当然の評価と思え」

殺気のこもった尊敬の眼差しという、およそあり得ない睨まれ方をされた。

「ここまでしておきながら、改暦の儀、よもや諦めはせんだろうな」

「はい」

春海は断言した。そのための分野作りであり暦註検証なのである。目的は授時暦の検証だけではない。中国からもたらされた至宝のごとき暦術から離れる。そうして日本独自の術理を新たに創出する。それこそ改暦のただ一つの突破口なのだと、このとき春海は深く確信していた。

「水戸が助ける。会津にも手伝わせる。何でも渡してやる。何か必要なものはあるか」

光国が身を乗りだして言った。早く見せろとねだる子供のようだった。春海は僅かに逡巡《しゅんじゅん》し

たが、すぐに腹を決めた。

「一つだけ、入手できぬものがあります。元は洋書です。題を、『天経或問』と言います」

さしもの光国が言葉を失い、

「ぬう」

虎の唸りを思わせる声を零した。

『天経或問』とは、中国の游子六という人の書で、西洋の天文学の詳細が記されているものとして、名だけは有名だった。だが切支丹の本格的弾圧と禁教令の全国施行により、洋書の類とみなされるものはほぼ禁書とされている。その禁制をすり抜けるただ一つのものが漢訳版や漢書だった。切支丹の教義が記されていないものに限り、一部の者にのみ読むことが許されているのである。

だが『天経或問』は、切支丹の教義書ではないとされているものの、星は宗教と密接につながっている。どこで切支丹の記述に出くわすか分からない。禁教令を破ったとみなされれば、即座の投獄が待っており、春海の人生は終わる。

「覚悟はあるのか」

光国が訊いた。

「天に手を触れようというのです。生涯をかけねば届きはしませぬ」

春海は即答している。もはやただ時間をかけて研究すればいいという段階は終わっていた。今、完全に別の角度からの検証が必要となっていたのである。そして春海の中では、〝何を検証すればいいか〟が、やっと朧気《おぼろげ》ながら察せられようとしていた。そこからさらに理解と確信を得るためには、中国でも日本でもない、第三の視点である洋書の存在が不可欠と考えるようになったのである。

ふいに、虎がにやりと笑った。この上なく恐ろしく、また頼もしかった。

「案ずるな。何があろうと決して、そなたとその一族に、手は出させぬ。たとえ相手が将軍その人であろうと、余がそなたを守る」

光国は約束を守った。翌年初め、解読に何の不都合もない、驚くほど破れも染みも皆無の『天経或問』が、ほとんど秘匿公文書の扱いで、江戸の会津藩邸に送られ、春海に渡されたのである。しかも光国の〝学問好き〟が、ただの趣味ではなく、藩政や幕政を左右するものである証拠に、いったいどうやって手に入れたのか、南蛮人が製作した地図まで添えられていた。

『坤輿《こんよ》万国全図』

という世界地図である。マテオ・リッチというイエズス会の宣教師が、布教のため訪れた中国で天文学を教える傍ら、製作した地図であるという。さすがの春海も初めて見たときは唖然《あぜん》となった。いったいどこに日本があるのか分からない。やっと見つけたと思ったら、小石のごとき国土に仰天した。京でその地図を広げているとき、えんに後ろから覗かれ、

「これが日本ですか?」

疑わしげに訊かれた。だが春海はこれが事実なのだとすぐに理解している。星の観測を通し

て、地球が巨大な球体であることはとっくに知っていたし、その球体の上に乗った、離れ小島のような列島が、日本であることにも納得していた。

「この世は、これほど広大だということだ。私たちが小さいのではなく、世が大きいのだ」

春海はえんに、そう説明している。

「あと六年ですよ」

えんが、なんだか急に心配になったように言った。まさか夫が、これほど巨大なものを相手に奮闘しているとは思っていなかったというような顔である。だが春海は地図を見ながら、

「必至」

強い笑みを浮かべて告げている。これほどのものを光国が用意してくれたお陰で、さらに自分が飛躍するだろうという予感があった。春海を見つめるえんも、それ以上は疑いを口にせず、

「はい」

と楽しげに微笑んだ。

事実、培い続けてきた知識と技術に加えて、西洋の視点を取り入れることにより、春海は飛躍的にその見識を深めている。だがその間、改暦に関わる者たちは次々に世を去っていった。

延宝八年、夏。島田貞継が病で逝去した。

死の寸前まで天測研究を続け、改暦のための重要な資料を多く遺《のこ》してくれたことを、安藤が手紙で報《しら》せてくれた。島田は、安藤にとってかけがえのない算術の師匠である。

〝ついに主君の遺命を果たせず〟

という島田の無念と、

〝どうか改暦成就を〟

強く願う安藤の思いとが、ずしりと音を立てて春海の身に降りかかった。春海はそれをしかと受け止めている。本当の改暦へ、あと一歩で到達するのだ。そう安藤に告げ、成就を誓った。

そして、そのひと月余りのちの、五月。

将軍家綱が、四十歳の若さで急逝した。病没である。幕閣の誰もが軽い風邪と思っていたらしい。家綱はやや病弱であったとは言え死の直前は健康そのものだった。跡継ぎすら定まっておらず、突然の死に、城が緊迫を帯びた。大老酒井は、対処について老中たちの質問に即答せず、ただじっと宙を見つめていたという。心の中では、五代将軍の候補が様々に駆け巡っていたのかも知れない。

が、にわかに政変が起こった。

老中である堀田〝筑前守《ちくぜんのかみ》〟正俊が、まさに電光石火の動きを見せ、家綱の異母弟である綱吉を擁立した。堀田がそれほどまでに強引な手段で政権を左右しようとは誰も思わなかったらしい。確かに、堀田の亡き父はかつての家光の側近、春日局の遺領を継いで家格に不足もなく、歳も四十六歳、きわめて壮健である。だが何しろ老中格の中でも末席にあり、勝手に徳川家の一員を担ぎ上げるなど、下手をすれば謀反である。

けれども大老酒井は、不思議なほど何の対処もしなかった。猛烈な速度で堀田やその一族が権力を奪取するのを淡々と眺めていた。己の地位が危うくなることに対して、およそあり得ぬ無関心さを示し、中立的な幕閣の面々が、呆気《あっけ》に取られるほどだったという。

かくして家綱薨去《こうきょ》から、たった三ヶ月後の延宝八年八月。

綱吉は五代将軍宣下を受けて、徳川幕府に君臨した。城中の権力構図が一挙に変貌し、末端の武士たちから大奥の女房たちに至るまで、栄枯盛衰の見本のような権力逆転が起こった。

そして十二月、酒井は大老職を罷免された。翌年、大老に任じられたのは、むろん堀田正俊である。酒井は、将軍となった綱吉が鼻白むほど、その依怙《えこ》の沙汰《さた》そのもののような人事をあっさり受け入れた。そして翌年二月、酒井は家督を子息に継がせて公務を退き、隠居した。

その直後、公務で江戸にいた春海は、久々に酒井に招かれ、碁を打っている。

場所は、下馬所前の、酒井の邸宅だった。考えてみれば城内で碁を打ったことはあれど、酒井の邸宅を訪れるのは初めてである。〝下馬将軍〟などと揶揄《やゆ》された割には、豪奢《ごうしゃ》さとは無縁の、さっぱりとした雰囲気の邸宅だった。

実のところ春海は、今一つ、酒井に招かれた理由が分からずにいた。かつての改暦事業の際は、保科正之の意図があっての指導碁指名だったが、改暦失敗ののちは完全につながりを失ったと思っていたのである。政変で地位を追われた悔しさを、事業に破れた春海と分かち合おうなどという感性は、まるで持ち合わせぬ人であることはよく理解していた。

酒井の真意が分からぬまま、昔通り淡々と碁を打った。幕府の行く末が左右されるほどの政変の渦中にあったとは思えぬほど穏やかな、酒井の打ち筋だった。勝負の意欲や、怒りや悲しみどころか、碁を楽しもうという気配すら驚くほど欠如しているのが、この人らしかった。

「まだ、天に手を伸ばし続けているようだな」

あるときふと、酒井が言った。

「は……」

春海は相変わらず何と返事をしたら良いものか分からず、短く答えている。そんな事業は無駄だと言われるのだろうかと、ちょっと警戒した。

かと思うと酒井は手を叩いて人を呼び、

「あれを」

と、あるものを部屋に運ばせた。

何であるか、すぐに分かった。命令として身に帯びさせられ、そして一方的に返納を命じられたもの。春海が見慣れた、あの二刀である。二十二歳でいきなり与えられ、三十七歳で返納し、そして四十一歳の今、再び、春海の傍らに置かれた。

「お主のものだ」

返答に困るほど機械的な酒井の言だった。

「は……、しかし……」

「もとは保科公が用意させた刀だ。給金から天引きされることはない。わしが買った」

そう言うと、さらに人を呼んだ。今度は重そうな袋が刀のそばに置かれた。音で、金子だと分かった。かなりの額である。

「事業に使え。色々と必要であろう」

「な……なにゆえ、酒井様が……」

春海は完全に面食らって、礼すら言えずにいる。酒井も酒井で、

「さて」

小首を傾げるようにして盤面に目を向け、ぱちんと石を置いた。何の答えにもなっていない。だが春海はなんとなく、〝これでひと安心〟と呟きを聞いた気がした。置かれた石の呟きだった。城の激務に耐え、幕府安泰に尽力し切った者が、生まれて初めて、ほっと息を抜いたのだ。

「金は、使いたいように使え。だが改暦の儀を成すときは、刀を差しておれ。保科公が望んだことだ」

武家の手で文化を創出し、もって幕府と朝廷の安泰を成す。確かに保科正之の願いだった。酒井自身がそのことに関心があるのかないのか、結局、春海には分からなかった。この二刀と金は、いわば酒井の〝身辺整理〟の一環なのだろうと、そんな風に思った。

今、正之とともに将軍家綱の治世のもと、泰平の世作りに尽くした男が、その仕事を終えたのだ。自分は正之と酒井の申し子かもしれない。そんな思いとともに春海は改めて平伏した。

「ありがたく頂戴《ちょうだい》いたします」

酒井は自分が打った石を見つめ、ふと庭を見た。庭木の向こうに、江戸城が見えた。

「大きな城だ」

不思議そうな酒井の呟きだった。その大きな城を背負って、公務に身を費やし続けたのだと

いうことを、誇るでもなく、ただ実感しているのだろう。

「はい、酒井様」

春海は、そっと言い添え、二人で黙って城を見た。

天守閣が喪《うしな》われた虚空に、気づけばさらに新たな時代の青空が広がっている。

「これほど大きかったのだな」

酒井は言った。

それから三ヶ月ほどのちの五月十九日、酒井は逝去した。享年五十七歳であった。

七

将軍綱吉の態度は、見苦しい、の一言だったという。酒井の訃報《ふほう》を聞くなり、腹を切ったのではないかと疑い、怖れ、墓を掘り返せとまで言った。自分で罷免しておきながら、死をもって諫言《かんげん》されたのではないか、他の幕閣の面々が酒井に倣うのではないかと恐怖したのである。

そんな将軍様の言動が下々の者にまで伝わり、なんと春海の耳にも入った。しかもただの根も葉もない噂ではなく、確かな事実として、その日のうちに城中に広まっていた。

それ自体が異常である。正当な手続きを経て座に就いたのではないということが醜いほど露呈していた。よもや将軍がそのような狼狽《ろうばい》を見せるとは、擁立した堀田自身も驚いたらしく、

「酒井は病で果てましてございます」

老中たちと一緒になって宥《なだ》めながら、誰もが、

（暗愚の将だ——）

その予感を抱いたという。それでも、その将を支えねばならない。それが、戦国の世を葬り、泰平の世へ辿り着いた徳川幕府の使命だった。また同時に、綱吉を擁立した堀田一族、またその係累である稲葉一族や、政変を支持した全ての者にとって、もはや避けて通れぬ道だった。

酒井が失脚してのち、事態は、春海個人にとってきわめて有利に動いた。

保科正之から改暦の儀を春海に担わせるようにという遺言を受けていた稲葉正則や、その息子であり正之の娘婿である稲葉正通などが、以前よりも重用されたのである。

また綱吉は、保科正之を〝理想の君主〟と称え、その善政を真似ようと必死になった。

必然、改暦の儀や、かつて春海が創案した〝天文方〟の構想に、将軍綱吉その人が興味を持っていることが、稲葉父子を通して、春海にも伝えられた。しかし当の春海が、そこですぐさま改暦建議を試みていない。まだまだ研究し、検証しなければならないことが残っていたし、実際の改暦の算段を整えるには、布石が足らなかった。

代わりにと言うわけではないだろうが、綱吉は年号を革《あらた》めた翌天和《てんな》二年、神道家の筆頭と目される吉川惟足を招き、寺社奉行直下の〝神道方〟を創設させ、その初代に任命した。

初めて幕府の中に、日本古来の儀式や知識を本格的に研究する文化機関が設けられたわけである。これによって全国の神道家が幕府統制下に置かれる一方、吉川惟足を代表として神道家たちの結びつきが強固となった。吉川惟足は、保科正之に〝土津公〟の霊号を授けた人である。

改暦の儀に賛成しており、春海にとっては強力な支援者を幕府の中に得たことになる。

が、それ以上の支援者を、春海はこの年に喪った。

闇斎が死んだのである。


「六蔵……いや、春海よ。お前に、我が奥秘を授ける。惟足殿が証人となる」

病で危篤となった闇斎は、床に伏せたままそう言った。いつもの、どこの訛《なま》りだか分からぬ口調ではなく、貴人相手の講義のときの口調だった。そのせいで悲しみがいっそう増した。そんな風に別れの言葉を告げられたくなかった。

「嫌です、先生。いよいよなのです。授時暦の誤謬は明白です。新たな暦が始まるのです」

完全に青年の頃の態度に戻って春海は泣いた。いつの間にか自分が四十三歳になっていることなど意識になかった。それどころか青年からさらに子供に戻ったように喚《わめ》いた。

「どうかそれまで生きていて下さい。死なないで下さい。もうすぐです。もうすぐ――」

「宣明暦の予報が、再び日月の運行から乖離《かいり》する、か」

闇斎が微笑んで言った。〝証人〟として待機する吉川惟足も、真剣な面持ちでうなずいた。

「そうです。すぐです。ですから先生……」

「わしは消えるわけやないぞ」

急に、いつもの調子に戻り、闇斎が優しく笑った。

「この身にあった心が、霊となり、神へと戻るんや。そんでな、保科様や、お前の父や、前妻のおことと再会してな、お天道様とお月様と一緒に、お前を見守るんや」

春海は震えながら泣いた。やっとのことで、

「はい」

と言った。

「我が生涯をかけて見出《みいだ》した、垂加《すいか》神道の奥秘、どうか受け継いでくれ」

「はい、先生……」

「惟足殿」

「ここに」

闇斎が、吉川惟足に助けられながら身を起こした。そうして、闇斎から春海へと秘伝が伝授された。それこそ闇斎の命そのものだった。これにより春海は神道の一派をなす権限を得て、晴れて神道家の一員となった。改暦の儀において有用なことこの上ない立場を得たのである。

「お前の暦で、幕府を、朝廷を、日本全国を、あっと言わしたれ」

闇斎が、その生涯最後の豪毅《ごうき》さをみせて笑った。

天和二年九月。闇斎は世を去った。霊社号は乗加霊社《しでますれいしゃ》。享年六十四歳だった。

翌年、まるで入れ替わるかのように、春海のもとに別の命が訪れている。

えんが子を産んだ。男児だった。昔尹《ひさただ》と名づけられたその子を抱いて、

「ありがとう、ありがとう」

それ以外の言葉をすっかりどこかへ落としてきたかのように、春海は、えんと子の両方に向かって繰り返し言った。あまりのはしゃぎように、

「落ち着いて下さい。落としますよ」

えんにあっさり子供を引っ剝《ぺ》がされてしまった。母子を見つめながら、

「私より先に死なないでくれ、な」

思わずそんなことを口にし、

「私が、この子を死なせると思っているのですか」

猛烈に叱られた。

「いや、お前も子も……」

はいはい、と手を振られ、

「それより、あと三年ですよ」

「うん、もうすぐだ」

顔を引き締めてうなずく春海の指を、子供の小さな手がそっと握っている。

「もうすぐ、この手が、天に届きそうな気がするんだ」

そして天は、春海の予想を超えた姿で現れた。

天和三年春。

京の生家で最終的な検証を一人で行った結果、春海はまず大地と、そして天を見た。

どちらにも誤謬があり、その正しい姿がにわかに出現したのである。

一つは、大地だった。授時暦が作られた中国の緯度と、日本の緯度、その差が、術理に根本的な誤差をもたらしていたことを実証したのである。北極星による緯度の算出、その〝里差〟の検証、さらには漢訳洋書という新たな視点によって、その誤謬が確実なものとなった。

すなわち授時暦は中国において〝明察〟である。その数理に矛盾はない。だが日本に持ち込まれた時点で、観測地の緯度が変わり、ひいては授時暦そのものが〝誤謬〟となるのである。中国から渡ってくるものは無条件で〝優れたもの〟とされるが、春海はその考えをここで初めて完全に捨て去っている。星がその考えを捨てさせた。天元たる北極星が、それを遥か以前から教えてくれていた。自分を始めとして、誰もそれに気づかなかっただけで。

さらにもう一つ。

春海の中で、何にも増して堅固だった常識が打ち砕かれた。それは天体の運行であった。膨大な数の天測の数値を手に入れ、何百年という期間にわたる暦註を検証した結果、太陽と月の動きから、この春海がいる地球そのものの動きが判明したのである。

地球は、太陽の周囲を公転し続けている。そのこと自体は天文家にとって自明の理である。だがその動き方が、実は一定ではないということを、春海は、おびただしい天測結果から導き出したのだった。

近日点通過のとき、地球は最も速く動く。逆に遠日点通過のときには、最も遅く動いているのである。これは、たとえば秋分から春分までがおよそ百七十九日弱なのに対し、春分から秋分までは、およそ百八十六日余であることから、実は既に明らかになっていることでもあった。

後世、〝ケプラーの法則〟と呼ばれるもので、この近日点通過と、遠日点通過の地点もまた、徐々に移動していく。となると、地球の軌道はどんな形になるか。太陽を巡る楕円《だえん》である。

「……そんな馬鹿な」

思わず呟きが零れた。だがそれが真実だった。今の世の誰もが、星々の運行を想像するとき、揃って円を思い描く。真円である。それが、神道、仏教、儒教を問わず、ありとあらゆる常識の基礎となっている。そのはずではなかったのか。星々の運行、日の巡り、月の満ち欠けにおいて、いったい誰が、こんな、奇妙にはみ出したような湾曲した軌道を想像するというのか。

太陽が全ての〝中心〟という常識からすれば、地球が太陽から遠くなったり近くなったりしていること自体が想像の外だった。しかも矛盾なく検証すればするほど、近日点すら、ずれてゆくのである。定まった楕円軌道を地球が動いているのではなく、その楕円自体が、ゆっくりと移動していた。そして驚くべき誤謬を招いた。なんと授時暦が作られた頃は、近日点と冬至とが一致していたのだ。このため授時暦を作った元の才人たちは、それらが常に一致し続けるものとして数理を構築したのである。だが今、四百年もの時間の経過において、この近日点は、冬至から六度も進んでいた。

大地たる緯度の差。天における近日点の誤差。この二つが、

（──算哲の言、また合うもあり、合わざるもあり）

酒井に厳しく断じられたあの言葉を招いたのである。今、それが分かった。畏《おそ》れ多くて身が震えた。大地と天の姿そのものに誤謬と正答を見たのである。しかもこの日本で、今それを知

るのは、おそらく己一人なのだ。怖くて怖くてたまらなくなった。

が、ふとその怖さが遠のき、代わりに、かつて聞いた声が甦った。

「ときに惑い星などと呼ばれますがねえ。それは人が天を見誤り、その理を間違って理解してしまうからに過ぎません。正しく見定め、その理を理解すれば、これこの通り」

「天地明察です……伊藤様」

途端に、万感が込み上げてきた。どうしていいか分からず、ふらふら立ち上がって部屋を出た。観測器具が所狭しと設置された庭に立って、ぼんやり空を見上げていると、えんが気づいて庭に下りて来た。

「やったよ、えん」

ぼんやり告げた。

「おめでとうございます、旦那様」

えんがにっこり笑って言った。

どっと涙が溢れ、春海の頬を濡らした。何もかもが霞《かす》むのに、青空だけが澄み渡っている。

春海、四十四歳。実に北極出地から二十二年の月日を経て、天に触れた瞬間だった。

八

「大和暦というのはどうだね、渋川」

関孝和が気楽に言った。口調は気楽だが決して侮っているのではない。〝大和〟という最大級の称賛に等しい名も、春海の功績においては当然であると言っていた。

「……過分の名ではないでしょうか」

春海は照れ臭そうに首をすくめている。村瀬が笑って請け合った。

「なあに、渋川さん。関さんが言うほどだ。みなが納得するに決まってる」

儀村塾を訪れていた。関と約束してのことだ。

「では……請願の折には、その暦名で……」

「うむ。是非そうしなさい。お主の暦法に値する名は、そうそうないのだから」

関にそう言われ、なんだか気恥ずかしいほど嬉しかった。授時暦における緯度の差と、天の常識そのものに誤謬を見出してのち、正しい数値と数理をもって整えた暦法だった。今、これ以上の正しい暦法は日本に存在しないと断言できたし、会津にいる安藤などは、

『まさに明察。敬服仕《つかまつ》った』

という感じの、珍しいほど長々とした称賛の文章を書いて送ってくれていた。その上、関や村瀬にまでこう言われるのだから、疑うべきことなど何一つない。後はただ、数理の研究をどこまでも深めてゆくことで、さらに暦法を確かなものにし、新たな発見を求めるばかりである。そしてそれは春海の生涯のみならず遥か後世にまで委《ゆだ》ねられるべきことがらだった。

一方で、このとき関からも、新たな成果が出されていた。

『解伏題之法』

という、二年ほど前にほとんど完成していた稿本である。そこでまたも関は新たな算術を発明していた。後世、〝行列式〟と呼ばれるようになるものを、全く独自に発明したのである。しかもこの術理は、このときまだ中国や日本のみならず、ヨーロッパにすら存在していない。授時暦の誤謬を見事に見出してなお、強烈な衝撃をこうしてもたらしてくれる関に、春海の方こそ敬服する思いだった。

「関殿が見出された術理こそ、〝和算〟と呼ばせていただきたくなります」

「よせよせ。お主の暦法の前では、気恥ずかしいだけだ」

「何を仰《おつしや》る」

「お主こそ」

村瀬が、愉快そうに膝を叩いて笑った。

「たまらんよ、あんたたちは。それはそうと、今度の改暦勝負はいつだい、渋川さん?」

春海は顔を引き締め、

「じきに」

と告げた。事実、改暦の気運はまた少しずつ高まりつつあった。何しろ宣明暦の誤謬は明らかなのである。以前の改暦請願から既に十年、その誤謬はますます甚だしく、各地で話題になっていたし、何より将軍綱吉が改暦に興味津々だった。

「だが大老はそうではないと聞く」

関が言った。新たに大老職に就いた堀田正俊の政治姿勢は、一言で称することが出来た。すなわち〝緊縮〟である。天和三年、世はこれまでにも増して大不況に陥っていた。『飢民数万』などと、全国から悲愴《ひそう》な報告が江戸に集まるほどだった。しかし堀田は、

〝天意の前に仕方なく慎む〟

という、かつて保科正之が斬って捨てた、武家にのみ都合の良い民生否定を美徳とし、効果的な政策をほとんど行わずにいた。堀田はあの山鹿素行を師として崇《あが》めており、山鹿も山鹿で、堀田の思想を正当化するための新たな武士の理論をずいぶんと提供している。堀田と山鹿。この二人がいる限り、改暦の儀は至難である。将軍綱吉さえそう思っている節があった。

「方策はあります。やや、あざといものではありますが」

だが春海は恬然《てんぜん》と微笑んでいる。これより春海は、じっと腰を据えて改暦への算段を見極め、着々と布石を打つことに努めた。保科と酒井の二人から学び、二十余年の歳月で培い、江戸と京という日本の二つの中心地を往復し続けた生活で身につけた態度であり戦略である。

堀田の〝緊縮〟はやがて江戸城そのものを貧窮に陥れた。城中で働く者たちに、賃金が支払えなくなる可能性すら生じたのである。しかも将軍綱吉も堀田も、それを自分たちの無策のせいではなく、自然現象であるかのように老中たちに伝えた。国の権力者が、官吏に給与支払いの不能を吐露するなど、暗愚を通り越して早くも末期症状と言って良かった。

そこへ、春海の〝あざとい〟一手がするりと打たれた。

それは老中稲葉正通を通して堀田に渡され、抜群の効果を発揮した。すぐさま稲葉正通の同席のもと、指導碁と称して、春海が堀田のいる部屋へ呼び出された。

「これは、まことか？」

堀田が訊いた。碁盤の上に、春海が稲葉正通に渡した文書があった。碁笥《ごけ》すら最初から用意されていない。せめて碁を打ちながら話すといった余裕はないのだろうかと、全く違う感想を抱きつつ、平伏しながら淡々と返答した。

「はい」

「この、頒暦とやらだけで、これほど莫大《ばくだい》な金を集めるというのは、まことなのか？」

「はい」

「改暦が幕府に財をもたらすと？」

「はい」

そこで堀田が黙り、ようやく同じ質問の繰り返しをやめた。春海の機械的な反応から、

（まるで酒井と話しているようだ）

堀田がそう思っているのが、亡霊でも見るような落ち着かぬ目つきから分かった。怯《おび》えるというほどではないが、大老にしては胆力がないな、と他人事のように春海は思った。

そこで、見かねたのか、稲葉正通が言葉を挟んだ。

「帝《みかど》が改暦の勅を下されるかも知れない」

このとき稲葉正通は京都所司代でもあった。朝廷の動きには敏感である。そして昨今の宣明暦による誤謬がようやく問題になり、朝廷自ら改暦を検討しているとの情報があるという。

「はい、存じております」

だが春海はとっくにその動きをつかんでおり、ますます堀田を鼻白ませている。

「武家が改暦に参加出来るか？」

稲葉が訊いた。

「一つ、お許しいただきたいことがあります。それが叶えば、できるでしょう」

「なんだ」

堀田が神経質そうに言った。

「二刀を差すことをお許し下さい」

これは春海を武家の代表にするということである。稲葉がちらりと堀田を見た。堀田はしかめっつらで黙っている。山鹿から理想の武士像を吹き込まれている堀田からすれば、碁打ちの佩刀《はいとう》など不快きわまりないのだろう。

「刀はあるのか」

稲葉が訊いたが、これは堀田の気持ちを促すためだと察せられた。

「以前、碁の席で、人から贈られたものがあります」

酒井からもらった刀だとは言わなかった。稲葉が目配せし、堀田が渋々と言った。

「そなたが朝廷を出し抜ければな」

春海はただ平伏し、それについては何も返答しなかった。既に改暦事業の開始の布石は打っていた。ただ、その後に必要な、最後の一手を探していたのである。

その一手は意外なところで見つかった。

天和三年九月。京で頒暦を売る大経師家に事件があった。主人の妻と手代の不義密通が発覚し、店の金を盗んで逃げたが、協力者ともども処刑されたのである。主人の大経師意春はむろん裁かれることはなかった。むしろこの事件を逆手にとって売名するなど、頒暦商売の権利拡大に血道を上げている。したたかであり強欲だった。妻を喪ったことなど何とも思わぬ人物で、

（使える）

春海はこの大経師の振る舞いからそう判断し、幾つかの根回しを行った。そうして最後の一手を定めてから二ヶ月後の、天和三年十一月。

ついに、予期されていたことが、起こるべくして起こった。

宣明暦が、月蝕の予報を外したのである。しかも多くの者たちが、暦にある月蝕は起こらないとしていた。城中で、春海も何度かそのことで意見を求められ、

「起こりません」

断言していた誤報である。これが契機となり、十年ぶりに改暦の気運が高まった。いや、もはや宣明暦が誤謬だらけであることが常識となった上での、前回とは比較にならぬ強い気運である。春海の過去の挑戦を知る者たちが、頻繁にその話題を持ち出し、春海の反応を窺った。だが春海は表立っては動かずにいる。自分から改暦について口にすることは一切しなかった。ただひたすら、これまでに打った全ての布石が効果を発揮するのを見守っていた。

そしてついに朝廷が動き出し、改暦の勅が下されたときも、春海はきわめて平静でいる。

霊元天皇の名において発布された勅により、陰陽頭《かみ》たる土御門家が、改暦を行うことが決定

されたのだった。かつて春海が改暦請願を単身で行ったことを知る幕府の面々は、たまらず呻いたという。保科正之に倣って武家による文化作りを理想とする将軍綱吉や、頒暦による莫大な収益を期待していた堀田などは、あからさまに落胆し、揃って嘆息したらしい。

「やはり、京か……」

堀田を始めとして老中全員がそう口にした。帝が指名し、公家が先頭に立っての改暦に、武家の割り込む余地はない。天文暦法のみならず、日本の文化の中心は京であると、朝廷が宣言したに等しかった。その決定を覆すすべが、江戸の幕閣にあるはずもない。

そうして誰もが諦めた頃、幕府に対し、京都所司代を通して、ある書状が届けられた。きわめて異例の書状だった。そしてその内容に、幕閣一同が仰天したという。

『暦法家として、また神道家として名高い、保井算哲こと渋川春海様に、改暦の儀に参加してもらいたい――』

土御門家からの、上洛《じょうらく》要請であった。

九

「そなた、いったい、いかなるまじないを使った?」

恥も外聞もなく訊く堀田をよそに、

「は――」

春海は淡々と平伏している。正直、そわそわする堀田の気配が鬱陶《うっとう》しかった。だが、よりにもよって京の土御門家から、幕府に対し、直接、改暦の助けを求めてくるなどとは、堀田のみならず全ての幕閣の面々にとっても異常な事態であるのは確かだった。

「答えよ、算哲。土御門家の者と、いつ親交を持った」

「先方と面識はございませぬ」

「その周辺の者と親しくしたと――」

具体的な名を挙げさせようとしたところで、やっと堀田が黙った。これはあくまで春海個人の交友なのである。幕府の政治工作としてしまえば、朝廷も朝廷でどんな工作をしてくるか分からない。そうなれば幕府に分はなく、今度こそ改暦から完全に武家が締め出される。

もしこれが酒井だったら、そもそも呼び出すことすらせず、全ての手配を稲葉に任せ、無言で春海を送り出している。

(酒井様より数段下だ)

政治的な気配りがまるで足らない。やれやれと溜息をつきそうになりつつ言った。

「どうか上洛のお許しを下さいますよう」

「うむ。決してしくじるなよ」

「しくじれば腹を切ります」

当然のごとく告げた。堀田が、む……と低い声を漏らした。まさかこの程度の言葉で気圧《けお》されたのだろうかと春海の方が眉《まゆ》をひそめそうになっている。

「必要なものがあれば届けさせる。金、人、物、何でも使え。幕府がお主を援《たす》ける」

春海は静かに平伏し、無言のまま退出した。

京へ向かう途中、回り道をして関の自宅に寄った。江戸を発《た》つ前に、

「お陰様で、ようやく改暦の段となりました」

と、己の口で伝えたかったからである。それまで全く事業の進捗を急かさず、改暦の気運が高まったときも、ただ一人、何も言わずにいた関は、

「この国の暦が変わるな。お主の暦で」

そう感慨深げに微笑んでくれた。自分が支援したことは一言も口にしない。全て春海の働きなのだと言っていた。かつて考察の山を渡してくれたときの、見送る者の眼差しだった。

「だが土御門の足下とは……大丈夫なのか？　お主のことゆえ考えがあるとは思うが」

「弟子入りします」

さらりと告げた。さすがの関が目を丸くした。土御門家当主は春海より遥かに年下で、しかも暦法も数理も未熟と噂だった。

「本気か？」

「それが一番の手でしょう。相手の物を奪うからには、まず頭を下げるべきです」

「お主がわしに土下座したようにか」

そう言われて、春海は恥ずかしそうに首を縮めた。関は声を上げて笑った。

「大和暦の定石は、お主の手にある。京も江戸も無い。日本の暦を打ち立てろ」

春海が四十四歳のときのことであった。

十

当主である土御門泰福は、好奇心旺盛《おうせい》な二十九歳。ふくふくとした頰が少年のようで、何につけても素直に感情をあらわにする。春海と出会った開口一番の言葉が、これだった。

「ほんまありがとうございます、春海様。お陰様で土御門の面目が立ちます」

しきりに茶菓子を勧めながら、はきはきと頭を下げる。泰福も決して愚鈍ではない。経験が浅いだけで頭脳は優れている。春海の暦法家としての実績も、碁打ちとしての名も、幕府を背景とした政治力もわきまえていた。そしてもっと言えば、公家層のどこにも、高度な数理を駆使して暦法を解き明かせる人材がいないことを知っているのだ。

たとえ帝が望んだとしても、土御門家に改暦を担えるだけの実力はない。春海もそこを利用して改暦参加の道筋をつけたのだが、泰福の歓待には真情がこもっていた。

「ですが、ほんまによろしいんですか。春海様は闇斎様から秘儀を授けられ、惟足様とも親しいお方です。お立場を考えれば、私が……」

「あくまで私が弟子で、泰福様が師。それが一番、上手《うま》く行きます」

春海がにっこり笑って答えると、泰福は感激し、また恐縮した。その初々しさが春海には快かった。かつて自分とともに北極出地を行った建部や伊藤は、きっとこんな気持ちだったのだな、と思いながら言った。

「私にとっての大事は、定石です。天地の定石に辿り着くために、人の定石を守るに越したことはありません」

すると泰福は礼儀正しく頭を下げ、

「春海様の大和暦法は、必ず、帝のお気に召します。ともに改暦を果たしましょう」

立場上は師であることなど忘れ、すっかり春海に惚《ほ》れ込み、その暦法の教えを請うた。そして春海以上に、その大和暦にぞっこんになった。

「ほんまに素晴らしい。こんな……こんなものを、ようもお一人で成し遂げて……。私も土御門の名にかけてこれを学び、帝にお認め頂けるよう頑張ります」

暦法の術理修得に全力を傾ける利発な若者の姿に、春海はかつての自分を見る思いだった。

と同時に、自分と同じ過ちを犯すことを予見した。泰福は大和暦が採用されることを全く疑っていない。だがたとえ暦法が優れているからといって、それが通用するとは限らないのだ。

春海は楽観していなかった。泰福に暦法を教える傍ら、毎日のようにあちこち出かけては情報収集に努めた。朝廷の定石、京という土地の定石、そして己の大和暦法という定石に、黙々と磨きをかけ続けたのである。結果、この改暦の困難さをはっきり認識した。

このとき、朝廷は改暦の勅を受けて、三者分裂を起こしていた。

一つは、春海がかねてから予想していた、〝民暦反対派〟である。彼らは、元が用いた授時暦や、中国の暦法を無視した春海の大和暦よりも、明で官暦として用いられた大統暦の方を採用すべきだと主張し、強力な工作を開始していた。

今一つは、なんと授時暦の採用を願う一派である。かつて春海が改暦に失敗して以来、むしろ授時暦の優秀さが世に伝わり、宣明暦を無視して授時暦を用いる者が増えたのである。それを背景に、我こそ改暦を担わんとする神道家や算術家を抱えた公家層の者たちがいた。彼らは春海のことを、授時暦を捨てた〝裏切り者〟と罵り、大和暦を否定することに熱心な活動を見せた。さながら亡霊だった。他ならぬ春海がこの世に放った、誤謬という名の亡霊である。

最後の一つは、帝の勅令で指名された土御門と、その門下に入った春海による大和暦である。

この三者分裂に春海は違和感を覚えた。特に授時暦を担ぐ動きが、いかにもわざとらしい。春海をいちいち非難する人々の言動が、今回の改暦の勅にどうにもそぐわない。春海は京都所司代や、親交のある公家たちを通して、その正体を知った。

(人を割るためか)

授時暦を推す一派の背後に、大統暦を推す者たちがいて操っているのである。その中心に、暦博士たる賀茂家の者たちがいた。春海の大和暦を支持する者が彼らの予想を超えて多かったのだ。そのため、わざわざ授時暦を持ち出し、大和暦を支持したかもしれない人々を分裂させ、大統暦を有利にする。春海を京に招いた安倍家ごと蹴落《けお》とすための策だった。

(上手いな)

春海はそれこそ素直に感心した。相手の布石を切ることは碁の基本である。朝廷工作における切り結びの妙がどこにあるか、春海は泰福には何も言わずに思案し続けた。やがて、

（負けることには慣れている）

そんな自分の経験に、勝負の妙手を見た。勝ってなお、負けてなお、勝負の姿勢を保つ。

大統暦を推す一派が、どこまで〝残心〟の姿勢でいられるかを、じっと推し量った。

一方で、えんを連れて京都市中をうろうろしたりした。あちこちの通りを見て回り、人混みの様子を観察しながら、市中で賑《にぎ》わっている場所を、えんから聞いた。

またさらに、日に五通から十通の手紙をしたため、いつでも出せるよう、準備を整えた。

その上で春海は、土御門泰福とともに、大和暦の採用を正式に上奏している。

続けて大統暦、授時暦と、それぞれの採用が上奏された。果たして泰福は、この動きに全くついて行けなかった。勅令で指名された自分を無視するばかりか、授時暦上奏などという事態に唖然となるばかりである。そしてその工作は、見事なまでに効果的だった。

年号が変わり、貞享元年三月三日。霊元天皇は改暦の詔《みことのり》を発布された。

発布の直前まで、主だった面々が一堂に会し、決定を待った。その間、春海は泰福の緊張を和らげてやりつつ、その場に居合わせた面々をつぶさに見て取り、どこをどう切るか、あらかた目算をつけ終えていた。そして伝奏の到着が告げられ、

「大和暦法が採用されますよう……大和暦法が採用されますよう……」

隣で泰福がしきりに呟くのをよそに、春海の心は神頼みとはかけ離れた状態にあった。

とともに、こんな緊張の場にもかかわらず、幸福の思いが腹の底から湧いていた。

心の中で、そっと、積み重なっていった己の歳を数えてみた。

四十五歳と二ヶ月。二十二歳の終わりに北極出地に赴いてから二十二年余が経っていた。

いや、あの絵馬の群れを——瞬時に書きつけられた一瞥即解の答えを見てから、二十二年だ。

からん、ころん。

幻の音が聞こえた。春海は目を閉じた。そして詔が読み上げられるのを瞑目したまま聞いた。

帝は、大統暦採用を下された。賀茂家が陰で中心となって立てた明代の官暦である。彼らの工作によって、授時暦と大和暦、いわば春海の過去と現在の両方が、帝の採択から外された。

ゆっくりと春海が目を開くと、真っ青になった泰福の顔があった。信じられないという顔で春海を振り返った。

「は、は、春海様……ま、まさか……大和暦が……」

春海は無表情。その場にいる者たちの表情の変化から、この大統暦採用で誰が得をするのかを細かく見定めていた。ちらりと賀茂家の者たちの満悦の笑みと目が合った。勝った者の気の緩みが如実に坐相にあらわれている。彼らの群れが、春海の目に、日だまりの老木と映った。幹ばかり鈍重に太った、虫食いだらけの巨樹だった。春海が、ぽつりと言った。

「泰福様、このまま行きましょう」

「い……行く？　どこへですか？」

泰福は哀れなほど狼狽している。詔が発布された今このときに、怒って席を立っては非礼を咎められるだけだった。だが春海は、ようやく泰福に顔を向け、こう告げた。

「上奏の準備ですよ」

泰福は愕然となった。たった今、大統暦の採用が決まったばかりである。その席で、決定を覆す上奏の準備を口にする。朝廷に属する泰福の常識を粉々に打ち砕く態度だった。

「も……も、もう一度、上奏すれば……や、大和暦が採用されると言うのですか？」

泰福がおろおろと訊いた。春海は、にやりと笑い、

「必至」

事も無げにそう口にした。

十一

詔が発布されたその日、春海はかねて用意していた二百八十通にも及ぶ手紙を全て出した。幕府に支払いを頼めないものもあり、手紙を出すための高額の支出を、全て酒井が渡してくれた金で賄《まかな》った。加えて、堀田に対して詳細な手紙をしたため、早急に届けさせた。

膨大な量の手紙が一斉に出されるのに唖然となっている泰福に、春海が言った。

「では行きましょうか、泰福様」

「ど……どこへですか、春海様」

「梅小路がよろしいでしょう。人がよく集まります。道具もすぐに届きます」

そう言ってしっかりと二刀を腰に差し、泰福とともに梅小路を訪れている。

既に、巨大な天測器具が大勢の者たちによって組み立てられている真っ最中だった。かつて

北極出地に同行した中間たちの働きである。中心となっているのは、建部家に仕えたあの平助の息子、平三郎である。父親にそっくりの寡黙さ、優秀さで、やって来た春海が声をかけても、

「ん」

と返しただけで、子午線儀の組み立てに集中している。全て春海が頼み、稲葉が手配したものだった。一尺鎖をじゃらじゃら鳴らしながら器具設置の場所を定め、手に手に特異な形状をした道具を持ち、往来のど真ん中に家屋でも建てるかのような柱を次々に立ててゆく。昔と違うのは幔幕《まんまく》がないことで、これは自由に道行く者たちに見学させるためである。そして実際、この異様な観測準備の光景に、多くの者たちが驚愕して足を止め、人だかりができていた。

「は、春海様、いったい、なんですか、これは」

呆然と棒立ちになる泰福に、春海は恬淡として言った。

「我々の大和暦法の確かさを、世の民衆に分かってもらうためです」

やがて巨大な子午線儀が組み上げられ、京市民が驚きの声を上げた。さらに大象限儀の設置が行われるのをよそに、春海は泰福とともに子午線儀の下に敷かれた緋毛氈《ひもうせん》に悠々と坐《すわ》った。そろばんを取り出し、ぱちぱち珠《たま》を打つ。それから、さらさらと紙片に数値を書きこんでゆく。

「な、何をしているのです？」

「北極出地の予測です」

『三十四度八十七分十二秒』

という数値を見せ、にっこり笑って、そろばんを渡した。

「一緒にやりませんか」

「は、はい……」

泰福は、おずおずと受け取り、眉間に皺を寄せて算出している。

『三十四度九十八分六十七秒』

さすがに地元で天測を行う陰陽師の末裔《まつえい》だけあってすぐに数値を出してきた。と、そのとき
空にきらめきが見えた。春海は素早く立ち上がり、

「星だ！」

大声を放って、泰福を跳び上がらせた。

「天測を開始せよ！」

寡黙な平三郎を中心に、中間たちが手慣れた様子で、組み立てられたばかりの大象限儀の操作を始めた。何かが起こるらしいと、天測のことなど何も知らない見物人たちが、わっと期待の声を上げた。手順通りに三人がそれぞれ同じ数値であることを確かめた上で、中間の一人が数値を紙に記し、それを平三郎が、足早に春海のそばにやって来て、

「ん」

と手渡した。春海はそれを受け取り、二人が算出した数値と照合した。さすがに驚いた。

『三十四度九十八分六十七秒』

泰福もぽかんとなっている。秒までぴたりと合うとは思っていなかったのだろう。

「ほんまでっか、これ……」

急に京訛りになって二つの数値を何度も見比べる泰福をよそに、春海は再び立ち上がるや、

「明察なり！　土御門家当主、見事、北極出地にて明察なり！」

声を限りに叫びを上げた。なんだか分からないまま見物人たちがやんやと喝采《かっさい》した。泰福は両手に紙を握ったまま、驚きと喜びと気恥ずかしさで真っ赤になっておろおろしている。

「土御門泰福こそ星の申し子なり！」

大声で笑った。演技でも何でもない、心の底から喜びが溢れていた。

この日より、春海はこの小路で連日の観測を行った。北極出地だけではなく、恒星を片っ端から観測し、そのたびに春海と泰福とで数値の算出勝負をやったのである。刀を差した春海と、陰陽師の出で立《い》ちの泰福との〝勝負〟は意外なほど衆目を集め、江戸が勝つか京が勝つかと、通りすがりの者たちがこぞって〝観戦〟し、銭を賭《か》けた。これが話題となり、〝大和暦〟の名が京都市民の間で評判になる一方、春海から手紙を受け取った者たちがぞろぞろとやって来た。

神道家、朱子学者、僧、陰陽師、算術家などが、春海と泰福の勝負を観戦したり、観測を手伝ったりしたのである。改暦に賛意を示して協力を惜しまない岡野井玄貞や松田順承も来てくれた。自然と、今回の詔と代々の暦法についての議論が沸いた。それも梅小路の往来でである。

言うなれば春海は、天体観測にかこつけて、民衆をひっくるめた公開討論の場を作り上げたのだった。そして人々が見ている前で、多くの専門家たちがこぞって大和暦を称賛し、

「日本の暦法、ここにあり」

と謳《うた》った。これら天体観測と数値の算出勝負、そして公開討論は、大統暦の採用など知らぬ

顔で何日も続いた。そしてその間にも、春海が打った様々な手が、着々と実を結んでいたのである。

その一つが、詔の発布からひと月と経たずに効果を発揮した。

朱印状である。

前年、大老堀田および将軍綱吉が、春海の要請に同意し、土御門泰福を「諸国陰陽師主管」とし、朱印状を下していたのである。これが名ばかりではなく実権が伴うことが明らかになった。土御門家は、全国の陰陽師を配下とすることとなり、その収益は莫大なものとなることは誰の目にも明らかであった。

これがまず最初に大きく局面を変えた。大統暦や授時暦を支持した公家たちが、みなこぞって、ぞろぞろと土御門家になびき、わざわざ梅小路までやって来るようになったのである。

さらに春海は、前年、二度目の大和暦改暦の申請である『請革暦表』を作成する際、『今天文に精《くわ》しいのはすなわち陰陽頭安倍泰福、千古に踰《こ》える』と泰福を絶賛し、改暦手当としており、土御門家へ、千石もの現米支給を取り計らっていた。また、朝廷と幕府の間で起こるであろう頒暦を司る上での数々の取り決め策を、幕府を通して行っている。様々な権利交渉である。改暦に際し、どこかで誰かが損を受ければ、その者に別の形で得をさせる。ひたすらその繰り返しであった。

全て布石通りである。春海の予想外の出来事といえば、公家の者たちの心変わりの早さくらいだった。ほんの僅かな期間で、それまで官暦に固執していた公家たちが、揃って土御門に、ひいては春海と大和暦に称賛を送るようになっていたのである。

そうして、民衆の関心と支持、専門家たちの是認、公家の利得の心をつかんだとき、さらなる勝負の一手が打たれた。

かつて北極出地の際、春海たちを城に招いた、加賀藩主・前田綱紀が、春海の要請によって動いたのである。綱紀の娘の嫁ぎ先である西三条家が、綱紀の意向を受けて仲介役を承知し、朝廷を左右する相手との直接交渉の場を設定したのだった。しかもその相手こそ、関白に就任したばかりの一条兼輝である。兼輝は霊元天皇に最も近い存在として大和暦支持を確約した。加えて、そのことを朝廷内で公言したのである。これによって公家同士の連繋《れんけい》が切りに切られた。大統暦採用を受けて頒暦準備を行おうとしていた動きが、完全に遮られた。

またこの勝負の一手の直後、春海は以前から目をつけていた、大経師意春とも会っている。

そしてこの人物に、大和暦の暦法による頒暦の大量作成と販売を一任し、京都所司代たる稲葉による認可を与えた。大経師はすぐさまその巨利に飛びつき、率先して、大和暦以外の頒暦を作成・流通させないという、春海が想像した以上の、きわめてあくどい働きを見せた。

路上での公開討論、世論形成、土御門家への朱印状、関白の確約、販売網の掌握。

このとてつもない手の数々に対し、ついに大統暦支持派は壊滅状態となった。賀茂家にすら大和暦になびく者が続出した。お陰で、いったい誰がそもそも大統暦を支持したのかも分からぬ様相だった。今や公家層の大半が、大和暦を支持してしまったのである。

「では、行きましょうか」

さらりと告げる春海を、泰福は、総身を震わせながら見つめた。

「は、春海様は、ほんまに凄《すご》い……私の一生の師です。土御門の恩人です」

「私一人ではどうにもなりません。泰福様のお陰で、どうにか大任が勤まりそうです」

春海はにっこり笑って言った。そうして、泰福とともに、再び大和暦採用を上奏した。

生涯を賭けた、四度目の改暦請願であった。


その夜、春海は、二十二歳の自分がどこかの道を歩いているところを夢に見た。ふと目が覚め、自分が京にいることを悟った。すぐ隣で、えんが眠っている。ふと笑みが零れた。

「幸せ者め……」

そんな言葉が零れた。かつて何の疑いもなく自分の未来に希望を膨らませていた若い頃の自分に向けての言葉なのか、今の自分に向けてのものなのかは判然としなかった。あの北極出地の測定を任されてから、今年で二十三年。今や、多くの算術家や、旧来の暦法を重んじる者、あるいは中国の学問が最高と信じる者からの罵詈雑言が、春海一人に集中していた。そうまでして改暦の名誉が欲しいのか。そういう声が全国から聞こえて来た。

「うん……欲しいな」

闇の中で春海は呟いた。建部と伊藤に誉めて欲しかった。酒井に天に触れたと告げたかった。死と争いの戦国を廃し、武家の手で文化を作りたいと願った保科正之の期待に応えたかった。闇斎の、島田の、安藤の、改暦事業を立ち上げた仲間たちの悲願を叶えたかったし、亡き妻に胸を張って報告したかった。村瀬に喜んで欲しかったし、えんと我が子に、自分の存在を誇ってもらいたかった。関孝和という男が託してくれたものを何としても成就させたかった。

己だけの春の海辺に立ちたかった。

それにしても、いったいいつの間に、これほどの人間が関わるようになったのだろう。どうして自分が、いつまでもその渦中にいられたのだろう。

かいかい、ころん。

そう思った途端、たまらない喜びが込み上げて来た。いつか聞いた金王八幡の算額絵馬の鳴り響く幻の音が鮮やかに耳に響いた。喪失された天守閣の向こうに広がる果てしもない青空を見た。それらの美しさを思いながら、いつしか微笑みながら泣いていた。

貞享元年十月二十九日。

大統暦改暦の詔が発布されてから僅か七ヶ月後のその日。

霊元天皇は、大和暦採用の詔を発布された。これにより大和暦は改めて年号を冠し、「貞享暦」の勅名を賜り、翌年から施行されることが決まった。

発布の場で、泰福は己の膝を握りしめ、ただただ滂沱《ぼうだ》の涙を流していた。

「ほ、ほんま……ほんまに……春海様……やりました……。大和暦が、認められました……。ほんまに、おめでとうございます……」

春海は、ただ静かに瞑目した。

（勝った）

感無量だった。

（勝ちましたよ）

過ぎ去った日々、この世を去った者たちの存在に、ただただ感謝した。

大和暦採用はすぐさま江戸に報され、

「武家が天に触れたのだ！」

その報告を受けた将軍綱吉は、そう叫んで歓喜したという。

幕閣を始め、城中が興奮に沸いた。幕府はただちに天文方創設と、春海の初代任命、そして頒暦による巨額の利益収入の用意を整えている。だが大老の堀田がその興奮を知ることはなかった。享貞元年八月二十八日、堀田は死んだ。殿中での刺殺であった。相手は若年寄であり縁《えん》戚《せき》にあたる稲葉正休《まさやす》という男で、これもその場で他の閣僚たちによって斬殺されており、なぜ凶行に至ったかは判然としない。

さらに堀田の死から間もなく、山鹿素行もまた病で世を去った。最期まで武士の理念を唱え続け、春海の改暦についても、

「もって嗤《わら》うべし」

という態度を変えることはなかったという。

堀田と山鹿、ともに新時代を見ることのない逝去だった。

以後、将軍綱吉は大老職を置かず、己と老中たちとの連絡役である側用人《そばようにん》を重用し、保科正

之に倣って文治政策を推進した。が、いつしか生類憐《あわ》れみの令を始めとした極端な弱者救済が民衆の反感を招き、暗愚の将として記憶されたまま、十四年後に病で没することになる。

春海による改暦実現はすぐに江戸市中に広まり、これまでにない毀誉《きよ》褒貶《ほうへん》を招いた。

特に算術家たちは口を極めて春海を罵り、礒村塾でも春海を批判する声が上がるほどだった。

そんな中、村瀬と関孝和は平然とした様子で、二人揃って塾の庭で、空を眺めていた。

「やったなあ、渋川さん」

村瀬が嬉しげに笑った。

「やってくれました」

関はそんな風に言って、空に向かって手を伸ばした。

ほろ苦い微笑みを浮かべて、自分には触れることが叶わなかった天を仰いだ。

十二

時は過ぎ、あるいは巡っていった。

大和暦が採用されてのち、初代天文方として士分に取り立てられ、江戸市中に邸宅が与えられるとともに、晴れて束髪が許された春海は、

「武士になってしまったよ」

なんとも照れ臭そうに、えんに言った。

「お似合いですよ、旦那様」

えんも、からかうように笑ってくれた。

春海のなした改暦ののち、将軍綱吉は拙劣ながらも世を武断から文治へとさらに移行させていった。春海が文化事業をもって武家となり、また多くの文化人が城で役職を得ていったことが、城を、ひいては江戸を、新たな存在にした。すなわち、政道や経済のみならず、人々の生活の様相を決定する、文化発信の場となっていったのである。

それから三十年後の、正徳《しょうとく》五年。

七十七歳の春海は、えんとともに、京で芝居を観ている。

近松門左衛門の作による『大経師昔暦《だいきょうじむかしごよみ》』で、例の大経師意春の醜聞がもとになっていた。

実際の意春は貞享二年、大和暦による頒暦で巨利を得てさらに販売網を拡大せんとして独占に走り、その年の内に京都所司代である稲葉の怒りを買って、改易させられてしまった。以後、大経師は茂兵衛という別の男が担うようになったのだが、これが意春の妻と密通した男と同名であることが、何とも皮肉であると噂になったものである。

芝居では、現実と違って、妻と密夫は助命が叶い、最後はめでたく結ばれていた。

「面白うございましたね」

えんが観劇後に微笑んで言い、

「うん、うん」

春海もうなずいている。体力の衰えから半身が麻痺《まひ》し、上手く喋《しゃべ》れなくなっていた。

芝居を観終えた客たちの多くが、頒暦を手にしていた。芝居の中で語られる、暦にちなんだ台詞《せりふ》を楽しむためだろう。その暦法を作り上げた老人が、同じ客席にいるとは思ってもいない様子である。そのことを、春海はえんと一緒に微笑んで話した。

まさかこれほど自分が長く生きるとは、芝居の舞台となった当時から今に至るも、思ってもみなかったことである。お陰で、次々に自分を置き去りにするようにして人々が世を去るたび、春海はただなすすべもなく見送らねばならなかった。

改暦成就から十六年後の元禄《げんろく》十三年、水戸光国が病で亡くなった。最期まで教養と暴気に溢れ、たとえ相手が将軍であっても遠慮することがなかった。生類憐れみの令が極端化したときなど、自ら五十頭もの犬を叩き斬って毛皮を綱吉に贈り、法令反対を強烈に主張したという。

そういう怖い存在がいなくなって、将軍綱吉の悪政はますますひどくなり、物価高騰を招いて世情不安を醸成した。その一方、世は華々しい元禄の時代へと突入し、江戸はかつてない栄華の場ともなって、文化を担う者たちの世代交代を促していった。

光国の死の直後に、春海の義弟である知哲が世を去った。享年五十六歳。道策と最も多く対戦し、その才気を惜しまれての逝去だった。

春海は既に天文方に就任するとともに碁職を引退していたが、頻繁に道策が江戸の邸宅を訪れたこともあって、ほとんどみなの棋譜を見ている。特に、道策が向二子の一目負けとなったときの棋譜など、かつてない新たな打ち筋が現れており、

「やったなあ」

春海も嬉しくなって誉め、

「我が生涯、最高の傑作ですよ」

自分が負けた棋譜のくせに、道策はやたらとはしゃいだものだった。

そして知哲が亡くなって二年後、道策もまた病で死んだ。五十八歳だった。

義弟と道策の相次ぐ死ののち、春海は、姓名を〝渋川春海〟に正式に変えている。ともに上覧碁を打ち、同じ時代を生きた安井算哲の名を、二人の命とともに葬ったのである。

その翌年、義兄の算知も亡くなった。八十七歳の大往生だった。以後、安井家は十世まで存続することになる。

そして年号が変わり、宝永《ほうえい》元年となった年に、将軍綱吉は実子がいないことから甲府宰相である徳川綱豊を世子と認め、江戸城に住まわせた。このため綱豊に仕える関孝和が、六十四歳にして幕府直属の士となり、江戸城勤めとなったのだった。春海は率先して城内を案内し、

「あちらが大広間です。大きいでしょう」

「うむ。大きいな」

「ここが虎の間です。ここでお着物を替えます。さ、履き物はこちらに」

「うむ。かたじけない」

などと二人揃って城を歩いたりした。もしこれが三十年前に実現していたら、果たして春海と関は、ともに改暦事業を行っていたろうか。春海と関の二人については、後の世で会津藩の算術家たちについて略歴が記された際、たった一文だけが遺されることになる。

『蓋安井春海奉命改暦時　以関孝和者精算　命与其事』

安井家の春海が改暦を行った際、関孝和という者が算術に精《くわ》しかったため、その使命に与《あずか》ったのだ、という。だが関は、自分が改暦に協力したとは全く口にせず、ただ春海の功績を誉めた。どんな書にも改暦のことは一語として記しはしなかったし、誰にも記させなかった。自身は算術家たちを多く育て、〝関流〟は日本随一の算術家の系譜をなし、やがて春海が予見したように、日本独自の数理たる〝和算〟の誕生を促していった。

そうして江戸城勤めとなって僅か四年後、関孝和は静かに世を去った。享年六十九歳。

春海の落胆はこれまでにも増して深く、葬儀ののちも、関の墓前を訪れては泣いた。

それに同行し、慰めてくれたのが安藤である。最期まで謹厳誠実な人となりを失わず、あるいはそのせいで、改暦事業ののち多くの辛苦を背負うことになった。部下の不始末の責任を取り、自ら蟄居《ちっきょ》の罰を甘んじて受け、何年もの間、みなが安藤の無実を知るにもかかわらず、幽閉生活を送ったのである。晴れて赦免となってのち、かねてから春海に負けずに研究を続けてきた暦註検証の書を刊行し、江戸で、関や村瀬も交えてともに喜び祝ったものだった。そしてその安藤も、関の死からほどなくして没した。きわめて長齢の、八十四歳での逝去だった。

翌年、将軍綱吉が薨去し、綱豊が六代将軍家宣《いえのぶ》となって年号が正徳に革められたのを機に、春海は息子の昔尹に天文方の家督を譲って隠退した。

家宣はただちに綱吉の悪政を廃止し、幕政立て直しをはかったが、たった三年で急逝してしまった。その幕政の混乱とさらなる立て直しを、春海はただ過ぎ去るべき者として眺めている。

間もなく幼い徳川家継《いえつぐ》が七代将軍となったとき、江戸は〝場末〟の町並地をふくめ、九百三十三町にまで増え、〝八百八町〟を超える世界最大規模の巨大都市へ発展していた。

かつて明暦の大火と玉川上水によって生まれ変わった江戸は、さらに時代の爛熟《らんじゅく》を経て、春海の見知らぬ都市へと成長していった。

そうして二年後の四月、春海がえんと連れ立って芝居を観た正徳五年。

長子の昔尹が、三十二歳の若さで急逝した。まだまだこれからのはずだった。

夫妻ともに悲しみに耐え、知哲の子を養子として迎え、安井家と渋川家の安泰に尽力してのち、春海はどっと魂が抜けたような疲労を覚えた。回復のない、自分の命の限りへと近づくばかりの疲労である。ようやく迎えのときがきたと悟ったのだろう。春海はこののち多くの時間を、身辺整理や子孫への遺言の作成にあてている。そしてその際、

類《たぐ》ひなき　きみのめぐみの　かしこさを
なににたとへん　春の海辺

こんな歌を遺すよう指示している。きみとは誰のことか。あるいはそれは、巡りゆく星々と、それらを読み解くことによってもたらされる天の恵みのことだろうか。

なお、えんは他に、二人の娘をもうけ、このとき既にそれぞれ良縁に恵まれていた。

それから半年後の十月。

春海とえんは、金王八幡の神社を訪れている。〝葉も枯れた〟枝だけの桜をわざわざ見に行ったわけではないだろう。何かを奉納したわけでもなく、ただの参拝である。むしろ神社に断って何かをもらって帰ったらしい。もしかするとそれは、遠い昔に春海が献《ささ》げた〝誤問〟の算額絵馬だったかもしれない。春海からすれば、その絵馬が存在し続けた理由は一つしかない。

えんが、焼かないよう神社に頼み、誤問の紙とともに残したのである。

きっと春海がそのことを問うても、えんのことだから、

「存じません」

にっこり微笑んで言ったろう。

それから数日後の十月六日。

春海と後妻、ともに同じ日に没した。

残された家人たちは、最期まで仲むつまじい夫妻であった、まったくお二人らしいことだと、まるで不幸ではなく、祝うべきことでもあったかのように話している。

了

主要参考文献

『算額道場』佐藤健一／伊藤洋美／牧下英世（研成社）
『新〝和算〟入門』佐藤健一（研成社）
『渋川春海の研究』西内雅（錦正社）
『明治前　日本天文学史　日本學士院日本科学史刊行会編』（財団法人　野間科学医学研究資料館）
『近世日本数学史　関孝和の実像を求めて』佐藤賢一（東京大学出版会）
『授時暦　訳注と研究』藪内清／中山茂（アイ・ケイコーポレーション）
『暦ものがたり』岡田芳朗（角川選書）
『天文方と陰陽道』林淳（山川出版社）
『和算研究「貞享暦改暦に就いて」』児玉明人（算友会）
『横浜市立大学論集　日本書紀朔日考』山内守常（横浜市立大学学術研究会）
『科學史研究　第一号「渋川家に関する史料」』神田茂（日本科學史學会）

この作品は「野性時代」二〇〇九年一月号～七月号に掲載されました。
単行本化にあたり加筆、訂正を行っています。

冲方 丁（うぶかた　とう）
1996年、大学在学中に「黒い季節」で第1回スニーカー大賞を受賞しデビュー。以後、小説を刊行しつつ、ゲーム、コミック原作、アニメ制作と活動の場を広げ、複数メディアを横断するクリエイターとして独自の地位を確立する。2003年『マルドゥック・スクランブル』で第24回日本SF大賞を受賞。
他著作に『微睡みのセフィロト』『ばいばい、アース』『テスタメントシュピーゲル』などがあり、2010年、初の時代小説『天地明察』で第31回吉川英治文学新人賞を受賞、同書は2010年本屋大賞でも1位を獲得した。

天地《てんち》明察《めいさつ》

平成二十一年十一月三十日　初版発行
平成二十二年五月二十日　十二版発行

著者――冲方《うぶかた》丁《とう》
発行者――井上伸一郎
発行所――株式会社角川書店
東京都千代田区富士見二-一三-三
〒一〇二-八〇七八
電話／編集　〇三-三二三八-八五五五
発売元――株式会社角川グループパブリッシング
東京都千代田区富士見二-一三-三
〒一〇二-八一七七
電話／営業　〇三-三二三八-八五二一
http://www.kadokawa.co.jp/
印刷所――大日本印刷株式会社
製本所――本間製本株式会社
落丁・乱丁本は角川グループ受注センター読者係宛にお送りください。
送料は小社負担でお取り替えいたします。

ISBN 978-4-04-874013-5　C0093